MEURTRE AU PORTEUR

TAMI HOAG

MEURTRE
AU PORTEUR

traduit de l'américain
par Cécile Leclère

l'Archipel

Ce livre a été publié sous le titre
Kill the Messenger
par Bantam Book, New York, 2004.

www.editionsarchipel.com

Si vous désirez recevoir notre catalogue et
être tenu au courant de nos publications,
envoyez vos nom et adresse, en citant ce
livre, aux Éditions de l'Archipel,
34, rue des Bourdonnais 75001 Paris.
Et, pour le Canada,
à Édipresse Inc., 945, avenue Beaumont,
Montréal, Québec H3N 1W3.

ISBN 978-2-84187-903-8

1

Los Angeles. Ses embouteillages.

L'heure de pointe.

Déjà quatre heures que ça durait, et ce n'était pas fini. Les Angelenos fonçaient tous chez eux avant que les cieux ne se lâchent, vessie pleine à craquer sur le point de déverser ses trombes d'eau. Toute la journée, la ville avait été écrasée sous le poids d'un ciel de plomb. Crépuscule infini et menaçant dans les gorges de béton séparant les gratte-ciel du centre-ville. L'air chargé d'attente.

Les jambes qui pédalent. Les mains qui agrippent le guidon. Le bout des doigts anesthésié. Les yeux sur la distance entre une Jag et un camion FedEx. Les quadriceps en feu. Les mollets durs comme la pierre. L'odeur des gaz d'échappement. Les yeux secs, irrités derrière les lunettes de plongée. Dans son dos, le sac plein de rouleaux de carton contenant des bleus.

L'émetteur-récepteur attaché à sa cuisse comme un six coups crachait sa friture et la voix rocailleuse d'Eta Fitzgerald, qui gérait le dispatching depuis le central. Il ne connaissait pas son vrai nom. Tous l'appelaient Eta parce que c'est ce qu'elle leur répétait à longueur de journée, tous les jours : Eta (Estimation du temps d'attente ? Eta, seize ? Central à Jack. Eta ? Quelle est ta position, chéri ?)

Il lui restait trois minutes pour atteindre le bureau du promoteur au dix-septième étage d'un bâtiment situé à quelques blocs. Le gardien, à la réception, était un abruti. Il verrouillait les portes à 18 heures pile et ne montrait pas la moindre pitié pour quiconque espérait entrer au-delà. Ce type aurait tourné le dos à sa propre mère, s'il en avait eu une, ce dont Jack doutait fortement. Il ressemblait plutôt à une créature germée en terre. Un champignon humain vénéneux.

Déplace ton poids vers la droite. Queue de poisson à la Jag.

Le coup de klaxon retentit au moment où il appuyait sur ses pédales pour mettre quelques centimètres entre sa roue arrière et le pare-chocs avant de la voiture. Juste devant lui, le feu était passé à l'orange, mais le camion FedEx franchissait tout de même le carrefour. Débouchant du côté droit du véhicule, Jack tendit le bras pour se cramponner au-dessus de la roue, et laissa le camion l'entraîner au-delà du croisement.

Il était passé maître dans l'art de profiter des angles morts. Si la personne au volant l'apercevait et ne voulait pas de lui, le coursier avait vite fait de se transformer en moucheron écrasé sur le pare-brise. Mais les chauffeurs de FedEx étaient généralement cool. *Simpatico.* Entre coursiers, ils se comprenaient. Comme lui, ils étaient le lien entre des gens qui se foutaient pas mal de leur existence, sauf quand ils étaient en retard pour une livraison.

L'immeuble était en vue. Jack jeta un coup d'œil par-dessus son épaule, lâcha le camion, inclina à nouveau son vélo vers la droite, coupa encore la file voisine, s'attirant un autre coup de klaxon retentissant. Il leva le guidon pour franchir le trottoir juste devant une bouche d'incendie, derrière une Cadillac qui s'attardait en zone interdite au stationnement. Le vélo ne touchait déjà plus terre quand la portière du passager s'ouvrit.

Merde.

Jack braqua à droite et se déhancha sur la gauche lors de l'atterrissage. La vieille dame qui s'apprêtait à sortir de la voiture poussa un cri et retomba sur son siège. Le pneu avant du vélo heurta le trottoir sans la toucher.

Jack se maintint en position avec la ténacité d'une tique sur le dos d'un chien. Il effleura à peine ses freins. Juste assez pour éviter le chaos.

Ne panique pas. La panique tue. Du sang-froid. Nerfs d'acier. Concentré. Calme.

Il gardait les yeux rivés sur sa cible : l'abruti de la sécurité approchait de la porte, clés à la main.

Merde !

La panique. Pas de risquer la blessure, mais de ne pouvoir entrer. Le client se foutait que le pli ait été envoyé bien trop tard, ou que le coursier ait risqué la mort à cause d'une portière de Cadillac. Si le paquet n'était pas livré, il le paierait cher.

Il laissa tomber son vélo à trois mètres de l'entrée, malade à l'idée qu'il pourrait avoir disparu quand il ressortirait du bâtiment, mais il n'avait pas le temps de l'attacher. Il se précipita en direction de la porte, trébucha, s'écroula de tout son poids, fit une culbute, un dérapage, bras et jambes s'emmêlèrent comme des baguettes de mikado. Des tubes de carton jaillirent de son sac pour rouler sur le trottoir.

Pas le temps d'évaluer les dégâts, ni d'identifier ou de recenser la douleur.

Il se remit debout tant bien que mal et, titubant, chancelant, essaya de ramasser les rouleaux malgré l'élan qui l'entraînait la tête la première vers l'avant. L'abruti de la sécurité l'observait à travers la porte vitrée. Visage grisâtre, vérolé, tordu par une désapprobation revêche. Il mit la clé dans la serrure et lui tourna le dos.

— Hé ! cria Jack en donnant des coups sur la porte. Hé, allez !

Le gardien fit comme s'il n'avait rien entendu. L'enfoiré. Il était 18 heures moins une minute, et ce type n'avait qu'une chose en tête, prendre la voie rapide pour regagner Pomona ou la Vallée, ou quelque autre insignifiante banlieue merdique où il squattait toutes les nuits. Il n'allait pas rester trois minutes de plus pour réceptionner un pli. Le pouvoir de le planter là était sûrement le seul de sa misérable vie.

— Connard ! lui lança Jack.

Il aurait bien voulu donner un coup de pied dans la porte, mais, avec sa chance, cette saloperie aurait explosé en mille morceaux et il aurait fini en prison. Quoique un peu de repos et trois repas par jour ne lui auraient pas fait de mal... Dans la vie de Jack Damon, le repos n'était pas au programme.

Jonglant avec les rouleaux de carton sur un bras, il releva son vélo d'un coup sec et se remit en selle. L'entrée du parking souterrain de l'immeuble se situait dans la rue adjacente. Le rideau de fer serait baissé, mais il pourrait profiter de la sortie d'une voiture pour se faufiler à l'intérieur. S'il y avait un Dieu, ce dont il doutait la plupart du temps, il resterait quelqu'un dans les bureaux du promoteur, au dix-septième étage. Avec un peu de chance, il s'agirait de Lori, la réceptionniste, une blonde dynamique qui lui offrirait un Snickers tiré de sa planque du tiroir du bas. Il n'avait rien avalé depuis le petit déjeuner – un petit pain de la veille et une barre énergétique piquée dans une épicerie.

Il se plaça à droite de l'entrée du parking, juste en retrait pour ne pas se faire remarquer par quelqu'un qui sortirait par la rampe d'accès. Il avait appris depuis longtemps à échapper aux caméras de surveillance, à être invisible, furtif, plein de ressources. Les techniques de survie d'un gamin de la rue.

Sa radio émit un son semblable à un Velcro qu'on arrache.

— Seize ? Tu es là ? Central à Jack. Central à Jack. Hé, Lone Ranger, t'en es où ? J'ai le fric qui m'aboie aux fesses.

Le fric, c'était le terme qu'Eta employait pour parler du client. Le promoteur lui hurlait dessus au téléphone.

— Je suis dans l'ascenseur, répondit Jack.

Il actionna l'émetteur, on, off, on, off.

— Je ne vous entends plus, central.

Une immonde Chrysler vert morve pointa son capot hors du parking. L'abruti de la sécurité se trouvait au volant. Jack le gratifia d'un doigt d'honneur lorsque sa voiture s'engagea dans l'allée pour sortir et descendit la rampe en trombe.

Le Coréen dans la guérite accorda à peine un regard à Jack lorsque celui-ci contourna la barrière qui empêchait les voitures d'entrer sans montrer patte blanche. Jack conduisit son vélo jusqu'à l'ascenseur et mit pied à terre au moment où en sortait un troupeau de cadres bien habillés, libérés après une journée passée dans leur box de bureau paysager. Une femme avec un casque de cheveux blonds et un imperméable imprimé léopard lui jeta l'un de ces regards que l'on réserve aux déjections canines et serra contre elle son sac à main de créateur en faisant un détour pour l'éviter.

Jack se força à sourire.

— Comment va ?

Elle renifla et pressa le pas. Les gens en costume des bureaux avaient tendance à se montrer suspicieux envers les coursiers à vélo, qui n'étaient que des rebelles, des guerriers de la route, des marginaux aux accoutrements étranges, s'infiltrant dans le monde ordonné et respectable des affaires. La plupart des coursiers que connaissait Jack avaient le corps couvert de tatouages et plus percé qu'une passoire. Tels des panneaux publicitaires ambulants vantant les mérites d'une vie dangereuse, ils hurlaient leur individualité par tous les pores de leur peau.

Jack ne claironnait rien de ce genre. Il portait ce qu'il dénichait à Goodwill pour pas cher – bermuda ample, sweat-shirt aux manches coupées, par-dessus un short de cycliste et un grand tee-shirt à manches longues. Ses cheveux surgissaient en pointe à travers son casque et les lunettes de natation lui donnaient l'air d'un extraterrestre.

Il baissa ses lunettes, se frotta les yeux pour enlever la poussière, poussa son vélo dans l'ascenseur et appuya sur le numéro 17. Il sentait sa propre odeur – sueur rance et gaz d'échappement. Il en était à sa vingt-troisième course de la journée, la crasse de la ville le collait comme une seconde peau. Il s'était égratigné le genou dans sa chute sur le trottoir. Le sang coulait en un long et lent filet sur sa peau nue et sale, puis imbibait l'élastique lâche de sa chaussette grise.

Lorsqu'il serait enfin de retour à la maison, il pourrait prendre une douche, se débarrasser de la crasse de sa journée, qui glisserait sur lui comme un éboulement de terrain, et redevenir le blondinet qu'il était. Il passerait quelques heures avec son petit frère, Tyler, puis se plongerait dans ses livres, jusqu'à s'endormir dessus. Bien vite, il serait déjà 5 h 30 et une nouvelle journée commencerait, il s'en irait charger de glace les stands de la poissonnerie au-dessus de laquelle ils vivaient, à Chinatown.

J'ai vraiment une vie de chien.

Il se permettait de se l'avouer une fois de temps en temps, seulement. Quel intérêt de trop s'étendre là-dessus ? Il n'avait pas prévu de stagner. Voilà l'idée sur laquelle il fallait se concentrer : le changement, l'amélioration, l'avenir.

Il aurait un avenir. Tyler aussi – Jack y veillait et il continuerait à le faire. Et leur avenir serait mille fois meilleur que tout ce que la vie avait pu leur accorder jusque-là. Ce n'était qu'une question de temps, de concentration et de volonté.

L'ascenseur sonna, les portes s'ouvrirent. Le bureau du promoteur se trouvait au fond du couloir, sur la gauche. Suite 1701. Major Promoteurs. Lori, la réceptionniste mignonne, était partie, et avec elle la chance d'un Snickers gratuit. M. Major, derrière son bureau, hurlait dans le téléphone. Il s'arrêta brusquement et raccrocha avec violence en voyant Jack entrer avec les rouleaux de bleus.

— Putain, j'ai failli attendre! brailla Major. Ma mère de quatre-vingts ans serait arrivée plus vite avec son déambulateur!

— Désolé, fit Jack en lui tendant le bordereau.

Il n'offrit ni excuse ni explication. Il savait d'expérience que cela n'aurait servi à rien. Une seule chose comptait pour M. Major : il avait ses bleus et sa vie pouvait maintenant reprendre son cours.

Major lui arracha le bordereau, gribouilla une signature et le lui rendit. Pas de merci, pas de pourboire, rien. Lori la réceptionniste aurait peut-être remarqué son égratignure au genou, elle lui aurait peut-être donné un pansement et un peu de compassion, en plus du Snickers. Il en était réduit au fantasme. Dans sa vie sociale imaginaire, il pouvait au moins se permettre d'emmener une fille dans un endroit correct.

De retour dans la rue, il rappela le central pour confirmer la livraison. Il lui faudrait un quart d'heure pour rejoindre les locaux, il y passerait encore une demi-heure à joindre ses reçus aux mémos d'Eta – les notes qu'elle prenait lorsqu'elle attribuait les courses à chacun. À 19 h 15, il pourrait être sous la douche.

— Seize à central. Jack à central. Colis livré à Connard intégral.

— Message reçu, mon ange. Tu finiras au paradis.

— Je ne crois pas au paradis.

— Chéri, tu crois qu'il existe un monde meilleur que celui-là, quand même?

— Bien sûr. Il s'appelle Malibu. J'achèterai une maison là-bas quand je serai riche et célèbre.

— Je serai une femme entretenue, alors. Histoire de te donner une bonne grosse dose de sucre brun, mon bébé.

Eta pesait plus de cent kilos, avait des ongles violets de six centimètres et une tête de méduse pleine de tresses.

— Tu devras faire la queue juste derrière Claire Danes et Liv Tyler.

— Mon chou, ces petites Blanches, je les croquerai au déjeuner et je me servirai de leurs os comme cure-dent.

— Eta, tu me fais peur.

— C'est bien. Sinon, comment je pourrais te mener par le bout du nez et t'annoncer qu'il te reste une course?

Le grognement surgit du plus profond de son âme.

— Ah non, pas moyen. Pas ce soir. Appelle quelqu'un d'autre.

— Y a personne d'autre. Y a plus que toi, Lone Ranger, et chéri, t'es le meilleur.

Elle lui donna l'adresse de l'enlèvement et de la livraison, et lui suggéra d'utiliser le pourboire pour lui payer une bague avec des diamants.

Jack monta sur son vélo sous la lumière de sécurité, à côté de l'entrée du parking, et fixa le bout de papier sur lequel il venait de noter les nom et adresse, songeant au seul pourboire jamais reçu qui ait véritablement de la valeur, un dicton : «Mieux vaut avoir de la chance qu'être bon.»

Comme il repliait le papier, il se mit à pleuvoir.

2

L'écran de télévision installé dans la bibliothèque pleine à craquer de l'autre côté de la pièce était allumé. Lenny Lowell préparait son pli. Son bureau était une oasis de lumière ambrée au cœur d'une bande sombre de vitrines de commerces miteux – centre de yoga, voyante, salon de manucure fréquenté par des prostituées. Un peu plus loin, de l'autre côté de la rue, l'agence de cautionnement et d'encaissement de chèques était ouverte et, encore au-delà, une station-service 76 illuminait la nuit, plus éblouissante qu'une cour de prison.

À cette heure, le pompiste se serait déjà enfermé comme un veau dans sa guérite en Plexiglas pare-balles. Mais ce soir, ni lui ni l'agence de cautionnement n'auraient à craindre une agression. Il pleuvait. Et à L.A., même les criminels restent chez eux quand il pleut.

À la télé, une brune sexy évoquait le dernier crime en date. La sélection du jury se poursuivait pour le procès à venir de l'acteur Rob Cole, accusé du meurtre brutal de sa femme Tricia…

Lenny regardait d'un œil, écoutait d'une oreille. Seule sa jalousie était pleinement attentive. Cole s'était adjoint les services de Martin Gorman, dont la liste de clients avait tout du *Who's Who* des plus fameux ratés d'Hollywood. Celle de Lenny avait tout du *Who's Who* des raclures les plus connues du LAPD, la police de L.A.

Ce qui ne voulait pas dire que Lenny n'avait pas réussi. Le monde était plein de récidivistes trop riches pour un avocat commis d'office ou trop malins pour se faire prendre. Le cabinet de Lenny était prospère. Et ses récentes activités extraprofessionnelles lui avaient rapporté une Cadillac flambant neuve et un billet pour les Antilles. Pourtant, il avait toujours aspiré au feu des projecteurs réservé à des avocats tels que Martin Gorman,

Johnnie Cochran ou Robert Shapiro. Il n'avait juste pas réussi à trouver le moyen d'y accéder sans talent ni relations.

Une photographie de Tricia Crowne-Cole envahit l'écran de télévision. Elle n'était pas particulièrement séduisante, plutôt grassouillette et insipide, avec des cheveux bruns trop longs pour une femme de son âge. (Elle devait sûrement avoir une cinquantaine d'années – considérablement plus âgée que son mari, si tant est qu'il ait la quarantaine, ainsi qu'il l'affirmait.) Ses lunettes lui donnaient un air de vieille bibliothécaire célibataire.

On aurait pu croire que la fille d'un multimilliardaire aurait consacré un peu de son argent à s'arranger. Surtout dans cette ville, où les femmes enregistraient le numéro de leur chirurgien plastique et de leur créateur préféré en raccourci dans leur téléphone portable. Des montagnes de dollars pouvaient métamorphoser un laideron en beauté à tomber par terre.

Il était difficile pour le pékin moyen d'imaginer que quiconque eût pu souhaiter sa mort. Elle avait consacré sa vie à superviser les œuvres philanthropiques de son père. Il n'y avait pas une maladie que Norman Crowne ne tentait pas de guérir, une grande cause sociale qu'il ne défendait pas, un art prétentieux qu'il ne soutenait pas – via Tricia. Elle était la conscience sociale de son père.

Il était impossible pour le pékin moyen d'imaginer comment quelqu'un avait pu la tuer avec une telle sauvagerie ; on l'avait étranglée avant de lui fracasser le crâne à l'aide d'une sculpture de la taille d'une boule de bowling. Lenny n'était pas le pékin moyen. Il avait tout entendu mille fois et savait parfaitement de quoi les gens étaient capables, jusqu'où pouvaient les mener la haine et la jalousie.

La rumeur disait que Tricia, excédée des infidélités et des scènes à répétition de son mari, s'apprêtait enfin à se débarrasser de ce parasite. La carrière de Rob Cole, homme de piètre talent, était une succession de caprices et d'imbécillités. Il avait dilapidé tout son argent et une bonne partie de celui de sa femme. Il en avait sniffé beaucoup. Le reste avait filé dans des centres de désintoxication – sous forme de dons caritatifs. Rob Cole n'avait pas la force de caractère pour se tirer d'affaire ni le bon sens de cacher ses faiblesses.

Bref, un client sur mesure pour Leonard Lowell, se lamenta Lenny. S'il avait décroché Rob Cole, il aurait pu se faire un nom – un nom qui serait connu au-delà même des gens possédant un casier. Mais Rob Cole était le client de Martin Gorman. Lenny avait d'autres chats à fouetter.

La sonnerie de la porte d'entrée retentit, annonçant l'arrivée du coursier. Contournant son bureau, Lenny jeta au passage un coup d'œil aux brochures que lui avait données la rousse de l'agence de voyages et se demanda s'il parviendrait à la baratiner assez pour la persuader de l'accompagner. Les îles Caïmans et une super nana. Le paradis.

Jack appuya sur la sonnette une seconde fois, bien qu'il vît Lenny sortir de son bureau et traverser le réduit sombre qu'occupait en journée sa secrétaire – une femme aux cheveux blonds mousseux et aux lunettes papillon, connue sous le seul nom de « Poupée ». Lenny semblait sortir de ces vieux films dans lesquels tous les hommes sont des fumeurs à l'élocution rapide qui portent chapeaux et costumes amples.

Jack était venu à plusieurs reprises au bureau de Lowell. Nombre de clients étaient des hommes de loi, d'un genre ou d'un autre – au grand mécontentement des coursiers. Les avocats étaient d'une radinerie notoire, et jamais contents. Lors de la soirée annuelle donnée pour Thanksgiving, les coursiers avaient toujours droit à une *piñata* à l'effigie de l'avocat qu'ils avaient le plus détesté au cours de l'année. On la fabriquait en matériaux super résistants pour que tous aient l'occasion de la frapper à l'envi.

Jack se pliait à la coutume et gardait pour lui son intention de rejoindre, un jour, les rangs honnis. Avec l'enfance qui avait été la sienne, il avait eu l'occasion de voir la justice s'acharner sur beaucoup de monde, surtout des jeunes. Il entendait renverser la situation en sa faveur et, avec un peu de chance, aider aussi les autres. Mais il ne suivait que deux cours par semestre, autrement dit, la plupart de ses acolytes coursiers seraient morts ou partis avant qu'il accède au barreau. Si Jack se voyait un jour immortalisé sous la forme d'une *piñata*, ceux qui le roueraient de coups lui seraient inconnus.

Pour l'heure, il faisait toujours l'effort de discuter le bout de gras avec les avocats, dès qu'il en avait l'occasion ; il tentait de faire bonne impression, de glaner tout ce qu'il pouvait concernant la profession et les gens que l'on y croisait. Le réseau. En gardant à l'esprit qu'un jour il pourrait avoir besoin d'un boulot, d'une recommandation, d'un conseil pour sa carrière.

Lowell ouvrit la porte, son long visage chevalin fendu d'un sourire anormalement blanc.

— Qu'il pleuve, qu'il neige ou qu'il vente... lança-t-il d'une voix de stentor.

Il avait bu. Jack sentait un relent de bourbon flotter par-dessus son eau de Cologne bon marché.

— Salut Lenny, dit Jack en forçant le passage pour se mettre au sec. Il pleut, je te signale.

— Et c'est pour ça que tu es royalement payé, gamin.

— Ben voyons. Je roule sur l'or, c'est bien connu, dit Jack en réfrénant l'envie de s'ébrouer comme un chien mouillé. Et je fais ce boulot pour le fun.

— Tu mènes une vie simple, répondit l'avocat en titubant jusqu'à son bureau. C'est déjà beaucoup.

— C'est naze, tu veux dire. Crois-moi, Lenny, je préférerais conduire ta Cadillac toute neuve que mon vélo. Surtout ce soir. La flotte, j'ai horreur dé ça.

Lowell agita sa grande main osseuse en direction de Jack.

— Mais nan. Il pleut jamais dans le sud de la Californie. À moins d'être un pauvre type du genre de Rob Cole. Et là tu te retrouves en pleine tempête de merde.

Jack regarda autour de lui. Des piles de livres, de journaux, de classeurs. Sur le bureau, à côté d'un trophée de bowling datant de 1974, deux photographies encadrées : l'une d'un cheval de course dans le cercle des vainqueurs, une couronne de fleurs à l'encolure, l'autre d'une jolie jeune femme aux longs cheveux bruns et au sourire confiant – la fille de Lenny, Abby. Étudiante en droit, lui avait confié Lenny.

— Gorman va le tirer de là, répondit Jack en prenant le trophée de bowling pour y lire l'inscription « Médaille d'argent par équipe, Hollywood Bowling, 1974 ».

Il n'était pas difficile de se représenter Lenny vêtu de l'une de ces chemises de bowling des années cinquante, les cheveux gominés en arrière.

— Gorman est un bon, et même un très bon.

— Mieux vaut avoir de la chance qu'être bon, gamin, rétorqua Lenny. Martin parie contre le casino dans un jeu truqué. L'argent est roi. N'oublie jamais ça.

— Je n'oublierai pas, fit Jack en reposant le trophée.

Il se gratta le bras sous la manche de son imperméable en plastique bon marché. Il en avait acheté une demi-douzaine au magasin « Tout à 99 cents » parce que, pliés, ils avaient le format d'un portefeuille et ne prenaient pas de place dans son sac de coursier. Ils survivaient rarement à un orage, mais il y avait de fortes chances pour que les six lui durent tout l'hiver.

— Tiens, dit Lowell en lui fourrant un billet de vingt dollars dans la main. Pour ta peine, petit. Et ne va pas le cramer en une seule fois.

Jack eut envie de le tenir à la lumière, pour vérifier.

Lowell grogna.

— C'est un vrai. Bon Dieu. Le dernier mornifleur que j'ai défendu a fini à Saint-Quentin en 1987. Maintenant, la fausse monnaie, c'est la mafia russe. Moi j'y touche pas. Ces enfoirés pourraient faire passer Hannibal Lecter pour un ronchon ayant un problème gastrique.

Il leva son verre pour se porter un toast à lui-même.

— Longue vie à moi. Tu bois un petit coup, gamin ?

— Non merci, je ne bois pas.

— T'es un conducteur responsable, c'est ça ?

— Quelque chose dans ce goût-là.

Et un adulte responsable, pour autant que Jack s'en souvienne, mais il n'en dit rien à Leonard Lowell. Il ne disait jamais rien de sa vie à personne. Moins les gens en savaient, moins Jack susciterait de curiosité et moins on serait susceptible de vouloir l'« aider ». Un bonus de vingt dollars était toute l'aide que Jack souhaitait.

— Merci, Lenny, j'apprécie.

— Je sais bien, gamin. Tu diras à ta mère qu'elle t'a bien élevé.

— Promis.

Impossible. Sa mère était morte depuis six ans. Il s'était élevé tout seul, avec Tyler.

Lowell lui tendit une enveloppe matelassée en papier kraft de douze centimètres sur dix-sept. Il suspendit à sa lèvre inférieure une cigarette, qui s'agita au rythme de ses paroles, tandis qu'il fouillait ses poches à la recherche d'un briquet.

— J'apprécie que t'ailles déposer ça pour moi, gamin. T'as l'adresse?

Jack la répéta de mémoire.

— Garde-moi ça au sec, dit Lowell en exhalant de la fumée en direction du plafond encrassé.

— Comme si ma vie en dépendait.

3

Une réplique pour la postérité, se dirait Jack plus tard, en repensant à cette soirée. Mais il ne pensait à rien lorsqu'il ressortit sous la pluie et ôta l'antivol de son vélo.

Au lieu de placer la lettre dans son sac, il la glissa sous son tee-shirt et coinça le tout dans l'élastique de son short de cycliste. Au chaud et au sec.

Il grimpa sur son vélo à la lueur du néon bleu de l'enseigne « Voyante extralucide » et se mit à pédaler, les jambes lourdes, le dos douloureux, les doigts gelés glissant sur le guidon mouillé. Il mit tout son poids sur l'une ou l'autre pédale et le vélo s'inclina à gauche puis à droite. Le mouvement latéral devint progressivement une propulsion vers l'avant à mesure qu'il prenait de la vitesse, et la douleur se transforma petit à petit en un engourdissement familier.

La dernière course.

Il s'occuperait de la paperasse le lendemain. Il déposerait ce paquet, rentrerait à la maison et se traînerait jusque sous la douche. Il tenta de se projeter : l'eau bien chaude s'abattait sur ses épaules, véritable massage qui venait soulager ses muscles noués, la vapeur dégageait de ses narines la puanteur de la ville et calmait ses poumons après une journée à aspirer les gaz d'échappement. Il imagina la soupe bien chaude de Mme Chen, les draps propres sur le futon et fit de son mieux pour ignorer la pluie glacée qui dégoulinait sur son visage et balayait les traces d'huile sur la route.

L'esprit ailleurs, il avançait en pilote automatique. Après la station-service 76, à droite. Deux rues plus loin, à gauche. Les ruelles transversales étaient vides, sombres. Personne ne flânait dans cette partie de la ville à une heure pareille sans une bonne raison. Les artisans – vitrier, expert en climatisation, tapissier, carrossier –, installés dans ces rez-de-chaussée crasseux au toit plat, fermaient boutique à 18 heures.

Il aurait pu se dire que c'était une destination étrange pour un pli provenant d'un avocat, mais c'était Lenny, et les clients de Lenny étaient de petits truands médiocres.

Jack vérifiait les numéros sur les maisons quand la lumière le lui permettait. L'adresse de livraison serait la première sur la droite, dans la prochaine rue. Mais le bâtiment semblait inoccupé. Jack le dépassa, vérifia le numéro sur la bâtisse suivante, plongée dans l'obscurité, à l'exception de la lumière de sécurité dominant la porte d'entrée.

Il sentit un picotement d'appréhension, comme un ongle lui griffant la nuque. Il fit demi-tour et passa lentement devant l'édifice désaffecté.

Des phares s'allumèrent, l'aveuglant un instant.

Merde. De quel genre de livraison s'agissait-il ? Drogue ? Corruption ? Quoi que ce fût, Jack n'allait sûrement pas s'en charger. Il aurait fallu être fou pour entrer là-dedans et demander une signature sur le bordereau.

Maintenant, il était énervé. Énervé et effrayé. On l'avait envoyé dans un putain de bâtiment vide, à la nuit tombée. Putain. Lenny Lowell pouvait aller se faire voir. Il pouvait reprendre son paquet et se l'enfoncer bien profond.

Debout sur ses pédales, Jack se remit en route.

La voiture fit un soubresaut vers l'avant, moteur rugissant et, comme une bête qui charge, fonça droit sur lui.

Pendant une fraction de seconde, Jack, paralysé, ne bougea pas. Puis ses jambes se mirent à s'actionner comme des pistons, les roues de son vélo dérapèrent sur la chaussée mouillée. S'il partait tout droit, le véhicule serait sur lui comme un chat sur une souris. Il préféra braquer brusquement à gauche. L'arrière du vélo chassa sur le bitume glissant. Il posa un pied pour éviter la chute, ramena le vélo sous lui. Maintenant, c'était lui qui chargeait la voiture.

Le cœur au bord des lèvres, il bifurqua à droite, presque trop tard, bondit par-dessus le trottoir pour revenir vers le bâtiment abandonné et passa en trombe devant la voiture – grosse, foncée, une berline familiale. Celle-ci franchit le trottoir. Jack entendit le grincement du métal comme le bas de caisse venait heurter le pavé. Les pneus crissèrent sur la rue mouillée, où la voiture dérapa dans un grand virage maladroit.

Jack fonça dans l'allée aussi vite qu'il le put, priant pour que ce ne soit pas un cul-de-sac. Dans le centre de L.A., il était le rat des villes qui connaissait le moindre égout, la moindre benne à ordures, la moindre fissure dans un mur susceptible de fournir un raccourci, une évasion, un abri, une cachette. Ici, il était vulnérable, un lapin à découvert. Une proie.

La voiture le poursuivait. Le prédateur. Le faisceau des phares s'éleva, redescendit dans l'obscurité quand, dans un grand bruit, la voiture effectua une marche arrière sur le trottoir.

Jack avait déjà été suivi au milieu de la circulation – par des jeunes glandeurs ou des forcenés, qui écumaient parce qu'il leur avait fait une queue de poisson, s'était accroché à leur véhicule le temps de grimper une côte, avait heurté l'un de leurs rétroviseurs. Des connards qui voulaient lui donner une bonne leçon, lui faire peur. Il n'était jamais tombé dans un guet-apens. Il n'avait jamais été pourchassé.

S'il pouvait atteindre le bout de la ruelle avant que la voiture tourne et l'éclaire de ses feux, il avait une chance sur deux de la larguer. Le bout de la ruelle lui semblait à des kilomètres.

Et il était déjà trop tard.

Les pleins phares illuminèrent son dos. La voiture fonça sur lui dans un vacarme digne d'un train, dispersant les poubelles comme des quilles de bowling sur son passage.

Merde, merde, merde.

Il ne pouvait pas aller plus vite que la voiture ni bifurquer pour la semer. À sa gauche : des immeubles accolés, doublés de bennes à ordures, cartons et autres déchets abandonnés – le parcours du combattant. À sa droite : un grillage couronné de fil de fer barbelé acéré. À ses trousses : l'ange de la mort.

Jack se contorsionna et extirpa son antivol en U de son sac. Le pare-chocs avant de son poursuivant frôla son pneu arrière. Il faillit s'effondrer sur le capot de la voiture. Approchant autant que possible du grillage, Jack actionna les freins et posa pied à terre juste à côté du pare-chocs du prédateur.

De la main gauche, Jack envoya son lourd antivol en acier dans le pare-brise. Une toile d'araignée se dessina sur toute la vitre. La voiture fit une embardée et le poussa contre le grillage. Jack se retourna et attrapa le treillis à deux mains, s'y cramponnant avec fermeté tandis que le vélo était éjecté sous lui. Son orteil droit était encore accroché au cale-pied, son corps fut ballotté de droite et de gauche à mesure que le véhicule poussait son vélo en avant.

Le grillage lui lacérait les doigts, le poids du vélo l'entraînait vers le bas. Il avait l'impression que ses bras allaient se désarticuler, que l'on tentait de lui arracher le pied au niveau de la cheville et, tout à coup, il sentit le vide, la chute.

Son dos atterrit sur l'asphalte craquelé. Puis il roula, s'agenouilla tant bien que mal, sans quitter des yeux la voiture, qui réservait à son vélo une mort atroce.

Son seul moyen de transport. Son gagne-pain. Disparu. Broyé par la roue arrière d'un véhicule.

Il était seul. À pied. Avec une chaussure en moins. Jack se releva, la douleur vrillait sa cheville tordue, mais il se précipita jusqu'aux immeubles avant que la voiture ait le temps de s'arrêter.

Son instinct de survie hurlait dans son crâne. *Vas-y, vas-y, cours !*

Il était jeune, il était rapide, et extrêmement motivé. Il avisa un mur peu élevé entre deux bâtiments. Il allait se précipiter jusquelà, bondir par-dessus et se tirer. Cheville fichue ou pas, il pouvait quand même distancer l'enfoiré au volant.

Mais il ne pouvait éviter une balle.

Le coup toucha la benne à ordures à trente centimètres à gauche de Jack, au moment même où il entendit la détonation, ou presque.

Putain !

Il fallait qu'il franchisse ce mur. Il le fallait. Il allait passer pardessus et courir comme un malade.

Il entendit des bruits de pas juste derrière lui.

La deuxième balle passa loin sur la droite et termina dans une autre benne.

Un homme cria : « Bordel ! »

Trop près. Trop près.

Les bruits de pas juste derrière lui.

Jack s'élança vers le mur et fut momentanément rejeté vers l'arrière, son poursuivant ayant réussi à attraper son sac, qu'il portait en bandoulière dans le dos.

Il s'effondra sur l'homme et tous deux, emportés par l'élan, basculèrent à la renverse, leurs jambes enchevêtrées. Le corps de son agresseur amortit la chute. Jack tenta de se remettre sur ses pieds et d'échapper à ses griffes. Mais ce dernier s'agrippait à son sac.

— Espèce de petite merde.

Jack envoya un coup de coude en arrière, il entra violemment en contact avec une partie du visage de son agresseur. Un os craqua presque aussi fort qu'avait résonné le coup de feu et, pendant un quart de seconde, l'étreinte de ce salaud se relâcha, et il laissa échapper un chapelet de jurons. Jack plongea pour dégager la bretelle de son sac et se précipita à nouveau en direction du mur.

D'une main, son adversaire saisit l'arrière de la cape de pluie de Jack et tenta de le frapper de l'autre. Le poncho bon marché se déchira comme un mouchoir en papier humide. La crosse du pistolet ricocha sur le casque de Jack. Des étoiles explosèrent devant ses yeux, mais il continua sa course.

Par-dessus le mur ! Par-dessus le mur !

Il fonça droit dessus, grimpa, le franchit et bascula cul par-dessus tête de l'autre côté, atterrissant dans l'eau, la boue et les ordures.

Dans cette trouée entre les immeubles régnait une obscurité absolue, la seule lumière au bout de ce tunnel étant une faible lueur argentée. Il courut dans cette direction, sans espérer jamais l'atteindre, s'attendant au bruit sourd et à la brûlure d'une balle qui lui traverserait le dos, déchirerait son corps, déchiquetterait organes et vaisseaux sanguins.

Mais il courut quand même.

La balle ne vint pas.

Il sortit de la ruelle, tourna à gauche et détala le long des devantures de bâtiments sombres, sautant par-dessus les plantations et les murets d'aménagements paysagers fatigués. Comme il venait de franchir un massif d'arbustes, sa cheville foulée le lâcha et il s'écroula, s'écorchant les mains sur le gravier en tentant d'atténuer l'impact. Il s'attendait à entendre des pas derrière lui, mais personne ne vint.

Haletant, pris de vertiges, Jack se releva et continua sa route en titubant dans un étroit couloir entre deux bâtiments. Il s'arrêta, s'effondra contre un mur de ciment rugueux, pris d'une envie de vomir, mais craignant que le bruit n'attire son poursuivant et ne signe son arrêt de mort.

Plié en deux, il se mit la main sur la bouche, pour essayer de ralentir sa respiration. Son cœur semblait sur le point de faire exploser sa cage thoracique et il craignit un instant de se retrouver sur le sol, pris de convulsions et de spasmes à la manière d'un poisson échoué. Il avait la tête qui tournait, l'impression que son cerveau était pris dans le tourbillon d'une chasse d'eau, et sur le point de partir à l'égout.

Oh, mon Dieu !

Ce Dieu auquel il ne croyait pas.

Quelqu'un essaye de me tuer.

Putain.

Il tremblait violemment, il avait froid comme s'il venait soudain de prendre conscience de la pluie hivernale qui s'abattait sur lui et pénétrait ses vêtements. La douleur à la cheville était lancinante, brûlante. Une autre, beaucoup plus aiguë, lui transperçait le pied. Il tâta le dessous de sa chaussette détrempée et extirpa un tesson de verre. Il se laissa tomber contre le mur et s'accroupit, les bras autour des jambes.

L'émetteur-récepteur était toujours attaché à sa cuisse. Il pouvait essayer d'appeler le central, mais Eta avait sûrement rejoint ses gosses depuis longtemps à cette heure. S'il avait eu un portable, il aurait appelé les flics. Mais c'était une dépense qu'il ne pouvait se permettre, et il n'avait aucune confiance en la police. Il n'avait confiance en personne à part lui-même. Depuis toujours.

Le vertige fut suivi d'une vague de faiblesse, contrecoup de la montée d'adrénaline initiale. Il se concentra pour capter des sons autres que sa propre respiration et les battements de son cœur qui résonnaient dans ses oreilles. Il essaya d'entendre le bruit de son agresseur, tenta de deviner ce qu'il pouvait faire.

Mieux valait rester sur place. Il était hors de vue et à proximité d'une issue de secours au cas où son assaillant le rattraperait. À moins qu'ils ne soient deux – des assaillants, au pluriel. Un de chaque côté du tunnel, et il était cuit.

Il pensa à Tyler, qui devait maintenant se demander où il était passé. Bien sûr, son frère ne l'attendait pas sans compagnie. Tyler n'était jamais seul. Un petit génie blanc qui vivait à Chinatown et parlait couramment le mandarin, ça se remarquait. Tyler était une bizarrerie. Les gens l'appréciaient, tout en étant déconcertés. Les Chen le traitaient comme s'il était une sorte d'enfant béni envoyé pour leur porter chance.

Pourtant, les frères Damon constituaient à eux deux les seuls membres de leur famille. Et ce lien du sang avec Tyler était la chose la plus forte que Jack ait jamais connue. C'était sa raison de vivre, sa motivation pour entreprendre ou se fixer des buts.

Faut te tirer d'ici.

Des pas claquèrent sur le bitume. Jack ne pouvait dire d'où venait le bruit. La ruelle ? La rue ? Il se fit aussi petit que possible, se serra contre le flanc de l'immeuble et compta les battements de son cœur.

Une silhouette sombre se figea au bout du bâtiment, côté rue, et, les bras écartés, se tourna avec des mouvements hésitants d'un côté, puis de l'autre. La lumière était trop faible pour que Jack discerne autre chose qu'une forme vague. Cet homme n'avait ni visage, ni couleur.

Jack appuya sa main sur son ventre, sur cette enveloppe glissée sous son tee-shirt, qu'il tenait en sécurité. Dans quoi Lenny avait-il bien pu se fourrer ?

La silhouette sombre fit demi-tour et s'éloigna.

Jack attendit, comptant en silence, jusqu'à ce qu'il estime que le prédateur ne reviendrait pas. Puis il rampa le long du mur, à travers les débris abandonnés, les flaques et les morceaux de verre, et jeta un regard prudent sur la ruelle. Une benne à ordures lui bouchait la vue. Il ne pouvait voir qu'un seul des feux arrière de la voiture, rougeoyant comme un œil maléfique dans l'obscurité.

Son vélo gisait sur le sol, juste derrière. Jack espéra que le cadre n'était pas touché. Il était capable de réparer une roue broyée, comme bien d'autres dégâts. Mais si le cadre était tordu, c'était une autre affaire.

Il entendait Mojo lui répéter que ce vélo était maudit. Mojo, le grand et maigre Jamaïcain avec des dreadlocks jusqu'aux fesses qui portait le genre de grosses lunettes couvrantes conçues pour les aveugles. Âgé d'une trentaine d'années, Mojo faisait figure de vétéran parmi les coursiers. Un chaman pour certains. Il avait beaucoup à dire sur ce vélo.

Jack en avait pour ainsi dire hérité. C'est-à-dire que personne n'osait le toucher depuis qu'il était soudainement devenu disponible deux ans auparavant. Son précédent propriétaire, un type qui se faisait appeler « le King » et travaillait le soir comme strip-teaseur sosie d'Elvis, avait perdu le contrôle en zigzaguant entre les véhicules et avait terminé sa course sous les roues d'un camion poubelles. Le vélo avait survécu. Pas le King.

Les coursiers sont du genre superstitieux. Le King était mort en service. Et personne ne voulait du vélo d'un type mort en faisant son boulot. Il avait passé une semaine dans un couloir du central en attendant que le plus proche parent du King vienne le réclamer, mais ou bien il n'en avait pas ou alors tout le monde s'en foutait.

Jack ne croyait pas à la superstition. Selon lui, chacun avait la chance qu'il méritait. Le King avait fini écrasé parce qu'il était dopé au speed la plupart du temps et qu'il n'était pas très futé. Jack croyait à la concentration et à l'efficacité. Dans ce vélo, il avait avant tout vu un solide cadre Cannondale, deux bonnes roues, une selle renforcée. Ce qui signifiait réduire ses temps de livraison, augmenter le nombre de ses courses, gagner plus d'argent. Jack avait dédaigné tous les avertissements, abandonné son vélo merdique en le posant contre un distributeur de journaux pour qui aurait envie de le voler et était rentré chez lui sur son Cannondale. Il l'avait baptisé « la Bête ».

Le moteur de la voiture accéléra et les feux arrière disparurent. L'agresseur rentrait chez lui, après une rude journée passée à tenter de tuer des gens, songea Jack. Des frissons lui parcoururent l'échine, causés tant par la pluie que par le soulagement. Cette fois, lorsqu'il fut pris d'un haut-le-cœur, il ne se retint pas de vomir.

Des phares éclairèrent une dernière fois la rue. La grosse voiture gronda comme une panthère, tandis que des sirènes gémissaient au loin.

Jack revint sur les lieux où gisait sa monture tombée au champ d'honneur, la roue arrière broyée, impossible à sauver. S'il s'était agi d'un cheval, il aurait fallu l'achever pour mettre un terme à ses souffrances. Mais c'était un vélo, et son cadre était intact. Un miracle de Dieu, aurait dit John le Prédicateur. Entre ses courses, John le Prédicateur se postait à l'angle de la Quatrième et de Flower, devant le très chic Bonaventure Hotel, et récitait la Bible à tous ceux qui avaient la malchance de croiser sa route.

Jack ne croyait pas aux miracles. Il avait eu du bol. Beaucoup même, puisqu'il était toujours vivant.

Il chercha son sac, mais il n'était plus là. Emporté comme lot de consolation par le chasseur. Mais peut-être ce dernier pensait-il avoir rempli sa mission? Quelqu'un voulait le contenu du foutu pli de Lenny, qui était bien serré contre le ventre de Jack par la ceinture de son short de cycliste.

Et, quoi que ce fût, Jack allait le découvrir. Lenny lui devait quelques explications.

Il ramassa son vélo, le fit basculer sur sa roue avant et se mit à marcher.

4

— Ne mets pas les pieds dans sa cervelle, avertit Kev Parker.

Kev Parker, quarante-trois ans, lieutenant chef, envoyé en division inférieure à coups de pied au cul pour terminer sa carrière en disgrâce.

Renee Ruiz, la nouvelle recrue qu'il était chargé de former, baissa les yeux en direction de son escarpin fantaisie en daim beige et imprimé léopard. Le talon aiguille était déjà planté dans un mollard spongieux de matière grise qui avait giclé à quelque distance du corps.

— Merde, Parker ! couina-t-elle. T'aurais pu me prévenir !

— C'est ce que je viens de faire.

— J'ai failli foutre en l'air mes chaussures !

— Ah ouais ? Tes pompes, c'est le cadet de mes soucis, si tu veux savoir. Et puisque le bon sens n'a pas l'air de faire partie de tes qualités, je vais te le répéter une fois de plus : pas de talons aiguille au boulot. Tu es flic, pas tapineuse, je te rappelle.

Ruiz le regarda en plissant des yeux et lui cracha quelques mots choisis en espagnol.

Parker ne se laissa pas impressionner.

— C'est ta mère qui t'a appris ça ? demanda-t-il en se concentrant à nouveau sur le corps qui gisait sur le sol du bureau.

Le lieutenant stagiaire Ruiz fit un grand pas pour s'éloigner des dégâts et se trouver face à Parker.

— Tu dois me traiter avec respect, Parker.

— Je le ferai, dit-il, sans lui jeter un regard.

Le cadavre appelait toute son attention. Trauma massif à la tête. Le tueur s'était visiblement régalé.

— Quand tu le mériteras, ajouta-t-il.

Et encore une salve en espagnol.

Parker formait les nouvelles recrues depuis quatre ans et celle-ci était vraiment la pire de toutes. Il n'avait pas de problème avec les femmes. Ni avec les Hispaniques portant des jupes serrées à la Jennifer Lopez. Il avait un problème avec l'insolence, et Renee Ruiz en avait à revendre. Moins d'une semaine que Parker bossait avec elle et il avait déjà envie de l'étrangler et de se débarrasser de son corps dans les puits de bitume de La Brea.

— Bon, tu veux bien te concentrer, maintenant ? s'impatienta-t-il. Au cas où tu n'aurais pas remarqué, on est sur un homicide, là. On a un cadavre par terre dont la tête a explosé partout comme un chou-fleur pourri. Qu'est-ce que tu es censée faire au lieu de m'emmerder avec tes histoires de chaussures ?

Ruiz fit la moue. C'était une bombe. Un corps à transformer le premier hétéro venu en crétin parfait, bave aux lèvres. Elle avait une bouche pulpeuse, qu'elle soulignait d'un trait de crayon trois tons plus foncés que le gloss brillant qu'elle appliquait au centre. Le style « Mexicaine au centre commercial », ainsi que le décrivait le lieutenant Kray.

Kray, également membre de la brigade des homicides, avait un problème avec les femmes, les Hispaniques, les Noirs, les juifs, ainsi que tout autre groupe ethnico-religieux qui n'était pas de ces petits Blancs racistes et imbéciles de Trou-du-Cul en Louisiane – selon la description de Parker.

— Où est ton calepin ? demanda Parker. Tu dois tout prendre en note. Et quand je dis tout, c'est tout. T'aurais dû commencer à l'instant où on t'a appelée. À quelle heure tu as reçu le coup de fil, qui t'a dit quoi, à quelle heure tu as coincé ton cul dans cette jupe et enfilé ces pompes ridicules. L'heure à laquelle tu es arrivée sur le lieu du crime, à qui tu as parlé en premier, ce que tu as vu quand tu es entrée dans cette pièce. La position du corps, l'endroit où se trouvait l'arme du crime, comment et jusqu'où avait giclé la cervelle, si oui ou non sa braguette était ouverte. Absolument tout ce que t'as sous les yeux. Oublie le moindre truc et je te garantis que n'importe quel avocat de la défense merdique te fera venir à la barre pour te poser une question sur ce point apparemment insignifiant, et il te détricotera le dossier d'accusation comme un vieux pull. Les deux pires mots de la langue anglaise, chérie : doute raisonnable.

Parker refusait de l'appeler « lieutenant » Ruiz tant qu'elle n'avait pas son insigne entre les mains. Elle n'avait pas le même grade que lui, et il le lui rappellerait, de façon subtile ou pas, chaque jour de sa période de formation. Il ne dirigeait pas grand-chose dans ce foutu boulot, mais tant qu'il aurait Ruiz comme coéquipière, il aurait au moins l'illusion de la diriger, elle.

— Et mesure les distances, ajouta-t-il. Si tu trouves une crotte de nez sur le tapis, je veux savoir exactement où elle se trouve par rapport au corps. Inscris les mesures exactes dans tes notes personnelles, les mesures approximatives dans celles que tu prendras avec toi au tribunal. Si tu mets tes relevés précis dans le rapport officiel et qu'ils ne correspondent pas au millimètre avec ceux des experts, l'avocat de la défense ne va plus te lâcher.

L'insolence de Ruiz revint au galop.

— T'es le boss. C'est ton affaire. Pourquoi tu te taperais pas le sale boulot, Parker ?

— Je vais le faire. Je ne te fais pas confiance pour t'en charger correctement, crois-moi. Mais tu vas le faire aussi, comme ça, quand la prochaine victime pointera son nez et que tu seras responsable de l'enquête, t'auras au moins l'air de savoir ce que tu fais.

Il parcourut du regard la pièce en fouillis, investie par les intellos de la police scientifique. Un des agents en uniforme qui avait répondu à l'appel initial se tenait à côté de la porte principale et notait le nom de toutes les personnes autorisées à entrer. De l'autre côté de la pièce, son coéquipier, plus vieux, costaud et dégarni, désigna un élément susceptible de constituer une preuve significative aux techniciens de la police scientifique. Jimmy Chewalski était un bon gars. Il parlait trop, mais c'était un bon flic. Tout le monde l'appelait Jimmy Chew.

Ruiz ignorait superbement experts et agents en uniforme. Ayant réussi l'examen pour être lieutenant, elle se considérait au-dessus d'eux. Bien qu'elle ait depuis peu remisé l'uniforme, elle se comportait désormais en princesse parmi les sous-fifres. Pour Ruiz, Jimmy Chew ne pesait pas lourd face à son homonyme, créateur de chaussures, Jimmy Choo.

Parker s'approcha du policier, laissant Ruiz chercher un moyen de se pencher au-dessus du corps sans montrer ses fesses à tout le monde.

— Jimmy, où est le médecin légiste ? demanda Parker en contournant avec précaution le corps et une pile de papiers qui jonchait le sol.

Le légiste avait toujours droit à la première danse. Personne n'était autorisé ne serait-ce qu'à faire les poches du cadavre tant qu'il ou elle n'avait pas terminé son travail.

— Elle risque de ne pas être là tout de suite, répondit Chewalski. Elle est sur une affaire de meurtres suivis de suicide.

— Qui ça, Nicholson ?

— Ouais. Un type a flingué sa femme et ses deux gamins parce que madame avait ramené une portion normale de KFC au lieu de la super croustillante. Après ça, il est allé dans la salle de bains et s'est fait sauter le caisson. D'après ce que j'ai entendu dire, c'était tellement affreux que les collègues ont été obligés de prendre un parapluie pour entrer dans la salle de bains. Le visage du gars a été collé au plafond. Et comme chacun sait, ce qui monte finit toujours par redescendre. Il paraît qu'un globe oculaire s'est écrasé sur la tête de Kray.

Parker ricana.

— Dommage qu'il n'ait pas pu récupérer un peu de matière grise au passage. Ça lui aurait permis d'avoir au moins un demi-cerveau.

Chew sourit.

— Ce type a tellement la tête dans le cul qu'elle est ressortie entre ses épaules. Un vrai nœud marin.

Parker revint au cadavre.

— Alors, qu'est-ce qu'on a, ici ?

Chew leva les yeux au ciel.

— Eh bien, Kev, ci-gît une ordure de membre du barreau que personne n'ira pleurer.

— Voyons, Jimmy, ce n'est pas parce que ce type n'était qu'un connard sans âme ni sens moral qu'il méritait d'être tué.

— Excusez-moi, qui est le responsable ici ?

Parker tourna la tête et découvrit une jolie brune d'une vingtaine d'années dans un très chic imperméable Burberry, qui se tenait à un mètre de lui, près du couloir menant à la porte de derrière.

— C'est moi. Lieutenant Parker. Vous êtes ?

Sans un sourire, elle planta son regard noir et ferme dans les yeux de Parker, puis dans ceux de Chewalski.

— Abby Lowell. L'ordure membre du barreau, le connard sans âme ni sens moral qui gît mort, sur le sol, c'est mon père. Leonard Lowell.

5

Jimmy Chew laissa échapper un bruit suggérant qu'il venait de se faire empaler. Parker encaissa, avec un imperceptible tressaillement des paupières. Il se découvrit et tendit la main à Abby Lowell. Celle-ci regarda sa paume comme s'il s'agissait d'un incubateur à bactéries.

— Mes condoléances, mademoiselle Lowell, dit Parker. Je suis désolé que vous ayez entendu cela.

Elle haussa l'un de ses sourcils parfaits.

— Mais pas de l'avoir dit ?

— Ça n'avait rien de personnel. Je suis sûr que l'opinion des flics sur les avocats de la défense ne vous surprend pas.

— Effectivement.

Elle avait une voix forte et légèrement éraillée qui jouerait en sa faveur dans un tribunal. Son regard méprisant ne faillit pas. Elle n'avait pas encore posé les yeux sur le corps de son père. Elle faisait la fière pour éviter de le voir, songea Parker.

— Je suis moi-même en faculté de droit. Juste histoire de vous donner une longueur d'avance pour trouver de nouvelles insultes à mon endroit.

— Je peux vous assurer que nous traitons tous les homicides de la même façon, mademoiselle Lowell. Quelle que soit la victime.

— Ça n'est pas vraiment pour me rassurer, lieutenant.

— J'ai un taux d'élucidation de quatre-vingt-six pour cent.

— Qu'est-il arrivé aux quatorze autres ?

— Je travaille toujours dessus. Et ce, jusqu'à ce qu'ils soient réglés. Peu importe le temps que ça me prendra, même si les coupables finissent par être des vieux pliés en deux que je serai obligé de poursuivre en déambulateur, fit Parker. Dans cette ville, il n'y a pas de flic meilleur que moi pour les homicides.

— Alors pourquoi tu bosses pas avec nous, Parker?

Bradley Kyle, lieutenant chef à la brigade des vols et homicides, l'équipe la plus glamour du LAPD, bastion des cadors de la police et des connards arrogants. Parker était bien placé pour le savoir, il avait été l'un d'entre eux, autrefois, et personne de plus arrogant, de plus fort que lui, n'avait depuis arpenté les couloirs du Parker Center. À l'époque, il aimait raconter que l'immeuble avait été baptisé ainsi en son honneur. Il se prévoyait un destin de star. Ce souvenir lui revenait maintenant comme un reflux d'acide.

Parker se mit à râler en voyant approcher Kyle.

— C'est quoi ça? Tu te crois à une fête, peut-être? Et comment ton nom s'est retrouvé sur la liste des invités, Bradley? À moins que tu ne tentes l'incruste?

Kyle l'ignora et commença à passer en revue la scène de crime. Son coéquipier, un costaud sans cou, aux cheveux blonds en brosse aplatis sur le crâne et à lunettes à monture d'écaille, ne parlait à personne et prenait des notes. Parker les observa, et un mauvais pressentiment le prit aux tripes. La brigade des Vols et Homicides ne débarquait pas sur un meurtre par simple curiosité. Ils travaillaient exclusivement sur les affaires les plus exposées, comme O.J. Simpson, Robert Blake, Rob Cole – et autres célébrités de L.A. ayant viré tueur *du jour**.

— Ne viens pas pisser sur ma scène de crime, Bradley.

Parker insistait à dessein sur l'emploi de son prénom, qu'il prononçait distinctement, conscient que Kyle le détestait. Il voulait qu'on l'appelle Kyle ou, au pire, Brad. Bradley était un nom de décorateur d'intérieur ou de coiffeur, pas de jeune loup de la police.

Kyle lui jeta un œil mauvais.

— Qui te dit que c'est la tienne?

— C'est mon secteur, j'ai reçu l'appel, c'est mon meurtre, lança Parker en s'approchant du jeune lieutenant.

Kyle l'ignora et s'accroupit pour observer ce qui semblait être l'arme du crime, un vieux trophée de bowling incrusté de sang et orné d'une mèche de cheveux de Lenny Lowell et d'un morceau de son cuir chevelu.

---

* Tous les mots en italique suivis d'un astérisque sont en francais dans le texte. [N.d.T.]

Kyle était en pleine ascension à la brigade des Vols et Homicides au moment où Parker était sur un siège éjectable. Il était maintenant au sommet et se précipitait sous les projecteurs dès qu'il en avait l'occasion, ce qui se produisait très souvent.

C'était un homme séduisant, télégénique, avec un bronzage si parfait qu'il semblait retouché artificiellement. Malgré une carrure athlétique, il était plutôt petit, point sur lequel il était susceptible. Il signalait à qui voulait l'entendre qu'il mesurait un mètre soixante-dix-neuf, comme s'il pouvait affronter n'importe qui s'il le voulait. Parker, lui-même un poil au-dessous du mètre quatre-vingt-trois, estimait que Kyle mesurait un mètre soixante-quinze et pas un centimètre de plus.

Parker s'accroupit à côté de lui.

— Qu'est-ce que tu fais là ? demanda-t-il à voix basse. Depuis quand les Vols et Homicides viennent traîner leurs guêtres sur le meurtre d'un avocat à deux balles comme Lenny Lowell ?

— On va où on nous envoie. Pas vrai, Moosie ?

Kyle tourna la tête vers son coéquipier. Moosie lâcha un grognement sans cesser de prendre des notes.

— Ça veut dire quoi ? demanda Parker. Tu reprends le dossier ? Pourquoi ? Ça ne vaudra même pas un entrefilet dans le journal. La clientèle de ce type se composait de minables.

Kyle fit comme s'il ne l'avait pas entendu et se remit debout. Ruiz se trouvait à quelques centimètres de lui. Avec ses talons ridicules, elle arrivait presque à sa hauteur.

— Lieutenant Kyle, ronronna-t-elle en lui tendant la main. Lieutenant Ruiz. Je veux votre place, ajouta-t-elle.

Et ce sur le même ton que si elle lui avait annoncé « pénètre-moi », bien que Parker n'ait pas la moindre envie de le vérifier en situation. Ce dernier se leva et fusilla du regard sa coéquipière.

— Recrue Ruiz, avez-vous terminé le schéma de la scène de crime ?

Elle lâcha un soupir irrité à l'intention de Parker, décocha une œillade à Kyle et s'éloigna avec la démarche d'une femme qui sait qu'un type est en train de la reluquer.

— Laisse tomber, Kyle, remarqua Parker, elle te hacherait menu. En plus, elle est trop grande pour toi.

— Excusez-moi, messieurs, fit Abby Lowell en les rejoignant. Si je peux me permettre de m'imposer dans votre petit jeu…

Elle tendit la main à Kyle. Elle n'était pas là pour plaisanter.

— Abby Lowell. La victime est… était… mon père.

— Je suis désolé, mademoiselle Lowell.

— Vous êtes de la brigade des Vols et Homicides, dit-elle. Je vous ai vu au journal télé.

— En effet.

Kyle paraissait aussi ravi qu'un acteur de café-théâtre de seconde zone persuadé qu'on va lui demander un autographe.

Parker s'attendait à ce qu'Abby Lowell lâche : « Dieu merci vous êtes là. » Au lieu de quoi, elle regarda Kyle droit dans les yeux et ajouta :

— Que faites-vous ici ?

Kyle garda un visage impassible.

— Pardon ?

— Je vous en prie, lieutenant. Je connais les affaires de mon père depuis toujours. Ses clients et les crimes dont ils étaient accusés ne devraient pas éveiller chez vous le moindre intérêt. Que croyez-vous qu'il s'est passé ici ? Savez-vous quelque chose que j'ignore ?

— Un homme a été tué. Notre brigade travaille sur les homicides. Vous, savez-vous quelque chose que moi, j'ignore ? Et que croyez-vous qu'il s'est passé ici ?

Abby Lowell sembla tout à coup découvrir le désordre : les dossiers et les papiers éparpillés, le fauteuil renversé, peut-être lors d'un affrontement ou du pillage qui avait suivi le meurtre.

Parker l'observa attentivement, et la jugea fort agitée sous son calme apparent. Il le voyait dans ses yeux, dans l'imperceptible frémissement de ses lèvres. La peur, le choc, la lutte pour contrôler ses émotions. Elle gardait les bras croisés bien serrés contre elle pour empêcher ses mains de trembler et prenait garde de ne pas baisser les yeux vers le sol.

— Je ne sais pas, répondit-elle doucement. Peut-être un client mécontent, le parent d'une victime dans une affaire que Lenny aurait remportée. Peut-être quelqu'un qui voulait quelque chose que Lenny a refusé de donner.

Son regard vint se poser sur une crédence, du côté le plus éloigné du bureau de son père. Un coffre-fort cubique noir d'environ soixante centimètres sur soixante se trouvait dans le placard grand ouvert.

— Il gardait de l'argent liquide dans ce coffre.

— Vous avez vérifié, Parker ? demanda Kyle avec le ton d'un responsable.

Parker se tourna vers Jimmy Chew.

— Jimmy, tu as vérifié le coffre quand tu es arrivé ?

— Eh bien, oui, lieutenant Parker, répondit Chew avec une formalité feinte, ignorant Kyle. Lorsque mon coéquipier et moi sommes arrivés à 19 h 14, nous avons sécurisé les lieux et appelé les Homicides. En examinant le bureau, mon coéquipier a remarqué que le coffre-fort était ouvert et qu'il semblait contenir exclusivement des documents, que nous n'avons pas étudiés.

— Pas d'argent ?

— Non, monsieur. Pas d'argent. En tout cas, pas en vue.

— Je sais qu'il en contenait, dit Lowell dont la voix trahissait la nervosité. La plupart des clients de Lenny préféraient le payer en liquide.

— Tu parles d'une surprise, marmonna Chew en se retirant.

— Il avait toujours au moins cinq mille dollars dans ce coffre… généralement plus. Il le gardait dans un sac bancaire.

— Votre père avait-il des problèmes avec l'un de ses clients ? demanda Kyle.

— Il ne me parlait pas de ses clients, lieutenant Kyle. Même les avocaillons ont leur déontologie.

— Je ne voulais pas sous-entendre le contraire, mademoiselle Lowell. Je vous présente mes excuses au nom de tout le département si qui que ce soit ici a pu vous donner cette impression. Je suis certain que votre père avait une déontologie.

Il la gardait sûrement dans une boîte au fond d'un placard entre un bocal de petits oignons et une conserve de saumon vieille de dix ans, songea Parker. Il avait vu Lenny Lowell à l'œuvre dans une salle d'audience. À la fois dépourvu de scrupules et de déontologie, Lowell aurait contesté le témoignage de sa propre mère si cela avait pu lui rapporter un acquittement.

— Nous devrons consulter les dossiers de ses clients, dit Kyle.

— Bien sûr. Dès que quelqu'un aura réécrit la Constitution, répliqua Abby Lowell. Cette information est confidentielle.

— Une liste de ses clients, alors.

— J'ai beau être une simple étudiante, je ne suis pas idiote. À moins qu'un juge ne m'affirme le contraire, aucun renseignement confidentiel ne sortira de ce bureau.

Une rougeur commença à gagner Kyle sous son col blanc amidonné.

— Voulez-vous que le meurtre de votre père soit résolu, mademoiselle Lowell ? Ou bien y a-t-il une raison pour que vous préfériez qu'il ne le soit pas ?

— Bien sûr que je veux que vous trouviez qui a fait ça, le rabroua-t-elle. Mais je sais aussi que je vais maintenant devoir m'occuper des clients de mon père et ce, dans l'intérêt de son cabinet. Si je vous remets des informations confidentielles, cela risque d'entraîner des poursuites sur la succession, de compromettre des affaires en cours et cela pourrait bien m'empêcher d'exercer la profession que j'ai choisie. Je ne tiens pas à être radiée du barreau avant d'avoir passé l'examen, lieutenant Kyle. Nous devons suivre les règles.

— Vous n'aurez pas à vous compromettre, mademoiselle Lowell. Les noms et adresses ne sont pas confidentiels, intervint calmement Parker en essayant d'oublier Kyle. Et il n'est pas nécessaire que nous ayons les dossiers de votre père, les casiers de ses clients sont facilement accessibles. Quand avez-vous parlé à votre père pour la dernière fois ?

Il voyait plus d'intérêt à mettre Abby Lowell de son côté que de la contraindre à se poser en adversaire. Ce n'était pas une femme faible, hystérique, terrifiée par la police, telle que la souhaitait Kyle. Elle avait déjà adopté une attitude ferme, affiché sa pugnacité et avait mis au défi Kyle de la provoquer.

Elle passa une main légèrement tremblante sur son front, laissa échapper un soupir ébranlé, autant de minuscules fissures dans son armure.

— Je l'ai eu au téléphone vers 18 h 30. Nous étions censés nous retrouver au Cicada pour dîner. J'y suis arrivée tôt, j'ai pris un verre et je l'ai appelé de mon portable. Il a dit qu'il serait peut-être un peu en retard, il attendait un coursier qui devait prendre un pli à son bureau, raconta-t-elle, gorge serrée, ses yeux foncés se remplissant de larmes, qu'elle supprima d'un battement de paupières.

— Il a précisé de quoi il s'agissait ?

— Non.

— Un peu tard pour appeler un coursier…

Elle haussa les épaules.

— Sûrement quelque chose qu'il devait remettre à un client.

— Savez-vous à quelle société il a fait appel ?

— La première qui puisse livrer le paquet au plus vite et au moins cher.

— Si nous parvenons à retrouver cette société, ils auront l'adresse de livraison du paquet, peut-être une vague description de ce dont il s'agissait ainsi que le nom du coursier, expliqua Parker. Savez-vous si ce coursier est jamais arrivé ?

— Non. Comme je viens de vous le dire, lorsque j'ai parlé à Lenny pour la dernière fois, il l'attendait.

Parker avisa le coffre-fort en fronçant les sourcils.

— Ce serait vraiment idiot, remarqua-t-elle en lisant dans ses pensées. Comme vous dites, la société aura le nom du coursier.

Qui pourrait très bien ne pas être son vrai nom, se dit Parker. Les coursiers n'étaient pas du genre père de famille stable, mais plutôt des solitaires, des excentriques, vivant au jour le jour. À voir la façon dont ils dévalaient les rues du centre-ville (à tombeau ouvert, sans crainte pour leur vie ou leurs membres, sans considération pour eux-mêmes ou qui que ce soit d'autre), il n'y avait pas un grand pas à franchir pour en imaginer plus d'un capable de mijoter un mauvais coup. Un coursier junkie qui traverse une mauvaise passe se pointe pour prendre le pli, louche sur le coffre entrouvert de Lenny, décide de relever son niveau de vie, tue Lowell, prend l'argent et disparaît dans la nuit. Le type pourrait se trouver dans un bus en direction de Vegas en ce moment même.

— Ce n'est pas mon boulot de tirer des conclusions, mademoiselle Lowell. Je dois envisager toutes les possibilités. Qui a appelé police secours ? demanda-t-il en se tournant vers Jimmy Chew.

— L'indéboulonnable citoyen anonyme.

— Y a-t-il quoi que ce soit d'ouvert ou d'habité dans le coin ?

— Pas un soir comme celui-là. Il y a une station-service 76 et une agence de cautionnement au bout de la rue, de l'autre côté. Et la laverie automatique vingt-quatre heures sur vingt-quatre, sept jours sur sept.

— Allez voir à la laverie si quelqu'un a quelque chose à dire.

— Elle est fermée.

— Je croyais que c'était vingt-quatre heures sur vingt-quatre, sept jours sur sept.

— Il pleut, répondit Chew, comme si c'était là une explication. Stevie et moi, on est passés devant vers 18 h 15 et c'était déjà fermé. Fini le service jour et nuit depuis que leur employée de nuit s'est fait dépouiller et violer il y a huit mois de ça.

Kyle afficha un petit sourire narquois.

— Tu bosses dans un super quartier, Parker.

— Un tueur est un tueur, quel que soit le quartier, Bradley. La seule différence est qu'ici les journaux n'en font jamais leurs choux gras.

Parker s'adressa de nouveau à Abby Lowell.

— Comment avez-vous été avertie de la mort de votre père, mademoiselle Lowell ?

Elle eut l'air de croire qu'il se moquait d'elle.

— Un policier m'a appelée.

Parker se tourna vers Chew, qui leva les mains pour montrer qu'il n'avait rien à voir avec cela, puis vers son coéquipier, qui secoua la tête.

— Quelqu'un vous a appelée. Sur votre portable, précisa Parker.

Le regard d'Abby Lowell passa d'un homme à l'autre.

— Oui. Pourquoi ?

— Qu'est-ce que votre interlocuteur vous a dit d'autre ?

— Que mon père avait été tué et il m'a demandé de me rendre à son bureau. Pourquoi ?

— Puis-je voir votre téléphone ?

— Je ne comprends pas, dit-elle en sortant le portable de la poche de son imperméable.

— Le LAPD ne vous annoncerait pas une nouvelle pareille par téléphone, mademoiselle Lowell, expliqua Parker. Un agent ou un lieutenant de police doit se rendre à votre domicile.

Ses yeux s'écarquillèrent à mesure qu'elle prenait conscience de ce qu'impliquaient ces mots.

— Êtes-vous en train de me dire que j'étais au téléphone avec le tueur de mon père ?

— À quelle heure avez-vous reçu cet appel ?

— Il y a une vingtaine de minutes. J'étais au restaurant.

— Vous avez la liste des appels entrants sur ce truc ? demanda Parker en désignant de la tête le portable qu'elle serrait dans sa main.

— Oui.

Elle enfonça plusieurs touches et fit apparaître sur l'écran un récapitulatif des appels reçus. Sa main tremblait.

— Je ne reconnais pas le numéro.

— Et vous n'avez pas reconnu la voix ?

— Non. Bien sûr que non.

Parker tendit la main.

— Je peux ?

Abby Lowell lui remit précipitamment l'objet. On aurait dit qu'elle venait d'apprendre que l'appareil était un reptile vivant. Parker lut le numéro, appuya sur la touche permettant de le rappeler, puis écouta la tonalité sonner dans le vide à l'autre bout de la ligne.

— Oh mon Dieu, souffla la fille de Lenny Lowell.

Elle pressa une main sur ses lèvres et cligna des paupières pour effacer les larmes qui lui montaient aux yeux.

Parker se retourna vers Chew.

— Trouve-moi le propriétaire de la laverie. Demande-lui qui travaillait et à quelle heure ils ont fermé. Je veux qu'on localise cette personne. Je veux savoir s'il y avait un seul être vivant à proximité de ce bureau entre 18 h 30 et 19 h 15. Si un rat s'est faufilé par une porte de derrière et que quelqu'un l'a vu, je veux le savoir.

— OK, patron.

Chew rendit à Kyle son sourire narquois et s'en alla rejoindre son coéquipier.

Parker approcha du bureau de la victime. Le vieux répertoire rotatif était fermé. Il souleva le couvercle du bout de son stylo, puis se tourna vers la technicienne spécialiste des empreintes.

— Cynthia, vous vous occupez du répertoire. Relevez toutes les empreintes sur ce truc, extérieures et intérieures. Chaque foutue carte, mais celle-ci en priorité.

Celle d'Abby Lowell. Sous son nom se trouvaient son numéro de téléphone fixe, celui de son téléphone portable et son adresse.

— Vas-y, mâche-nous le travail, Parker, dit sèchement Kyle en approchant du bureau. Mais ne prends pas trop tes aises. Sur un simple mot de la hiérarchie, tu es éjecté.

Parker le considéra un moment, jusqu'à ce qu'une voix nouvelle l'interpelle de la réception.

— Parker, dis-moi que ton cadavre a eu une crise cardiaque. J'ai besoin d'une « mort de cause naturelle » pour pouvoir rentrer chez moi. Il pleut.

Diane Nicholson, médecin légiste pour le comté de Los Angeles, quarante-deux ans, faisait le même effet qu'un grand verre de gin bien frais. Impitoyable, elle ne faisait pas de quartier – une attitude qui lui avait valu la crainte et le respect de tous les flics de la ville. Sur une scène de crime de Diane Nicholson, on filait doux.

Elle s'immobilisa sur le seuil du bureau et baissa les yeux vers Lenny Lowell.

— Eh merde.

Un ton qui trahissait la déception plus que l'horreur. Peu de choses la choquaient.

Elle lança à Parker un regard inexpressif, avant d'apercevoir Kyle. Elle parut offensée par sa présence.

— Parker est en charge officiellement, annonça-t-elle. Tant que je n'entends pas autre chose de la part de quelqu'un de plus important que toi, Bradley, je m'adresse à lui.

Elle n'attendit pas la réponse de Kyle. Ce qu'il pouvait avoir à dire était sans intérêt et sans conséquence pour elle. Elle travaillait pour le bureau du coroner. Celui-ci sursautait à l'aboiement des gros cadors du Parker Center. Pas Diane Nicholson.

Elle enfila une paire de gants en latex et s'agenouilla pour commencer l'examen du corps.

Les poches de Lenny Lowell contenaient quarante-trois cents, un chewing-gum et un ticket du pari mutuel plastifié, décoloré, corné d'une course de chevaux à Santa Anita.

— Il le gardait pour la chance.

Cette voix, si forte et vigoureuse un peu plus tôt, était maintenant à peine audible. Parker regarda Abby Lowell, dont les yeux s'embuèrent à nouveau lorsqu'ils fixèrent le petit morceau de carton rouge dans la main de Nicholson. Elle n'essaya pas de retenir ses larmes cette fois. Elles coulèrent sous ses cils, le long de ses joues, une grosse goutte après l'autre. Son visage était livide, la peau paraissait presque translucide, comme une porcelaine délicate. Parker la crut sur le point de s'évanouir, et passa devant Kyle pour s'approcher d'elle.

— Ce ticket…, reprit-elle.

Elle se força à afficher un sourire ironique en souvenir d'une plaisanterie connue d'elle seule, mais sa bouche était prise de tremblements.

— Il le gardait sur lui pour la chance, expliqua-t-elle.

Parker posa doucement sa main sur son bras.

— Y a-t-il un ami chez qui vous pourriez passer la nuit, mademoiselle Lowell ? Un de mes hommes peut vous y conduire. Je vous appellerai demain et nous conviendrons d'un moment pour que vous puissiez venir nous parler un peu plus longuement de Lenny.

Abby Lowell dégagea son bras sans le regarder, les yeux rivés sur le bout des chaussures de son père.

— Ne faites pas semblant d'être inquiet pour moi, lieutenant, répliqua-t-elle avec amertume. Je ne veux pas de votre compassion bidon. Je vais rentrer chez moi par mes propres moyens.

Personne ne trouva quelque chose à ajouter lorsqu'elle quitta hâtivement la pièce et sortit par la porte de derrière.

Nicholson glissa le porte-bonheur de Lenny Lowell dans une enveloppe au cas où il s'avérerait avoir un intérêt pour l'enquête et rompit le silence.

— Il aurait mieux fait de l'encaisser quand il en a eu l'occasion.

6

Jack regagna le quartier de Lenny Lowell en se faufilant par des ruelles, évitant réverbères et endroits à découvert, le cœur à cent à l'heure chaque fois qu'une voiture surgissait dans son champ de vision. Il n'avait aucun moyen de savoir où était passé son agresseur. Impossible de s'assurer que ce fils de pute ne se trouvait pas à une rue de là, garé le long du trottoir, occupé à vider le sac à la recherche du paquet, qui devait sûrement être l'objectif de l'agression. Pire, il avait peut-être découvert que le sac était vide et que sa mission restait à accomplir.

Il eut le sentiment de marcher une éternité avant de se retrouver en terrain connu. Il avait mis le vélo mutilé sur sa roue avant, intacte, tout en prenant appui sur lui comme sur une béquille. Sa cheville foulée l'élançait. Il avait au moins retrouvé sa chaussure, mais l'enflure l'empêchait de serrer les lacets. S'il avait été une gazelle, comme celle des documentaires animaliers dont se gavait Tyler, le prochain lion en chasse l'aurait dévoré sans peine.

Il arriva à hauteur de la station-service 76, cala la Bête contre un mur, à l'arrière du bâtiment, puis se pencha pour scruter depuis l'obscurité l'îlot de lumière fluorescente entourant les pompes à essence. Personne n'achetait de carburant. Les voitures en stationnement se faisaient rares dans la rue, et les autres véhicules roulaient vers une destination précise, décidés à l'atteindre avec ce qu'il leur restait dans le réservoir.

Il pleuvait toujours. Jack tremblait à cause du froid, de la peur, de l'adrénaline, de l'épuisement. Il se sentait faible et sur les nerfs, tout à la fois. À pied, la maison était encore loin. Dès qu'il pourrait trouver une cabine qui fonctionne, il appellerait les Chen et demanderait à parler à Tyler. Les frères Damon, dans leur trois-pièces au-dessus de la poissonnerie, se passaient du téléphone.

Une dépense excessive et inutile pour Jack, qui n'avait personne à appeler régulièrement.

Ce soir, il le regrettait. Ç'aurait été le jour idéal pour passer un coup de fil à un ami et lui demander de venir le chercher en voiture. Mais il n'avait pas d'amis, seulement des connaissances, et il valait mieux, lui semblait-il, ne pas entraîner qui que ce soit dans un tel pétrin. Instinctivement, il pensait en termes d'isolement, de manière à ce que le moins de monde possible vienne compliquer sa vie. D'ailleurs, il aurait mieux fait de n'avoir jamais croisé la route de Lenny Lowell.

Son ventre se mit à gargouiller. Il fallait le remplir du carburant nécessaire pour affronter le reste de la soirée. Le pourboire de vingt dollars de Lenny Lowell était toujours dans sa poche. De quoi s'acheter un soda et une barre chocolatée. Contrairement aux autres coursiers, Jack ne gardait jamais d'argent ni d'objet de valeur dans son sac, conscient qu'à n'importe quel moment tout pouvait lui être volé.

Une avancée du toit, au-dessus de la guérite, offrait une protection contre la pluie. Un type mince, au teint mat, la tête ceinte d'un turban orange, était assis au guichet derrière une vitre pare-balles. Il sursauta en voyant Jack apparaître devant lui, attrapa son micro et annonça, avec un parfait accent britannique :

— La police est juste au coin.

Comme s'il avait anticipé le braquage censé se produire et déjà appelé les flics.

— Un Snickers et un Mountain Dew.

Jack extirpa de sa poche deux billets trempés et froissés qu'il plaqua sur le comptoir.

— Je n'ai pas plus de cinquante dollars dans la caisse, poursuivit l'homme, dont la voix paraissait faible et distante à travers le haut-parleur bon marché.

Il désigna l'un des autocollants parmi les nombreux avertissements placés sur la vitre. L'exposition aux gaz d'échappement pouvait causer des malformations fœtales. Les cigarettes provoquaient le cancer. Mais à ceux qui s'en fichaient et en voulaient quand même, les stations 76 demanderaient une pièce d'identité, conformément à la loi. Le dernier indiquait que le caissier de nuit n'avait pas plus de cinquante dollars en caisse.

— Et j'ai une arme.

Il sortit un gros pistolet, caché sous le comptoir en pagaille, et le pointa sur le visage de Jack, tout en s'emparant des deux dollars sur le plateau.

— La vitre est pare-balles, non ? demanda Jack.

— Oui, tu ne peux pas me tirer dessus, confirma le caissier d'un ton menaçant.

— Je ne suis pas armé, fit Jack. Et si vous essayez de me viser, le verre arrêtera votre balle, et peut-être même qu'elle vous rebondira en plein dans la figure. Vous y aviez déjà pensé ?

Il posa ses mains bien en vue.

— De toute façon, je ne suis pas venu pour vous voler. Je veux juste un Snickers et un Mountain Dew. Allez, magne, il pleut.

Du coin de l'œil, Jack aperçut le clignotement rouge délavé d'un gyrophare de police ; son pouls s'accéléra. La voiture ne bougeait pas. Ni aucune des autres autour d'elle, toutes garées autour du même pâté de maisons.

— Qu'est-ce qui se passe là-bas ?

Lenny avait peut-être appelé les flics lorsqu'il s'était rendu compte que le pli n'avait pas été livré ? L'enveloppe était peut-être remplie de cash et tout le monde pensait que le coursier avait pris la tangente avec le magot ? Et peut-être même qu'à cet instant un message était envoyé à toutes les patrouilles pour retrouver Jack et que tous les détachements du LAPD sillonnaient les rues à sa recherche ?

Le caissier posa son arme sur le comptoir, aussi simplement que s'il posait une cigarette sur le bord d'un cendrier.

— Un meurtre, dit-il. J'écoute le scanner.

Jack sentit le sang bouillir dans ses veines.

— Qui ça ? demanda-t-il sans quitter des yeux le rassemblement de véhicules cernant le pâté de maisons situé de l'autre côté de la rue.

— Toi, peut-être, répondit l'employé.

Jack tourna les yeux vers lui, dérouté par une étrange impression de déjà-vu. Peut-être avait-il été tué ? Peut-être était-il mort ? Peut-être que la balle de son agresseur l'avait transpercé, et que cette irréalité dans laquelle il se trouvait était la vie après la mort ? Et peut-être que ce type enrubanné était le gardien de la porte ?

— C'est peut-être toi le tueur, dit le caissier, avant d'éclater de rire, comme s'il avait oublié que, trois minutes plus tôt, il avait pris Jack pour un braqueur.

— Qui a été tué ? demanda à nouveau Jack.

Les tremblements qu'il avait en partie attribués à la faim s'intensifiaient, mais il avait oublié son ventre vide.

— Ils donnent pas de noms, seulement le code, expliqua l'homme. Le code et l'adresse.

Il la répéta tout haut. Comme une marionnette de ventriloque, Jack articula l'adresse à mesure qu'il l'entendait.

L'adresse de Lenny Lowell. Il n'y avait personne d'autre à tuer que Lenny, à son bureau.

Jack se demanda si l'avocat avait été tué avant ou après que son agresseur eut essayé de le transformer en chien écrasé. L'un ou l'autre, pensa-t-il, si ce que voulait le tueur était le paquet coincé dans l'élastique de son short de cycliste. À moins que Lenny ait flingué l'agresseur ? C'était une possibilité. Sauf que l'avocat était trop saoul pour marcher droit, alors pour ce qui était de tirer sur quelqu'un et le toucher…

Une voiture pie du LAPD remonta lentement la rue et entra sur le parking de la station-service. Jack réprima son envie de fuite. Il s'empara des cochonneries qui allaient constituer son dîner, les mains tremblantes, et fourra la barre chocolatée dans sa poche. Puis il ouvrit la cannette de soda et en descendit la moitié.

Les flics s'arrêtèrent à quelques mètres du bâtiment. Celui qui était du côté passager ouvrit la portière et sortit. Un type grassouillet au visage empâté, entièrement enveloppé dans un poncho de pluie.

— Salut Habib, lança le flic sur un ton trop jovial pour de telles conditions météo. Quel temps de chien, hein ?

— Jimmy Chew ! s'exclama Habib, dont le visage se fendit d'un grand sourire.

Une de ses dents de devant, en haut, devenue grise, était cerclée d'or.

— Il pleut ! C'était bien la peine que je me barre de Londres ! Le flic se mit à rire.

— De la flotte, tu y crois, ça ? continua Habib.

— Tu me mets comme d'habitude, Habib.

Le flic sortit un portefeuille de son équipement de pluie. Tête baissée, l'eau dégoulinant en flots de sa capuche, il en tira deux billets. Il jeta un regard en direction de Jack.

— Quel temps de chien ! dit-il à nouveau.

— Ouais, répondit Jack. Foutue pluie.

— En panne de voiture, petit ?

— On peut dire ça comme ça.

Jack porta son soda à ses lèvres, en faisant de son mieux pour paraître nonchalant, mais sa main tremblait, et il savait que le flic l'avait vu.

— Qu'est-il arrivé à ton visage ?

— Qu'est-ce qu'il a, mon visage ?

Chew désigna son menton et sa mâchoire.

— Ton rasoir te fait de sacrées irritations.

Jack se passa la main sur le menton et grimaça lorsqu'elle entra en contact avec la partie qu'il avait égratignée sur le gravier en essayant d'échapper à la mort. Les articulations de ses doigts étaient également enflammées et écorchées.

— Je suis tombé, dit-il.

— En faisant quoi ?

— Rien. Je m'occupais de mes oignons.

— T'as un endroit où dormir, petit ? Le père Mike à la Mission de minuit peut te donner un repas chaud et un lit au sec.

Le flic l'avait pris pour un SDF, un gamin des rues sans abri. Il imaginait sûrement que Jack faisait des passes ou vendait de la dope pour rester en vie, et qu'il avait été brutalisé par un maquereau ou un dealer quelconque. Jack en déduisit que c'était à cela qu'il ressemblait, là, trempé, ses vêtements en loques, pathétique.

— Ça va, dit-il.

— Tu as un nom ?

— John Jameson.

Le mensonge lui sortit de la bouche sans hésitation.

— T'as des papiers ?

— Pas sur moi. J'ai droit à un contrôle d'identité pour avoir acheté du Mountain Dew ?

— Quel âge as-tu ?

— Vingt et un ans.

Il savait que le flic ne le croyait pas, qu'il avait compris que Jack essayait de se faire passer pour quelqu'un de majeur. Avec son physique maigrichon, nerveux, ramassé, il avait toujours fait jeune pour son âge. Trempé, meurtri, à se trouver là tel un chien errant, il devait sûrement faire encore plus jeune.

— Que fais-tu dehors par un temps pareil, sans chapeau ni manteau ? demanda le flic.

— J'avais faim. Je ne croyais pas qu'il pleuvait si fort.

— Tu vis dans le coin ?

— Ouais.

Il donna une adresse située à deux rues de là et attendit que le flic le prenne au mot.

— Tu es là pour le meurtre, Jimmy Chew ? J'ai entendu, sur le scanner, intervint Habib avec un ton plaisant, comme s'il demandait à un ami s'il était venu pour la fête.

Chew lui répondit par une autre question.

— Tu as vu quelque chose ici, un peu plus tôt dans la soirée, Habib ? Vers 18 h 30, 19 heures ?

Habib secoua la tête. Il plaça deux maxi-barres chocolatées Baby Ruth et deux cannettes de Coca Light dans le tiroir devant lui, et les fit passer au flic, de l'autre côté de la vitre.

— Des voitures qui passent. Pas de démarrage en trombe. Un pauvre type est passé à vélo. Tu imagines ?

— À quelle heure ?

— Vers l'heure que tu as dite. J'ai pas regardé l'horloge. Je travaillais sur mon scénario, dit-il en faisant un geste en direction d'un paquet de pages imprimées sur le comptoir.

Il avait fait disparaître son arme.

— Il venait de quelle direction ? demanda Chew.

— De là où tu viens. Il est passé devant la station et il a tourné à droite au coin.

Jack eut l'impression que son cœur venait se coincer au fond de sa gorge, ses battements l'empêchaient de déglutir.

— À quoi ressemblait-il ?

Habib haussa les épaules.

— À un pauvre type à vélo sous la pluie. Je n'ai pas vraiment fait attention. Attends, qui irait commettre un meurtre à vélo ?

— On est juste à la recherche de gens qui auraient pu se trouver à proximité et voir quelque chose. Tu sais comment c'est, expliqua tranquillement le flic en incluant l'employé de la station-service dans la procédure policière, comme si Habib était une sorte d'agent auxiliaire.

Il jeta un autre regard à Jack.

— Et toi ? Tu étais par ici vers 18 h 30, 19 heures ?

— Je n'ai pas de montre, mentit Jack. Et je n'ai rien vu.

— Tu n'as pas vu un type à vélo ?

— Qui serait assez idiot pour faire du vélo sous la pluie ?

— Un coursier, par exemple. Tu en connais ?

— Pourquoi j'en connaîtrais ?

— Ils traînent sous le pont au coin de la Quatrième et de Flower, dit Chew. T'aurais pu les croiser, c'est tout.

— Je m'occupe de mes oignons, et de rien d'autre, dit Jack, opposant une insolence de façade pour masquer sa peur. Je peux y aller ? Ou je suis en état d'arrestation ?

— Y a-t-il une raison pour que tu le sois ?

— Ouais. J'ai fait un casse à l'hôtel de la Monnaie, osa-t-il. Je traîne dans le coin en souvenir du bon vieux temps. Je peux y aller ? Il pleut, merde.

Le flic réfléchit un instant qui sembla durer une demi-heure. Jack plongeait son regard perturbé et provocant dans les yeux de Jimmy Chew.

— Attends une minute, répondit le flic.

Jack regarda Chew regagner la voiture et se demanda si la fuite était la meilleure option. Les flics le prendraient sûrement pour un simple sans-abri qui voulait qu'on le laisse tranquille. À moins que Chew ait interprété la main tremblante de Jack comme un réflexe de toxico. Peut-être s'imaginait-il qu'il avait du crack dans sa poche, à fumer ou à refourguer ?

Si le flic décidait de le fouiller, il tomberait sur le pli portant l'adresse d'un expéditeur qui venait d'être victime d'un meurtre.

Les muscles du mollet et de la cuisse de Jack se durcirent. Il bascula son poids sur l'avant du pied, espérant que sa cheville foulée serait capable de supporter un sprint.

Le flic passa la tête à l'intérieur de la voiture, glissa quelques mots à son collègue et revint avec quelque chose à la main.

Jack baissa son centre de gravité de quelques centimètres encore, de manière à pouvoir esquiver d'un côté ou de l'autre, faire demi-tour et se mettre à courir.

— Tiens, gamin.

Chew lui lança ce qu'il avait dans la main. Jack l'attrapa par réflexe. Lorsqu'il regarda de quoi il s'agissait, il eut presque envie de rire. Un poncho de pluie bleu jetable du magasin « Tout à 99 cents ».

— Mieux vaut tard que jamais, dit le flic. Tu trouveras des vêtements secs à la Mission si tu en as besoin.

— OK. Merci, marmonna Jack.

— Tu es sûr que tu ne veux pas qu'on te dépose quelque part? On peut te laisser…

— Non. Ça va aller. Merci quand même.

— Comme tu veux, conclut le flic.

Jack savait que Chew n'avait pas cru un seul mot de ses salades, mais il ne l'avait pas jugé assez important pour se donner la peine de s'occuper de son cas.

— Habib, tu appelles si tu entends quelque chose?

— Vous serez le premier prévenu, monsieur l'agent, crachota par le haut-parleur la voix ravie du caissier.

Il croyait peut-être pouvoir entendre quelque chose qui résoudrait l'affaire ou que le tueur se confesserait à lui en payant son essence. Alors Habib pourrait écrire un scénario sur ce thème, voire jouer dans le film, ou au moins lire son nom au générique. À L.A., tout le monde veut être dans le show business.

La voiture de police recula pour rejoindre la route et tourna à droite, à l'angle de la rue. Jack les regarda s'éloigner en terminant son Mountain Dew. Puis il jeta la cannette à la corbeille, lança un « À plus » détendu à Habib et s'en alla comme s'il n'avait pas le moindre souci au monde.

Cinq rues plus loin, ses genoux tremblaient encore.

7

— Quel salaud !

Parker entra nu dans la chambre, un verre de vin dans chaque main. Un bon cabernet du Pérou qui avait du corps. Il n'avait quasiment plus touché au whisky depuis des mois. Après son renvoi de la brigade des Vols et Homicides, il avait descendu suffisamment d'alcool pour faire flotter un bateau. Puis, un jour, il s'était réveillé, avait décrété que cela suffisait comme ça et s'était mis au tai-chi à la place.

— C'est de moi que tu parles ?

La femme dans le lit ne quitta pas la télévision des yeux. L'expression de dégoût sur son visage lui donnait un air revêche.

— De Rob Cole, cet enfoiré. J'espère qu'il l'aura, la peine de mort. Et après ça, je voudrais bien qu'on l'exhume pour le tuer encore une fois.

— C'est ce que j'aime chez toi, Diane. Tu débordes du lait de la tendresse humaine.

Il lui tendit un verre, posa le sien sur la table de chevet et se glissa sous les couvertures.

Diane Nicholson et lui entretenaient ce que chacun considérait être une relation parfaite. Ils s'appréciaient et se respectaient mutuellement, baisaient comme des bêtes au lit et ni lui ni elle n'éprouvaient le besoin d'être autre chose que des amis.

Parker, parce qu'il ne voyait pas l'intérêt du mariage. D'ailleurs, il n'en avait jamais connu un qui fonctionne. Ses parents s'étaient affrontés dans une guerre froide de quarante-cinq ans. La plupart des flics de son entourage avaient tous divorcé au moins une fois. Lui-même n'avait jamais vécu de relation amoureuse qui n'ait pas explosé en vol, principalement à cause de son travail.

Diane avait ses raisons, qu'elle ne lui avait jamais confiées. Il savait qu'elle avait été mariée à un cadre de chez Crowne Enterprises mort d'une crise cardiaque quelques années auparavant. Mais lorsqu'elle parlait de lui, ce qui n'arrivait presque jamais, c'était sans émotion, comme s'il s'était agi d'une simple connaissance ou d'une chaussure. Pas du grand amour de sa vie.

La personne qui lui avait fait perdre ses illusions sur l'amour éternel était venue après son mariage. Curieux par nature et par vocation, Parker avait fouiné pour trouver la réponse à cette question au début de leur liaison, qui remontait à une année. Il n'avait rien appris du tout. Absolument personne ne savait qui Diane avait fréquenté après la mort de son mari, même si tous savaient qu'elle avait eu une histoire avec quelqu'un et que celle-ci s'était mal terminée.

Parker imaginait un homme marié ou un frimeur du bureau du coroner, voire les deux. Mais il avait laissé tomber ce mystère, se disant que si Diane avait pris autant de précautions, si elle s'était montrée discrète au point de ne pas tenir ses amis au courant, cela ne le regardait pas. Elle avait droit à ses secrets.

Il aimait avoir les siens, lui aussi. Et moins les gens en savaient sur lui, mieux c'était. Savoir, c'était pouvoir. Une ingérence susceptible de se retourner contre lui. Il l'avait appris à ses dépens. Désormais, sa vie privée restait privée. Personne du LAPD n'avait besoin de savoir qui il fréquentait ni ce qu'il faisait de son temps libre.

Elle se moqua de sa remarque sur le lait de la tendresse humaine.

— Ce type mérite un bain d'acide.

Ils regardaient le bulletin d'information de CNN. Diane avait des postes de télévision dans toute la maison et il lui arrivait de les laisser tous allumés pour pouvoir passer d'une pièce à l'autre sans rien manquer.

Il était tard, mais il fallait toujours un moment pour décompresser après un meurtre. Les policiers en uniforme avaient fait du porte-à-porte dans le quartier du bureau de Lenny Lowell, mais il n'y avait pas âme qui vive et les magasins seraient vides jusqu'au lendemain ; sans quoi, Parker aurait travaillé toute la nuit. Du coup, il avait bouclé sa scène de crime, était passé au poste pour taper son rapport, forçant Ruiz à l'accompagner au lieu de suivre Bradley Kyle comme une chatte en chaleur. Ensuite, il avait rejoint le pavillon de Diane, dans le Westside.

— Un bidon de deux cents litres, avec cent cinquante litres d'acide, lança-t-il, pragmatique. Tu mets le bidon dans ta cave, tu le laisses pour le prochain locataire, qui lui-même le laisse au suivant.

La plupart des femmes auraient été horrifiées que de telles idées lui viennent à l'esprit. Diane se contenta de hocher la tête d'un air absent.

Le reportage diffusé concernait la sélection du jury pour le procès imminent de Cole et revenait sur toute cette sale histoire : depuis la découverte du corps de Tricia Crowne-Cole jusqu'à ses funérailles, avec Norman Crowne sanglotant sur le cercueil fermé de sa fille, son fils penché sur son épaule, qui tentait de le réconforter ; il remontait même au mariage de Tricia et Rob Cole. Photographie incongrue : Cole posait comme un mannequin pour costumes Armani, Tricia donnait l'impression d'être un genre de grande sœur mal fagotée abandonnée au pied de l'autel. Il aurait mieux valu pour elle.

— Regarde-moi ce clown, il se prenait vraiment pour une star, fit Diane en voyant les images de Cole dans la série télévisée, la bien nommée *Bomb Squad : Les Démineurs,* qui avait fait un passage éclair sur les écrans.

— Il en était une.

— Dans sa tête, oui. Ce type n'a qu'un seul centre d'intérêt, lui-même.

Le monde était tout blanc ou tout noir, avec Diane. Quand il s'agissait de Rob Cole, elle démarrait au quart de tour. Elle avait travaillé sur la scène du meurtre un an auparavant. Parker et elle avaient eu de nombreuses conversations sur le sujet. À chaque fois qu'une nouvelle phase de la jurisprudence faisait référence au cas Cole dans les grands titres, le courroux et l'indignation de Diane revenaient au galop.

— Je l'ai rencontré à une soirée, tu sais, dit-elle.

— Ce souvenir est aussi vif que si je m'y étais trouvé moi-même, remarqua Parker avec flegme.

Elle avait dû lui raconter cette anecdote une bonne centaine de fois depuis le meurtre. La simple mention du nom de Cole suffisait à lui faire perdre la mémoire.

— Il t'a draguée, continua-t-il.

— Il m'a baratinée en disant qu'il essayait de mettre sur pied une nouvelle série et en me demandant si je pouvais l'aider à se documenter. Le personnage principal était censé être à la fois médecin légiste et détective privé. N'importe quoi !

— Il voulait surtout te mettre dans son lit, dit Parker.

— Et sa femme était à moins de trois mètres, lâcha-t-elle avec dégoût. Il me dévorait des yeux. C'est le mauvais garçon. Le charmeur au grand sourire lumineux.

— Celui que tous les mecs voudraient être et que toutes les femmes veulent ramener chez elles.

— Un connard.

— Je vois que tu n'as toujours pas signé la pétition « Libérez Rob Cole » sur le site Internet, dit Parker en remontant sa main pour lui masser la nuque.

Ses muscles étaient aussi tendus qu'une corde à nœuds.

— Les gens sont cons, grommela-t-elle.

Parker glissa son bras autour d'elle. Elle soupira doucement en laissant tomber sa tête contre son épaule.

— Je ne dirai pas le contraire, murmura-t-il. Il y aura toujours des gens pour croire innocent le plus coupable des criminels.

— C'est ce que je dis. Et ce sont ces mêmes gens que l'on va retrouver au jury. Cole finira par être le Ted Bundy du nouveau millénaire et il se trouvera une abrutie pour l'épouser à la barre des témoins au beau milieu de son procès pour meurtre.

Parker se foutait pas mal de Rob Cole. L.A. était une ville à la mémoire courte et, excepté le meurtre de sa femme, Cole n'avait rien tourné d'intéressant depuis dix ans. Ses contrats étaient tombés à l'eau les uns après les autres. Les premiers rôles s'étaient taris jusqu'à devenir des apparitions secondaires dans des feuilletons et dans un tas d'oubliables téléfilms pour ces chaînes câblées dynamiques que sont Lifetime et USA.

Parker était concentré sur les images d'archives qui montraient Cole escorté au Parker Center par une bande de caïds des Vols et Homicides, avec, dans le lot, Bradley Kyle et son pote Moosie. Cole, cramoisi, les yeux exorbités par la colère, offrait un contraste saisissant avec la très kitsch chemise de bowling années cinquante qui était son signe distinctif ; les gars des Vols et Homicides arboraient visages de marbre et costumes – cravates chic, lunettes de soleil réfléchissantes. Tout le monde était déguisé pour la circonstance et jouait son rôle avec conviction.

— Que faisaient Kyle et Hulk là-bas, ce soir? demanda Diane.

Parker haussa les épaules comme si cela lui importait peu.

— Je ne sais pas. Ce n'est pas moi qui les ai invités.

— Tu crois que notre cadavre est lié à une grosse affaire bien juteuse?

— Les Lenny Lowell de ce monde sont ce qu'ils sont, précisément parce qu'ils ne sont pas foutus de se raccrocher à quoi que ce soit de gros et de bien juteux, même s'ils trébuchaient et tombaient le nez dedans.

— Il a bien dû trébucher et tomber dans quelque chose, en tout cas. Et ça l'a tué. Un truc qui pue assez pour que les gars du Parker Center viennent le renifler.

— C'est mon enquête, à moins que mon capitaine ne me dise le contraire, déclara Parker. Si c'est le cas, je me retirerai.

Diane rit, de son rire de gorge sexy qui lui secouait les épaules.

— Menteur. Tu voulais pousser Bradley dehors, on aurait dit un tigre protégeant sa proie.

— Je ne peux pas le supporter, c'est sûr.

— C'est ton droit. C'est un connard. Je le déteste aussi. Tout le monde, d'ailleurs. Je parie que sa mère le détestait *in utero*, dit-elle. Mais tout ça n'a rien à voir. Je ne comprends pas pourquoi les Vols et Homicides s'intéressent au meurtre d'un charognard d'avocat de cet acabit.

— Je ne sais pas, dit Parker tandis que les informations passaient de Cole à un reportage sur l'augmentation des ventes de chemises de bowling à Los Angeles. Mais je vais trouver. Dès l'aube, je vais mettre la main sur ce coursier.

8

Le Chinatown de Los Angeles n'était pas celui de San Francisco. Il n'y avait pas de joli tramway. Les vendeurs de souvenirs bon marché et de contrefaçons de sacs à main de marque y étaient moins nombreux, et loin de constituer la majeure partie de l'économie.

Le Chinatown de L.A. était le premier Chinatown de l'Amérique moderne ; conçu par les Chinois, propriété des Chinois, il accueillait désormais plus de quinze mille personnes d'origine asiatique. Devenu un quartier à la mode ces dernières années, il avait commencé à attirer les artistes et de jeunes professionnels de toutes origines ethniques.

Le Chinatown de L.A. constituait un mélange avant-gardiste et bouillonnant. Les rues étaient bordées de boucheries, avec carcasses de canards qui pendaient en vitrine, de marchés au poisson où les poissonniers aiguisaient des couteaux tranchants comme des rasoirs et d'échoppes où acheter herbes et remèdes médicinaux utilisés par les Chinois depuis des millénaires. Les enseignes étaient écrites en mandarin, la langue principale. Mais, à côté des commerces traditionnels, on trouvait également des galeries d'art contemporain, des petites boutiques et des écoles de yoga.

Après la mort de leur mère, Jack avait décidé que Tyler et lui iraient vivre à Chinatown. Ils avaient jeté leurs maigres possessions dans deux sacs de blanchisserie chapardés à l'arrière d'un camion de livraison garé derrière un restaurant et avaient sauté dans un bus. Tous les soirs, lorsqu'il retrouvait Chinatown, Jack se souvenait du jour où il avait pris son frère par la main et l'avait guidé sous la fameuse « porte de la piété filiale », emblématique du quartier, vers cet endroit où personne ne viendrait jamais les chercher.

Alicia Damon était morte anonymement à l'hôpital du Bon Samaritain. Jack le savait parce qu'il l'avait lui-même emmenée aux urgences en « empruntant » la voiture d'un voisin trop défoncé pour remarquer qu'un gamin maigrichon lui piquait ses clés.

Sa mère n'avait donné ni son nom ni son adresse au responsable des admissions. Elle n'avait pas permis que Jack se montre avec elle, ni qu'il attire l'attention sur lui ou qu'il dise qui il était et où il habitait.

Alicia se méfiait des représentants de l'autorité, sa plus grande crainte étant les gens des services de Protection de l'enfance, qui avaient le pouvoir de lui retirer ses fils. Le peu de courrier qu'ils recevaient arrivait dans une boîte postale, jamais à l'adresse de l'un ou l'autre des appartements pourris où ils avaient vécu. Ils n'avaient pas le téléphone. Jack avait été inscrit dans une école publique sous le nom de John Charles Jameson. Ils vivaient du peu d'argent que se faisait Alicia grâce à de petits emplois payés en liquide et d'un chèque de l'aide sociale qui tombait chaque mois, au nom d'Allison Jennings.

Ils n'avaient pas d'amis, ni de famille. Jack n'avait jamais ramené de camarades de classe à la maison. Il n'avait jamais connu son père, ni même vu de photo de lui. Il avait arrêté de poser des questions dès l'âge de six ans, parce que cela bouleversait sa mère au point qu'elle s'enfermait dans sa chambre pour pleurer.

Il avait une idée de l'identité du père de Tyler – barman dans un bouge dans lequel sa mère avait brièvement travaillé. Jack avait vu ce type à plusieurs reprises parce qu'il avait suivi sa mère au boulot par peur de rester seul dans la chambre qu'ils louaient à l'époque. Par deux fois, il les avait aperçus s'embrasser à travers une fenêtre après que le bar eut été déserté. Puis, les Damon avaient plié bagage pour un autre quartier de la ville. Quelques mois après, Tyler était né. Jack n'avait jamais revu le barman.

À chaque fois que Jack demandait une explication sur leur façon de vivre, Alicia se contentait de répondre : « On n'est jamais trop prudent. »

Jack l'avait crue sur parole. Après sa mort, il n'avait pas réclamé le corps de sa mère, parce que les gens auraient posé des questions et que les questions n'étaient jamais une bonne chose. Il n'avait que treize ans à l'époque, et il savait, sans qu'on ait besoin de le lui expliquer, que les services de la Protection de l'enfance fonceraient sur eux comme des vautours sur leur proie et que Tyler et lui seraient séparés pour être placés dans des familles d'accueil.

De toute façon, l'argent manquait pour un enterrement. De plus, la mère que Tyler et lui avaient connue n'existait plus. Son corps n'était plus celui de la femme qu'elle avait été et ne le serait plus jamais. Il avait donc été expédié dans la morgue du légiste du comté de L.A. comme les trois cents autres anonymes qui échouaient là chaque année, attendant en vain que quelqu'un se souvienne d'eux et se soucie de venir les chercher.

À l'aide de grosses bougies bleues placées dans des ex-voto bleu cobalt de l'église catholique située à trois rues de leur appartement et de fleurs fanées ramassées au marché coréen de leur rue, Jack et Tyler avaient créé leur propre mémorial. Ils avaient élevé un genre de petit autel dans le séjour. La pièce maîtresse : une photographie d'Alicia, prise en des temps meilleurs.

Tyler l'avait dénichée dans une boîte couverte de tissu que leur mère avait toujours possédée. Il avait souvent fouillé dedans, mais seulement quand sa mère était absente, car elle n'avait pas proposé de partager ce secret avec lui. Une boîte de souvenirs sans anecdotes, sans explications. Des photographies de gens que Jack n'avait jamais connus, prises dans des endroits où il n'était jamais allé. Des secrets qui demeureraient à jamais secrets.

Jack avait fait un court éloge funèbre, puis Tyler et lui avaient, chacun leur tour, énuméré les qualités qu'ils préféraient chez leur mère et qui leur manqueraient le plus. Ils avaient fait leurs adieux, éteint les bougies. Puis Jack avait serré très fort son petit frère et tous deux avaient pleuré. Jack en silence, parce qu'il était tout ce qu'il leur restait et qu'il se devait d'être fort.

Alicia avait dit à Jack de ne jamais s'inquiéter si quelque chose lui arrivait. En cas de problème, il devait appeler un numéro de téléphone, qu'elle lui avait fait mémoriser, et demander Alli. Seulement, quand Jack avait appelé depuis une cabine publique, on lui avait appris que le numéro n'était plus en service. Il y avait donc vraiment de quoi s'inquiéter.

Le lendemain, Jack était parti à la recherche d'un nouveau logement. Pour de nombreuses raisons, il avait choisi Chinatown.

D'abord, parce qu'il voulait que Tyler grandisse dans un endroit où il n'aurait pas à s'inquiéter qu'un drogué lui défonce le crâne pour cinq cents ou le vende à un pédophile pour se payer sa dose. Ensuite, parce que la communauté était si éclectique que personne ne trouverait leur présence déplacée. Et enfin, parce que s'ils parvenaient à s'intégrer dans la communauté chinoise, ils n'auraient plus à s'angoisser à l'idée d'être dénoncés aux services de la Protection de l'enfance. Les Chinois menaient leur vie à leur façon, décourageant toute intrusion, et, pour eux, la famille n'était pas un vain mot. Restait la difficulté de se faire accepter.

Jack avait sillonné les rues, à la recherche d'un emploi au noir, qu'il s'était vu refuser maintes et maintes fois. Il n'avait pas besoin de parler le mandarin pour sentir que personne ne lui faisait confiance.

À la fin de la troisième journée infructueuse, alors que Jack était sur le point d'abandonner, Tyler l'avait traîné jusqu'à une poissonnerie pour regarder les poissons-chats dans un aquarium de la vitrine.

C'était Tyler tout craché : il s'était dirigé droit sur la personne la plus susceptible de lui répondre et l'avait bombardée de milliards de questions sur les poissons-chats – d'où venaient-ils, quel âge avaient-ils, de quelle espèce il s'agissait, étaient-ce des garçons ou des filles, que mangeaient-ils, fallait-il souvent nettoyer l'aquarium.

Tyler avait jeté son dévolu sur une minuscule Chinoise très élégante, avec des cheveux noirs remontés en chignon et un port de reine. Elle devait avoir une cinquantaine d'années et semblait capable de marcher jusqu'au bout de la rue avec une coupe de champagne en équilibre sur la tête sans en renverser une goutte.

Elle écouta le flot de questions, étonnée, puis elle prit Tyler par la main, approcha de l'aquarium et répondit patiemment. Tyler l'écouta comme s'il n'avait jamais rien appris de plus passionnant. Il leva vers la femme de grands yeux émerveillés et celle-ci s'attendrit.

Tyler provoquait ce genre d'effets. Il y avait quelque chose en lui qui le faisait paraître à la fois plein de sagesse et d'innocence. Une âme ancienne, disait Mme Chen. Elle les avait invités à déjeuner dans le petit restaurant d'à côté, où tout le monde s'empressait de la satisfaire lorsqu'elle aboyait ses ordres en chinois.

Elle avait interrogé Jack sur leurs origines. Il était resté aussi vague que possible, mais il lui avait dit que leur mère était morte et qu'ils n'avaient aucune famille. Il avait reconnu qu'ils craignaient d'être placés en foyer d'accueil et séparés. Tyler trouverait sûrement des parents pour l'adopter, parce qu'il était jeune. Mais pour un adolescent comme lui, les choses seraient bien différentes.

Mme Chen avait soupesé tout cela en sirotant son thé. Elle avait gardé le silence si longtemps que Jack avait eu la certitude qu'elle allait les envoyer promener. Mais lorsqu'elle avait enfin pris la parole, elle avait regardé Jack puis Tyler dans les yeux, et avait déclaré : « Il n'y a que la famille qui compte. »

Cette phrase résonnait dans la tête de Jack tandis qu'il se faufilait en boitant dans les ruelles de Chinatown au cœur de la nuit. Quand tout allait bien, il se sentait détaché du monde, il était l'étranger, le solitaire. Il ne dépendait de personne, ne se confiait à personne, n'attendait rien de personne. On lui avait appris à ne pas faire confiance et, de lui-même, il avait constaté l'utilité de cette devise.

Mais il aimait bien les Chen et leur était profondément reconnaissant. Il appréciait la compagnie de ses collègues coursiers, bien qu'il ne pensât pas pouvoir les considérer comme des amis. Les personnes qui gravitaient autour de Tyler et lui n'étaient que de simples relations faciles à rompre si nécessaire.

Quelqu'un avait essayé de le tuer. La police le recherchait au mieux pour l'interroger, au pire pour l'inculper du meurtre de Lenny Lowell. Il ne pouvait partager ce fardeau avec personne. Se fier à quelqu'un impliquait un risque trop élevé de dépendance. D'ailleurs les gens qu'il connaissait n'auraient aucune raison de risquer leur vie pour lui.

Jack voyait déjà le cercle lâche de ses relations se défaire. Il fut surpris de constater combien ces liens occasionnels comptaient pour lui. Il ne s'était plus senti aussi sombre, aussi seul depuis les jours qui avaient suivi la mort de sa mère.

Il n'y a que la famille qui compte.

Sa seule vraie famille était un garçon de dix ans et Jack ne reculerait devant rien pour le mettre à l'abri du danger.

Il avait réussi à entrer dans Chinatown sans éveiller les soupçons, à l'exception de quelques sans-abri qui campaient dans des cartons le long des ruelles que Jack avait empruntées. Mais le lendemain, les flics feraient la tournée des agences de courses, essayant de localiser le coursier qui était passé chercher un pli au bureau de Lowell. Il serait alors le centre de tous les intérêts. Jack savait aussi que le tueur pourrait procéder de la même façon pour tenter d'obtenir un nom, une adresse et récupérer le paquet qui était toujours pressé contre son ventre, sous ses vêtements.

Qui que soient ses poursuivants, ils auraient du mal à le trouver. L'adresse qu'il avait inscrite sur sa fiche de candidature chez Speed n'était pas l'endroit où Tyler et lui vivaient. Il ne donnait cette adresse-là à personne. Il était payé en liquide, une pratique plutôt répandue parmi les agences de courses les plus louches. Cela signifiait que pas un dollar n'allait au gouvernement, autrement dit, celui-ci ignorait son existence, et l'agence n'avait pas besoin de lui fournir d'assurance-maladie ni d'indemnisation en cas d'accident du travail.

À première vue, c'était un choix risqué. S'il se faisait renverser lors d'une course, il n'avait aucune couverture médicale. Or, les blessures étaient inévitables. Les statistiques montraient que le cycliste moyen pouvait s'attendre à un accident grave tous les deux mille kilomètres. Jack estimait qu'il atteignait les deux mille kilomètres tous les deux mois. Mais il gagnait plus d'argent ainsi (cinquante pour cent sur le prix de chaque course, à la loyale), et l'agence aurait peut-être réglé ses frais d'hospitalisation. Toutefois sans lui redonner sa place à la sortie de l'hôpital. Considéré « à risques », il aurait immanquablement été mis à la porte.

Par ailleurs, personne ne pouvait retrouver sa trace grâce aux factures, parce qu'il payait l'eau et l'électricité ainsi que la télévision câblée directement aux Chen. Il réglait le loyer en pelletant de la glace pour les étals de la poissonnerie et n'invitait jamais personne à la maison. Par manque de temps, il sortait rarement avec des filles. Les rares qu'il avait fréquentées en savaient très peu sur lui.

Malgré toutes ces précautions, Jack était nerveux à l'idée de rentrer chez lui. Il avait beau ne pas avoir croisé de flics ni revu la voiture de son agresseur, il avait l'impression que quelqu'un le suivait. Un être maléfique et omniscient qui flotterait au-dessus de la ville. Peut-être était-ce seulement le début d'une hypothermie ? Il tremblait lorsqu'il atteignit la poissonnerie et grimpa l'escalier menant à son minuscule appartement.

En s'approchant de sa porte, il entendit des voix. Des voix d'hommes. En colère. Jack retint sa respiration, colla son oreille au panneau et tenta de distinguer des mots par-dessus le rugissement de son pouls. Les hommes se turent. Son cœur se mit à battre encore plus fort. Puis une voix plus sonore l'encouragea à venir acheter une voiture chez Cerritos Auto Square.

« Plus d'économies pour vous et pour nous ! Cerritos Auto Square ! »

Jack soupira de soulagement et entra dans l'appartement.

La seule lumière qui éclairait la pièce provenait de l'écran de télévision, éclaboussant de couleurs l'espace réduit et les deux corps sur le futon : Tyler, étalé de tout son long, un bras pendant vers le sol, jambes écartées, et le vieillard que Tyler appelait grand-père Chen, père du défunt mari de Mme Chen. Grand-père Chen était assis bien droit sur le futon, la tête en arrière, bouche ouverte, les bras de chaque côté du corps, paumes vers le ciel, comme un saint tourmenté suppliant Dieu de l'épargner.

Jack avança vers son frère, releva le poids mort de son corps contre le dossier, plaça sur lui une couverture tombée sur le sol. Tyler ne broncha pas, n'ouvrit pas les yeux. Grand-père Chen poussa un gémissement et s'éveilla en sursaut, levant les bras devant son visage dans un geste de défense.

— Ce n'est rien. C'est moi, murmura Jack.

Le vieil homme baissa la garde et lui lança un regard courroucé avant de procéder à un tir rapide de réprimandes en chinois, une langue que Jack ne maîtrisait pas malgré six ans passés à Chinatown. Il savait dire *bonjour* et *merci*, rien de plus. Mais il n'avait pas besoin de comprendre ce que lui disait grand-père Chen, il savait qu'il était très tard et que Tyler s'était inquiété. Le vieux poursuivit, comme une arme automatique, désignant sa montre, puis Tyler, secouant son doigt en direction de Jack.

Celui-ci leva les mains en signe de reddition.

— Je suis désolé. Il y a eu un imprévu et je suis en retard. Je sais, désolé.

Grand-père Chen ne reprit même pas sa respiration. Scandalisé, il plaça son pouce et son petit doigt à côté de son visage pour mimer une conversation téléphonique.

— J'ai essayé d'appeler, dit Jack, comme si l'explication pouvait arranger les choses.

Le vieil homme, qui avait passé cinquante ans de sa vie aux États-Unis, n'avait jamais tenté d'en apprendre la langue et prenait un air dégoûté rien qu'à évoquer cette idée, comme s'il était indigne de lui de parler anglais avec des gens trop ignorants pour apprendre le chinois.

— C'était occupé, continua Jack en faisant semblant de parler au téléphone et en imitant la sonnerie.

Grand-père Chen lâcha un grognement dédaigneux et lança ses mains en direction de Jack comme pour le chasser de la pièce.

Tyler se réveilla à ce moment, il se frotta les yeux et regarda Jack.

— Tu es vraiment en retard.

— Je sais. Je suis désolé. J'ai essayé d'appeler Mme Chen, mais c'était occupé.

— Grand-père Chen était sur son ordinateur en train de regarder des sites de filles chinoises.

Jack jeta un regard en coin en direction du vieillard, qui avait maintenant adopté l'expression froide et impénétrable d'un bouddha de pierre.

— Je ne veux pas que tu regardes de sites pornos, dit Jack à son frère.

Tyler roula des yeux.

— Elles n'étaient pas toutes nues. Il fait du shopping pour une fiancée par correspondance.

— Il a cent douze ans, qu'est-ce qu'il ferait d'une fiancée ?

— Il a quatre-vingt-dix-sept ans, rectifia Tyler. Si l'on considère, à la manière chinoise, le jour de sa naissance comme son premier anniversaire.

Jack écouta patiemment la leçon. Il essayait de ne jamais rembarrer son frère. Tyler était extrêmement brillant, mais il était aussi très sensible à l'approbation ou la désapprobation de Jack.

— Bref, c'est une vraie antiquité, dit Jack. Pourquoi il veut une jeune fiancée ?

— Techniquement, on ne peut pas le traiter d'antiquité, puisqu'il n'a pas cent ans. Et pour cette histoire de fiancée...

Tyler eut un haussement d'épaules, puis il reprit :

— Il a dit : « Tant pis si elle meurt avant moi. »

Il tourna les yeux vers le vieux à côté de lui et débita quelques mots en chinois. Grand-père Chen lui répondit et tous deux éclatèrent de rire.

Le vieux ébouriffa les cheveux de Tyler avec affection, claqua ses mains sur ses cuisses et se leva du futon. Droit comme un i, il était de la même taille que Jack et d'une maigreur quasi squelettique. Son visage était creux, évoquant ces têtes réduites d'Indiens d'Amazonie, sa peau aussi transparente que du papier crépon mouillé, parcourue de veines bleues. Il fronça les sourcils en désignant les blessures de Jack, puis ajouta quelque chose sur un ton sérieux, trop bas pour que Tyler puisse entendre. Il est inquiet, songea Jack. Soucieux. Réprobateur. Ce qui l'avait retenu ne disait rien de bon au grand-père Chen, et celui-ci n'avait pas tort.

Le vieillard souhaita une bonne nuit à Tyler et s'en alla.

Tyler alluma une petite lampe et observa son frère d'un air grave.

— Qu'est-ce qui t'est arrivé ?

— J'ai eu un accident.

Il s'assit sur un tabouret chinois en bois dur et ôta ses chaussures, en faisant attention à ne pas tirer trop fort sur son pied droit. Sa cheville le faisait souffrir.

— Quel genre d'accident ? Je veux savoir exactement ce qui s'est passé.

Ils s'étaient déjà aventurés sur ce terrain. Tyler voulait connaître le travail de Jack, jusqu'au détail le plus infime. Mais il était particulièrement obsédé par le genre d'accident que son grand frère – ou tout autre coursier – pouvait avoir.

Jack n'entendait pas le lui raconter. Il avait fait l'erreur une fois, puis il avait découvert que son frère, redoutant de se retrouver seul, se tracassait pour lui au point de se rendre malade et de ressasser tous les risques.

— Je suis tombé, c'est tout, dit-il, en évitant le regard grave de Tyler. Je me suis pris la porte d'une vieille en Cadillac, je me suis tordu la cheville et j'ai quelques égratignures. Une des roues de la Bête est voilée, j'ai dû rentrer à pied.

Tyler n'était pas dupe. Ses grands yeux s'embuèrent.

— Je croyais que tu ne reviendrais plus jamais.

Oubliant qu'il était trempé, Jack vint s'installer sur le futon à côté du petit garçon et le regarda droit dans les yeux.

— Je reviendrai toujours. Rien que pour toi.

Une larme glissa sur la joue de Tyler.

— C'est aussi ce que disait maman, rappela-t-il à Jack. Et ce n'était pas vrai. Il arrive des trucs auxquels personne ne peut rien. Ça arrive. C'est le karma.

Il serra les yeux très fort et récita de mémoire ce qu'il avait lu dans le dictionnaire qu'il étudiait chaque soir : « Le karma est une force générée par les actions d'une personne pour per-pé-tuer la transmigration et, dans ses conséquences éthiques, pour déterminer son destin dans sa prochaine existence. »

Jack avait envie de lui dire que c'étaient des conneries, que rien n'avait de sens et qu'il n'y avait pas de « prochaine existence ». Mais il savait qu'il était important pour Tyler de croire en quelque chose, de chercher une logique dans un monde absurde, aussi se contenta-t-il de rétorquer la blague éculée qu'il faisait toujours.

— Et pendant que tu seras plongé dans tes réflexions sur ce thème, tu sortiras dans la rue comme un étourdi et tu te feras renverser par un bus. Je vais te dire ce que je peux contrôler, Tyler : je t'aime et je serai toujours là pour toi, même si je dois ramper sur du verre brisé pour y arriver.

Il attira son frère vers lui et le serra vigoureusement dans ses bras. Tyler avait atteint l'âge où l'on commence à croire que les vrais hommes n'ont pas besoin qu'on les prenne dans les bras et il était embarrassé d'en avoir encore besoin. Mais il se laissa aller et se serra contre le torse de Jack, l'oreille contre son cœur pour en écouter les battements.

Jack étreignit son frère en se demandant ce que lui réservait le karma pour avoir dissimulé la vérité à Tyler. Ce soir, plus que tous les autres, il était conscient de sa propre mortalité. La mort lui avait rendu visite et l'avait aspiré dans un tourbillon obscur où il n'avait aucun contrôle, à part la volonté d'en sortir vivant. Alors même que Tyler se blottissait contre lui, il sentait le paquet de Lenny Lowell sur son ventre, sous son tee-shirt.

Au matin, il aurait quelques explications à fournir, mais il n'en était pas encore là. Pour l'heure, tout ce qu'il voulait était une bonne douche chaude et dormir. Le monde ne serait pas plus clair le matin venu, mais Jack aurait plus de forces pour l'affronter.

Après que Tyler fut endormi, Jack se rendit dans la petite salle de bains et s'observa dans le petit miroir, au-dessus du petit lavabo sous la petite ampoule qui sortait du mur comme une verrue luisante.

Il avait vraiment une sale tête. Les traits tirés, blanc comme un linge en dehors de l'ombre qui cernait ses yeux, de la boue qui tachait sa joue et des irritations rougeâtres sur son menton. Il avait une coupure à la lèvre inférieure soulignée de sang coagulé. Pas étonnant que le flic, Jimmy Chew, l'ait pris pour un sans-abri.

Il se lava les mains, grimaça en sentant le savon piquer la peau égratignée. Il éprouva la même douleur en se frottant le visage ; il le rinça à l'eau glacée, ce qui lui coupa le souffle une seconde. Puis il se releva, retira précautionneusement son sweat-shirt mouillé et son tee-shirt. Il avait mal aux épaules, au dos, à la poitrine. Il n'y avait pas une partie de son corps qui ne fût douloureuse, meurtrie, enflée, tachée de sang ou marquée de bleus.

Le paquet de Lenny Lowell était toujours coincé dans l'élastique de son short de cycliste. L'enveloppe molletonnée était humide mais ne semblait pas autrement endommagée. Jack la dégagea, la tourna et la retourna dans ses mains en l'observant sous toutes les coutures. Il tremblait. Dans des circonstances normales, jamais il n'aurait ouvert le pli d'un client. Rocco, le directeur de Speed Coursiers, l'aurait viré en un clin d'œil. Maintenant, cette idée l'aurait presque fait rire. Rocco était le cadet de ses soucis.

Il s'assit sur le couvercle des toilettes et s'attaqua au rabat de l'enveloppe jusqu'à ce qu'il parvienne à l'ouvrir.

Elle ne contenait pas le moindre message. Pas d'épaisses liasses de billets, non plus. En sandwich entre deux morceaux de carton se trouvait une enveloppe cireuse de négatifs. Jack les sortit et les exposa à la lumière. Deux personnes échangeaient quelque chose ou se serraient la main. Il ne voyait pas bien.

Quelqu'un était prêt à tuer pour ça.

Du chantage.

Et je me retrouve au milieu.

Sans personne vers qui se tourner. Il ne faisait pas confiance aux flics. Même s'il leur remettait les négatifs, il resterait une cible pour son agresseur, qui ne se contenterait pas de faire le tri entre ce que Jack savait et ce qu'il ignorait.

Si c'était ça, le karma, alors ça faisait vraiment chier.

Il n'attendrait pas de le savoir. Jack ne s'était jamais considéré comme une victime. Sa mère ne l'avait jamais permis, ni pour Jack ni pour elle. La poisse, ça arrivait, il fallait s'en sortir et continuer à aller de l'avant. Il fallait qu'il considère cette situation de la même façon. C'était toujours comme ça qu'on s'en sortait, en allant de l'avant.

La poisse, ça arrivait. Et là, il y était plongé jusqu'au cou. Il n'y avait plus qu'à se mettre à nager.

9

Jack descendit l'escalier de son immeuble en boitillant, ses chaussures nouées entre elles par les lacets et passées par-dessus son épaule. Il avait dû dormir une heure et demie tout au plus. Il s'était enfin assoupi vers 4 heures, quand Tyler s'était glissé à côté de lui sur le futon en lui murmurant qu'il avait peur. Jack l'avait assuré que tout irait bien et avait ajouté qu'il fallait dormir.

Tyler était encore assez jeune pour le croire. Jack ne se souvenait pas avoir été si innocent. Il n'avait jamais eu le luxe d'avoir quelqu'un pour amortir les coups. Alicia estimait que trop le protéger ne lui rendrait pas service. Et elle lui avait fait le plus beau cadeau qu'elle croyait pouvoir lui faire : elle lui avait transmis des techniques de survie.

Elle lui avait toujours dit de ne pas perdre de temps à paniquer, car le temps était trop précieux. Néanmoins, c'était en partie la panique – et la douleur – qui avaient fait mouliner son cerveau comme un hamster dans sa roue pendant ces quelques précieuses heures dont il aurait dû profiter pour dormir. À 4 h 30, il s'était glissé hors du lit et, à quatre pattes, avait fait le point sur ce qui lui faisait le plus mal.

La cheville paraissait enflée et difficile à bouger. Il l'avait maintenue dans la glace toute la nuit, en espérant qu'il pourrait s'en sortir avec un simple bandage et que les ligaments n'étaient pas trop endommagés. Doucement, tout doucement, il avait posé une main sur le tabouret chinois, pris une grande inspiration et lutté pour se mettre debout.

Même une journée de travail normale, c'est-à-dire chargée, pouvait laisser des traces ressemblant à une vilaine gueule de bois le lendemain matin. Douleurs dans le dos, mollets tendus, tendons d'Achille durs comme le roc. Bleus, coupures, égratignures. Les yeux qui piquent, les doigts gelés qui épousent la courbure du guidon.

Ce réveil n'était pas pire que n'importe quel autre lendemain d'accident, s'il mettait de côté l'idée que quelqu'un voulait le tuer.

Il s'était rendu dans la salle de bains, avait pris une douche froide pour s'éclaircir les idées, puis avait bandé sa cheville aussi serré que possible. Elle était encore une fois et demie plus grosse qu'elle n'aurait dû l'être, mais il pouvait prendre appui dessus, c'était tout ce qui comptait.

Au bas de l'escalier, il s'assit et enfila sa chaussure, serrant la mâchoire à cause de la douleur. De petites perles de sueur perlèrent sur son front. Il entendait le moteur du camion de livraison de glace stationné devant la grande porte de l'aire de chargement. Le premier arrêt du matin était pour Chinatown, ensuite venait le tour des autres quartiers ethniques : livraison aux petites épiceries familiales, aux étals de viande sur les marchés, aux restaurants. Une fois par semaine, le boucher d'en face recevait des caisses de poulets et de canards vivants, dont les cris se joignaient au son du réveil habituel. Jack trouvait le bruit et la routine réconfortants. Ils lui donnaient l'illusion d'être né dans une grande famille.

Un bruit de chaîne. Le ronronnement du moteur qui soulevait la porte coulissante. La voix du neveu de Mme Chen, Chi, aboyant ses ordres à son cousin au troisième degré, Boo Zhu. Le grincement du métal sur le ciment quand Boo Zhu descendait d'un bond de l'aire de chargement en traînant sa pelle derrière lui.

Jack inspira une grande bouffée d'air humide aux relents de poisson et alla travailler. Il ne dit rien de sa blessure à Chi. Celui-ci ne posa pas de question. Chi, qui gérait les affaires courantes à la poissonnerie, n'appréciait pas Jack et désapprouvait la décision de sa tante d'héberger les frères Damon. Ces six dernières années ne l'avaient pas fait changer d'avis.

Jack se fichait de Chi. Il faisait son boulot et ne donnait à Chi aucune raison de se plaindre de lui, excepté le fait qu'il n'était pas chinois et ne parlait pas le mandarin. Un point que Chi trouvait intolérable bien que lui-même fût né à Pasadena et parlât aussi bien l'anglais que n'importe qui.

Mme Chen avait sans ménagement souligné devant Chi que le bilinguisme n'était pas obligatoire pour transporter de la glace.

71

Boo Zhu, qui avait vingt-sept ans, était handicapé mental et ne parlait pour ainsi dire aucune langue, parvenait à accomplir son travail sans problème.

La pluie s'était transformée en crachin épais et froid. Pourtant, Jack était en nage, comme une bête de somme ; il avait la nausée et la douleur lui brûlait la cheville à chaque pelletée de glace. Il était au travail depuis quinze minutes quand madame Chen apparut sur l'aire de chargement, minuscule silhouette perdue dans son imperméable, un immense parapluie en imprimé Burberry à la main. Elle demanda à Jack de la suivre, ce qui valut à ce dernier un regard profondément méprisant de la part de Chi.

— Mon beau-père me dit que tu es blessé, dit-elle en refermant son parapluie et en ouvrant le chemin jusqu'à l'espace réduit et désordonné qui constituait son bureau.

— Je vais bien, madame Chen.

L'air perplexe, elle fixa le visage trempé, pâle, égratigné et contusionné de Jack.

— Non, tu ne vas pas bien.

— J'ai simplement eu un accident. Être coursier peut être un métier dangereux, vous le savez bien.

— Je sais aussi que tu ne rentres jamais aussi tard de ton travail. As-tu des ennuis ?

— Des ennuis ? Pourquoi me demandez-vous ça ? Ce n'est pas la première fois que je suis blessé. Ça n'est pas nouveau.

— Je n'aime pas les réponses qui n'en sont pas, Jack.

Les mains sur les hanches, Jack se détourna pour fixer le calendrier mural d'une banque locale, qui souhaitait à tous un bon Nouvel An chinois. Mme Chen alluma le petit chauffage d'appoint qui se trouvait sous son bureau, qui se mit à émettre un bourdonnement accompagné d'une odeur de chaud. Il réfléchit un instant à ce qu'il valait mieux dire. Mme Chen méritait la vérité, par simple respect, mais il ne voulait pas impliquer les Chen dans cette sale histoire, qu'il ne comprenait déjà pas lui-même. Personne ne pourrait remonter jusqu'à lui à cette adresse, il ne semblait pas y avoir de raison de l'affoler.

— Il ne faut pas si longtemps pour dire la vérité, déclara-t-elle avec fermeté. Seule une fiction peut nécessiter un temps de réflexion aussi long.

Jack soupira.

— J'avais une livraison à faire tard hier soir et j'ai été renversé. J'ai fait une mauvaise chute.

— Et tu as appelé la police pour le signaler, c'est ce qui explique que tu sois arrivé aussi tard à la maison, continua-t-elle, sans en croire un traître mot.

— Non. Il faisait sombre. Tout s'est passé très vite. Je n'ai pas réussi à voir la plaque d'immatriculation.

— Du coup, tu as préféré te rendre aux urgences pour te faire examiner par un médecin.

Jack détourna à nouveau les yeux, plus par contrariété que pour éluder la question. Mme Chen était la seule personne qu'il connaisse, en dehors de sa propre mère, à laquelle il était incapable de mentir avec succès. Il pouvait duper, berner n'importe qui. Parce que personne ne s'intéressait suffisamment à ce qu'il racontait. Il n'était que coursier, et les gens entendaient seulement ce qu'ils voulaient entendre.

— Je suis rentré à pied, reprit-il. J'étais loin de la maison et mon vélo était cassé.

Mme Chen prononça quelques mots en chinois qui ne devaient sûrement pas être dignes d'une dame.

— Tu n'as pas appelé de taxi?

— Ça coûte trop cher.

— Tu ne m'as pas appelée, moi? dit-elle, froissée.

— J'ai essayé, mais le téléphone était occupé.

— Tu n'as aucun respect, dit-elle en mettant ses mains sur ses hanches. Six ans que je me fais du souci pour toi. Et tu n'as aucun respect pour moi.

— Ce n'est pas vrai, protesta Jack. Je vous respecte énormément, madame Chen. Je ne veux pas vous inquiéter.

Elle siffla comme un serpent et secoua un doigt dans sa direction.

— Tu es comme Boo Zhu maintenant? Tu as des cailloux dans la tête? Ou alors tu crois que moi, je suis comme Boo Zhu, peut-être?

— Non, m'dame.

— C'est comme si tu faisais partie de ma famille, Jack, dit-elle doucement.

Jack sentit une brûlure lui picoter les yeux. Il ne s'était jamais permis de souhaiter cela en d'autres termes qu'un vague sentiment de communauté. Tyler était sa famille.

— Je suis désolé, dit-il.

— De m'avoir offensée ou que je te considère comme ma famille ?

Un sourire en coin apparut sur les lèvres de Jack.

— Les deux, je dirais. Je ne veux pas être un fardeau, répondit-il.

Elle secoua la tête avec tristesse.

— Tu étais déjà vieux dans le ventre de ta mère. Pas comme ton frère, mais comme si tu étais un homme qui en avait trop vu.

Ce n'était pas la première fois qu'elle faisait ce commentaire. Jack ne répondait jamais. Ce n'était pas la peine d'énoncer l'évidence.

— Je dois y aller, madame Chen. J'ai des choses à faire. Mon vélo à faire réparer.

— Et comment comptes-tu te rendre où tu dois aller ? En tapis volant ?

Il ne dit rien. Elle attrapa un trousseau de clés accroché à un clou du mur.

— Prends ma voiture. Et ne me dis pas que tu ne peux pas, parce que tu vas la prendre.

— Oui, m'dame. Merci.

Mme Chen possédait une Mini Cooper noire et crème avec un toit ouvrant. Jack cala la Bête dans la voiture avec le plus grand soin et se faufila dans la circulation du matin. La voiture faisait office de camouflage. Son agresseur n'aurait jamais l'idée de rechercher une Mini.

La ruse de la journée serait de parvenir à entrer et sortir des bureaux de Speed sans être repéré par les agents surveillant le bâtiment. Il fallait qu'il voie Eta avant les flics.

10

— Tiens, le voilà, ton boulot de merde, dit Ruiz en lançant une feuille de papier sur le bureau de Parker.

Le document flotta avant de se poser en douceur sur une pile de dossiers, gâchant sa démonstration de mauvaise humeur.

Parker y jeta un œil. Une liste des sociétés de courses dans un rayon de cinq kilomètres autour du bureau de Lenny Lowell. Il avait dû lui falloir trois bonnes minutes pour la trouver sur Internet !

— Tu te rends compte que tes relations avec les autres sont prises en compte dans ton évaluation ? dit-il en se levant pour aller à la machine à café.

Il était 6 h 43 et Parker avait eu à peine deux heures de sommeil. Deux autres lieutenants se trouvaient dans la pièce. Yamoto et Kray avaient hérité du massacre familial, dont Nicholson s'était occupée avant d'arriver au bureau de Lowell la veille. Meurtres multiples suivis d'un suicide. Ils avaient passé une nuit blanche rien qu'à s'occuper de la paperasse.

Yamoto, en formation lui aussi, écrivait ses rapports sur son portable dernier cri. Il était soigné, courtois, professionnel et portait des costumes élégants. Kray ne méritait pas une recrue comme Yamoto.

Kray était profondément endormi, la tête sur le bureau ; il avait bavé sur un mémo vert vif rappelant à tout le monde qu'il n'était pas trop tard pour s'inscrire au séminaire de gestion du stress intitulé « Les questions de vie ou de mort ne doivent pas vous tuer ».

Parker regagna son fauteuil.

— Va falloir apprendre à contenir ton mauvais caractère, chérie, dit-il avec sérieux. Que se passera-t-il quand un enfoiré de tueur s'en prendra à toi pendant un interrogatoire ? Il te traitera des noms les plus dégueulasses que t'aies jamais entendus. Il suggérera que tu le laisses procéder à quatre-vingt-trois sortes d'actes contre nature sur ton corps. Il faut que tu lui soutires une confession et, toi, tu vas te mettre à l'insulter ? Ce n'est pas acceptable.

— Je ne ferais pas ça, lâcha-t-elle.

— Tu viens de le faire avec moi.

— Tu n'es pas un suspect.

— Non, je suis ton supérieur direct. Tu dois le respecter, que ça te plaise ou non. Tu auras toujours un patron dans ce boulot et des bien pires que moi. Tu as de grandes chances de devoir répondre à une enfilade de connards à partir de maintenant et jusqu'au jour de ton premier lifting.

Il se leva à nouveau, cette fois pour jeter son café à la poubelle. Deux doigts de ce breuvage auraient suffi à relancer un moteur de camion.

— La rage au ventre, c'est une bonne chose, continua-t-il. Sers-t'en tant que tu en as. Mais si tu n'apprends pas à te contrôler, tu ne feras pas de vieux os dans ce boulot. La colère seule ne suffira pas à te faire tenir. Elle obscurcit ton jugement. Tu te mettras à dos des personnes dont tu as besoin et tu énerveras des gens que tu n'aurais pas dû énerver.

— On voit que tu parles d'expérience.

— Exact, répondit calmement Parker. Tu vas recevoir l'enseignement d'un maître en la matière.

Il avait l'impression d'avoir une centaine d'années, dont il aurait passé la plupart à grimper des montagnes en courant, impudent et sûr de lui, avant de dévaler l'autre versant, la tête la première.

Parker enfila son imperméable anthracite, version Armani de la gabardine classique. Une folie récente qu'il s'était offerte grâce à son autre vie. Il remonta le col et attrapa le vieux feutre qu'il avait depuis qu'il était devenu lieutenant. Un lieutenant l'avait porté avant lui, et un autre avant lui, remontant ainsi jusqu'aux années trente. Le bon vieux temps où L.A. était encore une ville frontière, et la lecture de leurs droits aux suspects encore bien loin d'être une obligation légale. Du temps où les flics cueillaient les gangsters à leur descente d'avion de New York ou Chicago, leur mettaient une raclée et les renvoyaient vers leur point de départ.

— Allez, on s'attaque aux coursiers, lança-t-il à Ruiz. On va commencer par les plus proches du cabinet de Lowell, puis on élargit le cercle jusqu'à ce qu'on trouve qui a pris cet appel.

— On ne pourrait pas faire ça par téléphone ? geignit-elle. Il pleut.

— C'est pas comme ça que t'apprendras à percer quelqu'un à jour, répliqua Parker. Si tu veux résoudre des mystères par téléphone, t'as qu'à te trouver un boulot à la hot line des voyants associés.

Elle lui fit un doigt d'honneur.

La première agence dans laquelle ils se rendirent avait cessé ses activités. Six jours plus tôt, à en croire la clocharde installée à l'abri de l'auvent des bureaux vides. Parker la remercia, lui laissa sa carte et un billet de vingt dollars.

— Pourquoi t'as fait ça ? demanda Ruiz lorsqu'ils regagnèrent leur voiture. Une tarée de clodo. Attends, tu as senti comme elle puait ?

— On ne propose pas de bain de vapeur ni d'aromathérapie à la Mission de minuit. En plus elle n'a rien d'une tarée. Elle était lucide, du moins aujourd'hui. Qui sait ce qu'elle peut voir, à vivre là dans la rue. Si une poignée de dollars peut l'amener à de meilleurs sentiments envers les flics...

Parker jeta un regard en coin à Ruiz.

— Tu fais ce métier depuis combien de temps ? demanda-t-il.

— Cinq ans.

— Et en cinq ans, tu n'as rien appris ? T'avais des photos compromettantes de ton chef avec un animal de ferme ou quoi ?

— Je suis peut-être radine, répondit-elle, en maîtrisant son insolence.

— Je ne parle même pas de ça. C'est trop facile.

— Ce que je veux dire, c'est que je n'ai pas les moyens de distribuer du fric aux SDF.

— C'est ça. Ça ferait un trou dans ton budget chaussures.

— Toi, tu peux te permettre de donner de l'argent à tout va ?

Parker la regarda en fronçant les sourcils.

— Vingt dollars ? Ce n'est pas ça qui va me forcer à me priver de viande rouge. Investir dans une personne comme Mary, c'est comme parier quelques dollars sur un coup risqué. Peut-être que tu vas les perdre, mais peut-être aussi que tu vas gagner une belle somme. Tu n'avais pas d'indics quand tu bossais sur les gangs ?

— Pas moi. J'étais infiltrée – et pas de jeux de mots foireux, l'avertit-elle.

— Je n'ai rien dit.

— Et ne viens pas me parler de chaussures. Les Tod's que tu as aux pieds doivent coûter six cent cinquante dollars. Tu es le seul flic que je connaisse à porter des chaussures aussi chères.

— Toi mise à part.

— C'est différent.

— Comment ça ? Je parie que les Manolo Blahnik et les Jimmy Choo s'entassent dans ton placard. Tu n'as jamais porté deux fois la même paire en une semaine. Moi, je dois en avoir cinq en tout.

— Et alors, peut-être que j'ai un ami qui aime m'offrir de belles choses. Des vêtements, des chaussures…

— Tu as un ami ?

Elle ne mordit pas à l'hameçon.

— Mais peut-être que toi aussi, tu as ce genre d'ami, glissa-t-elle d'un air narquois. Peut-être que tu as des talents cachés. Alors, dis-moi tout, Parker. Tu es le gigolo d'une grosse richarde, c'est ça ? C'est comme ça que tu as eu cette Jag que tu conduis le week-end ? Si t'es si doué, faudrait peut-être que j'y regarde à deux fois, après tout.

— Qu'est-ce que tu sais sur ma voiture ?

Elle haussa les épaules.

— J'ai entendu des rumeurs.

Parker la fixa quelques instants, puis se concentra à nouveau sur la route comme le feu passait au vert.

— Il n'est pas judicieux pour un flic d'accepter des cadeaux coûteux. On ne sait jamais. La personne qui te les offre peut avoir un jour des pépins avec la justice. Et il ou elle peut réclamer une grosse faveur. Même si tu ne bouges pas le petit doigt pour le tirer d'affaire, quelqu'un finira par découvrir que tu portes une Rolex en or gracieusement offerte par l'accusé, et c'est ton anatomie qui va se retrouver passée à la moulinette. Conduite inconvenante, pot-de-vin. Et en moins de temps qu'il n'en faut pour le dire, tu te retrouves avec un parasite de la police des polices sur le dos.

— Quand tu n'as rien fait de mal, tu n'as rien à cacher, commenta Ruiz.

— Tout le monde a quelque chose à cacher, chérie.

— Ah ouais ? Et toi, Parker, qu'est-ce que tu caches ?

— Si je te le disais, je ne cacherais plus rien du tout. Ne révèle jamais une crainte ni une faiblesse, poupée. Quelqu'un risque de te coller une droite et de t'envoyer au tapis au moment où tu t'y attendras le moins.

Ils poursuivirent leur route en silence dans la circulation matinale. Des avocats, encore des avocats, des comptables, encore des comptables, des banquiers, encore des banquiers, qui tous se rendaient à leurs bureaux, dans les hauts immeubles du centre-ville. Des Mercedes, des BMW, des Porsche. La voiture des deux policiers était une berline familiale quelconque au pedigree douteux. Les Vols et Homicides étaient mieux lotis. Il fallait qu'ils aient de l'allure à la télé. La condition requise pour les voitures dans la brigade de Parker était qu'elles ne tentent pas les voleurs.

À la deuxième agence de courses – Reliable Couriers – un jeune homme séduisant portant un jean et des lunettes à la mode, Rayne Carson, qui épela son nom de manière à être cité correctement dans les futurs rapports, expliqua que Lenny Lowell était sur leur liste de clients parasites : il avait une ardoise qu'il refusait de payer. Ils ne travaillaient donc plus avec lui.

— La plupart des gens sur cette liste sont des avocats, c'est pas croyable, non ? confia-t-il à Parker, en montrant du doigt la feuille de noms punaisée au mur, derrière le bureau.

— Les seules dettes que les avocats veulent voir payées sont les heures facturées, compatit Parker.

Le téléphone sonna. Rayne Carson leva un doigt en leur jetant un regard désolé, appuya sur l'un des boutons du standard téléphonique, puis, casque sans fil sur les oreilles, crayon en main en position sur son bloc-notes, écouta son interlocuteur.

Il était du genre que l'on trouvait généralement à la réception des hôtels branchés ou dans un restaurant à la mode de West Hollywood, songea Parker. Mais les temps étaient durs. Les professions à gros pourboire étaient monopolisées par les auteurs et acteurs sans travail, victimes de l'engouement pour la télé-réalité.

Ruiz regarda Parker, roula des yeux et lâcha un profond soupir d'ennui.

— Je crois qu'il veut t'inviter à sortir, marmonna-t-elle.

De la main, Carson leur fit comprendre qu'il avait affaire à un grand bavard, puis il désigna Parker et articula silencieusement : « Super, le chapeau. »

— Tout le monde me court après, poupée, murmura Parker à Ruiz en imitant l'accent de Bogart. C'est ma croix.

— Pas moi, en tout cas.

Rayne Carson termina sa conversation par un très énigmatique :

— Je dois y aller, Joel, la police veut s'entretenir avec moi à propos d'une affaire très importante... Non, ça ne te concerne pas. Mais si tu y tiens, je vais voir ce que je peux faire.

Il raccrocha et s'excusa auprès de Parker.

— Mon agent... pour ce qu'il vaut. Je suis parfait pour cette nouvelle émission de télé-réalité gay que la Fox est en train de monter, et ce clown n'est pas capable de m'embarquer dedans.

— On peut vous embarquer, nous, si vous y tenez, proposa gentiment Ruiz.

— Vous pourriez me faire passer dans *America's Most Wanted* ? Juste quelques jours pour la reconstitution d'un crime horrible. Ça ferait une ligne de plus sur mon CV.

— Une autre fois, peut-être, dit Parker. Avez-vous une idée de la société de courses à laquelle quelqu'un comme Lowell pourrait avoir fait appel, avec sa mauvaise réputation ?

— Une petite boîte, sûrement. Désespérée et peu recommandable. Pas chère et crasse.

— Du genre ?

— Right Fast, Fly First, Speed Coursiers.

11

Eta Fitzgerald était une créature d'habitudes. Tous les jours à 6 h 15, elle balançait le reste de son café du matin dans l'évier, embrassait sa mère âgée sur la joue et prenait la route.

Elle vivait avec ses quatre enfants et sa mère dans un petit pavillon quelconque situé dans un agréable quartier ouvrier, sous l'un des couloirs aériens les plus fréquentés au départ de l'aéroport international. La famille Fitzgerald avait quitté La Nouvelle-Orléans pour Los Angeles huit ans plus tôt, à une époque où l'économie était florissante, avant que les faillites et les craintes terroristes ne ravagent l'industrie aéronautique. Son mari, Roy, mécanicien dans l'aviation, s'était fait embaucher par Delta Airlines. Il n'avait jamais manqué une seule journée de travail en six ans, quand, alors qu'il travaillait sur un 747, un échafaudage s'était effondré, l'entraînant dans une chute mortelle.

À 6 h 15, il ne fallait pas longtemps à Eta pour rallier le centre-ville. À 7 h 15, la circulation était si lente qu'elle aurait eu le temps de lire le *L.A. Times* de A à Z avant d'arriver à destination.

Son premier arrêt s'effectuait immanquablement chez Carl's Junior au coin de la Cinquième et de Flower, où elle s'installait pour sa deuxième tasse de café du matin et un sandwich œuf et saucisse débordant de graisses et de calories qui finiraient par lui boucher les artères. La plupart du temps, elle y croisait certains de ses coursiers, venus charger leurs accus pour la journée. Parfois elle papotait avec eux de leur vie après le vélo. Parfois, elle se contentait d'observer.

Elle aurait pu trouver une place mieux payée. Elle avait travaillé au standard de la police de La Nouvelle-Orléans et quelques années dans une société privée d'ambulances à Encino. Mais elle en avait eu assez des questions de vie ou de mort et elle n'avait pas besoin de gagner des millions. L'assurance et la pension de Roy suffisaient amplement à prendre soin de la famille. Eta aimait travailler chez Speed. Les coursiers étaient des personnages étranges et intéressants, une sacrée bande, gosses ou adultes, tous incapables de suivre les sentiers battus. Ils formaient une sorte de famille. Eta était leur mère poule.

Mojo leva la main pour la saluer. Il se trouvait à une table du fond, dans un coin, un pied sur une banquette et le buste penché en avant, occupé à raconter à deux coursiers d'une autre agence les histoires fantastiques de son passé. Il avait une de ces allures, ce Mojo. Des dreadlocks, une grande silhouette à la peau noire très foncée tirée sur des os saillants. Il se vêtait de couches de haillons, comme un SDF, et lorsque ses yeux s'écarquillaient, ils lui donnaient un air de fou.

Mojo était connu pour jeter des malédictions vaudou sur les chauffeurs de taxi qui lui faisaient des queues de poisson – il avait failli être jeté en prison pour avoir poursuivi un chauffeur jusque dans un restaurant chinois, où il l'avait attrapé par le col en lui hurlant des imprécations à la figure et en agitant sous son nez son collier d'os et pattes de poulets.

C'était son truc, à Mojo, pour éviter que les gens se penchent de trop près sur son cas. En fait, Eta savait qu'il s'appelait Maurice, lisait de la poésie et assurait au sax lors des soirées « micro ouvert » d'un club de jazz de West L.A.

Elle sirota son café et balaya la pièce du regard, à la recherche de ses autres « enfants ». Gemma, une petite rousse en short de cycliste et chandail bariolé moulant, buvait un Coca géant à la paille en parcourant un numéro du *L.A. Weekly*. Elle prenait une année sabbatique pour gagner de l'argent et s'aguerrir au contact de la rue, avant de reprendre ses études.

Devant la vitrine, Eta apercevait John le Prédicateur qui faisait les cent pas sur le trottoir et se lançait déjà dans sa diatribe du jour. Si Mojo aimait jouer au fou, John le Prédicateur était un fou, un vrai, mais d'une manière ou d'une autre, il parvenait toujours à livrer ses plis. Intervention divine, supposait Eta. Tant qu'il prenait ses médocs, il faisait son boulot. Lorsqu'il ne les prenait plus, il pouvait disparaître des semaines d'affilée. Le patron, Rocco, gardait John parce que c'était son neveu, quelque chose dans ce goût-là ; cela permettait à la famille de le tenir à l'œil.

Eta vida son plateau dans la poubelle et ressortit dans l'obscurité du petit matin. John le Prédicateur vint vers elle en agitant sa Bible élimée ; il l'interpella :

— Ma sœur ! Ma sœur !

— N'espère pas me ressortir tes conneries sur la femme d'Héber, l'avertit Eta en levant la main. Je suis une chrétienne pratiquante qui vit dans la crainte de Dieu, John Remko.

Il s'arrêta net et pencha la tête de côté, suffisamment lucide pour prendre un air penaud.

— Eta ! Eta, ma reine d'Afrique !

— Je suis la reine de tes fesses, oui, aboya-t-elle. Tu ferais mieux de prendre tes cachets qui font rire, chéri, et de rappliquer au central.

Elle regagna son van en murmurant :

— Je me demande bien comment ce gosse fait pour ne pas se faire tuer sur la route.

Elle se hissa sur le siège de son monospace et s'apprêta à glisser la clé dans le contact. La main fut sur sa bouche avant qu'elle se rende compte d'où elle venait.

— Ne crie pas.

Ben voyons, songea-t-elle en essayant de se pencher vers l'avant pour se dégager. Ses yeux se posèrent sur le rétroviseur. Elle voulait le voir pour pouvoir dire aux flics à quoi il ressemblait avant qu'elle lui démolisse le portrait.

— C'est moi.

La main retomba, et toute la tension disparut dans un grand soupir.

— Tu m'as fichu une de ces trouilles, toi ! s'écria Eta en continuant de regarder dans le rétroviseur.

— Excuse-moi, dit Jack. Je savais que tu ne te laisserais pas faire. Si tu avais crié, tu aurais pu attirer l'attention de quelqu'un. D'un flic, par exemple.

Eta se retourna, la mine renfrognée, et ses yeux se posèrent sur le garçon accroupi sur le sol, à l'arrière de sa voiture. Ah ! là, là ! Il prétendait avoir vingt et un ans, mais elle ne le croyait pas, et avec la bouille qu'il avait, elle ne pouvait pas voir en lui autre chose qu'un gamin.

— Et pourquoi tu ne veux pas que les flics te voient, exactement ? demanda-t-elle en remarquant les égratignures et les contusions sur le visage de Jack. Dans quoi tu t'es fourré, cavalier solitaire ?

— Quelqu'un a essayé de m'écraser hier soir pendant ma dernière course.

— La pluie rend les gens fous dans cette ville.

— Est-ce que tu as entendu parler de Lenny Lowell aux infos ?

— Je dors avant. Y a rien que des mauvaises nouvelles. Qui c'est, ce Lenny Machin ?

— Un client, dit Jack. Ma dernière course. L'avocat.

— Ah oui. Et alors ?

Il lança un numéro du *Times* sur le siège passager, plié à la bonne page.

— C'est là. Quelqu'un l'a tué hier soir. Après que je suis passé prendre le pli.

Elle le dévisagea. Ce gosse n'aurait pu tuer personne, pas plus que la mère d'Eta n'aurait pu se lever pour danser le cha-cha-cha. Mais il avait peur des flics, et quelqu'un était mort.

— La police me cherche, dit-il. Je suis peut-être la dernière personne à avoir vu ce type vivant, à part le tueur.

— Alors dis-leur ce que tu sais, fit-elle.

— Y a pas moyen. Pas moyen que j'aille voir les flics. J'étais dans ce bureau hier soir. J'ai touché des objets. Mes empreintes sont dessus. Ils vont m'emmener au poste, voir que les empreintes concordent... C'est du tout cuit pour eux. Non.

— Mais, chéri, quelqu'un a essayé de te tuer, tenta de le raisonner Eta.

Jack posa sur elle un regard incrédule.

— Et tu penses qu'ils vont me croire ? Je n'ai aucune preuve. Aucun témoin.

— Tu t'es regardé dans la glace, ce matin ?

— Raison de plus pour me considérer comme suspect. Il y a eu lutte. Eta, il faut que tu m'aides. Tôt ou tard, les flics vont finir par se pointer chez Speed. Ils vont poser un tas de questions.

— Tu veux que je mente à la police ? demanda-t-elle, sourcils froncés. C'est pas bon, ça, fiston. Si tu n'as rien à cacher, alors ne cache rien. J'ai connu un paquet de flics dans le temps, des gars de la brigade des Homicides. Quand ils flairent quelque chose, ils ne le lâchent plus. Et plus tu leur compliques la tâche, plus ils s'en prennent à toi.

— Eta, s'il te plaît. Tu n'as pas besoin de leur mentir. Juste… Juste gagner du temps.

Ce gamin avait les yeux les plus bleus, les plus clairs qu'elle avait jamais vus. Et ils n'étaient remplis que d'une seule chose, à cet instant : la peur.

Jack posa sa main sur l'avant-bras d'Eta.

— Dis-leur que tu ne sais rien de moi.

Mais c'est précisément le cas, songea-t-elle. Elle le connaissait depuis des années et n'avait absolument rien appris sur lui. Elle ne savait pas s'il avait de la famille, ni où il vivait, et elle ignorait ce qu'il faisait en dehors de son travail. Jack demeurait un mystère. Il n'était pas antisocial, il était calme. Ce n'était pas un introverti, c'était un observateur. S'il sortait avec une fille, personne chez Speed n'était au courant. Il riait aux blagues, avait un sourire qui aurait fait un malheur au cinéma, mais, la plupart du temps, l'expression dans ses yeux était… prudente. Pas exactement soupçonneuse, mais pas engageante non plus.

Eta soupira.

— Qu'est-ce que tu vas faire, Jack ? T'enfuir ?

— Je ne sais pas.

— Ce n'est pas une bonne réponse, dis. Si tu fuis, je te garantis qu'ils te colleront ça sur le dos. Et après quoi ? Tu seras fugitif pour le restant de tes jours ?

Il ferma les yeux, prit une grande inspiration qui le fit grimacer, et soupira.

— Je vais trouver une solution. Il me faut juste du temps.

Eta secoua la tête d'un air triste.

— Tu ne laisses jamais personne t'aider.

— Justement, je te demande de m'aider. S'il te plaît.

— De quoi tu as besoin ? D'un endroit où te planquer ?

— Non merci, Eta.

Il détourna la tête, gêné.

— Si tu pouvais m'avancer un peu d'argent… Tu sais que tu peux me faire confiance pour ça.

— Je ne sais rien de toi, dit-elle en démarrant le van. J'ai de l'argent dans le coffre, au bureau.

— Je ne peux pas aller là-bas.

— Mais tu peux garder tes fesses bien au chaud ici. Je me garerai près de la porte de derrière et je t'apporterai le fric.

— Et si les flics surveillent les locaux ?

— Tu me prends pour quoi ? Mon chou, j'en sais plus long sur les flics que tu pourrais l'imaginer.

C'est en tout cas ce qu'elle voulait croire. Soudain elle eut envie de lui demander tout ce qu'elle ignorait sur lui, mais elle savait qu'il ne lui donnerait pas de réponse.

— Petit, cet avocat mort, c'est pas le pilier du crime à L.A. Il était pas à la tête de la mafia depuis son petit bureau pourri dans sa pauvre zone commerciale. Il vaut pas l'argent que ça coûterait aux contribuables d'établir une surveillance de toutes les agences de courses de la ville. D'abord, faut qu'ils trouvent qui est passé prendre le pli. À moins que ce type ait été du genre maniaque, à noter qui fait quoi, quand et pourquoi. Il avait l'air comme ça ?

Jack secoua la tête.

— Alors allonge-toi par terre et restes-y jusqu'à ce que je te dise le contraire.

— Tu es la meilleure, Eta.

— Ah ça, tu l'as dit, mon kiki, marmonna-t-elle en quittant sa place de stationnement. Vous vous rendez pas compte. Mais Eta est prête à bouger ses grosses fesses pour vous tous. Je ne sais pas ce que vous feriez sans moi.

12

Speed Coursiers. Logo stylé. Très années quarante. En capitales, les lettres fortement penchées vers la droite, une série de lignes horizontales s'étirant sur la gauche pour suggérer la rapidité du mouvement. L'enseigne avait probablement coûté plus d'un mois de loyer du taudis au-dessus duquel elle était installée.

L'endroit avait autrefois été un restaurant indien, et il en avait gardé l'odeur, remarqua Parker en entrant. Le fantôme aigre, fétide des vieux currys avait imprégné les murs bleu roi et le plafond doré. Ruiz fronça le nez et regarda Parker comme si c'était sa faute.

— Bienvenue chez nous.

Un grand mince leur ouvrit la porte et fit un pas de côté pour les laisser entrer. Il avait les yeux noirs et brillants des fanatiques.

Un jeune habillé en punk avec trois piercings dans le nez et une crête bleue fumait une cigarette, assis à une petite table, près de la vitrine. Après avoir jeté un regard furtif dans la direction de Parker et Ruiz, il mit ses lunettes de soleil argent profilées, glissa de sa chaise et fila par la porte au moment où ils entraient dans la pièce.

— Tous sont les bienvenus, tous les pécheurs seront sauvés, leur annonça le portier.

Il leva un sourcil réprobateur en posant les yeux sur Ruiz dont on apercevait le soutien-gorge de dentelle rouge sous la veste de tailleur noir.

— Vous connaissez l'histoire de la femme d'Héber ?

Parker regarda autour de lui. Le mur d'un long couloir étroit lambrissé de panneaux de faux bois était troué de multiples agrafes et faisait office de tableau d'affichage géant. Annonces de spectacles et propagande politique. *Rage against the machine* :

« En guerre contre la culture de l'automobile. » Un prospectus annonçait une compétition entre coursiers qui avait eu lieu des mois auparavant. Une affiche recrutait des donneurs de sang contre paiement. Des photos montraient un assortiment bigarré de coursiers lors de soirées, sur leur vélo, ou faisant le clown. Des notes écrites à la main sur des morceaux de papier déchirés proposaient des articles à vendre. Quelqu'un cherchait un colocataire non-fumeur. Quelqu'un d'autre partait vivre en Hollande. « Où l'herbe est légale et le sexe gratos. Salut, bande de nazes ! »

Parker montra son insigne au guide spirituel.

— Nous souhaitons parler à votre dispatcheur.

Le portier sourit et fit un geste en direction d'une cabine en préfabriqué et Plexiglas rayé où une femme forte, la tête couverte de nattes que retenait un foulard de couleur vive, un téléphone coincé entre l'épaule et l'oreille, prenait des notes d'une main et venait de s'emparer d'un micro de l'autre.

— Eta, reine d'Afrique, fit l'homme.

La voix de la femme résonna à travers un haut-parleur au son métallique.

— John Remko ! Tu veux bien coller tes fesses de cinglé sur ton vélo ! Tu as un paquet à aller chercher. Prends ce bordereau et tire-toi !

Avec un air moralisateur, l'homme s'approcha de la fenêtre percée dans la cabine, côté couloir.

— Mademoiselle Eta, un tel langage…

La femme le regarda avec de gros yeux.

— Pas d'insolence avec moi, le Prédicateur ! T'es pas le fils de l'oncle de mon cousin. Casse-toi vite fait sans quoi tu vas plus être le parent de qui que ce soit, vu que je t'aurai réglé ton compte !

John le Prédicateur prit le bordereau et disparut dans le couloir sombre. Un spectre battant en retraite.

Parker s'approcha de l'ouverture. La femme ne lui accorda pas un regard. Elle colla une note sur un tableau magnétique. Les aimants avaient tous un nom écrit dessus – Mojo, JC, Gemma, Slide. Elle fixa la note avec celui inscrit du nom de John le P.

— Si tu veux un boulot, chéri, remplis le formulaire jaune. T'as un boulot pour nous, remplis le haut du bordereau, dit-elle en attrapant le téléphone, qui s'était remis à sonner. Si tu veux autre chose, c'est pas ici que tu vas le trouver. Speed Coursiers, aboya-t-elle dans le combiné. Je peux vous aider, mon cœur ?

Parker tendit le bras à l'intérieur de sa cabine et plaça sa plaque sous le nez d'Eta.

— Lieutenant Parker, lieutenant Ruiz. Nous avons besoin de quelques minutes de votre temps, madame. Nous avons des questions à vous poser.

Elle regarda l'insigne, pas Parker, tout en écoutant la personne au bout du fil.

— Eh bien, je sais pas ce que t'as comme maladie, Todd, mon chou, mais t'as intérêt d'en crever. J'ai déjà un coursier de moins... Une grippe virulente ? Moi aussi, je peux être virulente, si je veux et j'ai besoin de toi en selle.

Elle écouta un moment, râla un peu et lâcha :

— Tu ne m'aimes pas, c'est tout.

Elle raccrocha violemment le combiné, fit pivoter son haut tabouret et fit face à Parker d'un air impérieux.

— J'ai pas de temps à t'accorder, Zyeux-bleus. T'es rien que des ennuis. Je les vois venir d'ici. Un homme habillé chic avec un chapeau, ça annonce toujours des pépins. Tu vas me coûter du temps et de l'argent, voilà ce qui va se passer.

Parker ôta son feutre, sourit et écarta les pans de son imperméable.

— Le costume vous plaît ? C'est un Canali.

— Je préfère l'admirer de loin. Vas-y, balance donc tes questions, chéri. On n'est pas dans les bureaux d'un magazine de mode, ici, j'ai un vrai business à gérer, moi.

— Avez-vous envoyé un coursier au cabinet de M. Leonard Lowell pour prendre un pli vers 18 h 30 hier soir ?

Elle pointa son menton en avant, sans ciller.

— On ferme à 18 heures.

— Tant mieux pour vous, dit Parker avec un imperceptible demi-sourire qui creusa une fossette dans sa joue droite. Mais ce n'est pas ce que j'ai demandé.

— J'envoie tout un tas de coursiers vers tout un tas de destinations.

— Voulez-vous qu'on pose la question à chacun d'entre eux ? s'enquit poliment Parker. Je peux me libérer pour le reste de la journée. Bien entendu, ils devront tous venir au poste. Combien sont-ils ? Je vais demander à ma collègue de faire venir une camionnette.

La dure à cuire plissa les yeux.

— Comment appelez-vous ces notes que vous mettez au tableau ? demanda Parker.

— Des mémos.

— Toutes les commandes sont matérialisées par des mémos sur le tableau avec le nom du coursier chargé du pli. C'est ça ?

— C'est mon boulot que vous voulez ? demanda-t-elle. Vous voulez vous reconvertir ? Je vous le laisse si vous y tenez. Moi, je passerai mes journées à me limer les ongles en regardant Oprah et Dr Phil à la télé.

Ses ongles étaient aussi longs que des griffes d'ours, vernis d'un violet aux reflets métalliques, avec des détails de couleur rose peints à la main.

— J'attends que vous répondiez à une question simple, m'dame. C'est tout. Vous pouvez me répondre ou bien je ramène tous les mémos que vous avez écrits hier avec moi au poste et je les passe en revue un par un. J'imagine que vous faites correspondre les bordereaux et les mémos à la fin de la journée. Nous pourrions les prendre aussi. Comme ça, on vous laissera tranquille.

— Allez donc chercher un mandat, aboya Eta.

Elle attrapa son micro en entendant des grésillements et des mots brouillés lui parvenir dans le haut-parleur.

— Quoi ? Qu'est-ce que tu me dis, John le P. ? Comment ça, t'es perdu ? Ça fait même pas deux minutes que t'es parti. Comment t'as pu réussir à te perdre ? T'es perdu dans ta tête, tu veux dire. C'est quoi ta position ? Trouve un foutu panneau de rue.

Le coursier répondit et Eta leva les yeux au ciel.

— T'es même pas de l'autre côté de la rue ! Je te jure, John Remko, si tu prends pas tes médocs, je m'en vais te les fourrer dans le bec moi-même ! Fais demi-tour et tire-toi avant que le fric se mette à m'engueuler.

Ruiz entra dans la danse.

— On peut vous coller un mandat, lança-t-elle, agressive. On peut vous mener la vie dure. Vous connaissez le sens du mot « obstruction » ?

Eta contempla Ruiz comme si elle était une enfant pénible.

— Bien sûr que je sais ce que ça veut dire, répondit-elle d'un ton traînant. Tu devrais prendre des dragées Fucca pour ça, chérie. Y a une pharmacie un peu plus loin, si tu veux.

Ruiz vira au rouge pivoine. La dispatcheur fit une moue dédaigneuse et reprit :

— Chérie, j'ai bossé huit ans au standard de la police de La Nouvelle-Orléans. Tu me fais pas peur.

Le téléphone sonna à nouveau. Elle arracha le combiné.

— Speed Coursiers. Qu'est-ce que je peux faire pour toi, mon mignon ?

Parker jeta un regard à Ruiz, un petit sourire en coin sur les lèvres.

— C'est un sacré numéro.

Ruiz faisait la tête, vexée d'avoir été la cible d'une plaisanterie.

— Ne la pousse pas trop dans ses retranchements, murmura Parker. On la veut de notre côté. Quand on a affaire à une femme, la finesse l'emporte toujours sur la force.

— Comme si tu étais bien placé pour le savoir, grommela Ruiz. C'est toi qui as commencé à la menacer.

— Mais je l'ai fait poliment et avec un charmant sourire.

Eta passa du téléphone au micro, griffonnant la commande d'une main.

— Central à huit. Central à huit. Gemma, tu es là, mon chou ?

Celle-ci répondit et fut envoyée réceptionner un paquet dans un cabinet de juristes du centre-ville pour le remettre à un avocat du bâtiment fédéral de Los Angeles Street. Le mémo vint se coller sur le tableau sous l'aimant Gemma.

— Je suis curieux, dit Parker en appuyant ses deux coudes sur le comptoir et en prenant ses aises. Vous n'avez même pas demandé pourquoi on veut savoir si vous avez envoyé un coursier. Comment ça se fait ?

— Ça ne me concerne pas.

— Un homme a été tué là-bas hier soir. Sa fille nous a dit qu'il attendait un coursier à vélo. Alors on se dit que le coursier en question pourrait peut-être nous apprendre quelque chose d'intéressant pour notre affaire.

Eta soupira lourdement.

— Que le Seigneur ait pitié de son âme.

— Qui ça, la victime ou le coursier ? demanda Ruiz.

— Vous me rendez soupçonneux, vous savez, à être difficile comme ça. Ça me laisse penser que vous avez quelque chose à cacher, lança Parker d'un ton désinvolte en lui servant son regard charmeur, comme s'ils se connaissaient depuis des années.

La femme détourna les yeux et réfléchit. Peut-être était-elle en train d'évaluer le pour et le contre ou se rendait-elle compte qu'elle avait fait une erreur en choisissant la ligne dure.

— Nous l'apprendrons d'une manière ou d'une autre, souligna Parker. Il vaut mieux pour tout le monde que les choses se passent de manière amicale. Vous ne voudriez pas qu'on obtienne des mandats, ni qu'on embarque la moitié de vos bureaux et tous vos coursiers. Êtes-vous la propriétaire de cette affaire, madame...

— Fitzgerald. Non, ce n'est pas ma société.

— Alors, vous allez devoir rendre des comptes à votre patron, lui expliquer pourquoi il perd une journée de chiffre d'affaires, pourquoi on confisque ses papiers, pourquoi la police veut examiner les dossiers de ses employés et leurs fiches de paie.

Il secoua la tête d'un air triste.

— Ça ne sera pas bon pour vous, conclut-il.

Elle le dévisagea d'un regard coriace, se demandant si elle oserait le mettre au pied du mur.

— Je connais ces gosses, dit-elle. Ils ont choisi leur voie, c'est pas celle des autres, mais c'est pas des mauvais bougres.

— On veut juste lui poser quelques questions. S'il n'a rien fait de mal, il n'a pas à s'inquiéter.

Eta Fitzgerald soupira, sa carrure se dégonfla comme elle admettait la défaite. Le téléphone sonna, elle décrocha et demanda poliment à son interlocuteur de patienter.

— C'était un appel tardif, dit-elle à Parker en fixant le comptoir devant elle.

— Où est le bordereau ?

— Le coursier l'a gardé. Il n'est pas repassé au bureau s'occuper de sa paperasse. Il pleuvait. J'ai fermé boutique et je suis rentrée chez moi retrouver mes gosses.

— Il travaille aujourd'hui ?

— Il n'est pas encore arrivé.

— Pourquoi ça ?

L'amertume se lut sur son visage.

— J'en sais rien ! Je ne suis pas sa mère. Ces gosses vont et viennent. Certains ont d'autres boulots en plus de celui-là. Je ne les suis pas à la trace.

Parker sortit son calepin de sa poche intérieure.

— Comment s'appelle-t-il ?

— Jack.

— Où vit-il ?

— Je n'en ai pas la moindre idée.

— Il doit bien y avoir quelque chose dans son dossier d'employé.

— C'est un 1099. On n'a pas de dossier.

— Un travailleur indépendant, traduisit Parker. Pas de paperasse, pas d'assurance-maladie, pas d'indemnisation en cas d'accident du travail.

— C'est ça.

— Laissez-moi deviner, il doit même être payé en liquide.

— C'est pas mon rayon, répondit Eta avec brusquerie.

— Tu veux que je passe un coup de fil pour avoir un mandat ? demanda Ruiz à Parker, en sortant un portable de son sac.

Parker leva une main pour l'arrêter. Il n'avait pas quitté Eta des yeux.

— Vous avez son numéro ?

— Il a pas de téléphone.

Ruiz renifla et se mit à composer un numéro.

— Il n'en a pas ! Je ne peux pas le contacter.

Parker prit un air dubitatif.

— Il ne vous a jamais appelée ? Pour vous poser une question, vous prévenir qu'il serait en retard ou malade ?

— Il appelle sur l'émetteur-récepteur. J'ai pas de numéro pour ce gamin.

Ruiz avait quelqu'un en ligne.

— Lieutenant Renee Ruiz, LAPD. Je voudrais parler au substitut du procureur Langfield à propos d'un mandat.

— J'ai peut-être une adresse, bougonna Eta.

93

Le standard s'illumina comme un flipper, un appel en attente, un autre venait d'arriver. Elle attrapa le combiné, appuya sur le bouton de la deuxième ligne et annonça :

— Va falloir rappeler, chéri, je suis en plein harcèlement policier.

Elle tendit la main vers un classeur installé dans le coin de sa cabine et fouilla dans un tiroir, dont elle sortit ce qui semblait être une chemise vide.

— C'est juste une boîte postale, dit-elle en la leur tendant. C'est tout ce que je sais. Et je pourrais rien dire de plus, même sous la torture.

Parker prit un air déçu.

— J'espère qu'on n'en arrivera pas là. Vous pouvez me dire à quoi il ressemble ?

— C'est un blondinet aux yeux bleus.

— Il y a des photos de lui là-dessus ? demanda-t-il en désignant de la tête le mur lambrissé.

— Non, monsieur.

— Merci pour votre coopération, madame Fitzgerald. Vous êtes une bonne citoyenne.

Eta Fitzgerald lui lança un regard sombre, attrapa son téléphone qui sonnait, une manière de congédier les intrus. Parker ouvrit le dossier et parcourut l'unique feuille de papier qu'il contenait, une fiche de candidature, à la recherche d'informations pertinentes.

NOM : Jack Damon.

Parker referma la chemise, la tendit à Ruiz. Au lieu de faire demi-tour pour ressortir, il emprunta le couloir menant vers l'arrière du restaurant reconverti en société de courses. Eta éloigna brusquement le combiné de son oreille et brailla :

— Non mais vous allez où, là ?

Parker lui fit un signe de la main.

— Nous trouverons la sortie par nous-mêmes, madame Fitzgerald. Ne vous en faites pas. Nous sommes garés vers l'arrière.

Il examina ce qui avait été une petite salle à manger privée, transformée en bureau pour les cadres de chez Speed, qui n'étaient toujours pas arrivés au travail. À voir l'état de la pièce, on pouvait, sans trop s'avancer, imaginer qu'on ne pouvait pas tomber plus bas dans l'échelle de la réussite. Il y avait deux vieux bureaux jonchés de papiers, un canapé qu'on aurait dit trouvé dans la rue et une table basse où était posé un cendrier vert bouteille crasseux.

Un peu plus loin dans le couloir, ce qui avait été un vestiaire était désormais un placard rouge foncé où s'entassaient les classeurs.

Parker ouvrit la porte à battants de la cuisine, où flottaient les conversations et la fumée de cigarette, ainsi qu'un léger relent doucereux de marijuana. Le jeune à la crête bleue était assis sur une table de cuisine en inox. Il se figea, comme un petit animal qui se sait repéré par un prédateur prêt à le tuer au moindre mouvement. Un rasta à l'air halluciné se tenait debout contre un évier, cigarette aux lèvres. Il ne parut ni surpris ni affolé de voir débarquer deux flics.

— Peut-on vous aider, bonnes gens ? demanda-t-il.

Un Jamaïcain.

— Y aurait-il parmi vous, messieurs, quelqu'un qui connaît Jack Damon ?

Le punk ne dit rien. Le rasta tira sur sa cigarette.

— Jack ? Oui.

— Vous l'avez vu aujourd'hui ?

— Non. Pas aujourd'hui.

Parker promena lentement ses yeux sur la pièce que les coursiers s'étaient appropriée. Deux vélos massacrés par la rue étaient appuyés contre un mur. Diverses pièces de rechange, bouteilles de bière et cannettes de soda recouvraient le plan de travail. La cuisine avait été vidée de ses équipements, en dehors d'un vieux réfrigérateur répugnant, autrefois blanc. Un vilain canapé vert était posé à la place des anciens fourneaux. Des chaises dépareillées et une table, où s'entassaient des magazines et un fouillis de papiers, se trouvaient à proximité de la porte de derrière. Au centre de la table trônait un enjoliveur qui faisait office de cendrier géant.

— Vous savez où il vit ?

Le rasta secoua la tête.

— Pourquoi, t'as besoin de lui, *man* ?

— Il a pu voir quelque chose hier soir.

Pas de réaction.

Ruiz fit un pas en direction du punk.

— Et toi ? T'as quelque chose à nous dire ?

— Je sais rien sur personne.

Comme il ne pouvait ni fuir ni se cacher, il choisit l'insolence.

— Joli soutif, ajouta-t-il.

Ruiz se rajusta.

— Ce type travaille ici. Comment tu pourrais ne pas le connaître, petit malin ? fit-elle.

— J'ai pas dit que je le connaissais pas. J'ai dit que je savais rien sur lui.

— Et t'en saurais plus, si je te collais contre le mur et que je trouvais de la dope dans tes poches ?

Le punk afficha un air dubitatif. Parker leva les yeux au ciel.

— Je m'excuse pour ma coéquipière. Elle est un peu soupe au lait. Elle n'en est pas à sa première plainte pour brutalité.

Ruiz l'interrompit.

— Il nous fait perdre notre temps. Qu'est-ce que tu proposes ? Qu'on reste là à fumer un joint avec eux ?

— Ce serait contre le règlement, répondit Parker d'un ton badin.

Elle le traita de merde en espagnol.

Le rasta expira de la fumée par les narines.

— Jack. On l'appelle Lone Ranger, le cavalier solitaire.

— Pourquoi ça ? demanda Parker. Il porte un masque comme Zorro ? Il a une grande cape noire ? Il vit à la colle avec un sourd-muet ?

— Parce qu'il aime être seul.

— Personne n'est une île.

Le coursier s'éloigna de l'évier. Sous sa spectaculaire chevelure de dreadlocks gris brun, il avait un corps aussi solide qu'un arbre. Les muscles de ses cuisses, revêtues de Lycra noir, semblaient avoir été façonnés par un sculpteur. Le bout de ses chaussures de cycliste claqua sur le béton quand il approcha du cendrier enjoliveur.

— Lui si, dit-il.

Parker sortit son portefeuille, s'arrangeant pour laisser dépasser une liasse de billets verts, et posa sa carte de visite sur la table, en direction du punk.

— S'il vous donne des nouvelles, dites-lui de m'appeler.

Il rangea son portefeuille et sortit par la porte de derrière. Ruiz faillit le faire trébucher en le doublant pour se retrouver face à lui.

— Qu'est-ce que c'était que ces conneries ?

Elle s'exprimait à voix basse, parvenant à prendre un ton caustique.

— Quoi ?

— T'aurais pu me suivre. Me couvrir sur l'histoire de la drogue. On aurait pu avoir ce petit con de punk.

Parker posa les yeux sur des vélos attachés à un compteur à gaz.

— J'aurais pu. Mais ce n'est pas comme ça que je voulais procéder. C'est mon affaire, tu suis mon exemple. Quand tu mèneras la danse, je te laisserai te mettre à dos autant de gens que tu veux.

La ruelle ressemblait à toutes les autres ruelles du centre-ville, une vallée crasseuse et étroite entre deux bâtiments. Au-dessus, la bande de ciel avait la couleur de la suie. Les places de stationnement à l'arrière des commerces étaient occupées par des camionnettes de livraison, serrées les unes contre les autres sous la bruine.

— Et arroser tout le monde, c'est un exemple à suivre, peut-être ? répliqua Ruiz.

— Je ne vois pas de quoi vous voulez parler, mademoiselle Ruiz. Il n'y a eu aucun échange d'argent.

Un monospace bleu foncé était garé sur une place de parking entre un mur et une benne à ordures verte. Soigneusement fixé à la lunette arrière, un autocollant annonçait : Fière d'être maman d'un premier de la classe. La voiture d'Eta Fitzgerald.

— L'idée qu'il y a de l'argent disponible est lancée, expliqua Parker en faisant le tour du véhicule. Ça ne veut rien dire pour moi. Je n'ai fait aucune proposition. Mais on ne sait jamais. Le punk croira peut-être que l'offre était implicite. Et cette perspective pourrait l'inciter à nous dire des choses qu'il n'aurait pas révélées autrement.

Ruiz ne voulait pas se calmer. Parker pensa qu'elle aimait être en colère. La colère alimentait son énergie et devait sûrement lui donner l'impression d'être plus grande, plus forte qu'elle ne pourrait jamais l'être physiquement.

— Et puis quoi ? insista-t-elle. Il se pointe, il te file un tuyau et tu le gruges ?

— Il se pointe, me file un tuyau et je le tire de tes griffes. J'aimerais tellement que quelqu'un fasse pareil pour moi.

Il observa l'intérieur du monospace. Les habituelles cochonneries des familles. Un casque de football, des figurines, une Barbie noire. Des bouteilles d'eau en vrac qui devaient rouler comme des quilles quand la voiture était en marche.

— Pourquoi tu te trimbales avec autant de fric ? interrogea Ruiz, irritée.

— Tu ne sais pas combien j'ai dans mon portefeuille. Je pourrais bien avoir vingt dollars en billets de un. Et de toute façon, ça ne te regarde pas.

Elle se mit à bouder, bras croisés sur la poitrine, ce qui fit remonter son décolleté à dentelle rouge affriolante.

— Qu'est-ce que tu cherches ? demanda-t-elle.

Parker eut un geste d'indifférence.

— J'aime bien tâter un peu le terrain.

— Allons chercher ce type, je me gèle.

— Soixante pour cent de la chaleur de ton corps s'échappe par le haut de ta tête.

— La ferme.

Il était sur le point de s'éloigner du véhicule lorsque quelque chose attira son regard. Il entra à nouveau dans le bâtiment, Ruiz sur ses talons, comme un toutou.

Eta Fitzgerald, toujours en train de jongler entre téléphone et micro, se figea en les voyant approcher de la petite fenêtre de sa cabine.

— Qu'est-ce qu'il y a encore ? lâcha-t-elle. Y a pas moyen de se débarrasser de toi. Pourquoi t'irais pas voir ailleurs si j'y suis ?

Parker lui fit un sourire et posa la main sur sa poitrine.

— Vous n'êtes pas contente de me revoir ? Je suis déçu.

— Je vais pas te décevoir plus longtemps. Viens-en au fait. T'es pire qu'un gosse.

— C'est votre voiture, dit-il. Pouvez-vous venir avec nous une minute ?

Elle blêmit, coupa le micro, raccrocha le téléphone.

— Ma voiture ? Qu'est-ce qu'elle a ?

Parker lui fit signe de les suivre et longea le couloir dans l'autre sens.

Dehors, la brume s'épaississait, des gouttelettes tombaient. Parker rajusta son chapeau et approcha de l'arrière du véhicule.

Eta le suivit à contrecœur, le souffle court, comme si elle était engagée dans une course.

— C'est votre feu arrière, fit Parker en le lui montrant. Explosé. Pas beaucoup de dégâts, mais tout de même... Par un jour comme ça, vous vous feriez arrêter.

Eta Fitzgerald fixa l'arrière de son monospace, avec une expression nauséeuse.

— Pas par moi, poursuivit Parker. On ne me laisse plus dresser de PV. Une histoire d'agressivité au volant... Je voulais juste vous prévenir.

— Merci, lieutenant, dit-elle doucement. J'apprécie.

Parker donna une pichenette à son chapeau.

— Nous sommes à votre service.

13

Jack s'était installé de l'autre côté de la ruelle, dans un carton détrempé abandonné derrière un magasin de meubles italiens. Des billes de polystyrène le collaient comme des puces.

En restant sur le siège arrière d'Eta, il risquait d'être pris au piège. Il avait besoin d'un poste d'observation à l'extérieur pour pouvoir prendre la fuite. Dès qu'Eta était partie, il s'était glissé hors du monospace. Le carton était là, à demi caché, devant le camion de livraison du magasin de meubles, qui n'ouvrirait pas avant plusieurs heures. Tapi à l'intérieur, il se sentait en sécurité.

Eta avait promis de ressortir tout de suite avec l'argent. Mais elle n'était pas entrée dans son bureau depuis trente secondes que John le Prédicateur s'était pointé, attachant son vélo à la benne à ordures. Ensuite était arrivé Mojo, puis le type qu'ils appelaient Hardware à cause de ses piercings. La veille, ils avaient dû négliger de remplir la paperasse, préférant éviter la pluie, et venaient plus tôt pour s'en acquitter avant de commencer leur journée de courses.

Pas d'Eta. Pas d'Eta.

Tout ce qu'elle avait à faire, c'était mettre l'argent dans une enveloppe et la placer dans sa voiture. Rocco, le patron, n'était pas là, ni son acolyte, Vlad, qui semblait ne rien faire d'autre que fumer, parler avec d'autres Russes sur son portable et jouer au golf dans le bureau. Rocco arrivait vers 9 heures. Vlad débarquait généralement vers midi, et presque toujours avec la gueule de bois.

Allez, Eta. Allez.

Jack se pelotonna dans sa veste militaire trop grande et regarda le journal qu'il avait montré à Eta dans la voiture. Il relut l'article pour la centième fois. Le violent trépas de Lenny Lowell avait été réduit à deux colonnes à la dernière page du *L.A. Times.*

On pouvait y lire que l'avocat avait été découvert dans son bureau par sa fille, Abigail (vingt-trois ans, étudiante à la fac de droit de Southwestern), et qu'il était décédé à la suite de coups. Une autopsie était en cours. Les enquêteurs du LAPD ne négligeaient aucune piste.

Abby Lowell. La jolie brune en photo sur le bureau de Lenny. Jack se demandait si elle avait été témoin de quelque chose. Peut-être avait-elle vu son agresseur à la berline noire fuir la scène du crime ? Peut-être saurait-elle qui voulait voir son père mort, et pourquoi ? Peut-être pouvait-elle identifier ces personnes sur les négatifs ?

La porte arrière de chez Speed s'ouvrit et deux personnes en sortirent. Un homme, d'abord : de taille et de carrure moyennes, vêtu d'un imperméable coûteux et coiffé du même chapeau que les détectives des films des années quarante. Sam Spade. Philip Marlowe. Accompagné d'une femme menue, en tailleur noir, qui laissait apercevoir un peu de rouge dans le V de son décolleté. Énervée. Hispanique. Sam Spade l'ignorait.

Des flics. Le type, du moins – même s'il était trop bien habillé. Jack avait un sixième sens pour les flics. Ils se tenaient d'une certaine façon, marchaient d'une certaine façon, se déplaçaient d'une certaine façon. Leurs yeux ne cessaient jamais de scruter autour d'eux lorsqu'ils se trouvaient dans une situation nouvelle. Ils absorbaient tout leur environnement, au cas où ils auraient besoin de se souvenir de détails.

Le flic fit le tour de la voiture d'Eta, lentement, en regardant par les vitres. Jack fut parcouru d'un frisson, il sentit la chair de poule hérisser sa peau. La femme paraissait plus avoir envie d'engueuler le type que de s'intéresser au monospace. Ni l'un ni l'autre n'essayèrent d'ouvrir de portière, puis ils rebroussèrent chemin.

Jack frémit. Pourquoi des flics s'intéressaient-ils à la voiture d'Eta, à moins que quelqu'un ne le leur ait conseillé ? Elle lui avait dit d'aller voir la police. Elle avait peut-être pris la décision à sa place ?

Il aurait aimé ne pas être déçu, parce qu'il n'attendait rien de qui que ce soit. Mais il l'était bel et bien. Les gens ne tenaient jamais parole. Ou alors ils n'avaient l'intention de tenir leurs promesses

101

qu'à l'instant où ils les faisaient, mais plus sous la pression. C'était toujours ce que disaient les petites lignes au bas des contrats – *ceci ne s'applique pas en présence de circonstances atténuantes.*

Eta traitait les coursiers comme si elle était leur mère de substitution, grincheuse au grand cœur. Mais pourquoi risquerait-elle sa peau pour lui ? Elle avait sa vie, ses vrais enfants. Il ne faisait pas partie de sa famille. À moins qu'elle soit le genre de mère à faire des choses « pour le propre bien » de ses enfants, ce qui se révélait presque toujours être une mauvaise idée.

Jack pensa qu'il avait été idiot de se tourner vers elle pour obtenir de l'aide, de lui demander de mentir pour lui. Impliquer d'autres personnes signifiait perdre tout contrôle de la situation. Mais il avait vu là un moyen rapide de mettre la main sur quelques centaines de dollars. De l'argent dont il aurait pu se servir pour disparaître un moment, si nécessaire. Il ne voulait pas retirer d'argent à sa banque, qui n'en était pas une, mais une boîte ignifugée à serrure qu'il cachait dans un conduit d'aération dans sa salle de bains. Cet argent devait faire vivre Tyler, au cas où quelque chose lui arriverait.

Et quelque chose était arrivé, justement.

Il était temps d'y aller.

Caché par le camion de livraison, Jack rampa hors du carton. Il remonta le col de sa veste, rentra la tête dans les épaules, tint le journal comme une tente au-dessus de son crâne et suivit la ruelle. Il essayait de ne pas boiter, de ne pas donner l'impression qu'il était pressé, comme s'il n'allait nulle part en particulier, comme s'il n'avait pas envie de se mettre à courir.

Et maintenant, Jack ?

Les négatifs se trouvaient dans une enveloppe sous son tee-shirt. Il fallait qu'il trouve un endroit où la cacher, loin de Tyler, loin des Chen. Visiblement, cela avait de la valeur pour quelqu'un. Il pouvait s'en servir pour faire pression, comme d'une assurance vie si les choses se gâtaient. Il fallait qu'il trouve un terrain sûr et neutre. Un endroit public. Et il fallait qu'il contacte Abby Lowell.

Une voiture arriva, lentement, dans la ruelle. Les deux flics, peut-être.

Une berline foncée.

Un pare-brise fêlé.

La peur asséna à Jack un coup au ventre et se répandit dans ses veines comme du mercure. Rapide, toxique. Il eut envie de regarder, de mettre un visage sur son chasseur. Pour humaniser le monstre. Pour voir qu'à la lumière du jour ce type n'était qu'un petit gabarit qui ne faisait pas le poids, qui ne constituait pas de véritable menace. Mais bien entendu, rien de tout cela n'était vrai. Cet homme voulait quelque chose que Jack avait, et si celui-ci le lui donnait, il se ferait tuer quand même parce qu'il en savait trop – alors qu'en réalité il ne savait rien du tout.

La voiture ralentit en approchant de lui. La poitrine de Jack se serra. Il se trouvait du côté conducteur. Ce type pourrait-il le reconnaître ? Des images lui revinrent en mémoire. Il était sur son vélo, envoyait son cadenas dans le pare-brise. Il ne se souvenait pas du visage de son poursuivant ; et celui-ci se souvenait-il du sien ? La veille, Jack portait son casque. Et ses lunettes.

Il jeta un œil en coin sur la voiture qui arrivait à sa hauteur.

Une tête carrée comme un bloc de pierre, des petits yeux méchants, des cheveux foncés, rasés. Ce type avait une peau pâle avec des nuances bleutées sous la barbe. Un sparadrap blanc sur l'arête du nez, un grain de beauté noir à l'arrière du cou. Le genre de grain de beauté qui ressemblait plutôt à une grosseur, saillant, de la taille d'une gomme au bout d'un crayon.

La berline le dépassa, silencieuse, furtive, menaçante.

Jack continua à marcher, réfrénant son envie de regarder derrière lui. Il avait les jambes qui flageolaient.

Ce type faisait le tour des bureaux de Speed. Bien sûr qu'il savait où travaillait Jack. Il avait son sac. Nouveau flash de mémoire : Jack s'était fait attraper et tirer en arrière par la lanière de son sac. Celui-ci ne contenait pas grand-chose, une pompe à vélo, une chambre à air de rechange, quelques bordereaux vierges... avec le logo et l'adresse de Speed imprimés en rouge en haut de la page.

Ensuite, le type essaierait de découvrir l'adresse de Jack, comme les flics. Mais aucun n'arriverait à ses fins, se rassura Jack. La seule adresse que donnerait Speed était celle de la vieille boîte postale, et la seule adresse que les responsables des boîtes postales avaient sur leur dossier était celle d'un vieil appartement dans lequel il avait brièvement vécu avec sa mère avant la naissance de Tyler. Personne ne pourrait le retrouver.

Mais les requins étaient dans l'eau, ils rôdaient, attirés par l'odeur du sang.

Deux flics et un tueur.

Je n'ai jamais voulu être aussi populaire, pensa-t-il en traversant la rue. Une source d'ennuis continuels.

Il osa jeter un regard par-dessus son épaule et aperçut les feux arrière de la berline à l'autre bout de la ruelle.

Jack se mit à courir au petit trot, la douleur élançant sa cheville à chaque foulée. Il ne pouvait se permettre d'y penser ni de s'offrir le luxe de lui donner le temps de guérir. Toute son énergie devait désormais se consacrer à sa survie.

Il fallait qu'il trouve Abby Lowell.

14

— Qu'en penses-tu ? demanda Parker, de retour dans la voiture et les embouteillages.

— Je pense que je suis bien contente de ne pas avoir un boulot de merde pareil, dit Ruiz en vérifiant dans le miroir du pare-soleil l'état de ses cheveux, qui frisottaient à cause de l'humidité. Maintenant on sait où travaille le suspect, mais il ne risque pas d'y revenir de sitôt. Nous savons où il retire son courrier, mais pas où il vit. Il n'y a pas grand-chose à en tirer.

Parker émit le bruit disgracieux d'un buzzer de jeu télévisé.

— Faux. D'abord, on aura peut-être ses empreintes sur la fiche de candidature. Nous connaissons son nom, ou du moins un pseudo. On peut mettre la main sur son casier, s'il en a un. Éplucher ses précédents délits. Parce qu'il y a de grandes chances pour qu'il y ait des précédents. Il est solitaire, se fait payer en liquide, son courrier arrive à une boîte postale ; pas d'adresse, ni de téléphone. Il opère en parfait escroc.

— Peut-être qu'il est SDF, suggéra Ruiz. Et s'il n'a pas de casier ?

— Si le labo peut tirer une empreinte claire sur la fiche de candidature, et s'ils en trouvent une correspondante sur l'arme du crime, ce sera déjà ça. Et Mme Fitzgerald en sait plus qu'elle ne le prétend.

— Oui, mais elle ne dit rien.

— Elle a une conscience, elle n'aime pas désobéir aux règles. Mais elle protège ses coursiers. Ils forment une famille, dont elle est la mère. Nous allons lui laisser un peu de temps pour réfléchir, puis on reviendra la voir. Je crois qu'elle veut agir au mieux.

— Moi, je crois surtout que c'est une garce, grommela Ruiz.

— Il ne faut pas prendre les choses de façon personnelle. Sinon, tu perds ton objectivité. Ça a bien fonctionné de vous monter l'une contre l'autre. Tu es douée pour le personnage du flic méchant, Ruiz, dit-il. Tu as les outils qu'il faut. Il faut juste que t'apprennes à ne pas les balancer tous à la fois à la tête du témoin ou du suspect que tu croises.

Il sentit le regard de la jeune femme se poser sur lui. Elle ne savait pas comment le prendre. Elle se hérissait à ses suggestions, se méfiait de ses compliments. Tant mieux. Il fallait qu'elle continue à être déstabilisée. Elle devait apprendre à comprendre le fonctionnement des gens et à s'adapter. Elle aurait dû savoir le faire depuis le premier jour où elle avait revêtu l'uniforme.

— C'est pas vrai, marmonna-t-il. J'ai l'impression d'être un prof.

— Tu en es un. Soi-disant.

Parker ne dit rien. Il n'était plus d'humeur. Le plus souvent, il essayait de se concentrer sur son but au sein de la brigade. Il ne se voyait pas comme un professeur. Il attendait son heure pour faire un retour en force.

Il aurait pu démissionner. Il n'avait besoin ni d'argent ni d'emmerdements. Son boulot parallèle avait payé ses dettes, lui avait permis de s'offrir sa Jaguar et sa garde-robe. Mais il était trop buté pour jeter l'éponge. Et à chaque nouvelle enquête qui l'accaparait, la bonne vieille poussée d'adrénaline qu'il ressentait lui rappelait combien il aimait son métier. Il avait le côté vieux jeu d'être fier de porter un insigne et de rendre un service public.

Et chaque poussée d'adrénaline lui rappelait qu'au fond de lui il espérait toujours l'affaire qui changerait la donne. Celle grâce à laquelle il ferait ses preuves, il se rachèterait, gagnerait à nouveau le respect de ses pairs et de ses ennemis.

Mais s'il s'agissait du genre d'enquête susceptible de faire repartir sa carrière, immanquablement, les Vols et Homicides lui coupaient l'herbe sous le pied.

Il entra dans le minuscule parking d'un petit centre commercial réunissant divers snack-bars et cafés : Noah's Bagels, Jamba Juice, Starbucks.

Parker appréciait de prendre le petit déjeuner dans un repaire de flics, non pour la compagnie de ses collègues, mais parce qu'il aimait écouter ce qui se racontait, prendre la température de la rue, entendre un ragot potentiellement utile. Il laissa sa coéquipière se diriger vers le Starbucks Café. Les commandes de Ruiz étaient toujours longues et compliquées, et si elles ne la satisfaisaient pas, elle forçait le serveur à recommencer en faisant une scène ou en battant des cils. Cyclothymique, cette fille.

Parker poussa la porte de Jamba Juice et commanda un milk-shake aux fruits bourré de protéines et d'herbe de blé bio, puis il se rendit chez Starbucks, où il réquisitionna une table du fond avec vue sur l'entrée avant de s'emparer du *Times* abandonné par un client.

Il n'arrêtait pas de penser aux Vols et Homicides, venus rôder autour de sa scène de crime. Ça cachait quelque chose. Eux, c'était l'élite, ils ne s'occupaient que des affaires susceptibles de faire les gros titres. Or, Lenny Lowell ne faisait pas la une. Le *Times* n'allait pas gâcher d'encre pour lui.

— Tu surveilles ta ligne de jeune fille ? demanda Ruiz en le rejoignant.

Parker ne leva pas les yeux de son journal.

— Mon corps est un temple, chérie. Vénère-le.

Sur les lieux du crime, il n'avait vu personne, parlé à personne qui aurait pu ressembler à un journaliste, et il était le policier en charge... Pourtant, il lut quelques lignes en bas de page, à côté d'une publicité pour des pneus en soldes. Un avocat trouvé mort.

Me Leonard Lowell, victime d'un homicide, a été découvert dans son bureau par sa fille, Abigail Lowell (vingt-trois ans, étudiante à la fac de droit de Southwestern). L'homme est décédé à la suite de coups...

Parker retint son souffle en tentant de se remémorer les événements. Abby Lowell était arrivée sur les lieux, maîtresse d'elle-même. Jimmy Chew avait précisé que l'appel provenait d'un citoyen anonyme. Abby Lowell avait dit qu'elle avait été prévenue par un agent du LAPD de la mort de son père alors qu'elle attendait celui-ci au Cicada.

Il était trop tôt pour vérifier son alibi auprès du restaurant.

L'article était signé « la rédaction ».

Ruiz ne s'occupait pas de Parker, occupée à siroter son double moka vanille demi-caféiné sans crème fouettée avec deux édulcorants, un rose, un bleu, et à faire les yeux doux au joli serveur.

— Ruiz.

Parker se pencha sur la table et fit claquer ses doigts sous le nez de la jeune femme.

— T'as trouvé un nom pour le numéro que je t'ai demandé de vérifier ? Celui qui était dans la liste des appels entrants d'Abby Lowell ?

— Pas encore.

— Fais-le. Maintenant.

Elle était sur le point d'objecter. Parker fit glisser le journal jusqu'à elle et tapota l'article du doigt. Il se leva, sortit son téléphone de sa poche et parcourut son carnet d'adresses en sortant dans le froid humide.

— Kelly.

Andi Kelly, reporter d'investigation pour le *L.A. Times*. De la dynamite, sous les traits d'une petite rousse. Tenace, ironique, grande amatrice de whisky single malt.

— Andi. Kev Parker.

Il y eut un silence pesant. Parker imagina la confusion sur le visage de son interlocutrice, puis la mémoire qui lui revenait.

— Ouah, lâcha-t-elle enfin. J'ai connu un Kev Parker, autrefois.

— Du temps où j'étais bon pour la une, remarqua Parker, pince-sans-rire. Et maintenant, tu ne m'appelles plus, tu ne m'écris plus. J'ai vraiment l'impression qu'on s'est servi de moi.

— Tu as changé de numéro, et je ne sais même pas où tu habites. J'ai pensé que tu étais parti vivre en communauté dans l'Idaho avec Mark Furham, tu sais, le flic qui a foiré le procès d'OJ. Que s'est-il passé ? Ils n'ont pas approuvé tes abus de cigarette, de boisson, de femmes, ni tes manières arrogantes ?

— Je me suis repenti, j'ai tout laissé tomber et je suis entré dans les ordres.

— Arrête. Toi, Kev Parker, branché d'entre les branchés ? Tu vas bientôt m'annoncer que tu t'es mis au yoga.

— Au taï-chi.

— Merde alors. Vraiment, qu'arrive-t-il à toutes nos stars… ?

— C'est un statut que j'ai perdu il y a un moment.

— Oui, répondit sobrement Kelly. J'ai lu ça dans la presse.

Rien de tel qu'une descente en vrille publique pour se faire des amis et influencer les gens. L'arrogant Parker aux dents longues, l'as des as des Vols et Homicides, avait tourné souffre-douleur d'un arrogant avocat de la défense aux dents tout aussi longues que lui lors d'un retentissant procès pour meurtre.

Les éléments du procureur n'étaient pas inattaquables, mais bons, solides. Un faisceau de présomptions avait été rassemblé contre un étudiant en médecine à UCLA, riche et BCBG, accusé du meurtre sauvage d'une première année.

Parker secondait l'équipe envoyée sur les lieux. Il avait la réputation de toujours ouvrir sa gueule, de souvent frôler la ligne jaune, d'adorer la lumière des projecteurs, mais c'était aussi un excellent flic. Il s'était tenu à cette vérité durant tout le procès, tandis que l'équipe de défenseurs à gros sous avait mis en pièces sa personnalité à coups de demi-vérités, de faits non pertinents et de purs mensonges. Ils avaient contesté son intégrité, l'avaient accusé de falsification de preuves. Ils n'avaient rien pu démontrer, mais ce n'était pas nécessaire. Les gens étaient toujours prompts à croire le pire.

Anthony Giradello, le substitut du procureur décidé à faire carrière grâce à cette affaire, avait vu en Parker un poids mort qui finirait par l'entraîner dans sa chute, et avait opté pour la position cruelle que tout substitut aurait choisie à sa place : il avait saisi son propre fouet et s'était joint à la bastonnade.

Giradello avait tout fait pour séparer son affaire de Parker, pour minimiser sa responsabilité dans l'enquête. Certes, Parker était un enfoiré, mais un enfoiré sans importance, qui n'avait pas eu grand-chose à voir avec l'enquête, le rassemblement ou la conservation des indices. La presse de gauche de L.A. s'était déchaînée à son tour, toujours ravie de pouvoir éviscérer un flic dans le cadre de son travail.

Andi Kelly avait été la seule voix à s'élever contre la populace, en soulignant que la défense utilisait une stratégie – éculée mais éprouvée – se résumant en ces mots : quand tout le reste a échoué, tout mettre sur le dos des flics. Un tour de passe-passe conçu pour détourner l'attention des preuves accablantes relevées lors de l'expertise médico-légale, pour semer le doute dans l'esprit des jurés. Il suffisait à la défense de convaincre un seul d'entre eux que Parker était un genre de voyou qui n'hésiterait pas à introduire des preuves pour incriminer l'accusé, contre lequel il devait sûrement avoir un préjugé racial ou socio-économique. Un seul juré, et le jury se trouvait dans l'impossibilité de rendre sa décision.

Ils avaient réussi à convaincre les douze. Le meurtrier était libre.

Les retombées politiques avaient été terribles. Le bureau du procureur avait réclamé la tête de Parker pour continuer à détourner l'attention des médias sur le fait qu'ils avaient perdu la partie et qu'un meurtrier s'en était tiré. Le chef de la police, qui haïssait le procureur et craignait les syndicats, avait refusé de se débarrasser de Parker, en dépit du fait que tous les pontes de la division voulaient le virer. Il avait été dépeint comme un semeur de troubles, un franc-tireur, un insubordonné. Les feux de l'actualité furent braqués sur lui. Il symbolisait la honte d'une division qui ne pouvait endurer un scandale de plus.

La seule interview que Parker avait accordée durant toute cette période avait été à Andi Kelly.

— Alors, comment va, Kev ? demanda celle-ci.

— Plus vieux, plus sage, comme tout le monde, répondit Parker en faisant lentement les cent pas sur le trottoir.

— Tu as un tuyau sur l'affaire Cole ?

— Tu dois en savoir plus que moi. C'est toi qui passes tes journées au tribunal. Moi, je ne suis qu'un *péon*, tu sais. Je forme la prochaine fournée de louveteaux, dit Parker. Pour ce que ça vaut, je sais de source sûre que Cole est un connard.

— Tu parles d'un scoop... Il a broyé le crâne de sa femme avec une sculpture valant près d'un million de dollars.

— Il a dragué une amie à moi sous les yeux de sa propre femme.

— Tout le monde sait qu'il la trompait. Robbie n'est pas assez malin pour parvenir à une discrétion parfaite, malgré tous ses efforts. Avec tout ce que Tricia Crowne a dû supporter de la part de ce clown, on a du mal à croire qu'elle ne l'ait pas tué elle-même depuis des années, fit Kelly. Enfin, si tu n'as rien de mieux pour moi, Parker, tu peux aller te faire voir.

— C'est pas très sympa. Maintenant que je traverse une mauvaise passe, que je vis dans le caniveau à faire les poubelles pour me nourrir, tu ne pourrais pas rendre un service à un vieil ami comme moi ?

— Si tu es un si bon et si vieil ami, pourquoi tu ne m'as pas empêchée d'épouser Goran ?

— Tu t'es mariée avec un type du nom de Goran ?

— Je crois que tu viens de mettre le doigt sur le problème, dit-elle. Enfin, peu importe. Je n'ai pas non plus eu besoin de toi pour divorcer. Qu'est-ce que tu veux, cher disparu ?

— Pas grand-chose, répondit Parker. Je bosse sur un homicide. Ça s'est passé hier soir. Il y a un entrefilet dans le *Times* de ce matin. Je suis curieux de savoir qui l'a écrit. Tu peux trouver ça pour moi ?

— Pourquoi ?

Comme tout journaliste qui se respecte, Kelly était toujours à l'affût d'une bonne histoire. Si elle avait été un chien de chasse, elle serait tombée en arrêt.

— Ça m'a juste paru bizarre, dit Parker d'un ton détaché. Personne ne m'a parlé. J'ai passé la moitié de la nuit sur la scène de crime et je n'ai vu aucun journaliste.

— Sûrement un larbin du journal qui a chopé ça sur le scanner. Qui est la victime ?

— Un avocat de seconde zone. Je m'étonne que le *Times* ait eu des colonnes à perdre là-dessus.

— Et ?

— Et quoi ?

— Et qu'est-ce que ça peut te faire que ce moins que rien soit cité dans le journal ? demanda Kelly.

— Il y a quelques erreurs sur des détails.

— Et alors ?

Parker soupira.

— Merde, je me souvenais pas que t'étais aussi chiante.

— Pourtant, ça date pas d'aujourd'hui.

— Étonnant que ta mère t'ait pas fichue dans un sac pour te noyer dès ta petite enfance.

— À mon avis, elle a dû essayer, répondit Kelly. On a toujours eu un problème, elle et moi.

— Tes problèmes, c'est de la petite bière à côté des miens, chérie.

— Voilà, ça y est, tu me files un complexe d'infériorité maintenant.

— Pourquoi je t'ai appelée, déjà ? demanda Parker, exaspéré.

— Parce que tu veux quelque chose et que tu penses que je vendrais mon corps pour une bonne histoire.

— T'es journaliste, oui ou non ?

— Ce qui me ramène à ma dernière question. Pourquoi tu t'intéresses à ces deux pauvres lignes en dernière page du *Times* ?

Parker observa l'intérieur du Starbucks. Ruiz était toujours au téléphone, elle prenait des notes. Il caressa l'idée de raconter à Kelly l'apparition non officielle des Vols et Homicides sur les lieux du crime, mais se ravisa. Il estimait qu'il valait mieux abattre ses cartes l'une après l'autre.

— Écoute, Andi, c'est un truc sur lequel je n'arrive pas encore à mettre le doigt. J'ai un drôle de pressentiment sur cette histoire. Mais je suis peut-être méfiant parce qu'on ne me laisse pas souvent sortir de ma cage.

— Toujours cantonné aux nouvelles recrues, hein ?

— Ouais. Quelle ironie, non ? Ils voulaient se débarrasser de moi parce qu'ils pensaient que j'étais un mauvais flic, alors ils m'ont condamné à former les nouveaux.

— Le management dans toute sa splendeur, remarqua Kelly. Remarque, il y a une certaine méthode dans cette folie. Ils auraient envoyé n'importe quel autre à South Central pour bosser sur les meurtres liés à la drogue et les cadavres abandonnés, mais ils savaient que tu t'éclaterais, là-bas. Ils avaient de meilleures chances de te voir démissionner en te forçant à mourir d'ennui.

— Oui, eh bien, ça leur apprendra, fit Parker. Alors qu'est-ce que t'en dis ? Tu peux passer quelques coups de fil pour moi ?

— Et si ça prend une autre tournure… ?

— J'ai ton numéro dans mon portable, et je te paierai une bouteille de Glenmorangie.

— Je te rappelle.

— Merci.

Parker remit son téléphone dans sa poche et rentra dans le café.

— Le numéro est celui d'un portable prépayé, dit Ruiz. Impossible à tracer.

— Le joujou préféré du criminel, remarqua Parker.

Dealers de drogue, membres de gangs, tous les voyous de la ville en étaient équipés. Le numéro était vendu avec le téléphone. Pas de paperasse, pas de trace administrative. Il attrapa le journal et se dirigea vers la porte.

— On y va.

— Avec qui tu parlais ? demanda Ruiz comme ils regagnaient la voiture.

— J'ai demandé une faveur à une vieille amie. Je veux savoir qui a écrit ce papier.

— À cause des erreurs ?

— Peut-être qu'elles n'en sont pas, justement. Si la fille a découvert le corps...

— Alors elle devient suspecte.

— En tout cas, elle mérite notre attention. La plupart des victimes d'homicide se font tuer par quelqu'un qu'elles connaissaient. Il faut toujours suspecter la famille.

— Mais elle a un alibi.

— Je veux que tu le vérifies dans la journée. Il faudra que tu voies le maître d'hôtel et le serveur du Cicada. Était-elle présente, à quelle heure est-elle arrivée, repartie, ce qu'elle portait, a-t-elle parlé à quelqu'un, s'est-elle servi du téléphone du restaurant, a-t-elle quitté sa table un certain temps !

— Mais si elle a découvert le corps, comment ce journaliste a-t-il pu être au courant et pas nous ?

— C'est justement ce que je me demande, dit Parker en démarrant. Il y a de grandes chances pour que ce soit une simple connerie. Un sous-fifre du *Times* a intercepté l'appel sur le scanner et a obtenu des détails de troisième main de la part d'un des experts de la police scientifique. Qui sait ? La moitié de ce qu'on trouve dans les journaux n'est que de la pure connerie. Tu peux dicter mot à mot un article à un journaliste, il sera toujours pas foutu de l'écrire correctement.

— J'imagine que t'es bien placé pour le savoir, dit Ruiz.

Parker fixa sa coéquipière.

— Chérie, je pourrais écrire un livre là-dessus. Mais pour l'instant, on a mieux à faire.

15

À en croire la Pakistanaise qui s'occupait des boîtes postales depuis trois mois, la 501 appartenait à une femme du nom d'Allison Jennings, qu'elle ne connaissait pas. La location remontait à 1994. Les frais étaient réglés par un mandat postal déposé dans la boîte une fois par an. Ces faits étaient consignés dans le dossier, sur des notes remplies chaque année d'une écriture différente. Apparemment, nombreux étaient ceux qui avaient utilisé Box-4-U comme tremplin vers un avenir professionnel plus rose.

Box-4-U occupait un espace étroit, tout en longueur, entre un traiteur libanais et une voyante extralucide proposant une promotion sur le tarot. Les boîtes postales se situaient dans un couloir reliant la porte d'entrée à une zone comprenant un comptoir, sur les rayons duquel s'entassaient colis en carton, enveloppes matelassées, rouleaux de ruban adhésif ou de papier bulle et énormes sacs de billes de polystyrène.

Il fallait faire un effort pour passer outre toute cette pagaille si l'on avait envie de surveiller les personnes qui entraient et sortaient. La grande majorité des locataires de boîte postale devaient aller et venir dans l'anonymat. Tant qu'ils réglaient leur loyer à temps, personne ne s'intéressait à eux.

Le responsable qui avait loué la boîte 501 à Allison Jennings avait photocopié son permis de conduire et l'avait agrafé au formulaire de location, conformément au règlement. Le permis avait été délivré dans le Massachusetts. La photo était toute noire. Parker demanda à la responsable de leur photocopier les deux feuilles, puis ils regagnèrent leur voiture, garée sur une zone de livraison.

Ils s'apprêtaient à monter, quand Parker s'arrêta pour observer la vitrine de la voyante. Un néon bleu lavande disait : « Madame Natalia, voyante des stars. » Elle acceptait volontiers Visa et MasterCard.

114

— Tu veux entrer? demanda Ruiz. Elle saura peut-être nous prédire notre avenir.

— Pourquoi quelqu'un aurait-il besoin de consulter une voyante dans un endroit aussi pourri? Si Mme Natalia voit l'avenir, pourquoi n'a-t-elle pas encore gagné à la loterie?

— Peut-être que ce n'est pas son destin.

Parker démarra. Il voulut faire remarquer à Ruiz que les gens fabriquaient leur propre destin, mais ce n'était pas flatteur pour lui, aussi préféra-t-il se taire. Il était conscient d'avoir lui-même provoqué sa déchéance au sein de la brigade des Vols et Homicides par son arrogance. Et il avait fait le choix de rester à la place qu'il occupait à présent, un détour vers nulle part. Il avait aussi décidé qu'il ferait à nouveau ses preuves et qu'il sortirait vainqueur. Mais à en croire la logique de Ruiz, ce n'était peut-être pas son destin.

Ruiz se renseigna sur Allison Jennings. Cette femme pouvait être une fugitive.

L'adresse inscrite sur le formulaire de Box-4-U était un bâtiment de brique rouge dans un quartier douteux du centre où tout, population comprise, avait été négligé depuis des décennies. Le paysage était peuplé de sans-abri, occupés à fouiller les poubelles ou endormis sous les porches. Face à l'immeuble d'Allison Jennings, un dingue, vêtu d'une parka blanche à l'origine, arpentait le trottoir en apostrophant des ouvriers du bâtiment en plein travail.

L'endroit avait décroché la timbale : il était en pleine réfection pour accueillir une énième vague de branchés urbains dans leur invasion du centre-ville. La pancarte du promoteur immobilier promettait des appartements de luxe de deux, trois ou quatre pièces dans l'un des nouveaux quartiers les plus vivants et les plus tendance de Los Angeles. Le projet achevé dessiné par un artiste ne montrait pas le SDF agressif.

— Ils sont dingues ou quoi? s'étonna Ruiz. Ils ne trouveront personne d'assez malade pour emménager ici. Il n'y a que des squats de drogués et des clodos tarés.

— Attends que Starbucks s'installe au coin, dit Parker. Et voilà, le quartier décolle. Fais venir les jeunes urbains et, le lendemain, le prix des substances illicites crève le plafond. Le toxico moyen n'aura plus les moyens de vivre par là. Une tragédie sociale.

— Tu crois que cette femme est toujours ici ?

Parker leva la main en signe d'ignorance.

— Qui sait ? Elle a rempli ce formulaire il y a dix ans. Pour ce qu'on en sait, elle est peut-être morte à l'heure qu'il est. Ce gosse lui a peut-être racheté sa boîte postale ou a pris la suite. Il doit bien être quelque part dans les environs s'il s'en sert.

« Quelque part » couvrait un vaste territoire. Le Bureau central de la police gérait plus de dix kilomètres carrés dans le centre-ville de L.A., comprenant Chinatown, Little Tokyo, le quartier de la finance, celui de la mode et de la joaillerie, ainsi que le centre des conventions. Beaucoup de terrain, beaucoup de monde.

Arrivé au poste, Parker se gara sur le parking et se tourna vers sa coéquipière.

— Pour commencer, emmène la fiche de candidature de Damon au labo. Pour voir s'ils trouvent une correspondance avec les empreintes trouvées sur l'arme du crime. Ensuite, appelle le Massachusetts. Après, tu vérifies s'il existe des Allison Jennings par ici. Et tu fais une recherche informatique pour voir si tu trouves des crimes similaires à l'homicide de Lowell à L.A. ces deux dernières années. Appelle la société de téléphone pour le listing des communications de chez Speed Coursiers.

Ruiz parut agacée.

— Autre chose, maître ?

— Épluche les appels. Ce Damon a peut-être le téléphone. Et trouve-moi le détail des communications pour le bureau de Lowell et son domicile.

— Et qu'est-ce qu'il te reste à faire pendant que je m'occupe de toutes ces conneries ?

— Je vais aller discuter avec Abby Lowell. Histoire de savoir comment son nom s'est retrouvé dans le journal. Elle aura plus envie de me parler à moi qu'à toi.

— Pourquoi tu en es aussi sûr ?

Il lui décocha un de ses fameux sourires dont il était spécialiste.

— Parce que je suis moi, poupée.

Une fois débarrassé de Ruiz, Parker se rendit directement au cabinet de Lenny Lowell. Il voulait faire le tour de la scène de crime et de la rue en plein jour, sans être distrait par les agents en uniforme, la police scientifique, sa recrue et les abrutis des Vols et Homicides. Passer du temps sur les lieux où la victime était décédée se révélait bénéfique à sa concentration. Une façon un peu macabre d'apaiser les choses.

Il n'était pas certain de croire aux fantômes, mais il croyait à l'âme. Il croyait à l'essence qui forme un individu, à l'énergie qui définit une personne en tant qu'être vivant. Parfois, lorsqu'il se trouvait seul sur une scène de crime, il avait l'impression de sentir cette énergie subsister autour de lui. Ou bien, c'était le vide.

Il n'avait jamais prêté attention à ce genre d'idées dans son ancienne vie de caïd des Vols et Homicides. Il était tellement imbu de lui-même qu'il n'avait jamais ressenti grand-chose à propos des gens, qu'ils soient morts ou vivants. C'était là l'un des côtés positifs de sa déchéance : il avait désormais conscience des choses, la capacité de s'effacer pour avoir une image plus nette de son environnement.

En plein jour, le quartier était encore moins accueillant que la nuit sous la pluie. Dans la lumière crue de ce matin gris, la décrépitude apparaissait dans toute son ampleur. Le petit centre commercial sur un seul niveau où Lowell était établi semblait dater de la fin des années cinquante. Angles durs, toit plat, enca-drements de fenêtres en aluminium, panneaux métalliques aux couleurs fanées – bleu vert très pâle, rose délavé, jaune vomi. En face se trouvait la laverie 24 heures sur 24, 7 jours sur 7, bâtiment de brique bas au style non identifiable.

Les meilleures ordures d'avocats avaient leurs bureaux à Beverly Hills ou Century City, un monde merveilleux. Cet endroit était du genre à accueillir les plaques du bas de la chaîne alimen-taire. Même si, selon Parker, ce vieux Lenny paraissait s'en sortir plutôt bien.

La Cadillac de Lowell, retrouvée à l'arrière du bâtiment, avait été embarquée dans le cadre de la recherche d'indices. La voiture flambant neuve avait été vandalisée. Lowell habitait une rési-dence dans l'un des nouveaux endroits à la mode du centre-ville, non loin du Staples Center. Plutôt chic pour un gars dont les clients fréquentaient les agences de cautionnement.

Parker se demandait pourquoi le tueur avait pris le risque d'exploser les vitres de la Cadillac si tout ce qu'il voulait était l'argent du coffre-fort. S'agissait-il d'un acte de colère punitive ? Un ancien client n'ayant pas échappé à la condamnation ou l'un de ses proches qui en voulait à Lowell ? Le mobile du meurtre était-il la vengeance, et l'argent un simple bonus ? Ou bien le tueur était-il à la recherche d'une chose qu'il n'avait pas trouvée dans le bureau ? Si tel était le cas, l'affaire se compliquait sérieusement. À part l'argent dans le coffre, que pouvait bien posséder un type comme Lenny Lowell qui nécessite de le tuer ?

Parker ôta les scellés et entra par la porte de derrière. L'odeur de tabac froid imprégnait le lambris en faux bois et la fumée avait donné une teinte jaune graisseux aux panneaux du faux plafond. La moquette était rase et purement utilitaire, d'une couleur choisie pour camoufler la crasse.

Il y avait des toilettes sur la gauche. Les experts scientifiques les avaient passées à la poudre pour y trouver des empreintes, avaient extrait des cheveux et des poils des canalisations, mais n'avaient trouvé aucune trace de sang. Le tueur s'était montré suffisamment intelligent pour ne pas se nettoyer sur place.

Ensuite venait le bureau de Lowell proprement dit. Une pièce vaste désormais jonchée de papiers, de résidus de poudre à empreintes et de morceaux de ruban adhésif signalant les endroits où avaient été trouvés des indices. Le sang de l'avocat avait imbibé la moquette, mais formait une tache à peine détectable. Les tiroirs avaient été extraits de la table de travail.

— Vous dérangez une scène de crime, dit Parker.

Abby Lowell, assise derrière le bureau de son père, sursauta, s'étrangla et se cogna le genou en se levant.

— Oh, mon Dieu ! Vous m'avez fait une peur ! s'écria-t-elle, la main sur sa poitrine comme pour empêcher son cœur de bondir hors de sa cage thoracique.

— Je suis obligé de vous demander ce que vous faites ici, mademoiselle Lowell, fit Parker en tirant à lui le siège qui faisait face au bureau.

L'accoudoir du fauteuil était constellé de gouttes de sang.

118

— Ce n'est pas pour rien que nous scellons les scènes de crime, poursuivit-il.

— Et vous vous occupez des obsèques également, répondit-elle du tac au tac, avec ce sang-froid qui la caractérisait. Vous savez où mon père gardait sa police d'assurance vie ? Contacterez-vous la société de ma part ? Et son testament ? Je suis certaine qu'il en avait un, mais je n'ai pas la moindre idée de l'endroit où il se trouve. J'ignore s'il souhaitait être enterré ou incinéré. Vous pouvez peut-être m'aider pour tout ça, lieutenant Parker ?

— Non, je ne peux pas. Mais si vous m'aviez appelé, je vous aurais retrouvée ici pour vous aider à chercher. Cela m'aurait permis de voir ce que vous aviez touché ou déplacé. J'aurais également pu savoir si vous aviez pris autre chose que le testament de votre père ou sa police d'assurance.

— Êtes-vous en train de m'accuser ? demanda-t-elle en se redressant sur son siège.

— Non, je dis juste les choses. C'est comme ça que fonctionne une scène de crime, mademoiselle Lowell. Je n'ai pas à me soucier que la victime soit votre père. Je me fiche que vous croyiez avoir le droit d'accéder à ce bureau. Mon travail est très clair. À l'instant où votre père a cessé de respirer, il est passé sous ma responsabilité. Je suis devenu son protecteur.

— Dommage que vous n'ayez pas été là pour le protéger quand il s'est fait tuer. Et quand je dis « vous », je ne parle pas de vous personnellement, mais du LAPD.

— Nous ne pouvons pas prédire quand un crime est sur le point de se produire, dit Parker. Si c'était le cas, je serais au chômage. Et pour être tout à fait franc, vous aviez une longueur d'avance sur nous pour ce qui était de protéger votre père. Vous connaissiez ses habitudes, ses amis, probablement ses ennemis, même. Vous saviez peut-être qu'il était sur un coup risqué.

Elle parut outrée.

— Êtes-vous maintenant en train de dire que c'est ma faute si un voyou est entré par effraction dans le bureau de mon père et l'a tué ? Vous ne manquez pas de culot. Vous êtes vraiment insensible à ce point ?

— Vous n'imaginez même pas, répliqua Parker.

Il enleva son chapeau et croisa les jambes, prenant ses aises.

— Vous n'aviez pas l'air particulièrement sensible non plus hier soir, si je peux me permettre, même si j'imagine que vous n'appréciez pas ma remarque. Vous entrez dans une pièce, votre père est au sol, il ne manque plus que le gros trait de craie blanche autour de lui. Et pourtant, vous sembliez plus perturbée de voir vos plans tomber à l'eau pour le dîner.

— Pourquoi ? Parce que je ne me suis pas effondrée en larmes ? Parce que je n'ai pas fait de crise d'hystérie ? demanda-t-elle. Je ne suis pas du genre hystérique, lieutenant. Et je pleure en privé. Vous ne savez rien de ma relation avec mon père.

— Eh bien, racontez-moi, vous voulez ? Vous étiez proches, tous les deux ?

— D'une certaine façon.

— C'est-à-dire ?

Elle soupira, détourna les yeux, puis les ramena sur Parker. Leur relation, comme toutes les relations, était plus compliquée qu'elle ne pouvait l'expliquer – ou trop complexe pour qu'elle s'attende à ce qu'il la comprenne.

— Nous étions amis. Lenny n'a jamais été un père pour moi. Il n'était jamais là. Il trompait ma mère. Il buvait trop. Selon lui, les bons moments qu'il passait avec moi quand j'étais enfant consistaient à me traîner sur les champs de courses ou dans des bars de bookmakers, où il oubliait aussitôt mon existence. Mes parents ont divorcé quand j'avais neuf ans.

— Pourquoi ne le haïssiez-vous pas ?

— Parce qu'il était le seul père que j'avais. Et parce que, malgré tous ses défauts, Lenny n'était pas un mauvais type. Simplement, il n'était pas à la hauteur de mes espérances.

Le regard scrutateur de Parker la mettait mal à l'aise ; elle quitta le fauteuil de son père et se mit à arpenter lentement la pièce en longeant les étagères, les bras croisés, ses yeux détaillant les rares objets qui n'avaient pas été mis à terre dans le pillage. Elle avait une allure de mannequin avec son pull en cachemire couleur saphir, sa jupe assortie et sa paire de magnifiques bottes noires.

— J'ai longtemps été en colère après son départ. Principalement parce que je me retrouvais coincée avec ma mère.

— Mais vous lui avez pardonné ?

— Disons qu'on s'est retrouvés quand je suis entrée à la fac. Tout à coup, j'étais adulte. Nous pouvions avoir une conversation. Je voulais devenir avocate. Il s'est intéressé à moi.

— Vous êtes devenus amis, compléta Parker. C'est la raison pour laquelle vous l'appelez Lenny, et non papa.

Elle détourna à nouveau le regard, évitant de montrer son émotion à l'évocation du souvenir de son père. Mais l'éclat subtil des larmes dans ses yeux sombres, le durcissement de sa mâchoire, ne trompaient pas. Une sacrée démonstration de maîtrise de soi, songea Parker.

Le réflexe d'une petite fille dont le père était trop occupé à parier sur la sixième course à Santa Anita, supposa-t-il. Ou bien une habitude contractée par une enfant du divorce, confrontée au départ de son père, puis à sa réapparition tardive. Elle semblait capable de survivre à tout si elle ne laissait pas son armure se fissurer.

— Vous connaissiez les amis de votre père ? interrogea doucement Parker. Ses ennemis ? Savez-vous si oui ou non il était impliqué dans une affaire dangereuse ?

Parker crut qu'elle allait rire d'une plaisanterie qu'elle n'avait pas l'intention de partager avec lui.

— Lenny était sur tous les coups. Il était peut-être enfin tombé sur quelque chose. Mais s'il était mêlé à quoi que ce soit... je l'ignore. Il ne m'en a pas parlé. On discutait de mes cours. Il me disait qu'il voulait que je travaille avec lui quand j'aurais passé le barreau. On allait aux courses...

Sa voix se brisa sur cette dernière phrase. La relation avec son père était revenue à son point de départ, sauf que, cette fois, ils étaient copains et qu'il lui accordait cette attention dont elle avait cruellement manqué enfant. Si bien qu'elle avait choisi la même carrière que lui pour lui faire plaisir – consciemment ou non.

Parker garda le silence, son regard se perdit dans le vague, au-dessus du fouillis sur le bureau. Abby Lowell continua ses déambulations, avec l'air de vouloir s'en aller. Même les innocents n'apprécient pas la compagnie des flics. Toutefois, il n'avait aucun moyen de savoir si elle était innocente ou pas.

— Vous êtes chargée de vous occuper des obsèques ? demanda Parker. N'a-t-il aucune autre famille ?

— Il a un frère dans le nord de l'État de New York. Une fille d'un premier mariage, Ann, que je n'ai pas vue depuis des années. Je crois qu'elle est partie vivre à Boston. Et trois ex-femmes. Dont aucune ne se donnerait la peine de traverser la rue pour cracher sur son cadavre.

— Vous êtes la seule à lui avoir pardonné ?

Elle s'abstint de tout commentaire. Elle ramassa son sac en cuir noir, assorti à ses bottes, et le posa sur le bureau.

— Ça vous dérange si je fume, lieutenant ? demanda-t-elle en tirant une cigarette d'un paquet de Newports.

Il la laissa la glisser entre ses lèvres, placer son briquet juste devant, avant de répondre :

— Oui, ça me dérange.

Elle lui jeta un bref regard et l'alluma quand même. Comme elle soufflait un filet de fumée vers le plafond taché de nicotine, elle répliqua :

— C'était une question pour la forme.

Elle s'appuya contre le bureau. Son profil ressemblait à un dessin d'Erté, ces longues et gracieuses lignes subtilement courbes des débuts du mouvement Art déco. Elle avait un teint de porcelaine. Ses cheveux se répandaient dans son dos en une cascade sombre. Rien dans son physique n'évoquait celui de Lenny. Parker se demanda si son autre fille avait eu cette chance, et si celle qui se tenait face à lui tentait de faire diversion.

— Avez-vous parlé à quelqu'un hier soir, après avoir quitté ce bureau, mademoiselle Lowell ?

— Non. Je suis rentrée chez moi.

— Vous n'avez pas appelé votre mère ? Pour lui annoncer que son ex avait cassé sa pipe ?

— Ma mère est morte il y a cinq ans d'un cancer.

— Désolé, répondit Parker par automatisme. Vous n'avez pas appelé un ami ? Votre petit ami ?

Elle soupira d'impatience, écrasa sa cigarette et se remit à marcher.

— Où voulez-vous en venir, lieutenant ? Si vous avez une question, posez-la. Nous n'avons pas le temps de faire un quizz sur ma vie privée. J'ai des arrangements à prendre et j'ai cours à 11 heures. Venons-en au fait.

Parker prit un air étonné.

— Un cours ? Vous ne prenez pas une journée pour pleurer votre père, pour réaliser qu'il a été tué il y a moins de vingt-quatre heures ?

— Mon père est mort. Je ne peux rien y faire.

Elle accéléra le pas.

— Il a été tué, continua-t-elle. Qui pourrait réaliser une chose pareille ! Quel bien cela pourrait-il me faire de me cloîtrer chez moi en pyjama, à méditer sur la futilité de la vie ? Je vais peut-être vous paraître froide, lieutenant Parker, mais j'affronte cela de la seule façon qui pour moi ait un sens, en allant de l'avant, en faisant ce qu'il y a à faire parce que personne d'autre ne s'en chargera à ma place.

— Faire face maintenant, vous effondrer plus tard, commenta Parker en se levant de son siège taché de sang.

Il prit la place qu'elle avait occupée, derrière le bureau.

— Cela fait presque vingt ans que je suis flic, mademoiselle Lowell. Je sais que les survivants se débattent chacun à leur manière avec la douleur. Un jour, j'ai été chargé de l'affaire d'une femme agressée et tuée lors du vol de sa voiture. Son manteau était resté coincé dans la portière lorsque l'agresseur l'a tirée hors du véhicule. Elle a été traînée sur près d'un kilomètre. C'était horrible. Son mari était un artiste peintre reconnu. Sa manière de survivre, d'exorciser la douleur, la culpabilité et tout le reste, a été de s'enfermer dans son atelier pour peindre. Il a peint pendant trente-six heures d'affilée, sans dormir ni manger. Pendant trente-six heures, il s'est déchaîné dans cet atelier, jetant avec violence peintures, pinceaux, cannettes, tout ce qui lui tombait sous la main. Sans cesser de crier, de hurler, de sangloter. Son assistante a fini par m'appeler, craignant qu'il ne fasse une dépression nerveuse et ne tente de se suicider. Pour finir, le silence s'est abattu dans la pièce. Le type est ressorti, il n'a parlé à personne, il a pris une douche et est allé se coucher. Son assistante et moi sommes entrés dans son atelier pour voir ce qu'il avait fait pendant tout ce temps. Il avait peint une douzaine de grandes toiles. Un travail incroyable, brillant, à des années-lumière de ce qu'il avait réalisé jusque-là. Pollock aurait pleuré en voyant ça. Toutes les émotions qui déchiraient cet homme étaient là, une douleur brute, enragée, écrasante. Quand le type s'est réveillé, il est retourné dans son atelier et a détruit toutes ses toiles. Il a dit qu'elles étaient privées, qu'elles n'étaient censées être vues par nul autre que lui. Il a enterré sa femme et a continué sa vie.

Abby Lowell, se demandant de quel piège il pouvait bien s'agir, le dévisageait en essayant de deviner comment elle était supposée réagir.

Parker écarta les bras.

— Tout le monde se débrouille comme il peut.

— Alors pourquoi vous me jugez?

— Je ne vous juge pas. J'ai besoin de savoir le pourquoi de chaque chose, mademoiselle Lowell. C'est mon boulot. Par exemple, j'ai besoin de savoir pourquoi il était écrit dans le *Times*, ce matin, que vous, une étudiante de vingt-trois ans à la fac de droit de Southwestern, aviez découvert le corps de votre père.

Un bref éclat brilla dans ses yeux. Pas de colère. De surprise, peut-être. Puis, de nouveau, elle afficha un visage impassible.

— Je ne sais pas. Ce n'est pas vrai. Vous le savez bien, répondit-elle, sur la défensive. J'étais au restaurant quand j'ai reçu l'appel. Et je ne connais aucun journaliste. D'ailleurs je ne leur aurais pas répondu si cela avait été le cas.

— Vous n'avez parlé à personne après avoir quitté ce bureau hier soir?

— Je vous l'ai déjà dit. Non, rétorqua-t-elle avec exaspération.

Elle regarda sa montre, changea de position, posa la main sur son sac.

— Et avant ça? Avez-vous appelé quelqu'un depuis le restaurant ou votre voiture en venant ici? Un ami, un proche?

— Non. Et je suis sûre que vous pouvez obtenir le détail de mes communications si vous ne me croyez pas.

Elle saisit la poignée de son sac à main et tourna son regard vers la porte du cabinet.

— Je dois y aller, annonça-t-elle. J'ai rendez-vous avec un entrepreneur de pompes funèbres à 11 heures.

— Je croyais que vous aviez cours.

Ses yeux sombres clignèrent d'agacement.

— Le cours est à 13 heures. Ma langue a fourché. J'ai un programme chargé, lieutenant. Vous savez comment me joindre si vous avez besoin d'autre chose.

— Je vous trouverai.

Comme elle passait à côté de lui pour s'en aller, Parker l'attrapa doucement par le bras.

— Vous ne voulez pas savoir quand le corps de votre père sortira de la morgue ? Je suis sûr que l'entrepreneur de pompes funèbres va avoir besoin de cette information.

Abby Lowell le regarda droit dans les yeux.

— Son corps ne sera pas restitué avant l'autopsie. On m'a dit qu'elle aurait lieu d'ici quelques jours, une semaine tout au plus. Je veux que tout soit prêt pour pouvoir m'en débarrasser aussi vite que possible.

Parker la laissa partir. Elle avait le sang-froid d'une assistante de lanceur de couteaux, il devait lui accorder cela. Simple système de défense d'une petite fille solitaire ou réflexe qui cachait autre chose ?

Il remisa ces pensées dans un coin de sa tête, et ses yeux se posèrent sur le bureau. Elle était partie les mains vides, sans les documents qu'elle était venue chercher. La police d'assurance de Lenny et son testament.

Il partit chercher le Polaroïd rangé dans le coffre de sa voiture et retourna dans le cabinet de Lenny. Il photographia le bureau, les classeurs ouverts, le sol. Puis il tira avec précaution une longue enveloppe de plastique noire d'un tiroir entrouvert du bureau. Dessus, il lut en lettres gaufrées dorées : City National Bank. L'enveloppe était vide. L'empreinte d'une petite clé, probablement celle d'un coffre, était encore visible dans une poche de plastique translucide.

Parker s'installa dans le gros fauteuil directeur en cuir de Lenny Lowell et examina la pièce, imaginant ce que voyait Lenny en contemplant son domaine. Ce sur quoi il se serait concentré. Le cadre contenant la photographie d'Abby avait été renversé sur le bureau. Il baissa les yeux vers le sol, à côté du fauteuil. Quelques brochures de voyage étaient éparpillées près du bureau. Parker les déplaça du bout de sa chaussure.

« Abandonnez-vous au paradis. Les îles Caïmans. »

— Tu vois, Lenny, dit-il tout haut. Je te souhaiterais bien d'avoir trouvé un autre paradis à l'heure qu'il est, mais j'imagine que t'es allé où vont tous ces pourris d'avocats. Alors j'espère que tu as pris ton écran total.

16

Jack déposa la Bête dans un atelier de réparation de vélos à Korea Town, où il ne connaissait personne et où personne ne le connaissait.

— J'ai besoin d'une réparation.

Le type au guichet était occupé à regarder Court TV, la chaîne consacrée aux procès, sur une télévision accrochée en hauteur.

— Trois jours, répondit-il sans quitter l'écran des yeux.

— Non, j'en ai besoin aujourd'hui. C'est une urgence.

Le type grogna.

— Trois jours.

— Vous ne comprenez pas, monsieur, dit Jack en se penchant pour essayer d'entrer dans le champ de vision du type. J'ai besoin de mon vélo, je suis coursier. J'en ai besoin pour travailler.

— Trois jours.

Le type ne l'avait toujours pas regardé. Tout à coup, il pointa un doigt en direction de la télévision et se mit à déblatérer en coréen. Martin Gorman, l'avocat des stars, donnait une conférence de presse. Au bas de l'écran, on pouvait lire : « Tricia Crowne-Cole ou la mort d'une débutante. » À en juger d'après la photo apparue dans un coin de l'écran, elle avait en effet l'allure d'une débutante des années Kennedy.

Jack soupira, s'éclaircit la gorge, songea à s'en aller, mais il ne pouvait pas passer la journée à chercher un autre garage.

— Je paierai un supplément, dit-il. En liquide. Vingt dollars de plus.

L'employé se tourna vers lui et annonça :

— Vingt maintenant. Revenez dans deux heures.

Jack aurait préféré garder l'argent, mais il n'avait pas le choix. Tant pis pour le pourboire de Lenny. Il n'avait que deux cent quarante dollars en poche. Il pensa à Eta et sentit une pointe de déception, de peur, ou d'incertitude. Il refusait de croire qu'elle avait parlé aux flics. La famille, c'était tout pour Eta, et elle considérait que les coursiers en faisaient partie.

— Je vais attendre, dit Jack.

L'employé prit un air revêche. Jack montra son billet mais le garda hors de portée de l'homme.

— Et pour ce prix, je veux que ce soit fait immédiatement.

L'homme marmonna des grossièretés dans sa barbe, mais il hocha la tête. Jack baissa le bras et l'employé lui arracha le billet si rapidement que Jack fut tenté de compter ses doigts pour vérifier qu'il ne lui en manquait pas.

Le type qui travaillait sur les vélos dans l'arrière-boutique avait un bouc et un chiffon rouge sur la tête, comme les pirates. Ses mains étaient noires de graisse et d'huile. L'employé du guichet l'informa laconiquement qu'il devait interrompre ce qu'il faisait pour réparer le vélo de Jack.

— Un client très important, précisa-t-il avant de se rasseoir devant son écran.

Le mécanicien se tourna vers Jack.

— Combien tu lui as donné, *man*?

— Pourquoi, tu vas me taxer toi aussi? demanda Jack. Je suis coursier, merde. Est-ce que j'ai l'air de rouler sur l'or?

— Nan, c'est lui que je vais taxer, pas toi.

Il y avait douze Lowell dans l'annuaire. Trois avaient des prénoms commençant par A : Alyce, Adam, et A. L. Lowell. Abby Lowell était étudiante en droit à l'université de Southwestern, située sur Wilshire Boulevard, à environ trois kilomètres du centre-ville. Si la fille de Lenny habitait près de la fac et que son numéro figurait dans l'annuaire, il y avait de fortes chances pour qu'il s'agisse d'A. L. Lowell.

Jack plaça la Bête, requinquée, à l'arrière de la Mini, et se dirigea vers l'ouest. La radio était posée sur le siège passager, son grésillement et ses bavardages familiers brisaient sa solitude de manière réconfortante. Ils remplissaient l'habitacle de voix amies. Sauf que Jack n'avait pas d'amis, seulement des connaissances. Et qu'il était vraiment seul.

La douleur lui martelait le crâne et sa cheville l'élançait de plus belle. Il fit une halte dans un magasin 7-Eleven pour s'acheter un hot dog desséché, un *burrito* au fromage, une bouteille de Gatorade, des antalgiques et de l'essence pour la Mini. Il en profita pour chiper au passage quelques barres énergétiques. Il n'aimait pas voler, mais sa première obligation était la survie, et la justice annulait les délits insignifiants.

Il mangea dans la voiture, en prenant garde de ne rien renverser – Mme Chen était maniaque – et essaya d'imaginer son attitude s'il trouvait Abby Lowell chez elle. Il frapperait à la porte et dirait « Bonjour, je suis le type que les flics soupçonnent d'avoir tué votre père »? Non. Pour qui se ferait-il passer? Un client de Lenny? Un journaliste en quête de scoop?

Il aimait bien cette dernière approche. Les clients de Lenny étaient des criminels. Pourquoi ouvrirait-elle sa porte à l'un d'entre eux? Mais un jeune reporter à la recherche de la vérité… Si elle ne lui claquait pas la porte au nez, il aurait peut-être l'occasion de lui poser quelques questions et d'obtenir des réponses. Seulement, quand elle verrait à travers l'œilleton son air dangereux, ou cinglé, voire les deux à la fois, son visage amoché et sa barbe de deux jours, elle préviendrait les flics.

— Central à seize. Central à seize. Où tu en es, cavalier solitaire?

La surprise lui envoya comme une décharge électrique, il sursauta. Eta.

— Central à seize. J'ai un paquet pour toi. Seize, tu me reçois?

Il regarda la radio, mais n'y toucha pas. Les flics se trouvaient peut-être à côté d'elle, la forçant à l'attirer dans un piège?

— Central à seize. J'ai du fric, chéri. Il ne faut jamais faire attendre l'argent.

Voulait-elle parler de « fric », son terme consacré pour désigner un client? Ou bien de fric, comme des liasses de billets? L'argent faisait un bon appât. Jack repensa aux deux policiers dans la ruelle. Le type au chapeau et la *chica* bien roulée. Il n'était pas certain qu'elle soit flic, mais le chapeau, oui. Homicides, supposait-il.

Jack se rappela que ce n'était pas parce qu'ils connaissaient son lieu de travail qu'ils pouvaient le retrouver. Dans le pire des cas, si les choses commençaient à chauffer sérieusement, il pouvait toujours prendre Tyler sous le bras et s'en aller. Mais ce serait vraiment en dernier recours. L'idée de déraciner Tyler, de l'arracher au seul foyer qu'il ait jamais connu, de l'enlever à cette famille de substitution qui lui donnait le sentiment d'être en sécurité et aimé, brisait le cœur de Jack. Mais que pouvait-il faire d'autre ?

La réponse était tapie au creux de son ventre, plus lourde que le *burrito* qu'il venait d'engloutir. Il refusait de la prendre en compte. Sa mère ne lui avait pas appris à démissionner et à fuir ses responsabilités. Tyler était sa seule famille. Il ne l'abandonnerait pas.

A. L. Lowell vivait dans un bâtiment de deux étages à façade de stuc agrémentée de quelques discrets détails espagnols. Datant des années vingt ou trente, du temps où les gens avaient la classe. Ce quartier formait un mélange sympa entre le style branché de West Hollywood, le chic yuppie de Hancok Park et le délabrement des quartiers ouvriers de Mid-Wilshire. Selon les rues, la zone était dangereuse, calme, dure, familiale ou fréquentée par des prostituées.

Jack passa lentement devant l'immeuble, guettant un signe de vie.

D'après la taille du bâtiment et la configuration des fenêtres à l'avant et à l'arrière, il estima qu'il devait y avoir quatre appartements. Deux en haut, deux en bas. Et il n'y avait ni concierge ni gardien en uniforme.

Il gara la Mini au coin de la rue, le long du trottoir opposé, de manière à surveiller la porte d'entrée de l'immeuble sans pouvoir être suspecté d'espionnage. Il attendit, sans bouger.

Par cet après-midi froid, humide et triste, personne n'avait envie d'être dehors. Avec tous les arbres bordant les rues, la luminosité était aussi faible que sous le couvert d'une forêt. D'immenses érables formaient un toit au-dessus de la voie qui menait à l'immeuble de A. L. Lowell.

Malgré tout, Jack aurait aimé grandir dans un quartier comme celui-ci, si sa vie avait été normale. Les gens du coin devaient se connaître, s'arrêter pour bavarder sur le trottoir lorsqu'ils promenaient leur chien ou rentraient des courses. Personne ne vivait ici sous un nom d'emprunt, ne recevait son courrier dans une boîte postale, ne pliait bagage ni ne déménageait au milieu de la nuit.

Une vieille femme au dos voûté qui tenait en laisse un grand caniche blanc émergea du bâtiment de Lowell. L'animal, comme sa maîtresse, portait un chapeau de pluie en plastique transparent à lanière nouée sous le menton. Ils suivirent le trottoir à un rythme d'escargot ; le chien laissait tomber des crottes derrière lui tout en marchant, à la manière d'un cheval. La femme ne parut pas le remarquer et, de toute façon, elle n'aurait pas été capable de ramasser ces cochonneries. Le duo traversa la rue en direction de Jack. Il mit une éternité pour dépasser la Mini.

Jack regarda dans son rétroviseur jusqu'à ce que la femme et le chien, qui continuait à laisser tomber ses déjections, soient assez éloignés.

Il était temps d'agir, avec ou sans plan. Il sortit de la voiture et traversa la rue d'un pas détaché pour approcher du bâtiment. Il rendait visite à quelqu'un. Aucune raison de se montrer nerveux ou cachottier.

Les noms des habitants figuraient à côté des boutons de l'interphone, mais cela ne lui servit à rien, car la vieille femme n'avait pas ouvert la porte avec assez de force pour qu'elle se referme derrière elle. Jack vérifia les numéros des appartements et entra.

Un escalier central menait au premier étage, que se partageaient deux appartements. Jack commença par coller son oreille à la porte du voisin pour s'assurer de son absence. Le seul bruit qu'il entendit fut les gloussements d'un oiseau solitaire.

Jack frappa à plusieurs reprises à la porte de Lowell. Personne ne répondit. Il regarda autour de lui, appuya sur la poignée sans trop y croire, et la porte s'ouvrit. Étonné, il jeta un œil par-dessus son épaule, entra, essuya la poignée de la porte avec la manche de son pull et referma derrière lui.

À voir l'appartement, on aurait pu croire que le quartier avait été secoué par un tremblement de terre d'une magnitude colossale. Tout ce qui était censé se trouver sur les étagères et dans les placards était par terre, les chaises retournées. Les coussins du canapé et du fauteuil avaient été tailladés, puis vidés de leur rembourrage. Des boîtes de céréales avaient été ouvertes et renversées sur le sol.

Jack passa les lieux en revue, s'obligeant à ne rien oublier au point qu'il faillit en oublier de respirer. Quelqu'un cherchait quelque chose. Il se demanda si c'était ce qui était fixé à son ventre.

Même en essayant de faire attention où il mettait les pieds, il ne parvint pas à tout éviter. Quelque chose se brisa sous son pas lorsqu'il sortit de la cuisine pour rejoindre le couloir. La petite salle de bains était dans le même état, et, sur le miroir de l'armoire à pharmacie, une inscription au rouge à lèvres vermillon disait : « La prochaine fois, tu es morte. »

— Putain ! c'est pas vrai, murmura-t-il. On se croirait dans un film. Je suis en train de vivre un putain de film.

Mais dans ce film, les balles étaient réelles, les méchants de vrais méchants et les gens mouraient pour de bon.

Sa respiration s'était accélérée. Il avait commencé à transpirer. Il ferma les yeux quelques secondes pour garder les idées claires.

Il fallait qu'il sorte de là. L'idée qu'il devait prévenir la fille de Lenny lui traversa brièvement l'esprit. Mais comment parviendrait-il à la trouver ? En allant s'asseoir dans le hall du Bullocks Wilshire Building à la fac de droit de Southwestern et en espérant qu'elle passe devant lui par hasard ? En l'attendant dans la voiture jusqu'à ce qu'elle revienne, puis en se précipitant sur elle pour lui annoncer que quelqu'un voulait sa mort ? Au risque de lui faire croire qu'il était cette personne !

Il plaça ses mains sur ses yeux clos et se massa le front dans l'espoir que la tension retombe.

Le coup dans son dos fut si inattendu qu'il lui fallut un certain temps pour comprendre. Le corps de Jack fit un bond vers l'avant. Son entrejambe heurta le lavabo. Sa tête rebondit sur le miroir. En dépit de son étourdissement, il tenta de reculer. Son assaillant l'attrapa par les cheveux et lui frappa la tête à plusieurs reprises contre l'armoire à pharmacie. Il entendit le miroir se briser, sentit un tesson lui entailler la joue.

Peut-être en était-on à la scène du film où il mourait dans un rebondissement du scénario. Cette pensée idiote lui traversa l'esprit au moment où l'agresseur le laissait tomber. Son menton heurta le lavabo de porcelaine avec la violence d'un marteau. Puis il se retrouva à terre, à attendre les coups de pied, voire le coup de feu, tiraillé entre l'envie de se défendre et celle de perdre connaissance.

Jack n'aurait su dire combien de temps il avait passé par terre dans un état semi-conscient. Progressivement, il parvint à faire le point. Le sol était un océan de vieux carrelage blanc octogonal de deux centimètres sur deux aux joints moisis. Il voyait les fissures de l'antique baignoire blanche, la base du lavabo sur colonne et les tuyaux rouillés sortant du mur qui serpentaient jusqu'aux robinets.

Il faut que tu te lèves, Jack. Il faut que tu te tires de là.

Son corps ne voulait plus obéir à son cerveau.

Il sentit une certaine humidité sous sa joue. Il se mit à quatre pattes et vit la flaque de sang sur le carrelage, à l'endroit où se trouvait son visage. La tête lui tournait, il avait les bras et les jambes en caoutchouc. En tremblant, il parvint à agripper le bord du lavabo et à se hisser lentement sur ses pieds.

Sa bouche et son menton lui faisaient si mal qu'il avait l'impression d'avoir pris des coups de batte au visage. Du sang rouge vif dégoulina dans la cuvette de porcelaine. Le reflet qu'il vit dans le miroir brisé sortait tout droit d'un film d'horreur. Sa pommette et son arcade sourcilière droites étaient gonflées à cause du choc contre l'armoire à pharmacie. Une coupure à la joue saignait, comme son nez. Un peu du rouge à lèvres du message sur le miroir lui barbouillait le visage, telle une peinture de guerre.

Avec précaution, il tâta son nez pour voir s'il était cassé. De la rencontre avec le lavabo, le côté gauche de son menton gardait une bosse qui se teintait déjà de bleu et de noir. En grimaçant, il passa sa main le long de la mâchoire à la recherche de fractures. Il s'était ouvert la lèvre et avait perdu un morceau de dent.

L'appartement était silencieux. Jack espérait que cela signifiait que son agresseur était parti, et non qu'il attendait qu'il reprenne ses esprits pour lui mettre une nouvelle raclée.

Toujours faible, toujours tremblant, il ouvrit le robinet, se rinça le visage, les mains, trouva une serviette, se sécha et nettoya le lavabo. Comme il se penchait pour essuyer son sang sur le carrelage, il fut forcé de mettre un genou à terre. Tout se mit alors à tourner autour de lui. Sans trop savoir comment, il se retrouva assis sur le sol, adossé à la baignoire.

Il fallait qu'il se sorte de là. Il voulait partir sans attirer l'attention sur lui, mais son visage ne manquerait pas d'éveiller les soupçons si quelqu'un le croisait dans l'escalier ou l'apercevait d'une fenêtre.

La porte de l'appartement s'ouvrit, puis se referma. Jack se redressa et tendit l'oreille. On sortait ou on entrait ?

Il attendait une exclamation de surprise, mais n'entendit rien. Si Abby Lowell venait de découvrir la pagaille qui régnait à l'intérieur de son domicile profané, elle aurait exprimé son étonnement d'une manière ou d'une autre. Peut-être était-elle repartie pour aller chercher un voisin ou les flics ?

Quelqu'un évoluait lentement dans les pièces comme pour mieux évaluer les dégâts.

L'agresseur avait peut-être paniqué en voyant Jack, puis filé sans ce qu'il était venu chercher ? Maintenant, il revenait avec une arme.

Une arme. Il lui fallait une arme.

Un long tesson de verre triangulaire saillait du miroir brisé. Jack enveloppa sa main dans la serviette tachée de sang et le détacha. Il se cacha derrière la porte de la salle de bains et attendit.

Un voisin avait peut-être appelé la police, et deux agents avançaient dans sa direction, un flingue à la main.

Le miroir brisé lui renvoya une image déformée de la personne qui entrait prudemment dans la pièce – un œil ici, un nez par là, une toile vivante de Picasso.

Jack laissa tomber son arme, ferma la porte d'un coup de pied et attrapa Abby Lowell, plaquant la main sur sa bouche pour étouffer son cri. Elle essaya de lui mettre un coup de coude, qui fut suivi d'un coup de pied. Le talon de sa botte entra en contact avec le tibia de Jack. Il resserra son étreinte autour de la taille de la jeune femme et maintint sa paume bien à plat sur sa bouche, bien qu'elle tentât de le mordre. Elle était forte, musclée et déterminée à lui échapper. Jack la poussa vers l'avant, imitant son propre agresseur, pour la prendre au piège contre le lavabo.

— Ne criez pas, ordonna-t-il, la bouche collée à l'oreille de sa captive. Je ne suis pas là pour vous faire du mal. Je veux vous aider. Je connaissais votre père. C'était un type bien.

Elle le regardait dans la glace, ses yeux marron écarquillés par un mélange de peur et de méfiance.

— Je suis venu pour vous voir, expliqua Jack. Quelqu'un a saccagé votre appartement. Il m'a tabassé et il est parti.

Il avait son menton sur l'épaule d'Abby Lowell. Il se voyait dans le miroir brisé. Les bosses, les contusions, le sang, lui donnaient l'air d'un monstre. L'attention d'Abby venait de se porter vers les lettres tracées sur la glace. Le rouge à lèvres avait bavé sur le mot « tu », mais le message restait clair.

« La prochaine fois, tu es morte. »

— Ce n'est pas moi qui ai écrit ça, précisa Jack. Je n'ai pas pu voir la tête du type, mais je vous jure que ce n'est pas moi.

Elle s'était figée. Il relâcha doucement son emprise.

— Vous ne crierez pas ? demanda-t-il. Je retire ma main si vous me promettez de ne pas crier.

Elle hocha la tête. Lentement, il écarta les doigts de sa bouche. Elle ne cria pas, ne bougea pas. Il ôta le bras qui lui maintenait la taille, mais ne recula que de quelques centimètres afin de pouvoir la plaquer à nouveau contre le lavabo si elle s'avisait de filer.

— Qui êtes-vous ? demanda-t-elle en le regardant toujours dans le miroir.

— Je connaissais votre père.

— Comment ? Vous étiez l'un de ses clients ?

— Je travaillais pour lui de temps en temps.

— Quel genre de travail ?

— Ça n'a pas d'importance.

— Pour moi, si, s'écria-t-elle. Comment puis-je être sûre que vous ne l'avez pas tué ? Ou que ce n'est pas vous qui avez mis mon appartement dans cet état ?

— Avant de me mettre une raclée au point de perdre connaissance ? dit Jack. Comment aurais-je pu réussir un coup pareil ?

— Lenny vous a peut-être tabassé avant que vous ne le tuiez.

— Et je saignerais toujours ? Dans ce cas, je dois sûrement être hémophile.

— Comment savoir si vous n'êtes pas le tueur ? répéta-t-elle. Et si vous n'en avez pas après moi maintenant que vous vous êtes débarrassé de mon père ?

— Pourquoi voudrais-je votre mort ? Pourquoi qui que ce soit la voudrait ?

— Je ne sais pas. J'avais une vie normale et, tout à coup, mon père meurt, je me fais interroger par la police, je dois m'occuper des obsèques et, maintenant, ça...

Ses yeux se remplirent de larmes. Elle pressa une main sur sa bouche et essaya de retenir les émotions qui menaçaient de la submerger.

— Je sais, souffla Jack. Je sais.

Elle se tourna pour lui faire face. Ils étaient aussi proches que deux amants partageant un secret. Il pouvait sentir son parfum.

— Savez-vous ce qui lui est arrivé ? demanda-t-elle.

— Je sais qu'il a été tué, dit Jack. J'ai lu dans le journal que vous avez découvert son corps.

— Ce n'est pas vrai. Je ne sais pas pourquoi ils ont publié cette information, elle est fausse.

— Ils semblaient en savoir long sur vous.

Elle détourna le regard.

— Je n'étais pas là. Je suis arrivée... après.

— Alors vous n'avez vu personne quitter les lieux ?

— Non. La police était déjà sur place quand je suis arrivée. Pourquoi voulez-vous savoir ça ? Vous avez une idée de l'identité du tueur ?

Jack secoua la tête, bien que dans sa mémoire un conducteur au visage de pierre le dépassait lentement au volant de sa berline noire.

— Non. Et vous ?

— On m'a dit que c'était un cambriolage.

— Et votre appartement ? dit-il. Un criminel tue votre père par hasard puis tente de vous cambrioler, laissant une menace de mort sur votre miroir ? C'est un peu tiré par les cheveux. À mon avis, quelqu'un cherchait quelque chose ici. Savez-vous de quoi il s'agit ?

— Je ne vois pas du tout, déclara-t-elle en le regardant sans rien laisser paraître. Et vous ?

— Manquait-il quelque chose dans le bureau de Lenny ?

— De l'argent. J'ignore quel montant. Il y avait du liquide dans le coffre. Il attendait un coursier hier soir. La police pense

135

que c'est lui le coupable. Qu'il a tué Lenny, pris l'argent et quitté la ville.

— Pourtant, on dirait bien que le tueur est toujours là, remarqua Jack.

— Peut-être que ce n'est pas le meurtrier qui a fait ça. Peut-être était-ce juste un cambrioleur.

— Et pourquoi un voleur moyen irait écrire ceci sur votre glace ? demanda-t-il. Ce serait une sacrée coïncidence que, le lendemain du meurtre de votre père, un serial killer sans le moindre lien avec cette affaire s'en prenne justement à vous.

Abby Lowell glissa ses doigts manucurés sur sa gorge en laissant tomber sa tête en arrière.

— Il faut que je m'asseye, soupira-t-elle.

Jack ne la retint pas lorsqu'elle passa près de lui pour aller s'asseoir sur le rebord de la baignoire. Il s'installa sur le couvercle baissé des toilettes, laissant de côté sa furieuse envie de s'allonger. Il avait des douleurs à la tête comme si quelqu'un s'acharnait sur lui à coups de tuyau de plomb. Il porta sa main à son visage pour voir s'il saignait.

— Qui êtes-vous ? insista-t-elle. Qu'est-ce que vous êtes venu faire ici ? Je ne vous connais pas. Vous n'êtes pas le genre de personne avec qui Lenny avait l'habitude de traiter. Même si c'était le cas, pourquoi vous adresser à moi ? En quoi cela vous regarde-t-il ?

Jack l'étudia un moment. Elle se tenait droite, les jambes croisées, élégante, féminine. Comment Lenny avait-il réussi à produire une fille pareille ? Peut-être avait-elle été adoptée.

— Vous n'avez pas répondu à mes questions.

Elle pencha la tête, ses cheveux noirs se déployant comme un rideau. Elle les repoussa tout en lui lançant un regard charmeur.

— Si vous savez quelque chose sur la mort de Lenny et si vous avez une idée de la raison pour laquelle cet agresseur inconnu a cambriolé mon appartement, il faut aller voir la police. Demandez le lieutenant Parker. Vous pouvez vous servir de mon téléphone, proposa-t-elle. Ou je peux les appeler moi-même.

Jack réfléchit. Elle essayait de le coincer, mais il garda son sang-froid.

— Parler aux flics ne m'intéresse pas.

— C'est ce que je me disais.

— Savez-vous dans quoi votre père était impliqué ?

— J'ignorais qu'il était impliqué dans quoi que ce soit.

— Quelqu'un est persuadé du contraire, dit Jack en désignant la glace. Et cette personne pense que si elle n'a pas pu prendre ce qu'elle voulait de votre père, elle l'obtiendrait de vous.

— Pourquoi ne voulez-vous pas avoir affaire à la police ? demanda-t-elle. Si vous-même n'avez rien à voir avec tout ça ? Si vous ne savez rien, pourquoi me poser toutes ces questions ?

— J'ai mes raisons.

— Vous savez quelque chose, déclara-t-elle en se levant.

Elle était gagnée par la colère. Elle fit quelques pas dans un sens, puis dans un autre.

— On a essayé de me tuer hier soir, dit Jack qui se mit debout, sentant à son tour monter la colère. Voilà ce que je sais. Je faisais quelque chose pour votre père et quelqu'un a tenté de me tuer. Et quand je suis revenu voir Lenny pour savoir dans quel plan foireux il m'avait embarqué, j'ai appris qu'il était mort. Je crois que ça me donne le droit de m'intéresser à l'affaire, non ?

— C'est vous, n'est-ce pas ? Vous êtes le coursier.

En un clin d'œil, elle passa la porte et la claqua derrière elle. Jack fonça à ses trousses.

Elle attrapa un téléphone sans fil sur le chemin de la porte d'entrée et trébucha sur des livres échoués sur le sol durant le saccage.

Jack plongea sur elle et la maintint plaquée au sol. Elle appela à l'aide et se tortilla tellement sous lui qu'elle parvint à lui mettre un coup au-dessus du sourcil droit à l'aide du combiné. Jack trouva la force de bloquer un second coup et tenta de lui arracher le téléphone.

— Arrêtez de vous débattre, merde ! grogna-t-il. Je ne veux pas vous faire de mal !

— Que se passe-t-il là-dedans ? lança une voix d'homme depuis le palier.

Abby se mit à crier à l'aide. Jack plaqua une main sur sa bouche. Des pas résonnèrent dans l'escalier du couloir.

— Mademoiselle Lowell ? Tout va bien ?

Elle remua sa tête dans tous les sens pour échapper à l'étreinte de Jack et lui mordit violemment un doigt. Il retira sa main. Avant qu'il ait le temps de la replacer, elle hurla :

— Non !

Dans le couloir, l'homme s'adressa à quelqu'un en criant :

— Appelle la police !

— Merde !

Jack prit appui sur la jeune femme pour se relever et se précipita vers la porte.

Merde, merde, merde !

Un homme aux cheveux gris clairsemés et aux sourcils broussailleux fit un bond en arrière en le voyant. Il avait une grosse clé à mollette à la main.

Jack le repoussa et dévala l'escalier à une telle vitesse qu'il s'étonna de ne pas tomber. La femme au caniche passa la tête par une porte du rez-de-chaussée, les yeux écarquillés.

En bas de l'escalier, Jack prit un virage sec en direction de la porte de derrière, dérapant sur les vieux pavés polis. Il garda les yeux fixés sur la double porte et la cour sur laquelle elle donnait. Il fonça droit sur les battants, sans ralentir.

Plantée de fleurs et d'arbustes, la cour était entourée d'un mur en stuc haut de deux mètres.

Ne réfléchis pas. Agis. Ne réfléchis pas. Agis.

Il attrapa un banc de bois, qu'il traîna jusqu'au mur. Puis il recula en prenant une grande inspiration.

Le type à la clé à mollette passa par la porte en criant.

Jack courut vers le banc pour prendre son élan. Il agrippa le sommet du mur et se hissa par-dessus.

Il poussa un cri lorsque ses pieds heurtèrent le sol et que la douleur vrilla sa cheville pour remonter dans sa jambe, comme du verre qui se brise.

Ne t'arrête pas. Ne t'arrête pas. Ne t'arrête pas.

Mâchoire serrée, il lutta pour se remettre sur pied et reprit sa route en boitant. Il ne pouvait pas se cacher. Les flics allaient débarquer avec un chien. Et l'hélico n'allait pas tarder non plus.

Il traversa la rue et s'engouffra dans une ruelle entre deux maisons. Il franchit une autre rue, prit une autre ruelle, puis revint sur ses pas pour regagner la Mini. S'il avait chevauché la

Bête au lieu de conduire une voiture, il aurait disparu en un clin d'œil par les petites rues et les venelles. Personne n'aurait pu le rattraper.

Le bourdonnement résonnait si fort à l'intérieur de son crâne qu'il n'entendait plus rien que le martèlement de ses pieds sur le pavé et l'air qui brûlait ses poumons à chaque inspiration.

Il voyait la voiture. Il enfonça la main dans la poche de sa veste à la recherche des clés, qui manquèrent lui échapper.

Incapable de ralentir, Jack percuta le côté de la voiture, recula, ouvrit la portière d'un coup sec, et s'effondra sur le siège. La tête lui tournait. Il n'arrivait pas à insérer la clé de contact.

Au loin, une sirène se fit entendre.

Le moteur se mit en route, Jack passa la première et entreprit de faire un demi-tour au milieu de la rue. Un klaxon retentit, des freins crissèrent. Le nez d'un minivan percuta l'arrière de la Mini, la faisant dévier.

Puis Jack tourna à droite, puis à gauche, de nouveau à droite, et encore à gauche, avant de prendre la direction de l'est.

Dès qu'il se sentit en sécurité, il ralentit, ne voulant pas laisser derrière lui une horde de citoyens en colère que les flics n'auraient aucun mal à suivre.

Une voiture radio arriverait devant l'immeuble d'Abby Lowell. Dans la confusion, ils oublieraient peut-être d'envoyer un hélico. Il croisa les doigts. Car, s'il se faisait repérer depuis les airs, il était foutu.

Il roula à une allure normale, comme un être humain normal dans une situation normale. Derrière son volant, son cœur battait la chamade. Sa gorge se serrait à chaque fois qu'il croyait voir une voiture pie.

Comment avait-il pu espérer réussir? Abby Lowell allait-elle lui offrir un verre et lui proposer de s'asseoir pour discuter calmement de la situation alors que son père était mort? Bien qu'elle prétendît être innocente, elle devait forcément savoir quelque chose. Sinon pourquoi un cambrioleur aurait écrit une menace de mort sur son miroir? « La prochaine fois, tu es morte. »

« La prochaine fois », comme si Lenny n'avait été qu'un avertissement.

Jack plaça la main sur son ventre pour toucher le paquet. Il se demanda comment elle aurait réagi s'il lui avait appris qu'il le détenait.

Oubliant ces interrogations, Jack regarda autour de lui. Il avait progressé vers le nord, puis vers l'est, jusqu'à Silverlake, à environ huit kilomètres du centre-ville.

Dans les années vingt et trente, Silverlake était un endroit branché, où les stars du muet et les nababs du cinéma faisaient bâtir maisons et studios. Entourant le lac, les collines étaient couvertes de ces anciennes demeures réaménagées pour une population aisée et branchée.

Jack trouva une place près du réservoir et sortit de la voiture pour se dégourdir les membres. Il fit le tour de la Mini et jura à mi-voix. La fierté de Mme Chen était amochée. La moitié du feu arrière avait disparu, des éraflures et des traces de peinture claire appartenant au minivan entouraient le phare.

Et maintenant ?

Maintenant, non seulement il était recherché pour meurtre, mais aussi pour agression, intrusion, vandalisme et vol de Dieu sait quelle somme d'argent dans le coffre-fort de Lenny Lowell.

Il se remémora les minutes passées, la veille, dans le bureau de Lowell. L'endroit était un vrai foutoir. Il avait jeté un œil à la télévision, touché le trophée de bowling de Lenny, sur lequel il avait sûrement laissé une superbe série d'empreintes. Il ne se souvenait pas avoir vu de coffre-fort ouvert.

Appuyé au capot de la voiture, il but un peu du Gatorade et s'enfila trois antalgiques. Il lui fallait garder de l'énergie pour réfléchir à la situation, malgré la douleur.

Seule la concentration le maintenait en vie tous les jours. Mais se mettre en danger et l'être du fait d'une tierce personne ne signifiait pas la même chose. En choisissant de travailler dans la rue, il en acceptait les risques et ne comptait que sur lui-même. Aujourd'hui, il ne maîtrisait plus rien. Il avait été projeté au beau milieu d'un sac de nœuds, comme dans une tornade. Son salut viendrait de ses seules capacités d'adaptation, dernière chose qu'il contrôlait encore.

Si seulement il savait ce qu'il affrontait – qui il affrontait, plutôt. Il pouvait visualiser le type au visage épais de la voiture sombre, mais pas l'agresseur dans l'appartement d'Abby Lowell. Il tenta vainement d'imaginer ce qu'il n'avait pu voir.

Que se passe-t-il, merde et pourquoi faut-il que je me retrouve dans cette histoire ?

La faute à pas de chance. S'il n'avait pas été en retard à cause du paquet pour le promoteur, il serait rentré chez lui comme tous les autres soirs, et Eta aurait dit à Lenny Lowell que personne ne pouvait s'occuper de son expédition. Lenny Lowell n'aurait été qu'un fait-divers dans le journal. Jack n'y aurait pas plus prêté attention que la majorité des *Angelenos*. Seule la mort d'une célébrité ou un massacre passionnaient les foules.

Jack se demanda si les personnages des négatifs fixés à son ventre étaient connus. Une star quelconque que l'on faisait chanter à cause de son comportement sexuel déviant. Le genre d'histoire glauque qui constituait la face cachée de L.A., cité des anges, cité de la fange.

Le lac avait la couleur du bronze à canon, reflétant le ciel nuageux, et brillait d'un éclat métallique sous le soleil couchant. À l'ouest, le ciel prenait une teinte violette. Bientôt il ferait place à l'obscurité. Jack espérait rentrer à la maison et échapper à la vigilance de Mame Chen.

Il hésitait entre se réfugier chez lui ou assister à son cours de sciences sociales au City College de Pasadena. Il rêvait de quotidien. Aider Tyler à réaliser un exposé pour l'école, regarder la télé, préparer du pop-corn. Il devrait poster le paquet de Lenny à Abby, se trouver un nouveau boulot et recommencer à zéro.

Comme il se glissait derrière le volant, la radio posée sur le siège cracha une explosion de grésillements, puis la voix d'Eta :

— Central à seize. Central à seize. T'en es où, petit ?

Jack posa la main sur l'émetteur, tripota le bouton, mais n'osa pas appuyer dessus.

— Central à seize. T'en es où, Lone Ranger ? Rentre à la maison voir maman, chéri. Tout de suite. T'entends ? J'ai toujours de l'argent pour toi. Tu me reçois ?

— Je suis dans la quatrième dimension, Eta, murmura-t-il. Je rentre à la maison.

17

— L'histoire d'Abby Lowell au Cicada tient la route, annonça Ruiz comme Parker arrivait sur le parking de la division centrale de la police.

Elle se tenait sur le pas de la porte et fumait une cigarette à l'abri de la pluie, qui commençait à tomber à grosses gouttes.

— Qu'est-ce que tu as appris d'autre, au restaurant ?

— Ils ont une merveilleuse salade de poires pochées.

— Tu as fait une dégustation de vin aussi ?

— Non, mais j'ai décroché un rencard avec un serveur très mignon, minauda-t-elle. Le futur Brad Pitt.

— Tu as parlé avec le maître d'hôtel présent hier soir ?

— Oui. Il a dit qu'Abby Lowell avait l'air impatiente, qu'elle n'arrêtait pas de regarder sa montre.

— Était-elle bouleversée ? En larmes ? Elle avait l'air sous le choc ?

— Impatiente, c'est tout ce qu'ils ont dit. Ils étaient très occupés hier soir.

— Et son serveur ?

Elle secoua la tête.

— Ils ne lui ont pas donné de table. Le maître d'hôtel l'a accompagnée jusqu'au bar. Le barman a dit qu'elle avait pris une vodka tonic. Deux types ont essayé de la draguer, mais elle n'était pas intéressée. Elle a téléphoné deux ou trois fois. Elle a laissé un joli pourboire, mais personne ne l'a vue partir.

Parker scruta l'obscurité naissante.

— Je veux le détail de ses communications, fixe et portable.

— Tu crois qu'elle est mêlée à tout ça ? demanda Ruiz, perplexe.

— Je l'ai surprise au bureau de son père ce matin. Elle a dit qu'elle cherchait sa police d'assurance vie et son testament.

— Sans cœur, mais pas criminelle.

— Elle a violé une scène de crime sous scellés, dit Parker. Elle n'est pas partie avec une assurance vie sous le bras, mais avec des documents et la clé d'un coffre à la City National Bank. Elle s'y est rendue immédiatement après avoir quitté le cabinet de Lenny et a tenté d'accéder au coffre de son père.

— Ils ne le lui ont pas permis ?

— Elle a sorti son histoire larmoyante au directeur, mais Lowell ne lui avait pas donné l'autorisation d'ouvrir le coffre. Le directeur lui a indiqué qu'elle devait faire une demande de certificat d'hérédité ainsi qu'une déclaration écrite sous serment, puis obtenir une décision de justice. Mlle Lowell n'était pas très contente.

— Tu as eu accès au coffre ? interrogea Ruiz.

— On aura l'ordonnance du tribunal à la première heure demain matin, répondit Parker, qui approchait de la porte en bâillant. J'ai besoin d'une tasse de quelque chose.

— J'ai appelé le Massachusetts, poursuivit Ruiz, tandis qu'ils se dirigeaient vers la salle des enquêteurs. Ils ont cherché le numéro de permis que nous avions pour Allison Jennings. C'est celui d'une femme qui vit à Boston.

— Tu as son téléphone ?

— Mieux que ça, lâcha Ruiz d'un air suffisant. Je l'ai appelée. Elle ignore totalement comment son permis a pu se retrouver là. Elle a dit qu'elle s'était fait voler son sac à main, permis compris, il y a longtemps. C'est peut-être l'explication.

Ils entrèrent dans la salle. Parker suspendit son imperméable et son chapeau, se dirigea droit sur la cafetière et se servit une tasse en s'adossant contre un placard. Le breuvage était trois fois plus mauvais que le matin.

— Tu t'es transformée en vrai petit derviche tourneur, remarqua-t-il. Je suis impressionné.

Le regard qu'elle lui lança signifiait qu'elle s'attendait à une vacherie.

— Il m'arrive de dire des gentillesses de temps en temps, fit Parker. Quand c'est mérité.

Ruiz parut sceptique. Elle s'appuya contre son bureau et croisa les bras, ce qui fit réapparaître le soutien-gorge de dentelle rouge et son contenu.

— Le labo a la fiche de candidature de Damon. Ils ne m'ont pas encore rappelée. Et j'ai le relevé des communications locales pour Speed et pour la victime, bureau et domicile compris.

Parker la dévisagea.

— Qui êtes-vous ? Et qu'avez-vous fait de Mlle Ruiz ?

Elle lui fit un doigt d'honneur avant de poursuivre.

— Tu te souviens du numéro entrant sur la liste d'appels d'Abby Lowell ? Leonard Lowell a appelé ce même numéro hier depuis son bureau, à 17 h 22. La communication a duré une minute et douze secondes.

Parker réfléchit. À 17 h 22, Lenny Lowell composait un numéro de portable. Environ une heure plus tard, le même numéro appelait Abby Lowell pour lui annoncer la mort de son père.

Quel rapport y avait-il avec ce coursier ? Il n'y en avait pas. L'avocat avait appelé les bureaux de Speed pour demander l'enlèvement de son pli.

Même si ce numéro appartenait à Damon, ça n'avait aucun sens. Pourquoi Lowell l'aurait-il appelé directement, avant de passer par Speed ? Il n'avait aucune raison de le faire.

Ensuite, Damon se pointe, tue Lowell, prend le paquet et l'argent dans le coffre, retourne complètement le bureau pour chercher quelque chose, explose la vitre de la voiture de Lowell au passage, puis téléphone à une femme qu'il ne connaît pas pour lui annoncer que son père est mort ?

— Pour moi, ça ne colle pas, marmonna Parker, en contournant les bureaux pour s'installer dans son fauteuil.

Il bâilla de nouveau et se passa les mains sur le visage. Il avait besoin d'un second souffle. Sa garde était peut-être officiellement terminée, mais sa journée ne l'était pas.

Les premiers jours d'une enquête sur un homicide étaient cruciaux. Les pistes se refroidissaient vite, les témoins commençaient à oublier les détails, les coupables se faufilaient dans leurs terriers. Sans compter que, le plus souvent, ils n'avaient que quelques jours pour se consacrer à une affaire avant qu'un autre cadavre ne survienne, tout aussi important que le précédent.

Le temps était un luxe. Le LAPD employait environ neuf mille flics pour une ville de trois millions quatre cent mille habitants.

La ville de New York avait une force de trente-huit mille hommes pour à peine deux fois la population de L.A.

— Quoi? demanda Ruiz, perturbée. Moi, ça me paraît limpide.

— C'est pour ça que je suis lieutenant, et toi pas encore. La plupart des meurtres sont simples. Un type en tue un autre parce que celui-ci a quelque chose que le premier veut. De l'argent, de la drogue, une femme, une veste en cuir, un sandwich au jambon. Un type tue sa femme ou sa copine parce qu'elle couche avec un autre, ou parce qu'elle a brûlé le rôti ou parce qu'il n'est qu'un pauvre connard dérangé dans sa tête, tout simplement. C'est la même chose pour les femmes. En général, c'est clair et net. Elles tuent quelqu'un qu'elles connaissent parce qu'elles sont jalouses. C'est toujours la jalousie avec les femmes. Parfois agrémentée d'un soupçon de convoitise.

Parker secoua la tête.

— Là, il y a quelque chose qui cloche. Un coursier est envoyé par hasard. Il arrive au cabinet de Lowell, voit du fric qui déborde du coffre-fort, tue Lowell, vole l'argent, se tire. Lowell n'a pas pu l'appeler avant pour lui dire : « Hé, viens me voler mon fric et me défoncer le crâne. » Et si c'était un crime opportuniste, poursuivit-il, le coursier n'aurait pas pris le temps de chercher le numéro de portable d'Abby Lowell ni de lui demander de se rendre au bureau de son père en se faisant passer pour un flic. Pour quoi faire d'ailleurs?

Le téléphone sonna. Parker décrocha le combiné d'un geste vif.

— Allô?

— Kev, c'est Joan Spooner, du labo.

Parker sourit.

— Allez, dis-moi quelque chose que j'ai envie d'entendre, Joanie. Qu'est-ce que tu as pour moi, à part ton cœur?

— Un mari, répondit-elle, pince-sans-rire.

— Un podologue, fit-il avec dégoût. Un type qui rentre chez toi tous les soirs en sentant les odeurs de pieds des autres. Alors que tu pourrais m'avoir. Un tas de femmes s'entretueraient pour moi.

— Exact, on les appelle des meurtrières. T'en es réduit à menotter les femmes pour qu'elles acceptent de te suivre quelque part.

— Y en a qui aiment ça, ronronna-t-il au téléphone. Ne dis pas non tant que tu n'as pas essayé, Joanie.

De l'autre côté du bureau, Ruiz leva les yeux au ciel.

— Ça suffit, monsieur. Les deux mains sur la table et on écoute. J'ai une correspondance possible sur les empreintes du meurtre de Lowell. Tu ne pourras pas te reposer dessus dans un tribunal, mais c'est une chose sur laquelle tu peux jouer. J'ai un pouce et une empreinte partielle de majeur sur l'arme du crime et une partielle de pouce sur la fiche de candidature.

— Et elles correspondent?

— En audience, je serais obligée de dire qu'il y a correspondance possible sur le pouce, et l'avocat de la défense ne ferait qu'une bouchée de moi. Entre toi, moi et le lampadaire, c'est probablement la même personne.

— Je t'adore, Joanie, susurra Parker.

— C'est ce que tu dis, Kevin. Un de ces jours tu vas être mis au pied du mur...

— Méfie-toi, poupée, méfie-toi.

Il la remercia et raccrocha.

Ruiz approcha.

— Hé, Roméo, qu'est-ce qu'elle a dit?

Parker mâchonna l'un de ses ongles, plongé dans ses pensées.

— Correspondance probable d'une empreinte de pouce entre l'arme du crime et la fiche de candidature.

— On a notre tueur.

Parker fit non de la tête.

— Joue l'avocat du diable. Si tu défendais Damon au tribunal, comment tu contredirais les preuves du labo?

Ruiz soupira.

— Je dirais que Damon était présent dans le bureau de Lowell, qu'il est venu prendre un pli, a touché le trophée de bowling, et que ça ne prouve rien.

— Exact. Et pour parvenir à fracturer le crâne de Lowell, le meurtrier a tenu le trophée à l'envers, c'est le marbre qui a causé les dégâts. C'est là qu'il faut chercher les empreintes. On a récupéré les photos?

— Non.

— Appelle le labo avant la fermeture et demande à parler au type qui a relevé les empreintes sur le trophée. Et j'ai aussi besoin de photos du bureau.

— Je suis quoi, ta secrétaire ? se plaignit Ruiz. J'ai terminé pour aujourd'hui et j'ai faim.

Parker lança un rouleau de Mentos sur son bureau.

— Avec moi, les journées de travail ne se terminent pas quand on bosse sur un homicide, chérie. Contente-toi d'un bonbon à la menthe. Et tu te sentiras plus à l'aise dans tes vêtements.

Le téléphone sonna à nouveau.

— Parker.

— Lieutenant Parker ?

Abby Lowell avait une voix éraillée et tremblante.

— Mon appartement a été cambriolé. Par le coursier. J'ai pensé qu'il valait mieux vous prévenir.

— J'arrive tout de suite.

Il raccrocha et se leva.

— Trouve-moi ces photos dès que possible, ordonna-t-il à Ruiz en enfilant son imperméable. Et magne-toi sur les relevés téléphoniques de Speed. Il faut qu'on trouve un numéro pour Damon. Abby Lowell dit qu'il est entré chez elle par effraction aujourd'hui.

— Et tu vas où, maintenant ? geignit Ruiz.

Parker mit son chapeau.

— Rendre visite à la demoiselle en détresse.

18

Abby Lowell vivait en dehors de la juridiction du Bureau central. Parker montra son insigne aux policiers en uniforme qui montaient la garde dans le hall de l'immeuble. L'un d'eux lui fit signe de passer.

Deux lieutenants du Bureau Ouest, une division de Hollywood, jaugeaient le séjour d'Abby Lowell comme des décorateurs d'intérieur. Le salon avait été remué comme un panier à salade. Un type du labo était en train de déposer de la poussière à empreintes.

— Une sacrée fête, lança Parker. Je peux me joindre à vous ?

Le plus âgé des deux flics de Hollywood, un type à la tête carrée et aux cheveux tondus, retroussa ses babines comme un chien prêt à grogner.

— Qu'est-ce que tu fous là, Parker ? Je croyais qu'on t'avait mis à la circulation ?

— Ta victime m'a appelé. Apparemment, elle n'a pas été impressionnée par ton autorité naturelle.

— Tu peux repartir dans ton trou, Parker. C'est notre affaire. On t'enverra une copie des rapports.

Parker montra les dents à son tour.

— Si tu crois que j'en ai quelque chose à foutre de ton pauvre cambriolage de merde. Remplis tous les papiers que tu veux et tire-toi, va donc poursuivre des braqueurs d'épicerie ou faire peur à des pseudo-starlettes.

Il désigna le salon du doigt.

— Ça, c'est lié à mon homicide, mon pote. Tu pourras pas pisser plus haut que moi.

— Lieutenant Parker. Charmant, comme d'habitude.

Abby Lowell se tenait dans l'encadrement de la porte, une épaule appuyée contre le mur. Elle portait toujours l'ensemble bleu saphir, mais avait enfilé un vieux gilet gris, qu'elle serra autour d'elle. Ses cheveux étaient décoiffés. Son mascara avait coulé.

Parker approcha.

— Vous allez bien ?

Un sourire ironique vacilla à la commissure de ses lèvres. Elle baissa les yeux et, d'une main tremblante, replaça une mèche de cheveux derrière son oreille.

— Il ne m'a pas tuée, alors je m'en suis mieux tirée que le dernier Lowell qui a croisé sa route.

— Où rangez-vous vos alcools ? demanda Parker.

— Au frigo. Grey Goose. Servez-vous.

— Non merci, ce n'est pas mon genre de boisson, dit-il en se frayant un chemin jusqu'à la cuisine.

Il trouva un verre, le remplit de vodka et de glace, puis le tendit à la jeune femme.

— Cela s'est passé il y a combien de temps ?

Elle but une gorgée.

— Il y a quelques heures, je dirais. Ce n'est que lorsqu'ils sont arrivés que j'ai compris que ce n'était pas votre secteur. Ils ne voulaient pas que je vous appelle.

— Ne vous occupez pas d'eux. Vous avez fait ce qu'il fallait. En plus, je suis comme les loups. Mon territoire est immense. Que s'est-il passé ?

— Je suis rentrée, l'appartement était dans cet état. J'ai pris le couloir, je suis allée dans la salle de bains et il m'a attrapée.

— Il avait une arme ?

Elle fit non de la tête.

— À quoi ressemblait-il ? Grand, petit, Noir, Blanc... ?

— Moins grand que vous. Blond. Jeune. Blanc. Il avait l'air de s'être battu.

— Il va falloir que vous voyiez notre dessinateur de portraits-robots demain à la première heure, dit Parker. Comment avez-vous su que c'était le coursier ?

— Il refusait de me dire qui il était. Mais il a dit qu'il connaissait mon père, qu'il avait travaillé pour lui.

— Que voulait-il ?

— Je ne sais pas. Je n'ai pas cherché à savoir. J'étais persuadée qu'il allait me tuer. Je me suis échappée, il m'a couru après, j'étais presque arrivée à la porte quand il s'est jeté sur moi...

Des larmes luirent dans ses yeux sombres. Elle s'appuya contre un plan de travail. Parker l'observa avant de se diriger vers la salle de bains. Un espace réduit avec une baignoire, des toilettes et un lavabo à colonne. Le miroir de l'armoire à pharmacie accrochée au-dessus du lavabo était brisé, il manquait des tessons.

Il s'accroupit et examina une tache couleur rouille pâle sur les vieux carreaux octogonaux. Du sang. Il avait imprégné les joints entre les carreaux, leur donnant une teinte plus foncée.

Il se releva et observa attentivement le miroir brisé et l'inscription au rouge à lèvres. « La prochaine fois, tu es morte. »

Pourquoi le coursier voudrait-il la mort d'Abby Lowell si le meurtre de Lenny était un crime opportuniste ? La personne qui était derrière le meurtre avait nécessairement un mobile plus complexe que quelques liasses contenues dans un coffre. Et, selon Parker, cela excluait Damon.

Abby entra dans la pièce.

— Que cherchait ce type ? demanda Parker.

— Je ne sais pas.

— On retourne votre appartement, quelqu'un vous menace de mort, et vous en ignorez les raisons ?

— Oui, dit-elle en se raidissant. Si Lenny manigançait quelque chose, il ne m'a pas incluse dans ses projets.

— Vraiment ? N'est-il pas étrange, alors, que, peu de temps avant sa mort, Lenny ait appelé son propre tueur ? Et qu'après la mort de votre père, ce même tueur vous ait appelée pour vous l'annoncer ? Pourquoi Lenny aurait-il donné à son assassin votre numéro de portable ainsi que votre adresse ?

Elle n'était plus au bord des larmes, mais commençait à s'énerver. Ses yeux marron étaient devenus noirs. Elle n'appréciait pas ses manières directes.

— Il les a peut-être trouvés dans le carnet d'adresses de Lenny.

— Mais pourquoi vous terroriser, vous, si vous ne pouvez pas lui donner ce qu'il veut ?

— Je ne devrais pas avoir besoin de vous le rappeler, lieutenant, mais c'est moi la victime, ici.

— Pourquoi ne m'avez-vous pas parlé du coffre en banque de votre père ? demanda-t-il de but en blanc.

Elle resta bouche bée.

— Demain je ferai ouvrir ce coffre, poursuivit Parker. Il contient peut-être ce que cherche le tueur.

— Je ne sais pas de quoi vous parlez. Je suis toujours à la recherche du testament et de l'assurance vie de Lenny. J'ai pensé qu'ils étaient peut-être à la banque.

— Je vous tiendrai au courant, conclut Parker. Dès que j'aurai l'ordonnance du tribunal, j'irai chercher ma récompense dans la boîte magique.

Elle ne répliqua pas. Si le testament de Lenny se trouvait dans le coffre, il ne contenait sûrement pas de paragraphe commençant par « Dans l'éventualité d'une mort violente, ma fille est impliquée. »

— Pourquoi vous ne m'avez pas dit, ce matin, que vous étiez pressée de vous rendre à la banque ?

— J'avais trop à faire.

— J'en suis certain, mademoiselle Lowell. Et comment s'est passé votre cours, au fait ?

— Je n'y suis pas allée.

— Quelle était la matière, déjà ?

— Je ne vous en ai pas parlé.

— Allez-y, dites-moi.

Son visage s'était fermé.

— Qu'est-ce que ça peut faire ? rétorqua-t-elle d'un ton agressif.

— À quelle société de pompes funèbres allez-vous faire appel ?

— Je n'ai pas encore fait mon choix.

— Mais vous aviez rendez-vous aujourd'hui, non ? Quand ? Après la banque, avant de venir ici ?

Elle soupira bruyamment.

— Si cela ne vous dérange pas, lieutenant, j'ai besoin de m'allonger. Je ne suis vraiment pas en état d'être interrogée ce soir.

— Il vaudrait mieux que vous passiez la nuit chez un ami, suggéra Parker.

— Je vais à l'hôtel.

Parker se pencha vers elle.

— Dormez bien, mademoiselle Lowell, ronronna-t-il en plongeant son regard dans celui de la jeune femme. Appelez si vous avez besoin de moi.

— C'est peu probable.

Elle ne cilla pas. Une sacrée joueuse de poker...

Parker regagna le hall de l'immeuble. Le Tondu était au téléphone, à côté de l'entrée. Parker s'approcha du plus jeune policier, toujours en train de prendre des notes.

— Quelqu'un a vu le mec s'enfuir ?

Le flic chercha son coéquipier du regard.

— Tu me réponds maintenant, junior, ou j'envoie mon capitaine au cul du tien et on passera un mauvais quart d'heure. J'ai rien contre toi, petit, mais je bosse sur un homicide. Je n'ai pas le temps de glander.

— Un des voisins a vu un bout de la plaque d'immatriculation, dit le jeune à mi-voix. Une Mini vert foncé ou noire.

— Une Mini ? répéta Parker interloqué. Quel genre d'escroc conduit une Mini ?

Le jeune haussa les épaules et lui montra ses notes.

— Il s'est pris un minivan en faisant demi-tour au milieu de la rue. Le plastique qui protège le feu arrière côté conducteur a été touché, et la peinture aussi.

— Le conducteur du minivan a vu le mec ?

— Pas vraiment. Il se souvient d'un homme jeune, un Blanc. Ça s'est passé trop vite.

— Tu as une carte de visite ?

Le lieutenant sortit une carte de sa poche et la lui tendit. Joel Coen.

— Merci, Joel, dit Parker en notant le numéro de la plaque minéralogique. Si j'ai quelque chose, je penserai à toi.

Il empocha la carte et alla signaler au type du labo qu'ils cherchaient des empreintes correspondant à celles trouvées sur l'homicide de Lowell. Il lui conseilla de s'adresser à Joanie.

Le Tondu terminait sa conversation téléphonique à l'instant où Parker passait la porte.

152

Ce dernier donna une pichenette à son chapeau et lança, sarcastique :

— Merci pour l'hospitalité, le Tondu. Je t'appelle dès que j'ai résolu ton affaire.

19

Eta soupira en verrouillant de l'intérieur la porte principale. La grille de fer était déjà baissée. L'endroit était une véritable forteresse. Sans quoi les vitres auraient déjà volé en éclats et les lieux auraient été investis par tous les clodos, les poivrots et autres timbrés du quartier. Ce soir-là, elle avait plutôt l'impression de se trouver dans une prison.

Elle s'était sentie piégée toute la journée et n'avait pas osé contacter son cavalier solitaire trop souvent. D'ailleurs elle n'avait reçu aucune réponse. Ou bien il n'avait pas sa radio, ou bien il craignait un guet-apens.

Elle avait failli avoir une crise cardiaque quand Parker lui avait demandé de le suivre jusqu'à la voiture. Mais Jack ne s'y trouvait pas. Où était-il passé? Elle se tracassait à l'idée qu'il ait pu croire qu'elle avait parlé aux policiers. Elle était ressortie après le départ des flics, mais elle n'avait pas trouvé trace du gamin.

Après quoi ce ramolli du cerveau de Rocco lui avait servi un sermon. Il était hors de question qu'un criminel soit associé à son entreprise.

Eta lui avait rappelé que la moitié des membres de sa foutue famille étaient des criminels et que, dans une boutique pareille, on ne pouvait pas s'attendre à trouver des enfants de chœur. Comme si Rocco était regardant sur ses fréquentations, avait-elle dit en roulant des yeux en direction de son ami, Vlad, occupé à s'entraîner au golf dans le bureau, cigarette au bec.

Rocco aurait bradé sa sœur pour sauver ses fesses. Il ne voulait pas avoir affaire au LAPD, et le mot « loyauté » ne faisait pas partie de son vocabulaire.

— Espèce de lâche, bon à rien, marmonna Eta en décidant de vider les cendriers, de jeter les cannettes de soda et les bouteilles de bière. On aurait dû le mettre dans un sac à la naissance et le foutre dans un trou.

Quand la deuxième fournée de flics avait rappliqué – un beau gosse prétentieux des Vols et Homicides et son pote muet –, Rocco leur avait léché les bottes. Il n'en savait pas plus sur Jack Damon que sur ses autres employés, mais il ne lui avait pas fallu longtemps pour le débiner. Les policiers en avaient après Jack, et Rocco ne l'avait jamais vraiment senti, ce gosse.

Il avait ordonné à Eta de dire à la police tout ce qu'elle savait. Elle l'avait regardé comme s'il était complètement idiot. Tant qu'elle n'en saurait pas plus sur la situation, le peu d'informations qu'elle avait resterait dans son cerveau.

D'ailleurs elle n'aurait pas eu grand-chose à dire sur la vie de ce gosse. Un jour, elle était allée faire des courses à Chinatown et l'avait aperçu en compagnie d'un petit garçon de huit ou neuf ans. Ils étaient entrés chez un marchand de poissons. Lorsqu'elle en avait parlé à Jack, il avait nié s'y être trouvé.

— Rocco a besoin d'une bonne raclée, grommela-t-elle en se dirigeant vers son bureau.

Comme elle s'apprêtait à éteindre la lumière, le téléphone sonna.

Elle aurait préféré ne pas répondre à l'appel, mais elle se dit que ce pouvait être Jack.

— Speed Coursier. Qu'est-ce que vous voulez, mon cœur? On a fini notre journée.

— Ici le lieutenant Davis, m'dame. Je voudrais vous poser quelques questions.

Eta regarda le téléphone d'un air renfrogné, comme si son interlocuteur pouvait la voir.

— Vous vous parlez jamais entre vous ou quoi? C'est pour ça que je paye des impôts, moi? Pour que vous soyez tous en train de courir partout à poser les mêmes questions dix fois comme un tas de crétins?

— Non, m'dame. Je suis désolé, m'dame. J'ai juste quelques questions sur un de vos coursiers, Jack Damon.

— Je sais, merci, rétorqua-t-elle, agacée. Va falloir te presser un peu. T'es quoi, toi, le troisième couteau? J'ai mieux à faire ce soir que causer avec toi, chéri. Mes bébés ont besoin de moi à la maison. Alors je raccroche.

Elle reposa violemment le combiné sur son socle, son regard dévia vers la radio. Une dernière tentative.

Elle appuya sur le micro.

— Central à seize. T'en es où, Lone Ranger ? Rentre à la maison voir maman, chéri. Tout de suite. J'ai toujours de l'argent pour toi. Tu me reçois ?

Silence.

Elle essaya d'imaginer Jack en lieu sûr. Elle n'arrivait pas à se le représenter autrement que seul.

Eta éteignit les lumières et enfila son imperméable. Il était tard. Si Jack avait eu l'intention d'appeler, il l'aurait déjà fait. Elle prit sa radio avec elle, au cas où.

Dans la ruelle, il faisait noir comme dans un four et il s'était remis à pleuvoir. Eta cherchait les clés de la voiture dans son sac, lorsqu'elle fut aveuglée par une lumière braquée sur son visage.

— Lieutenant Davis, m'dame, dit-il.

Il y a quelque chose qui cloche, pensa Eta. S'il était déjà là, pourquoi n'était-il pas entré pour poser ses questions au lieu de téléphoner ?

— Faut vraiment que vous me donniez une adresse, m'dame.

Eta recula, elle était envahie d'un sentiment étrange.

— Quelle adresse ? demanda-t-elle en approchant doucement de son monospace.

— Celle de votre coursier, Damon.

— Je ne sais pas combien de fois je vais devoir me répéter, se plaignit Eta. Je n'ai pas l'adresse de ce garçon. Je n'ai pas de numéro de téléphone non plus. Je ne sais pas où il vit. Je ne sais rien de lui.

La lumière se rapprocha. Davis aussi.

— Allez, il a bossé là un moment, non ? Comment c'est possible que vous sachiez rien de lui ? Vous espérez pas me faire croire ça, quand même.

— Si. Je ne vais pas vous dire ce que je ne sais pas.

Elle serra les clés du monospace dans sa main.

La lumière continuait de l'aveugler. Elle était piégée.

— Vous voulez qu'on passe à la manière forte ? demanda-t-il.

— Je ne veux rien du tout, dit Eta en avançant vers l'arrière du véhicule.

156

Si elle parvenait à grimper et à verrouiller les portes...

— Je me fous pas mal de ce que tu veux, salope, dit-il avant de se jeter sur elle.

Eta leva la main et appuya sur la détente de la bombe de gaz poivre attachée en permanence à son porte-clés. Elle fit feu en poussant un cri qui lui déchira la gorge.

Davis couina, jura. Le lourd cylindre de la lampe torche s'abattit sur l'épaule d'Eta, manquant de peu sa tête.

Elle hurla, donna des coups de pied à l'aveuglette.

— Sale pute !

Davis l'attrapa par les tresses au moment où elle tentait de filer. Mais Eta était du genre costaud. Elle le griffa et lui asséna un violent coup au visage.

Davis pointa un objet tranchant sur sa gorge.

— Dis-moi, exigea-t-il à voix basse.

Il respirait péniblement, son haleine sentait le tabac froid et la bière amère.

— Je ne sais rien, dit Eta.

Elle eut du mal à reconnaître sa propre voix. Puis se mit à pleurer en pensant à ses enfants.

— Tu veux vivre, salope ?

— Oui, murmura-t-elle.

— Où il est ? Réponds-moi et tu pourras rentrer chez toi retrouver ta famille.

Elle tremblait.

Le couteau lui caressa la gorge.

— Donne-moi une réponse. Et tu retrouves tes gosses.

Eta donna la seule réponse qu'elle pouvait donner.

— Je l'ai vu à Chinatown.

— Chinatown.

Elle reprit son souffle pour ajouter quelque chose, mais lorsqu'elle essaya de parler, aucun mot ne sortit de sa bouche, seulement d'étranges sons mouillés. Davis recula, ramassa sa lampe torche, qu'il braqua sur elle. Elle leva la main pour la porter à sa gorge et sentit la vie qui s'écoulait. Sa main était toute rouge.

Horrifiée, elle voulut crier, mais elle ne le pouvait pas. Elle ne parvenait plus à respirer. Elle se noyait dans son propre sang.

Elle tituba vers l'avant. Ses jambes se dérobèrent sous elle. Elle s'abattit comme une enclume sur le pavé huileux et mouillé.

Elle eut une pensée pour son mari… et partit le rejoindre.

20

Diane Nicholson but une gorgée de son champagne médiocre et parcourut d'un œil plein d'ennui la pièce élégamment décorée. L'hôtel Peninsula de Beverly Hills était un concentré de luxe, élément requis lorsqu'on assistait à une collecte de fonds à but politique pour l'élection du procureur de Los Angeles. Mais rares étaient les politiciens qui impressionnaient Diane.

Son mari avait passé une douzaine d'années à s'impliquer dans la politique de cette ville. Première passion de Joseph après son travail, qui avait fait de lui un homme riche. Diane arrivait plus loin dans la liste – après le golf et la voile. Les deux dernières années de leur mariage, ils s'étaient principalement vus lors d'événements de ce type. Et, dans ces moments-là, elle avait eu le sentiment d'être un accessoire au bras de son époux.

Les amis de Joseph pensaient que Diane se remettrait difficilement de la mort de celui-ci. Mais la vie sans Joseph lui économisait beaucoup d'angoisses, dont celle de se demander ce qui n'allait pas chez elle pour que l'homme censé l'aimer lui ait toujours préféré le golf.

Il l'avait épousée pour son potentiel. Elle était belle, élégante, instruite, avait une bonne élocution. Mais elle avait aussi une carrière qu'il considérait comme honteuse, et que Diane avait refusé d'abandonner. Plus le sujet provoquait de tensions, plus elle s'accrochait à son métier, craignant de renoncer à l'une de ses dernières certitudes.

Si elle assistait à ce genre d'événements, aujourd'hui, c'était parce qu'elle aimait entendre ce qu'il s'y disait. De plus, se montrer au bras d'un homme décourageait les entremetteurs.

Elle était venue en compagnie de son vieil ami, Jeff Gauthier, un charmant avocat célibataire de quarante-six ans. Après la mort de Joseph, Jeff, soucieux de son image, l'avait convaincue de l'accompagner dans ses sorties mondaines.

— Je vais prendre ce qu'il y a de plus cher au menu, lui dit-elle à l'oreille.

— C'est ce que tu fais toujours.

— Je vais peut-être même commander un deuxième dessert à emporter.

— On reste encore, le temps que je sois vu en compagnie de trois personnes importantes.

— Et moi, je compte ?

— Tu es connue, pas importante.

— De toute façon, je préfère.

Ces gens n'avaient jamais su comment la prendre. Elle était mariée à un homme à la réussite exceptionnelle, pourtant, tous les jours, elle tripotait des cadavres pour le comté.

Elle scruta la foule. Toujours les mêmes têtes. Le procureur Steinman et sa femme, le maire et sa femme, le substitut du procureur Giradello et son ego, tous ces personnages influents de L.A. qui se repaissaient de ces réunions guindées, des photographes et des journalistes de la presse écrite, des équipes de télévisions locales venues glaner une petite phrase pour la dernière édition du journal. Les médias auraient pu s'épargner cette peine et se contenter de ressortir des photos et des images de la précédente soirée.

— Je vais glisser un billet de vingt à un serveur pour qu'il veuille bien faire tourner des assiettes sur une perche, lança Diane.

— Pourquoi tu ne grimperais pas sur une table pour pousser la chansonnette ? suggéra Jeff en l'entraînant vers un gros promoteur immobilier du centre-ville.

Ils se saluèrent. Il y eut quelques flashs. Diane sourit et complimenta la femme du promoteur sur sa broche.

— J'ai entendu dire que vous vendiez la maison de Pacific Palisades ? s'enquit la femme.

— Je ne voulais pas autant d'espace, répondit Diane. J'essaye de vivre plus simplement.

— Barbra Sirha m'a dit qu'elle pensait que vous aviez acheté quelque chose à Brentwood.

— Non, dans l'ouest de L.A.

Un code postal bien moins impressionnant que les prestigieux quartiers de Brentwood ou Pacific Palisades. Diane sentit que la femme se retenait de lui demander si elle avait perdu l'esprit.

Les regards se croisaient comme des bateaux dans la nuit, chacun cherchant vers quel important personnage se tourner.

Quand, tout à coup, ce personnage entra dans la pièce.

Norman Crowne était un homme mince de taille moyenne, aux cheveux gris et à la barbe taillée avec précision. Guère impressionnant pour un homme qui exerçait un pouvoir tel que le sien. Ni stature imposante ni voix forte. Toutefois, il possédait un charisme impressionnant.

Il était suivi de son fils Phillip et d'une paire de gardes du corps qui semblaient tout droit sortis des services secrets. Tous portaient des costumes sombres et des cravates de stylistes. La foule s'ouvrit devant eux comme s'il s'agissait d'une famille royale. Crowne senior vint immédiatement serrer la main du procureur.

Le fils, produit du second mariage malheureux de Crowne, se tourna vers Anthony Giradello, qui le salua chaleureusement. Ils avaient le même âge, étaient tous deux diplômés de la faculté de droit de Stanford, mais Phillip était né Crowne, avec tous les privilèges que cela induisait. Il occupait un poste important dans l'affaire de son père, Crowne Enterprises. Fils d'exploitants d'arbres fruitiers, Giradello était originaire d'une petite ville proche de Modesto ; il avait trimé pour se hisser en haut de l'échelle, jusqu'au bureau du procureur général.

— Une grande et heureuse famille, murmura Diane. Le procès du meurtrier de sa fille est sur le point de commencer, et Norman Crowne est quasiment en train de soudoyer le procureur devant tous les médias de Los Angeles.

Jeff haussa les épaules.

— Et alors ? Il n'y a pas conflit d'intérêts. Giradello n'a pas besoin d'un pot-de-vin pour prendre l'accusé à la gorge. Cole, c'est son O.J. Simpson. Il ne va pas merder sur ce coup-là. Je ne parle même pas de son envie de se servir de ce procès pour effacer celui de ce gosse de riche que ton pote Parker lui a gâché.

— Parker n'était qu'un bouc émissaire et Giradello n'avait pas fait ses devoirs. Ce procès a été sa première leçon sur le thème « l'argent achète la justice ». Celui-ci sera la seconde, répliqua Diane. En regardant sa télé demain matin, l'Américain moyen va penser que Norman Crowne assure la condamnation de son gendre à coups de dollars. Qu'un plus gros effort sera fait pour crucifier Rob Cole que pour condamner un membre de gang qui aurait commis un massacre à South Central.

— Eh bien... franchement, je m'en fous, dit Jeff. Et je ne vois pas pourquoi tu t'en préoccupes. Tu serais ravie de les voir coller la tête de Rob Cole sur une pique et lancer ses restes aux chiens de la fourrière. C'est quoi ton problème avec l'influence de Norman Crowne ?

— Aucun. Il peut faire fabriquer la pique sur mesure. Mais je ne voudrais pas qu'il y ait matière pour Cole à faire appel.

— Dame Justice, Diane telle qu'on la connaît et telle qu'on l'aime, s'esclaffa Jeff en la guidant vers l'une des plus importantes relations du procureur général, le présentateur d'un talk-show radio.

— Je refuse de serrer la main de ce m'as-tu-vu, dit-elle entre ses dents.

— Tu sais quoi, pour un faux rencard, t'es vraiment compliquée.

— La qualité a son prix.

Jeff se présenta au m'as-tu-vu. Diane se contenta de lui adresser un sourire indolent avant de reporter son attention sur le clan Crowne, rejoint par la fille de Tricia, née d'un premier mariage.

Caroline Crowne. Une jeune femme de vingt et un ans, courte sur pattes, mais plus élégante que sa mère, à laquelle elle devait succéder à la tête des œuvres de charité de la famille Crowne.

Peu après le meurtre de Tricia, les tabloïds avaient suggéré une liaison entre Caroline Crowne et son beau-père, mais les rumeurs avaient été écrasées comme une limace sur un trottoir.

— Plus qu'un et on se tire, murmura Jeff tout en souriant.

— Je sens d'ici la bonne odeur du poisson, dit Diane en se laissant guider vers le procureur général.

Du coin de l'œil, elle vit une porte s'ouvrir. Bradley Kyle et son coéquipier firent leur entrée, l'air de deux gosses convoqués dans le bureau du principal. Ils se dirigèrent vers le groupe que visait Jeff – le procureur et son substitut, toujours aux côtés de Norman et Phillip Crowne.

Giradello se tourna vers les policiers.

Diane tenta une approche. Sa véritable motivation pour supporter ce genre de soirée était de jouer les oreilles indiscrètes.

L'échange était tendu, le visage de Giradello s'assombrit, Bradley Kyle avait l'air embarrassé. Diane parvint à saisir quelques mots. *Faire, quoi, impossible, savoir.* Quelqu'un était censé avoir fait quelque chose, mais en avait été empêché.

Kyle et son coéquipier avaient secondé l'équipe principale sur le meurtre de Tricia Crowne. Quand le procès s'ouvrirait, ils seraient appelés en renfort pour tirer les moindres fils qui pourraient s'avérer essentiels. L'avocat de Rob Cole, Martin Gorman, saurait tout de leur vie professionnelle comme de leur vie privée. D'ailleurs, ses espions se mêlaient probablement aux invités pour observer les moindres mouvements de Giradello. Un procès aussi important que celui-là était une partie d'échecs. Chacun manœuvrait pour disposer ses pièces en bonne position.

Diane entendit un juron, un grognement, un nom qu'elle ne connaissait pas… Et un qu'elle connaissait.

21

Ruiz était partie depuis longtemps lorsque Parker revint au poste. Il se promit de ne pas lui faire de remontrances. Avoir une vie en dehors du boulot était indispensable si l'on voulait continuer à travailler de façon saine. Il l'avait appris à ses dépens. Après son renvoi des Vols et Homicides, il ne savait plus qui il était, tant il s'était investi dans sa carrière.

Lui aussi aurait aimé rentrer chez lui, prendre une douche, écouter du jazz, se servir un verre de vin et commander une soupe wonton et du bœuf au gingembre au restaurant du coin de la rue. Il avait un scénario à lire, des notes à prendre. Et il rêvait d'une bonne nuit de sommeil.

Il n'était pas près de retrouver son lit douillet avec vue sur les néons de Chinatown. Son instinct lui laissait entendre que les circonstances du cambriolage de l'appartement d'Abby Lowell étaient troublantes.

Un modèle de contradictions, cette Abby Lowell. À la fois vulnérable et dure à cuire, victime et suspecte. Comment pouvait-elle lui faire croire qu'elle ne savait pas ce que cherchait son cambrioleur... C'était précisément ce qu'elle cherchait, elle aussi.

Qu'est-ce qu'un coursier désigné par le coup du sort aurait bien pu savoir de cet objet mystérieux qui avait coûté la vie à Lowell ? Un simple voleur n'aurait pas débarqué chez la fille de la victime pour retourner son appartement et la menacer de mort. *La prochaine fois, tu es morte... à moins que j'obtienne ce que je recherche.* Autrement dit, l'agresseur croyait qu'Abby Lowell savait ce qu'il voulait.

Et pourquoi ce miroir était-il brisé ? Comment était-ce arrivé ? La casse s'était produite après l'inscription du message. Abby Lowell n'avait pas mentionné de bagarre dans la salle de bains.

Selon elle, ce type lui avait dit avoir travaillé pour son père. Qu'est-ce que c'était que cette histoire ? Les règles de savoir-vivre à l'usage des meurtriers ? *Bonjour, voici qui je suis, mes références, les liens que j'ai avec vous. Désolé, mais je vais devoir vous tuer maintenant.* Quelle connerie !

Et pour couronner le tout, ce type s'était cassé dans une Mini Cooper.

Parker se rappela que la Coccinelle était la voiture préférée des *serial killers* des années soixante-dix. Comment un conducteur de Coccinelle aurait-il pu être mauvais ? Pourtant, Ted Bundy avait une Coccinelle.

Parker entra le numéro partiel de la plaque minéralogique dans la base de données du DMV, le département des véhicules motorisés, et attendit. Le stagiaire de Kray, Yamoto, était à son bureau, concentré sur un rapport. Ruiz était sûrement en train de danser la salsa quelque part en compagnie du papa gâteau qui la fournissait en chaussures.

Cette fille-là était du genre à se marier pour le fric. Parker se demandait pourquoi elle ne l'avait pas déjà fait. Elle s'imaginait sûrement pouvoir harponner un plus gros poisson si elle grimpait les échelons jusqu'à une catégorie de crimes plus prestigieux. Arriver aux Vols et Homicides, obtenir un poste très en vue, commencer à fréquenter le gratin de la politique ou de Hollywood et paf : un mari bourré de fric.

Sur un coup de tête, il décrocha son téléphone et composa le numéro d'un vieil ami des Homicides à South Central.

— Metheny, aboya une voix rocailleuse à l'autre bout de la ligne.

— Salut, vieux schnock, tout est sous contrôle du côté de chez toi ?

— Kev Parker. Je te croyais mort.

— J'ai regretté de ne pas l'être, pendant un temps, reconnut-il.

Metheny gronda comme un bulldog.

— Ne te laisse pas abattre par ces connards.

Parker éclata de rire.

Metheny et lui avaient été coéquipiers mille ans auparavant, à l'époque où Parker s'était lancé dans une course effrénée pour grimper dans la hiérarchie des Vols et Homicides.

— Tu as des contacts qui bossent sur les gangs latinos dans ton coin ?

— Ouais, pourquoi ?

— J'ai une nouvelle recrue qui a travaillé en infiltration par chez toi. J'aimerais bien savoir comment elle était.

— Tu essayes d'entrer dans sa tête ou dans son pieu ?

— Sa tête me fait déjà assez peur comme ça. Elle s'appelle Ruiz. Renee Ruiz.

— Je vais voir ce que je peux trouver.

Ils échangèrent quelques insultes supplémentaires et raccrochèrent. Parker se concentra à nouveau sur les résultats de sa recherche dans la base de données du DMV.

Parmi les Mini Cooper enregistrées dans la région de Los Angeles, dix-sept correspondaient aux combinaisons possibles de lettres et de chiffres que Parker avait entrées. Sept d'entre elles étaient de couleur verte, cinq de couleur noire. Aucune n'était inscrite au nom de Jack Damon. Aucune n'était signalée volée.

Les policiers en charge du cambriolage d'Abby Lowell chercheraient cette voiture, eux aussi, bien que Parker doute qu'ils le fassent le soir même. Il ne s'agissait pour eux que d'un simple cambriolage avec effraction. Pas de violence sérieuse ni de quoi faire des heures supplémentaires – sauf pour le contrarier, peut-être.

Parker ne pouvait pas les laisser partir en chasse les premiers. Ils coffreraient tous les propriétaires de Mini, mettant la puce à l'oreille de Damon. Il n'allait pas risquer de perdre son suspect à cause de la bêtise de ses collègues et de stupides conflits de territoire.

Il extirpa une carte de la ville de l'un des tiroirs de son bureau, la déplia sur celui de Ruiz. Aucun propriétaire de Mini n'habitait à proximité de la boîte postale louée à Allison Jennings, et dont Jack Damon avait hérité.

Parker découvrit que l'un des propriétaires vivait dans la zone du Miracle Mile, non loin de l'appartement d'Abby Lowell. La voiture était enregistrée au nom d'un certain Punjhar, Rajhid, chirurgien-dentiste. Un autre vivait à Westwood, près de l'université de Los Angeles. Une troisième Mini appartenait à Chen, Lu, vivant à Chinatown – sur le chemin de son appartement.

Il marqua la carte de douze points rouges, comme des taches de sang éclaboussant la ville. À laquelle de ces voitures Damon pouvait-il avoir accès ? Où vivait-il ? Pourquoi se montrait-il aussi secret ? Il n'avait pas de casier. Et s'il en avait un sous un autre nom, qui, dans sa vie de tous les jours, pouvait bien être au courant ? S'il vivait sous un nom d'emprunt, la seule façon de le démasquer était de l'arrêter ou de voir surgir ses empreintes sur une scène de crime. Malheureusement, les empreintes sur l'arme utilisée pour tuer Lowell n'étaient que partielles.

Ce gamin était peut-être un criminel professionnel. Ou alors il voulait échapper à quelqu'un. Quelles que soient ses raisons, Damon conduisait une Mini qui ne lui appartenait pas. Et s'il n'avait pas tué Lenny Lowell, pourquoi chercher à rencontrer sa fille ?

Et, enfin, pourquoi les Vols et Homicides s'étaient-ils pointés sur la scène de crime ?

Parker se massa la nuque. Il avait besoin d'air frais et de réponses. Il enfila son manteau.

À l'heure de pointe, les rues se transformaient en enfilades de voitures.

Quand il travaillait, Parker conduisait une Chrysler Sebring décapotable vieille de cinq ans. Sa Jaguar de collection vert bouteille, sa magnifique danseuse secrète, ne sortait que les weekends. Il eut un petit sourire. Qui s'évanouit lorsqu'il se rappela les questions de Ruiz à propos de sa voiture.

Il appela Andi Kelly.

— Alors tu as bossé pour moi, beauté ?

— Ce que tu peux être insistant. J'ai d'autres priorités que toi, si tu veux savoir. C'est bientôt l'heure de l'apéro, mon ami, et j'ai rendez-vous avec un canon de dix-sept ans.

— Toujours accro au whisky, hein ?

— Et comment sais-tu que je ne te parle pas d'un jeune homme ?

— À dix-sept ans, il serait mineur, je ne t'apprends rien.

— De toute façon, les garçons ne m'ont jamais intéressée, je préfère les hommes, ronronna-t-elle.

Parker s'éclaircit la gorge.

— Alors, tu as quelque chose pour moi ?

— Je n'ai pas les idées très claires tant que je n'ai pas mangé, dit-elle. Retrouve-moi chez Morton, Hollywood Ouest. C'est toi qui régales.

22

Jack gara la voiture de Mme Chen sur l'étroit emplacement qui lui était réservé à l'arrière du bureau. Il essuya l'intérieur à l'aide de serviettes en papier humides, effaçant ainsi toute trace de son passage.

Un épais brouillard venu de l'océan avait déferlé sur la ville, filtre laiteux qui adoucissait la silhouette des bâtiments et tamisait la lumière jaune des fenêtres éclairées. Il avait l'impression d'être un personnage de fiction, de pouvoir disparaître sans que personne puisse se souvenir de lui.

Peut-être était-ce ce qu'il était censé faire : entrer dans la clandestinité la plus parfaite. Sa mère, elle, aurait plié bagage sans un mot, déménagé au milieu de la nuit, pour ressurgir dans une autre partie de la ville, sous un nouveau nom.

Lorsqu'il avait l'âge de Tyler, Jack avait inventé toutes sortes d'histoires à propos de sa mère, qu'il peignait toujours sous les traits d'une héroïne. En grandissant, il s'était demandé si Alicia ne fuyait pas la police.

Pour quelle raison, il était incapable de l'imaginer. Sa mère était une personne réservée et honnête.

Elle était peut-être comme moi, pensa-t-il, *au mauvais endroit au mauvais moment.*

— Pourquoi tu ne veux pas venir à la lumière, Jack ?

Mme Chen apparut comme par magie sous la faible lumière surmontant la porte de son bureau.

— Je suis préoccupé, dit Jack.

— Tes pensées sont lourdes comme la pierre.

— Je suis désolé de vous ramener votre voiture aussi tard, madame Chen.

— Où es-tu allé faire réparer ton vélo ? Sur la Lune ?

Jack voulut répondre, mais en fut incapable. L'image de sa mère, le jour où elle l'avait surpris en train de voler, envahit ses pensées. Elle avait été tellement déçue par son comportement.

— Je dois vous parler de quelque chose d'important, bredouilla-t-il. En privé.

Elle hocha le menton et rentra. Jack la suivit, tête baissée. Sans se retourner, elle lui fit signe de prendre place sur l'inconfortable fauteuil en bois à dossier droit qui faisait face à son bureau et prépara deux tasses de thé.

— Ils n'ont pas le téléphone sur la Lune, j'imagine, dit-elle d'un ton neutre. Les hommes de la Lune ne doivent pas avoir de famille qui s'inquiète pour eux.

— Je suis dans une situation délicate, madame Chen.

— Tu as des ennuis ? corrigea-t-elle.

La couleur abandonna son visage quand elle se retourna et vit Jack à la lumière des néons.

Il avait essayé de se nettoyer avec des mouchoirs en papier et une bouteille d'eau achetés dans un distributeur automatique devant un marché mexicain à Los Feliz. Mais l'eau ne faisait pas disparaître les coupures, ni les bleus ni les chairs enflées.

Mme Chen prononça quelques mots en chinois. La main tremblante, elle posa une tasse sur les vingt centimètres carrés de bureau qui n'étaient pas recouverts de papiers. Elle s'assit dans son fauteuil, tentant de reprendre contenance.

— Raconte-moi, dit-elle. Raconte-moi tout.

Jack avait tourné et retourné dans sa tête les phrases qu'il devait lui dire, et ne pas lui dire, pour la protéger, elle, et Tyler.

— Vous allez peut-être entendre certaines choses sur moi, commença-t-il. Des choses terribles. Je veux que vous sachiez qu'elles ne sont pas vraies.

Elle haussa un sourcil.

— Tu as une bien piètre opinion de ma loyauté pour me dire ça. Tu es comme un fils pour moi.

Si son fils avait vécu une vie secrète sous une demi-douzaine de pseudonymes différents, peut-être. Si son fils avait été recherché pour meurtre et agression ou s'il avait eu un tueur à ses trousses...

Mame Chen n'avait pas d'enfants, elle manquait de références.

— L'avocat pour qui je devais faire une livraison hier soir a été retrouvé assassiné après mon passage dans son bureau. La police me recherche.

— Bah! Ils sont fous! Tu es incapable de tuer un homme! déclara-t-elle, offensée. Tu ne l'as pas tué. Ils ne peuvent pas te mettre en prison pour quelque chose que tu n'as pas fait. Je vais appeler mon avocat. Tout va bien se passer.

— Ce n'est pas aussi simple, madame Chen. Ils ont probablement trouvé mes empreintes dans ce bureau.

Et j'ai été surpris dans l'appartement de la fille de la victime, qui venait d'être cambriolé, ajouta-t-il mentalement. *J'ai discuté avec elle. Elle peut m'identifier. Elle dira que je l'ai attaquée...*

— Pourquoi la police penserait-elle que tu as tué cet homme? demanda-t-elle calmement. Quel mobile pourrais-tu avoir pour faire une chose si horrible?

— Je ne sais pas. Il a peut-être été volé, quelque chose comme ça.

— Un homme innocent n'a rien à cacher. Il faut que tu ailles trouver la police pour leur dire ce que tu sais.

Jack secouait déjà la tête avant même qu'elle ait terminé sa phrase.

— Non. S'ils ont des preuves, s'ils peuvent boucler l'affaire facilement en me la mettant sur le dos, ils le feront.

— Enfin, tu n'es pas coupable...

— Mais j'en ai l'air.

Elle soupira, posa la main sur le téléphone.

— Laisse-moi appeler l'avocat...

— Non!

Jack bondit et reposa le combiné sur son socle avec plus de force qu'il ne l'avait voulu. L'espace d'une seconde, Mme Chen le regarda comme si elle ne l'avait jamais vu.

— Je ne peux pas aller voir la police, dit-il en se rasseyant. Comprenez-moi, je vous en prie. Je ne peux pas prendre ce risque.

Il grimaça lorsqu'elle toucha la coupure ouverte que le miroir brisé d'Abby Lowell avait laissée sur sa joue. Il aurait eu besoin de points de suture.

— Si je vais voir la police, dit-il, alors tout est fini.

— Ta vie n'est pas finie…

— J'irai en prison. Même si je suis innocenté, j'irai d'abord en prison. Il faut des mois pour qu'une affaire comme celle-là passe en jugement. Qu'arrivera-t-il à Tyler ? Si les services de la Protection de l'enfance découvrent l'existence de Tyler, ils l'emmèneront. S'il est placé en famille d'accueil…

— Jamais je ne permettrai qu'une chose pareille se produise ! s'exclama Mme Chen, en colère qu'il puisse même évoquer cette possibilité. Tyler a sa place avec nous. Son foyer est ici.

— La Protection de l'enfance ne verra pas les choses sous cet angle. Ils l'emmèneront et jamais ils ne me le rendront, c'est certain.

— Il n'a pas besoin de famille d'accueil.

— Ils s'en fichent pas mal, lui répondit amèrement Jack, qui se rappelait les avertissements de sa mère et les récits édifiants qu'il avait entendus dans la rue ou lus dans les journaux. Tout ce qui compte à leurs yeux, ce sont les lois et les réglementations conçues par des gens qui n'y ont jamais été confrontés. Pour eux, vous êtes quelqu'un qui n'est pas dans leur système, qui n'a pas rempli leur paperasse. Ils se diront : « Qu'est-ce que cette Chinoise fait avec ce petit orphelin blanc qui n'apparaît dans aucun de nos dossiers ? »

— Tu exagères…

— Non, répondit Jack. Non, je n'exagère pas. Ils confieront Tyler à des gens qui prennent des gosses rien que pour toucher un chèque tous les mois, sans dire à personne où il se trouve. Ils pourraient même perdre sa trace – ça arrive, vous savez. Eh merde, pour ce que j'en sais, vous pourriez même avoir des ennuis pour l'avoir accueilli jusqu'à maintenant. Vous pourriez avoir une amende ou bien être accusée de quelque chose. Et alors, que se passerait-il ?

— Laisse-moi en discuter avec mon avocat.

Jack secoua la tête avec véhémence, plus effrayé encore de perdre Tyler à cause du système qu'il ne l'avait été de se faire tuer, dans la salle de bains d'Abby Lowell.

— Je ne peux pas prendre ce risque, répéta-t-il. Je veux qu'il soit en sécurité. Je préférerais le laisser avec vous, ce serait plus sûr, mais si je suis obligé, je l'emmène avec moi. Et nous partirons. Maintenant. Ce soir.

— Tu es fou ! s'écria Mme Chen. Tu ne peux pas l'emmener !
Tu ne peux pas partir !

— Mais je ne peux pas rester !

Il avait la voix tremblante. Il essaya de se ressaisir, baissa d'un
ton, tenta de paraître rationnel.

— Je ne peux pas rester ici. Je ne reviendrai que lorsque tout
sera fini. Je ne veux pas vous mettre en danger, madame Chen, ni
vous, ni votre beau-père. Je ne veux pas que Tyler soit en danger
non plus, mais je ne peux pas le laisser si je dois m'inquiéter de
ne pas le retrouver à mon retour.

Puis l'un et l'autre se turent. Jack ne pouvait se résoudre à
regarder cette femme qui avait été assez généreuse pour recueillir
les frères Damon, leur donner un foyer, les traiter comme s'ils faisaient partie de sa famille. Il regrettait de lui avoir parlé. Il aurait
dû suivre son instinct, tirer son frère du lit au milieu de la nuit et
disparaître.

Mon Dieu, quel gâchis. Quoi qu'il fasse, il était fichu.

S'il allait voir la police et qu'il terminait en garde à vue, la
nouvelle paraîtrait dans la presse. Des journalistes chercheraient
à en savoir plus. S'ils trouvaient Tyler et les Chen, le type qui
était à ses trousses les trouverait aussi.

Si Jack se débarrassait des preuves ou s'il les confiait à Abby
Lowell, il aurait tout de même vu les négatifs. Bien qu'ils n'aient
pour lui aucun sens, le tueur ne laisserait pas de témoins.

— Je suis sincèrement désolé de vous entraîner dans cette
histoire, finit par murmurer Jack, éprouvant une douleur qui
n'avait rien à voir avec les coups qu'il avait pris. Je regrette
d'avoir été forcé de vous raconter tout ça, mais je ne voyais pas
d'autre solution. Si quelqu'un vient me chercher... Si la police
vient... Vous méritez de savoir pourquoi. Je vous le dois. Je vous
dois plus...

Un coup sec à la porte les surprit ; Chi passa la tête par l'entrebâillement. Il lança à Jack un regard dur.

— Qu'est-ce qui t'est arrivé ? interrogea-t-il de but en blanc.

Les paupières de Jack se fermèrent à moitié. Il se demandait
depuis combien de temps Chi se tenait de l'autre côté de la
porte.

— Je suis tombé, répondit-il.

172

— T'as pas bousillé la voiture de ma tante, j'espère ? T'es parti tellement longtemps que j'ai cru qu'elle avait été volée. J'ai failli appeler la police.

Jack ne répondit pas. Il n'aimait pas Chi, il ne lui faisait pas confiance. Son inquiétude pour sa tante et les biens de celle-ci n'était qu'une apparence. Chi ne se souciait que de ses intérêts. Il s'était mis en premier sur la liste des successeurs de l'affaire.

Chi s'adressa en chinois à Mme Chen.

Elle se tenait bien droite, le visage fermé.

— Si tu as quelque chose à dire, Chi, parle anglais. Je n'aime pas qu'on se montre grossier en ma présence.

Les yeux sombres de Chi se posèrent sur Jack comme deux pierres glacées. Il ne s'excusa pas.

— Je me demandais si toute ma main-d'œuvre serait là demain ou si j'allais encore me retrouver en rade à cause du manque de fiabilité de certaines personnes.

Jack se leva.

— Si tu veux avoir une conversation avec moi, Chi, allons dehors.

— Tu n'as pas l'air en état, dit Chi avec un petit sourire en coin.

— Chi va sortir tout seul, déclara fermement Mme Chen en fixant son neveu. Si tu as attendu aussi longtemps avant de rentrer chez toi pour une raison aussi insignifiante, Chi, tu as du temps à perdre.

Chi n'avait pas quitté Jack des yeux.

— Non, ma tante. Je suis loin d'avoir perdu mon temps.

Chi quitta la pièce. Sa remarque avait créé une boule d'angoisse dans le ventre de Jack. Il n'en dit pas un mot à Mme Chen.

— Ici, je ne devrais pas être très facile à trouver, poursuivit Jack.

À moins que Chi le balance ou que quelqu'un ait réussi à noter le numéro de la plaque d'immatriculation de la Mini lorsqu'il avait fui l'appartement d'Abby Lowell.

— Je ne donne cette adresse à personne. Mais je voulais que vous soyez prête au cas où la police viendrait.

— Que vas-tu faire ? demanda Mme Chen. S'ils croient que tu as tué cet avocat et que tu te comportes en coupable, comment sauront-ils qu'ils doivent chercher quelqu'un d'autre ? Ils seront après toi et le vrai tueur sera libre.

Jack fixa le sol. Sa tête l'élançait. Sa cheville l'élançait. Il sentait la chair enflée brûler contre le cuir de sa chaussure. Une affreuse sensation de nausée et de faim l'avait envahi.

— C'est ce que tu veux ? demanda-t-elle encore. Que cette personne dangereuse soit libre de faire toujours plus de mal ?

Il avait envie de dire qu'il s'en fichait tant qu'il n'était plus impliqué, tant que rien ne menaçait Tyler, mais il savait que ce n'était pas ce que Mme Chen souhaitait entendre.

— Non, ce n'est pas ce que je veux. Il faut juste que je réfléchisse avant de... Je vais réfléchir. Je vais trouver une solution. J'ai juste besoin de temps.

— Si la police vient, dit Mme Chen tristement, je ne leur dirai rien.

Jack leva les yeux vers elle.

— Je ne suis pas d'accord avec ce que tu fais, Jack, mais tu peux compter sur ma loyauté, comme je sais que je peux compter sur la tienne. Et je sais aussi que tu n'as pas commis ce crime.

Elle était l'une des rares personnes vraiment bonnes que Jack ait connues dans sa vie, et il la mettait dans la position intenable de devoir mentir pour lui. Voire, il la mettait en danger. Tout cela parce qu'il avait répondu à un dernier appel pour une dernière course lors de la soirée la plus merdique de l'année. Pour rendre service à Eta. Une poignée de dollars de plus pour subvenir à ses besoins et à ceux de son frère.

Il entendait Lenny Lowell d'ici : *Aucune bonne action ne reste impunie, gamin.*

23

Tyler connaissait l'immeuble dans ses moindres recoins, depuis le trou secret dans le plafond de leur salle de bains qui servait de cachette à Jack jusqu'à l'aire de chargement en bas, les réserves, les penderies, l'espace sous le placard au fond de la salle de repos des employés, où Tyler se cachait pour écouter les conversations de Chi et celles des autres.

Il était petit pour son âge, un atout quand on n'aime pas se faire remarquer. Cela aurait été mieux s'il avait eu les cheveux noirs, au lieu d'être comme un canard jaune au milieu des Chinois. Il les avait teints une fois, à l'âge de huit ans ; il avait acheté un flacon de Clairol en promotion à 3,49 dollars au drugstore.

Le résultat avait été un désastre. Trop grands, les gants de latex avaient glissé et la teinture s'était étalée sur son visage, son cou et ses mains. Il avait fallu des semaines pour que la couleur disparaisse. Les enfants de l'école qu'il fréquentait étaient principalement chinois. Ils s'étaient moqués de lui jusqu'à ce que ses cheveux repoussent assez pour qu'on puisse couper la partie colorée. Quelques semaines plus tard, il était à nouveau le canard jaune.

Maintenant, lorsqu'il voulait être anonyme, il portait un sweat-shirt à capuche noir délavé, qui avait appartenu à Jack, et on ne savait trop à qui avant lui. Les manches étaient assez longues pour cacher ses mains, la capuche si profonde qu'elle avalait son visage.

Très tôt, Tyler avait affiné ses techniques pour passer inaperçu. Jack cherchait toujours à le protéger de tout. Mais Tyler voulait tout savoir sur tout. Un homme averti en vaut deux. Tyler en était persuadé. Il n'était qu'un enfant, trop jeune pour contrôler son univers par des moyens physiques, mais il était doté d'un

QI de 168. Il avait passé toute une batterie de tests sur Internet. Son cerveau était sa force, et plus il apprenait – grâce aux livres, à l'observation, à l'expérience –, plus il devenait fort. Il ne serait peut-être jamais capable de casser la figure à quelqu'un comme Chi, mais il saurait toujours se montrer plus malin que lui.

Il ne quitta pas sa capuche lorsqu'il ouvrit la porte du placard à balais situé dans le couloir pour espionner Chi, qui collait son oreille à la porte du bureau de Mme Chen. Grand-père Chen disait que Chi avait avalé les graines de la jalousie étant enfant, que leurs racines étaient maintenant inextricablement implantées dans toutes les parties de son corps, et que rien ne pourrait jamais les arracher.

Jack était en retard. Encore. Tyler l'avait guetté depuis la fenêtre de la salle de bains, il l'avait vu arriver, puis se diriger vers le bureau de Mme Chen. Tyler avait sauté sur le sweat-shirt à capuche et détalé en chaussettes jusqu'au placard à balais.

Il savait que quelque chose n'allait pas, quelque chose de plus grave qu'une chute de vélo. Il l'avait su à l'instant où Jack lui avait parlé, la veille. Son frère était tendu et ne l'avait pas regardé dans les yeux lorsqu'il avait évoqué un simple accident.

Tyler sentait ces choses-là. Pour avoir passé beaucoup de temps à observer les gens, à les écouter, à les étudier à leur insu, il avait développé un mystérieux sixième sens qui lui permettait de savoir si quelqu'un disait la vérité. Jack lui avait menti, mais Tyler avait trop peur pour le lui faire avouer.

Grand-père Chen disait que les mensonges étaient parfois plus dangereux que des vipères. Tyler en était persuadé. Mais maintenant qu'il était accroupi dans le placard à balais, séparé du bureau de Mme Chen par une fine cloison, il se demandait si la vérité était une bonne chose en définitive.

La police croyait que Jack avait tué quelqu'un ! Les yeux de Tyler s'emplirent de larmes, il s'imaginait la prison, la Protection de l'enfance qui l'emmenait de force en famille d'accueil.

Tyler ne voulait pas abandonner son foyer, ni l'école où Mme Chen l'avait inscrit, une petite école privée où personne ne trouvait bizarre qu'une Chinoise se présente pour assister aux réunions de parents d'élèves. Son ventre se noua à l'idée de quitter Mme Chen et Grand-père Chen pour vivre avec des inconnus.

Des inconnus qui ignoreraient ce qu'il aimait manger, ce qu'il aimait faire. Des inconnus qui ne sauraient pas que, malgré son QI, il lui arrivait d'avoir peur de trucs idiots, comme du noir ou d'un cauchemar. Comment des inconnus pourraient-ils comprendre tout ça?

Peut-être que ce seraient des gens pleins de bonnes intentions – Mme Chen et grand-père Chen avaient aussi été des inconnus, autrefois, se rappela-t-il –, mais peut-être pas. Et qu'ils soient bons ou mauvais, ils ne seraient pas sa famille.

Tyler se souvenait à peine de sa mère. Lorsqu'il pensait à elle, il entendait le son de sa voix, sentait la caresse de sa main, l'odeur de sa peau. Quant aux souvenirs précis qu'il conservait, il ne pouvait pas jurer que son esprit ne les avait pas fabriqués de toutes pièces. Il savait que le cerveau pouvait remplir les blancs, combler le fossé entre des événements réels et ce qui aurait pu se passer, ou ce qu'une personne souhaitait qu'il se soit passé.

Tyler souhaitait beaucoup de choses. Il aurait voulu que sa mère ne soit pas morte. Il aurait voulu qu'ils puissent vivre tous ensemble dans une maison – une maison comme celle où vivent les familles de la télé. Et il aurait voulu que Jack et lui aient un père.

Maintenant, il aurait voulu de tout son cœur que Jack n'ait pas d'ennuis, qu'il n'y ait pas ce risque de le voir disparaître.

Tyler se roula en boule, les bras autour des jambes, la joue contre les genoux, et il ferma les yeux pour repousser ses larmes brûlantes. Ça ne servirait à rien de pleurer. Il fallait qu'il réfléchisse et qu'il trouve une solution pour aider son frère. C'était à ça qu'était censé servir un QI de 168.

Mais il n'avait jamais eu aussi peur de toute sa vie.

24

Pour une femme de la taille d'un lutin, Andi Kelly avait une capacité à engloutir de la nourriture qui semblait défier les lois de la nature.

Parker l'observait, stupéfait. L.A. était le genre de ville où manger avec appétit n'était pas bien vu pour une femme. La moitié de celles qu'il connaissait seraient venues chez Morton pour commander une salade d'endives agrémentée de quelques crevettes.

D'après l'expérience limitée que Parker gardait de leur relation, Andi Kelly ne correspondait à aucun stéréotype. Elle était elle-même vingt-quatre heures sur vingt-quatre, sept jours sur sept. Pas d'excuses, pas de subterfuges, ni de manigances. Elle disait ce qu'elle voulait, faisait ce qu'elle voulait, portait ce qu'elle voulait. Elle était une bouffée d'air frais, qui sentait bon la cannelle – il avait remarqué son parfum en la saluant d'une bise. Elle l'avait traité en vieil ami, s'était assise, puis mise à bavarder.

Parker, lui, était bien trop crispé pour manger quoi que ce soit. La tension nerveuse qui s'accumulait au cours d'une enquête comme celle-ci, qui constituait un défi, le chauffait à blanc. Il n'en était pas encore à ce point, mais il savait reconnaître les signes précurseurs.

— Alors ce gosse, là, Caldrovics, dit qu'il a été rencardé sur ton meurtre, l'informa Kelly entre deux bouchées.

— Par qui? fit Parker, son verre de cabernet à la main.

Elle roula des yeux.

— Tu plaisantes, c'est ça? Ce genre de progéniture du diable sort du ventre de sa mère déjà prête à t'égorger pour se repaître de ton sang et se servir de ton cadavre comme marchepied dans l'ascension de la montagne de la gloire. Il refuse de me dire par qui.

— Casse-lui la gueule, suggéra Parker.

— Tu me prends pour quoi ? Un flic ?

Kelly grogna et se coupa un autre morceau de steak bien juteux.

— Je sais que j'ai l'air mignonne comme ça, d'ailleurs tout le monde le dit, mais j'ai un côté obscur, annonça-t-elle en pointant son couteau dans sa direction. Je retournerai cette petite merde comme un gant si j'ai quelque chose à y gagner.

Elle regarda Parker droit dans les yeux.

— Et il vaudrait mieux, le prévint-elle.

— Tu n'es pas la seule à chercher quelque chose dans cette histoire, confessa Parker.

Dans le quartier branché de Hollywood Ouest, Morton avait gardé le glamour d'autrefois et restait le lieu de rendez-vous privilégié des puissants de cette ville. En regardant autour de lui, Parker se demanda si sa conversation avec Kelly ne ressemblait pas à une intrigue de film.

— La fille de Lowell me cache des choses, dit-il. Quelqu'un a retourné son appartement et a menacé de la tuer, selon elle. Mais elle n'avait pas l'air particulièrement mal en point.

— Tu ne sais donc pas que c'est politiquement incorrect de mettre en doute la parole de la victime ?

— Ma victime, c'est Lenny Lowell, qui se trouve en ce moment même sur une table d'autopsie à la morgue. Pour ce que j'en sais, sa fille peut bien l'avoir fait éliminer. Elle ne cherche pas que le testament de son père, et elle m'a menti sur ce dont il s'agissait. Celui qui a fouillé son appartement cherche aussi quelque chose, mais elle prétend ne pas savoir quoi. Il faut que je sache si elle se trouvait sur le lieu du crime avant moi. C'est pour ça que je veux une explication de la part de ton petit copain du *Daily Planet*.

Kelly s'adossa à son siège et s'essuya la bouche avec sa serviette.

— Voilà ce que je sais, Kev. Le gosse dit avoir chopé l'appel sur le scanner...

— C'est des conneries. S'il avait entendu le scanner, pourquoi n'est-il pas venu sur place ? Personne ne m'a dit qu'un journaliste était présent.

— En tout cas, il prétend avoir parlé à quelqu'un qui savait de quoi il retournait. Et, au bureau du coroner, une autre personne lui aurait confirmé l'info.

— Qui au LAPD? Qui au bureau du coroner? voulut savoir Parker, comme si Kelly avait en personne donné ses ordres écrits au gamin.

— Eh, ne te trompe pas de cible, dit-elle en terminant son whisky. Tu m'as demandé de me renseigner. Je te dis ce que j'ai trouvé. Je le tiens de mon patron.

Parker maugréa.

— Et ton patron, ça ne le dérange pas que le gosse ne révèle pas ses sources sur cette petite histoire de rien du tout?

— Nous sommes tous blottis sous le grand manteau du Premier amendement. As-tu oublié que tu as eu ton compte de « sources anonymes »? Personne n'a eu besoin de te dire où ils ont trouvé la boue pour te salir.

— C'est de l'obstruction, se plaignit Parker. Il s'agit d'une enquête sur un meurtre. Si ce petit con sait quelque chose, s'il a parlé à quelqu'un...

— Tu pourrais peut-être lui instiller la crainte de Dieu, dit Kelly. Tu as plus d'influence que moi. Lui va croire que j'essaie de lui voler son histoire. Toi, tu peux le frapper à coups de crosse, le menacer d'arrestation pour infraction au code de la route, le foutre en taule et perdre ses papiers.

— Autrement dit, je te paye un steak chez Morton pour que tu me dises que tu peux seulement me donner son nom, résuma Parker.

— Pour être exacte, tu ne m'as rien demandé de plus. Vois ça comme une visite de courtoisie, suggéra Kelly avec un sourire charmeur.

Ses yeux étaient bleu outremer. Ses cheveux avaient la couleur du pelage des setters irlandais et donnaient l'impression qu'elle avait tenté de les couper elle-même à grands coups de ciseaux.

Parker secoua la tête en souriant.

— T'es un sacré numéro, Andi.

— Gagnant, le numéro gagnant, déclara-t-elle en haussant les sourcils à plusieurs reprises.

— Comment cette histoire s'est-elle retrouvée dans le journal? demanda Parker.

— On n'avait pas grand-chose à se mettre sous la dent. C'était l'heure d'imprimer et il fallait remplir la page. Caldrovics avait deux colonnes toutes prêtes.

Le bipeur de Parker vibra contre sa taille. Le numéro de portable de Diane s'affichait sur l'écran.

— Excuse-moi, fit-il en se levant. Il faut que je passe un coup de fil à quelqu'un de bien plus important que toi.

Kelly leva les yeux au ciel.

— Tu essaies juste de me laisser l'addition.

Parker ignora la remarque et sortit du restaurant pour rappeler Diane.

Les embruns s'étaient insinués dans la ville, brume glaciale au goût salé.

Diane répondit avant la fin de la première sonnerie.

— Je te dérange pendant un rendez-vous sexy? demanda-t-elle.

— Pas exactement.

— Où es-tu?

— Chez Morton. Et toi?

— Au Peninsula. À une collecte de fonds pour le procureur général. Je viens d'entendre ton nom mentionné dans une conversation.

— Ah oui? Après quoi, tout le monde a tourné la tête et craché sur le sol?

— C'était Giradello, dit-elle. Et Bradley Kyle.

Parker ne dit rien. Il essayait de comprendre ce que signifiait cette information.

— Kev? Tu es là?

— Oui. Oui, je suis là. Quel était le contexte?

— Je n'ai entendu que quelques mots. J'ai eu l'impression que Kyle était censé avoir fait quelque chose, mais qu'il ne l'avait pas fait.

— Et mon nom a été mentionné?

— Il y a d'abord eu un nom que je ne connaissais pas. Le tien est arrivé plus tard dans la conversation.

— Ce premier nom... tu t'en souviens?

— Je ne sais pas. Ça ne me disait rien du tout.

— Essaye.

Parker retint son souffle et patienta.

Diane fredonna un petit peu en essayant de se souvenir.

— Je crois que ça commençait par un D. Desmond? Devon, peut-être?

Une bouffée de chaleur parcourut Parker.

— Damon.

25

Parker regagna le restaurant, héla le serveur de la main.

— Allons-y, dit-il à Kelly.

Il sortit sa carte de crédit et enfila son manteau.

Kelly ouvrit de grands yeux.

— Même pas de dessert ? Tu parles d'un rencard !

— Désolé, fit Parker. De toute façon, je ne suis pas le genre de type qui plairait à ta mère.

— Elle te trouverait à son goût, mais pour elle. Qu'est-ce qui urge à ce point ?

Parker ne dit plus un mot avant qu'ils soient dehors.

— Je suis sur la mort d'un avocat pourri dont personne ne devrait se soucier, à part ses proches, expliqua Parker. Comment se fait-il que les Vols et Homicides et Tony Giradello s'intéressent à une affaire pareille, à ton avis ?

Kelly prit une inspiration, comme si elle avait la réponse, mais rien ne vint.

— Ils ne devraient pas s'y intéresser, dit-elle. Mais tu es en train de me dire que c'est le cas.

— Deux brutes des Vols et Homicides ont débarqué sur ma scène de crime hier soir. Kyle et son coéquipier.

— Mais ils n'ont pas pris l'affaire ?

— Non. Je les ai mis au défi d'essayer et ils ont reculé, ce que je ne comprends pas du tout. Qu'est-ce qu'ils foutaient là si ce n'était pas pour me piquer mon enquête ? Quand je veux dire là, c'est vraiment *là*, dans le feu de l'action, ce qui n'est pas leur façon de procéder. Sans fanfare, ni trompettes, ni avertissement, ni presse, sauf ce clown de Caldrovics…, poursuivit Parker.

— Qui ne donne pas ses sources sur une histoire de rien du tout concernant un moins que rien d'avocat.

— Et maintenant, on m'apprend que ces mêmes petits futés des Vols et Homicides sont allés rendre des comptes à Giradello en plein dîner organisé pour une collecte de fonds.

Kelly haussa les épaules.

— Ça pourrait concerner n'importe quoi. Ils se préparent au procès Cole. Ce n'est pas parce que tu es parano...

— Pourquoi mon nom serait-il mentionné dans la conversation ?

Kelly le regarda comme si elle pensait avoir raté un élément au détour d'une phrase précédente.

— Tu n'as eu aucun lien avec l'enquête sur le meurtre de Tricia Cole.

— Non, aucun. Aucun grouillot dans mon genre n'y a participé. La victime a été découverte par sa fille, qui a appelé Norman Crowne. Les experts associés de chez Crowne ont appelé le chef. Et le chef a envoyé les Vols et Homicides.

— Je sais, dit Kelly. J'étais là. J'étais sur cette histoire, enfin, j'y suis toujours. Alors pourquoi Giradello discuterait-il de toi avec des flics des Vols et Homicides ?

— Le seul dénominateur commun entre Bradley Kyle et moi, c'est Lenny Lowell, dit Parker en prenant bien garde d'omettre le fait que son principal suspect avait également surgi dans cette conversation.

C'était une chose que d'agiter une carotte sous le nez de Kelly ; c'en était une autre que de lui donner toute la botte. Parker n'allait pas compromettre son enquête en se vendant. En tant que flic, il éprouvait une saine hostilité envers les journalistes. Mais il appréciait Kelly et il lui était redevable ; il n'hésiterait pas une seconde à la lancer aux trousses de Bradley Kyle ou Tony Giradello.

— Mais pourquoi Giradello s'intéresserait à ton macchabée ?

— C'est la question à soixante-quatre mille dollars, Andi, fit Parker en tendant un ticket au voiturier. Pourquoi tu n'irais pas poser la question à quelqu'un qui pourrait nous en dire plus ?

— Et je te tiens au courant ?

— La symbiose, mon amie, commenta Parker. En attendant, nous allons demander à ton petit copain, Jimmy Olsen, si Bradley Kyle est l'un de ses amis secrets.

Le visage de Kelly se décomposa.

— Comment ça, « nous » ?

— Eh bien, moi, je ne le connais pas ce type. Mais toi, oui.

— C'est pas mon gosse, merde. Comment veux-tu que je sache où il est ?

— Tu es journaliste d'investigation, non ? Où est-ce que tu enquêterais si tu devais dénicher des jeunes cons de reporters ?

La Chrysler de Parker approcha.

— Je peux peut-être te trouver un numéro de portable, fit-elle.

— Tu peux même faire mieux que ça, dit Parker. Où se retrouvent tous les jeunes singes pour boire un verre et se frapper le poitrail ces jours-ci ?

Ils approchèrent de leur voiture respective.

— Si tu le tues, j'ai l'exclu, OK ? dit Kelly.

La catégorie professionnelle réputée aimer boire autant que les flics était celle des auteurs de toutes sortes. Scénaristes, romanciers, journalistes. L'animal avait pour habitude de rallier le débit de boisson le plus proche pour s'apitoyer sur son sort. Si l'auteur était solitaire par nature, tous avaient en commun le stress et la paranoïa propres à leur métier. Et quelle que soit la profession, le malheur aime la compagnie.

Le bar où l'emmena Kelly était un vieux bouge du centre-ville qui ne devait pas avoir changé depuis les années trente. Mais, à l'époque, l'atmosphère devait être chargée de fumée et la clientèle essentiellement masculine.

Kelly s'arrogea deux tabourets au comptoir, qui avait l'avantage d'être en retrait de la foule tout en permettant un point de vue sur la salle et la porte d'entrée.

— Du temps où ton chapeau était à la mode, dit-elle, cet endroit était bourré de journalistes mâchonnant leur cigare. Maintenant que Frank Sinatra et les cocktails sont à nouveau en vogue, il est envahi par les jeunes cadres dynamiques en quête de partenaires sexuels.

— Le monde part à vau-l'eau, remarqua Parker.

Il commanda un tonic citron vert. Kelly demanda leur meilleur whisky.

— C'est toujours toi qui régales, hein ? Je considère que ça fait partie de notre rencard.

— Ce n'est pas un rencard.

— Tu cherches à obtenir quelque chose de moi et tu m'as offert à dîner pour arriver à tes fins, dit-elle. Quelle différence avec un rencard?

— Le sexe est exclu.

— Eh bien, dis-moi en face que je ne te plais pas, tant que t'y es! dit-elle en faisant mine d'être scandalisée. Tu es une brute. La plupart des mecs avec qui je sors sont trop lâches pour dire des choses pareilles. Ils ont au moins ça pour eux.

Parker s'esclaffa.

— T'as pas changé, Andi. Tu sais, j'avais un peu oublié. Mais pendant toute cette histoire de l'étudiant en médecine, t'étais la seule à pouvoir me faire rire.

— Je ne sais pas trop comment je dois prendre ça.

— Comme un compliment.

Il fit pivoter son tabouret et reprit, sur un ton sérieux:

— Tu as été bien avec moi. Je ne sais pas si je t'ai déjà remerciée.

Elle rougit un peu et but une gorgée de whisky.

— Dire la vérité, c'est mon boulot, dit-elle. On ne devrait pas me féliciter d'avoir fait ce qui est juste.

— Enfin, en tout cas... tu m'as soutenu à un moment où ce n'était pas très bien vu. J'apprécie.

Kelly n'épilogua pas. Pourtant, Parker savait qu'elle s'était fait descendre en flammes, à l'époque, à cause de cette histoire.

— Je ne vois pas Caldrovics. Mais il traîne souvent avec la bande que tu vois au quatrième box. Insupportablement jeunes, les dents qui rayent le parquet, remarqua-t-elle avec dégoût. J'ai des jeans qui ont leur âge.

— Tu n'es pas vieille, se moqua Parker. Parce que si toi tu l'es, moi aussi. Hors de question d'accepter une chose pareille.

— Facile à dire, pour toi. Un mec sexy reste sexy jusqu'à ce qu'il devienne incontinent et qu'il ait besoin d'une prothèse auditive. Regarde Sean Connery. Ce type a plus de poils qui lui sortent des oreilles que de cheveux sur le crâne et il continue de faire fantasmer les femmes. Dans cette ville, il suffit qu'une fille atteigne quarante et quelques années pour être éliminée du troupeau.

— Tu cherches les compliments, Kelly?

Elle se mit à râler.

— À ton avis ? Qu'est-ce qu'il y a, t'es devenu idiot ou quoi ? L'entraînement des nouvelles recrues aurait-il sur toi le même effet qu'une lobotomie frontale ?

— Tu es superbe, fit Parker. Tu n'as pas pris une ride. Ton teint est lumineux et ton pantalon te fait un cul magnifique. Ça te va ?

Elle fit mine de bouder.

— Tu as touché les points sensibles, mais tu pourrais faire mieux côté sincérité.

— Je suis un peu rouillé.

— J'ai du mal à le croire.

— Crois-moi, je suis devenu très pantouflard, dit-il. Alors, raconte-moi Goran.

— Il n'y a pas grand-chose à dire.

— Tu l'as quand même épousé.

— Ça paraissait être une bonne idée, sur le coup.

Elle baissa les yeux sur son verre, espérant que Parker laisse tomber le sujet, mais il attendait qu'elle poursuive.

— J'ai cru qu'il était l'amour de ma vie. Il s'est avéré que je n'étais pas la seule à le penser.

Elle fit une grimace amusante.

— *C'est la vie*. Qui a besoin de ça, hein ? Je ne vois pas d'alliance à ton doigt, remarqua-t-elle.

— Eh nan. J'en suis toujours à tenter de me réjouir d'être moi-même.

— Il est là, fit soudain Kelly en désignant de la tête l'autre bout de la pièce. Caldrovics. Il arrive du fond de la salle. Il devait être aux toilettes. Cheveux gras, bouc hirsute, l'air d'un SDF.

— C'est bon, je le vois, dit Parker en descendant de son tabouret.

— Et je t'en supplie, dit Kelly, quoi que tu fasses, ne mentionne pas mon nom.

Il posa quelques billets sur le comptoir, puis traversa la pièce, se frayant un passage entre les yuppies et deux vieux bulldogs en plein débat sur la politique du président au Moyen-Orient. Aucun des potes de Caldrovics ne le repéra. Ils étaient trop occupés par leur petite personne et par ce que leur racontait Caldrovics, installé en bout de table.

Parker posa une main sur son épaule.

— Monsieur Caldrovics ?

Celui-ci afficha une expression de surprise désagréable, pleine de suspicion. Il devait avoir vingt-quatre ou vingt-cinq ans. Le visage couvert de marques d'acné.

— J'aimerais vous dire un mot, s'il vous plaît, dit Parker en montrant discrètement son insigne.

Avant que le reste de la tablée puisse s'intéresser à ce qui se passait, Parker recula, en gardant la main fermement posée à la base de la nuque du gamin.

— De quoi s'agit-il ? demanda Caldrovics en traînant des pieds.

— D'accomplir ton devoir civique, fit Parker. Tu veux te comporter en bon citoyen, n'est-ce pas ?

— Eh bien...

— Pardon, je ne connais pas ton prénom.

— Danny...

— Je peux t'appeler Danny ? demanda Parker en l'entraînant vers le couloir du fond. Je suis le lieutenant Parker, Kev Parker, division centrale du LAPD, Homicides.

— Homicides ?

— Oui. Quand une personne en tue une autre, on appelle ça un homicide.

— Je sais ce que ça veut dire.

Ils sortirent par la porte de derrière et se retrouvèrent dans une ruelle où quelques serveurs fumaient une cigarette d'un air désœuvré.

— Allons faire un tour, Danny, suggéra Parker.

— Le quartier n'est pas très sûr.

— Oh, ne t'en fais pas. Je porte une arme chargée. Deux, en fait. Tu as un flingue, Danny ?

— Putain, non !

— Ce n'est pas grave. Je suis certain que tu n'en auras jamais besoin.

Caldrovics voulut freiner des quatre fers.

— Où allons-nous ?

— Juste par là, dit Parker en le poussant derrière une benne à ordures, à l'abri du regard des employés. Un peu d'intimité serait une bonne chose. Je n'aime pas qu'on écoute mes conversations.

Les journalistes, par exemple. Ils se plantent toujours dans les infos, hein, Danny ?

Il sortit son arme de service et donna un coup sur la benne. Le bruit se répercuta comme un gong.

— Tout le monde dehors !

Caldrovics fit un bond en arrière, les yeux écarquillés.

— Merde ! Qu'est-ce qui vous prend ?

— Foutus toxicos, se plaignit Parker. Toujours fourrés dans ces ruelles comme des rats dans les ordures. Ils sont capables de t'égorger pour dix cents.

Grâce à la lumière de sécurité du bâtiment, Parker distinguait la moindre expression du gamin, mais celui-ci ne pouvait voir les siennes. Le bord de son chapeau projetait une ombre sur son visage.

— Il faut que je te pose quelques questions, Danny, commença-t-il. À propos de cet entrefilet que tu as écrit dans le journal de ce matin sur le meurtre de Leonard Lowell.

Caldrovics recula vers la benne à ordures.

— Je suis l'enquêteur principal sur cette affaire, continua Parker. Autrement dit, tout passe par moi. Toute personne qui a quelque chose à voir ou à dire dans cette investigation doit s'adresser à moi.

— Je n'ai pas...

— C'est la procédure, Danny. Je suis très à cheval sur la procédure.

— C'est pas ce que j'ai entendu, murmura Caldrovics.

— Pardon ? fit Parker en faisant un pas en avant, d'un air agressif. Qu'est-ce que tu viens de dire ?

— Rien.

— Tu essayes de m'énerver ?

— Non.

— Alors t'es juste idiot, c'est ça ?

Caldrovics fit un nouveau pas en arrière, mais Parker réduisit l'espace qui les séparait.

— Tu serais assez idiot pour me manquer de respect ?

— Je n'ai pas à supporter vos conneries, Parker, fit Caldrovics. J'ai fait mon boulot...

— Tu ne m'impressionnes pas, Danny. Tu es vraiment mal parti.

— Vous ne pouvez pas me harceler comme ça.

— Qu'est-ce que tu comptes faire ? Me dénoncer ? rit Parker. Tu crois que j'en ai quelque chose à foutre de ce que les gens pensent de moi ? Tu crois que ton histoire intéressera quelqu'un alors que t'auras pas un témoin pour te soutenir ?

Ils étaient tellement proches qu'ils auraient pu se frôler. Caldrovics était nerveux, mais il parvenait plutôt bien à ne pas le montrer.

— Qu'est-ce que tu as dans les poches, Danny ? demanda doucement Parker. T'as un magnéto qui tourne ?

— Non.

Parker mit la main dans la poche gauche de la veste de surplus de l'armée du gamin, puis dans la droite. Il en sortit un enregistreur miniature.

— C'est pas très malin, de me mentir comme ça, Danny, gronda Parker en éteignant le magnétophone. Je suis pas loin de péter un câble. Moi, j'ai un meurtre qui pue les huîtres vieilles de trois semaines, toi, tu as des infos dont j'ai besoin. Et maintenant, tu me mens.

— Je ne sais pas qui a tué ce mec !

— Non ? Mais tu as l'air de savoir des choses que nous autres ignorons. Comment ça se fait ? Peut-être que c'est toi qui l'as refroidi ?

— Vous êtes cinglé ! Pourquoi je l'aurais tué ? Je l'ai jamais vu de ma vie !

— Pour le fric, pour un papier, parce qu'il détenait des photos de toi en train de faire des cochonneries avec des petits garçons...

— C'est n'importe quoi, déclara Caldrovics.

Il essaya de contourner Parker. Celui-ci le repoussa contre la benne.

— Hé ! le rembarra Caldrovics. C'est une agression !

— C'est de la rébellion.

Parker l'attrapa à deux mains, le retourna et plaqua son visage contre la benne métallique.

— Danny Caldrovics, vous êtes en état d'arrestation.

— Pour quel motif ? voulut savoir Caldrovics comme Parker lui tirait un bras vers l'arrière, puis l'autre, pour lui passer les menottes.

— Je réfléchirai une fois dans la voiture.

— Je ne monterai pas avec vous, Parker.

Parker l'écarta violemment de la benne.

— C'est quoi le problème, Danny ? Je suis officier de police. Ta mère t'a jamais dit que les policiers sont tes amis ?

— Qu'est-ce qui se passe ici ?

Andi Kelly arrivait en courant, elle contourna la benne et se figea en voyant Caldrovics menotté et Parker qui le poussait dans la ruelle.

— Kelly ?

Caldrovics la regarda, stupéfait.

— Je t'ai vu sortir par-derrière avec lui, dit-elle. Ça m'a paru bizarre.

— Casse-toi, Kelly, aboya Parker. Qu'est-ce que tu fous ici ? Tu cherches un scoop ?

— Et toi, Parker, qu'est-ce que tu fous ici ? De quoi s'agit-il ?

— Ton petit pote est en état d'arrestation. Rétention d'informations concernant un meurtre. Ce qui fait de lui un complice par instigation, si ce n'est par assistance.

Caldrovics se tordit pour lui faire face.

— Je vous l'ai déjà dit : je n'ai rien à voir avec ce meurtre !

— Et je suis censé te croire ? Tu as déjà démontré que tu étais un menteur, Caldrovics. Et je suis certain que tu me caches des informations.

— T'as déjà entendu parler de la Constitution, Parker ? lança Kelly, sarcastique. Le Premier amendement ?

— Vous me faites gerber, vous, les journalistes, fit Parker. Vous brandissez le Premier amendement comme s'il s'agissait d'un accessoire de mode. Vous vous foutez pas mal de ce qui arrive aux gens tant que vous obtenez ce que vous voulez. Et pire c'est, mieux c'est. Un meurtre non résolu fait plus de gros titres qu'une affaire classée.

— Tes accusations ne tiendront jamais, fit Kelly.

— Peut-être que non, mais peut-être que Danny aura eu l'occasion de réfléchir aux avantages de la coopération après avoir passé la nuit en cellule avec un tas de toxicos et de dealers.

Caldrovics lui ricana au nez.

— Vous pouvez pas faire ça…

— Non seulement je le peux, mais je vais le faire, espèce de petite fouine, dit Parker en recommençant à le pousser dans la ruelle.

Caldrovics regarda Kelly.

— Merde, appelle quelqu'un !

Les grands yeux de Kelly allèrent de Caldrovics à Parker.

— Attendez, attendez, dit-elle en levant les mains pour empêcher leur départ.

— Je n'ai pas de temps à perdre, Kelly, aboya Parker. On parle d'un meurtrier qui sévit toujours. Il a agressé la fille de la victime aujourd'hui même, grâce à ton connard de copain qui a obligeamment mis son nom dans le journal !

Caldrovics voulut à nouveau se défendre.

— Il aurait pu la connaître de toute...

Parker tira sur les menottes.

— Ferme-la, Danny ! Je ne veux plus entendre une seule excuse sortir de ta bouche. Tu as fait ce que tu as fait. Sois un homme, assume.

— Qu'est-ce que tu veux savoir, Parker ? demanda Kelly

— Où il a eu l'info. Qui lui a dit que la fille avait découvert le corps.

Kelly se tourna vers Caldrovics.

— C'est lui le responsable de l'enquête, pourquoi c'est pas lui qui t'a filé les infos ?

— J'ai pas de comptes à te rendre, Kelly.

Elle approcha de lui à pas lourds et lui colla un coup au menton.

— T'es idiot ou quoi ? Je suis là en train d'essayer de sauver tes pauvres petites fesses, et t'as le culot de me répondre sur ce ton ?

— Il est complètement con, déclara Parker.

— Faut croire, fit-elle en secouant la tête avant de s'éloigner. Fais ce que tu veux de lui, Parker. Il est trop con pour mériter de vivre. En ce qui me concerne, je n'ai rien vu.

— Kelly ! Merde ! S'il te plaît ! lança Caldrovics.

Elle se retourna, mains écartées.

— T'as des tuyaux sur un meurtre, Caldrovics. Tout ce que Parker veut savoir c'est d'où tu les tiens. Si t'es trop con pour avoir suivi la voie officielle pour un meurtre classique... tu tiendras pas trois minutes sur les faits-divers. Pourquoi t'as pas parlé à Parker sur les lieux ? Il t'aurait donné les détails. Pourquoi ne pas lui avoir posé la question ?

Caldrovics ne répondit pas tout de suite. Il réfléchissait, estima Parker.

Pour finir, il lâcha un gros soupir et dit :

— Je ne me suis pas rendu sur place, d'accord ? J'ai chopé ça sur le scanner. Putain, il tombait des cordes. Pourquoi je serais sorti sous la pluie ? Pour qu'on me dise qu'un type avec le crâne explosé était mort ?

— Et comment tu as su qu'on lui avait fracassé le crâne ? demanda Parker. T'as pas pu l'entendre sur le scanner. Et pourquoi t'as dit que la fille avait découvert le corps ?

Caldrovics eut un regard fuyant.

— T'as inventé, Danny, c'est ça ? C'est ça que tu aimes faire ? Écrire de la fiction ? Tu t'es dégoté ce petit boulot de journaleux en attendant de vendre ton scénar ? C'était plutôt calme, comme soirée, alors tu as décidé d'embellir un peu, pour te marrer ?

— Pourquoi j'aurais fait une chose pareille ?

— Comme ça.

— Tu n'es pas allé sur place ? fit Kelly, qui n'en croyait pas ses oreilles. Non mais tu crois quoi ? C'est ton boulot – tu te déplaces, tu fais un reportage sur ce qui s'est passé. La prochaine fois, tu feras quoi ? T'attendras de voir l'histoire à la télé pour en faire un papier ?

Caldrovics se renfrogna.

— J'ai parlé à un flic. C'est quoi le problème ?

— C'est un problème, dit Parker, parce que ce n'était pas moi. C'est un problème, parce que, d'après ce que je sais, tu n'as parlé à personne sur les lieux. Et surtout parce que tu as utilisé une info qui était un scoop pour moi et je veux savoir d'où tu la tiens. Quel flic ?

Cela faisait très longtemps que Parker n'avait pas eu autant envie de frapper quelqu'un.

— C'est un mec des Vols et Homicides. Pourquoi je devrais douter de sa parole ?

Parker eut l'impression d'avoir reçu un gros coup de massue sur le crâne. Il sentit une pression énorme grimper le long de sa nuque.

— Kyle. Quel fils de pute.

— Kyle qui ? demanda Caldrovics. Le type avec qui j'ai parlé s'appelle Davis.

— Qui est Davis ? demanda Parker.

Il se tourna vers Kelly, qui passait le plus clair de son temps sur les affaires à gros retentissement et connaissait probablement mieux que lui le personnel du Parker Center.

— Je ne connais pas de Davis, fit-elle.

Parker regarda Caldrovics.

— Comment tu l'as rencontré ?

— Dans un bar au bout de la rue, il y a une semaine. Vous pouvez m'enlever les menottes ? Je ne sens plus mes mains.

— Il t'a montré une pièce d'identité ? demanda Parker en le libérant.

— Ouais. Je lui ai demandé ce que ça faisait de bosser dans l'équipe de choc. Il m'a parlé de quelques affaires sur lesquelles il avait travaillé.

— Tu as son numéro ?

— Pas sur moi.

Le portable de Parker se mit à sonner. Il regarda qui l'appelait. Ruiz.

— Ruiz, je te l'ai déjà dit cent fois : non, je ne veux pas coucher avec toi.

Devant l'absence de réaction, Parker sentit un picotement de terreur le gagner.

— Je viens d'être appelée, dit-elle. Je suis de garde.

— Je te retrouve sur place. Quelle est l'adresse ?

— Speed Coursiers.

26

— Et merde, lâcha Parker.

Il sentit toute sa force et son énergie le quitter.

— Merde, murmura-t-il encore.

L'un des projecteurs de la voiture radio de Chewalski illuminait la scène d'une lumière crue.

Eta Fitzgerald gisait sur le pavé humide, à l'arrière des locaux de Speed. Il n'y avait plus trace du personnage dont Parker avait fait la connaissance le matin même. Cette force de la nature n'existait plus. Ce qu'il fixait maintenant n'était qu'une coquille vide, une carcasse. Parker s'agenouilla à côté du corps. Elle avait eu la gorge tranchée d'une oreille à l'autre.

— C'était un gros morceau, celle-là, commenta Chewalski.

— Ne dis pas ça, dit doucement Parker.

— Tu la connais, Kev ?

— Oui, Jimmy, je la connaissais.

La première chose qu'il rabâchait aux nouvelles recrues était de ne pas s'attacher émotionnellement aux victimes. Ils ne pouvaient faire de chaque cas une affaire personnelle. C'était trop dur, trop destructeur. Plus facile à dire qu'à faire quand on avait rencontré la victime avant le crime.

— Merde, désolé, fit Chew. C'était une amie à toi ?

— Non, répondit Parker. Mais ça aurait pu, ailleurs, à un autre moment.

— Elle n'a pas de papiers sur elle, pas de sac à main. Je suis sûr que son fric est partout en ville à l'heure qu'il est, il doit servir à payer du crack et des pipes à cinquante dollars. On a trouvé les clés du monospace par terre, à côté du corps. Il est enregistré au nom d'Evangeline Fitzgerald.

— Eta, dit Parker. Elle se faisait appeler Eta. Elle était dispatcheur ici. Ruiz et moi, on lui a parlé ce matin.

— Le coursier d'hier soir, il bossait ici ?

— Ouais.

— J'imagine que c'est notre homme, alors ? L'avocat. La dispatcheur. Leur point commun, c'est lui.

Parker ne dit rien. Pourquoi Damon aurait-il attendu la fin de la journée pour la tuer ? Il savait forcément que les flics commenceraient par les sociétés de courses. Si Damon avait voulu la réduire au silence, il l'aurait éliminée avant qu'elle se rende au travail et leur donne le moindre renseignement.

Parker doutait également qu'il soit venu jusqu'ici pour lui voler de l'argent. Pourquoi ce gosse aurait-il pris un tel risque ? L'endroit aurait pu être sous surveillance. Et il était censé détenir une grande quantité d'argent subtilisée dans le coffre-fort de Lenny Lowell. Pourquoi s'intéresser au contenu du portefeuille de cette femme ?

— Elle a des enfants, fit remarquer Parker.

Il se releva et regarda autour de lui.

— Où est Ruiz ?

— Elle n'est pas encore arrivée. Elle a dû prendre un peu de temps pour affûter ses griffes. Tu as vraiment décroché le gros lot avec celle-là, Kev.

— Je ne suis pas obligé de les aimer, Jimmy, lança Parker en s'éloignant. Il faut juste que je leur apprenne le métier.

— Ouais, eh ben bonne chance.

— Un mot à la presse, lieutenant ? demanda Kelly postée de l'autre côté du ruban jaune.

Parker enfonça les mains dans les poches de son manteau et s'approcha.

— Ce n'est pas moi qui m'occupe de cette affaire.

— Et le responsable… ?

— N'est pas encore là.

Parker s'assura que Jimmy Chew était hors de portée de voix avant de demander :

— Où est Caldrovics ?

— Il a filé. Il est peut-être parti te dénoncer aux autorités.

— Il n'a pas une marque sur lui, à part à l'endroit où tu l'as frappé, nota Parker. Et au fait, merci pour le coup de main.

— De rien. Il l'a bien cherché. Ravie de pouvoir m'acquitter de mon devoir civique en aidant un policier.

— J'ai essayé d'inculquer cette idée à Caldrovics, mais il ne s'est pas montré réceptif.

Kelly fit une grimace.

— Ah les gosses, de nos jours. C'est toujours moi, moi, moi.

Elle prit à peine le temps de reprendre son souffle.

— Bon, alors, qu'est-ce que tu as pour moi, Parker? Un gros scoop?

— La victime était dispatcheur pour Speed Coursiers. Le mobile serait le vol. Son sac a disparu.

Elle gribouilla dans un calepin.

— Et elle a un nom?

— La famille n'est pas encore prévenue.

Parker respira une bouffée d'air humide aux relents d'ordures et eut une pensée pour la famille d'Eta. Comment se débrouilleraient-ils sans elle? Il ne pouvait pas laisser Ruiz le leur annoncer. Il l'entendait déjà d'ici : « Bon, elle est morte. Faut t'en remettre, vieux. »

— Kev?

Kelly le regardait d'un air inquiet.

— Lenny Lowell attendait un coursier hier soir. Il a été envoyé par Speed. Personne ne l'a revu depuis.

Ce n'était pas tout à fait exact, mais Kelly n'avait pas besoin de connaître tous les détails et Parker n'était toujours pas certain qu'Abby Lowell ait rencontré Damon.

— Ruiz et moi sommes passés ici ce matin pour obtenir des informations, continua-t-il. On n'a rien trouvé de convaincant. Son nom est sûrement un pseudo. L'adresse sur le dossier n'était pas un domicile.

— Ce coursier, c'est ton suspect? Pour les deux meurtres?

— Il nous intéresse.

Une voiture arriva dans un rugissement de moteur et pila à dix centimètres du pare-chocs du véhicule de Chewalski. La portière s'ouvrit et Ruiz apparut, dans une tenue de cuir noir moulante.

— Qu'est-ce que tu foutais? brailla Parker. T'arrondis tes fins de mois en faisant la dominatrice au black? Tu m'as appelé il y a une demi-heure.

— Eh bien, excuse-moi, mais je ne vis pas dans un loft branché du centre-ville, moi, je vis en banlieue.

— Je ne sais pas pourquoi, mais ça ne me surprend pas, marmonna Kelly, assez fort pour que Parker l'entende.

— La circulation sur la 101 était à chier, poursuivit Ruiz. Un connard avait perdu sa table de salle à manger sur la route. Et ensuite...

Parker leva une main.

— Ça suffit. Maintenant tu es là. Pas la peine de continuer à nous torturer.

— Ruiz, voici Andi Kelly, dit-il en désignant la reporter de la tête. Elle est journaliste au *Times*.

Ruiz parut vexée.

— Qu'est-ce qu'elle fiche ici?

Kelly répondit avec un sarcasme digne d'une fille de banlieue :

— Reporter, crime, article... Faut vraiment que je t'explique?

— Mesdemoiselles, pas de crêpage de chignon sur une scène de crime, intervint Parker. C'est ton affaire, Ruiz. À toi de décider ce que tu veux que la presse sache. Essaye de te souvenir que les journalistes ont leur utilité. Dans ce cas précis, je veux que tu fasses tout passer par moi d'abord. Ce meurtre pourrait bien être lié à celui d'hier soir. Il faut qu'on soit sur la même longueur d'onde. Tu sais qui est la victime?

— La dispatcheur.

Le médecin légiste était arrivé et circulait lentement autour du corps d'Eta Fitzgerald, comme s'il n'arrivait pas à savoir par quel bout commencer.

— C'est ta scène de crime, continua Parker. Alors vas-y. Ne te plante pas et essaye de ne pas te mettre à dos plus de trois ou quatre personnes. N'oublie pas, je te surveille de près. Un mouvement de travers et je te colle à la circulation.

Ruiz l'envoya balader d'un signe de la main et s'éloigna.

— Berk, fit Kelly. Y a vraiment des gens qui ne peuvent pas te sentir au Parker Center.

— Chérie, personne au Parker Center ne peut me sentir.

Il remonta le col de son manteau, rajusta son chapeau.

— Je t'appelle, conclut-il.

Il repartit en direction de la scène de crime.

— Hé, Parker, lança Kelly alors qu'il n'avait pas fait trois pas. Il jeta un œil par-dessus son épaule.

— C'est vrai que t'habites dans un loft branché du centre-ville ?

— Bonne nuit, Andi, dit-il en continuant de marcher.

Le légiste faisait son travail, qui consistait à enlever le peu de dignité qu'il restait à la victime, à couper ses vêtements pour examiner son corps, à la recherche de blessures, de marques, de contusions, de lividité.

— Depuis combien de temps elle est morte, Stan ? demanda Parker.

— Deux ou trois heures.

L'homme grommela en faisant un effort pour retourner le corps d'Eta Fitzgerald. Plus de cent kilos de poids mort, au sens propre. Lorsqu'il bascula, il entraîna avec lui le légiste, qui tomba sur les fesses. La gorge avait été tranchée presque jusqu'à la colonne vertébrale ; lorsque le corps roula sur le dos, la tête faillit ne pas venir avec.

Ruiz eut un mouvement de recul et murmura :

— *Madre de Dios.*

Elle devint aussi blanche que le lait et fit un pas en arrière. Parker lui mit la main sur l'épaule pour la stabiliser.

— Ta première gorge tranchée ?

Ruiz acquiesça de la tête.

— Tu te sens mal ?

Elle hocha à nouveau la tête. Parker la retourna et lui désigna un coin éloigné de la scène de crime.

— Ne dégueule pas sur les preuves.

C'était la mort dans ce qu'elle peut avoir de plus sauvage. Parker connaissait plein de vieux routiers de la police qui rendaient leur dîner devant une gorge tranchée ou une mutilation. Il n'y avait pas de honte à avoir. C'était une vision d'horreur. Le fait qu'il se soit blindé contre de tels spectacles faisait parfois se demander à Parker ce que cela signifiait chez lui. Peut-être qu'il avait appris à suivre son propre conseil et à ne pas prendre tout de manière personnelle, supposait-il. Qu'avec le temps, il avait développé cette capacité inestimable à ne pas relier la victime au cadavre.

Pourtant, celle-ci le secouait plus que la moyenne. Il y avait quelques heures à peine, il avait entendu une vanne après l'autre sortir de la bouche de cette femme costaud et pleine de vitalité. À présent, la voix s'était tue, faisant place à une leçon d'anatomie sur le mécanisme intérieur de la gorge humaine.

Les bords de la blessure béante avaient été écartés comme de délicates garnitures de dentelle, révélant les tissus adipeux jaune vif. Il n'y avait pas tellement de sang sur la blessure elle-même, ni autour. La majorité avait dû couler directement dans la trachée désormais partiellement exposée, pour finir dans les poumons, ce qui avait noyé Eta. La carotide avait dû jaillir comme un geyser. Si les averses intermittentes n'avaient pas effacé le sang, les techniciens de scènes de crimes auraient trouvé des éclaboussures à deux mètres ou deux mètres cinquante du corps. Beaucoup de sang s'était accumulé sous elle, tandis qu'elle agonisait sur le pavé. Il avait imbibé ses vêtements, et sa poitrine en était maculée, masquant en partie le petit cœur rouge dans un halo de flammes tatoué juste au-dessus de son sein gauche.

Ruiz était de retour ; elle affichait une expression qui mettait Parker au défi de plaisanter.

— T'as des agents qui font le tour des autres bâtiments ? demanda-t-il. Quelqu'un a peut-être vu quelque chose.

Elle hocha la tête.

— Qui l'a signalé ?

— Je ne sais pas.

Parker se tourna vers Chewalski.

— Jimmy ?

— Un de nos bons citoyens, dit l'agent en faisant signe de le suivre de l'autre côté de la ruelle.

Comme ils approchaient de l'aire de livraison d'un magasin de meubles du nom de Fiorenza, une silhouette sombre et recroquevillée émergea d'un grand carton abandonné. En se dépliant, la silhouette se transforma en un grand homme noir aux longs cheveux gris emmêlés, vêtu de plusieurs couches de haillons. Son odeur le précédait. Il semblait avoir passé un long moment dans un égout.

— Lieutenants, voici Obidia Jones. Obi, les lieutenants Parker et Ruiz.

— C'est moi qu'a trouvé cette pauvre femme! dit Jones en montrant la ruelle. J'aurais bien essayé de la réactiver, mais j'ai pas pu la retourner. Comme vous le voyez, elle est d'une taille molossale. La pauvre, j'y ai d'mandé, d'mandé de pas être morte, mais elle était morte quand même.

— Et vous avez téléphoné à la police? demanda Ruiz, dubitative.

— Ça coûte rien du tout d'appeler le 911, ça m'arrive, de temps en temps. Y a une cabine au coin.

— Vous avez vu ce qui s'est passé, monsieur Jones? demanda Ruiz en fronçant le nez à l'odeur qu'il dégageait.

— Ah non m'dame, j'ai pas vu. J'étais indisposé au moment de cet acte hyèneux. Je crois que je consommationne trop de fibres dans mon régime.

— Je n'ai pas besoin de le savoir, fit Ruiz.

Le vieil homme approcha son visage tout près du sien.

— Moi je crois que p't'êt bien que vous manquez de fibres. Ça doit être pour ça que vous faites cette tête.

Il se tourna vers Parker, comme pour avoir une seconde opinion.

— Si seulement c'était aussi simple, commenta celui-ci. Comment avez-vous découvert la victime, monsieur Jones?

— Je regagnais mon habitat quand je l'ai vue là par terre, juste après que la voiture est partie.

— Quelle voiture?

— Une grosse voiture noire.

— Et par hasard, auriez-vous vu qui était au volant? demanda Parker.

— Pas cette fois-ci.

Ruiz se massa le front.

— Qu'est-ce que ça veut dire?

— Oh, je l'avais déjà vu, annonça Jones d'un ton détaché. Il était passé avant.

— Vous seriez capable de le reconnaître? demanda Parker.

— Il ressemble à un pitbull, dit Jones. La tête carrée, des yeux de fouine. Sans le moindre doute permis, de la vermine fils de vermine.

— Nous allons vous demander de regarder quelques photos, dit Parker.

Jones arqua un épais sourcil gris.

— À votre poste de police?

— Oui.

— Ce soir, précisa-t-il, alors qu'il fait froid et humide par ici ?

— Si cela ne vous dérange pas.

— Ça ne me dérange pas trop. C'est pizzas pour tout le monde là-bas ?

— Bien sûr.

— Je peux prendre mes sacs avec moi ? Tout mon attiraillement est dans mes sacs.

— Absolument, dit Parker. Le lieutenant Ruiz va les mettre dans sa voiture et vous les apporter.

Jones se tourna vers Ruiz.

— Vous allez peut-être trouver quelques aliments fibreux là-dedans. Vous gênez surtout pas, servez-vous.

— Super, merci, fit Ruiz en jetant un regard noir à Parker. Et le lieutenant Parker va vous emmener.

— Non, je suis certain que M. Jones préférera être conduit dans le véhicule officiel. L'agent Chewalski pourra peut-être même faire tourner le gyrophare rien que pour vous, dit Parker à Jones.

— Ce serait très classieux, fit Jones. Vraiment.

— Allez, on prend tes sacs, Obi, dit Chewalski. On va les mettre dans le coffre du lieutenant.

Ruiz regarda Parker et articula silencieusement :

— Je te déteste.

Parker l'ignora.

— Une dernière chose, monsieur Jones. Vers l'heure du meurtre, avez-vous vu quelqu'un à vélo dans les environs ?

— Non m'sieur. Tous les gosses à bicyclette étaient partis bien avant.

— Et une petite voiture noire ?

— Non m'sieur. Une grosse voiture. Aussi longue et noire que la Faucheuse elle-même.

— Merci.

— Tu es vraiment un connard, lâcha Ruiz lorsqu'ils regagnèrent la scène de crime.

— Considère que c'est ta pénitence, dit Parker.

— Parce que j'étais en retard ?

— Parce que tu es comme tu es.

27

Le silence et l'obscurité régnaient dans l'appartement. Jack arpentait cet espace réduit, animal en cage conscient que ses ennemis étaient peut-être en train de l'encercler.

Tyler l'avait observé attentivement à son retour, d'un œil sombre et en gardant le silence, ce qui ne lui ressemblait pas. Il n'avait posé aucune question sur les nouvelles blessures. Jack se disait qu'il devait peut-être une explication à son frère, mais il s'était tu. La tension dans l'appartement était palpable. À 10 heures, Tyler était parti se coucher sans un mot.

Jack essaya de minimiser son sentiment de culpabilité. Il ne ferait jamais rien qui mette son frère en danger. C'était le plus important. Les craintes et les sentiments de Tyler devaient être relégués au second plan. Il se répéta ces phrases dans sa tête, en pensant au moment où il réveillerait son petit frère pour lui annoncer qu'il partait.

Il ne lui fallut pas longtemps pour faire ses bagages. Il entassa dans un sac à dos quelques vêtements de rechange. Il n'avait toujours pas de plan, mais il savait une chose : il ne pouvait pas rester ici. Il finirait par être rattrapé d'une façon ou d'une autre. Sa mère lui avait appris à réfléchir vite. Il ne fallait pas qu'il se considère comme une proie pourchassée par des chiens. Il fallait envisager la situation comme s'il était en position de force.

Il détenait ce que voulait le tueur et si cela valait la peine de tuer pour l'obtenir, cela devait aussi avoir de la valeur pour quelqu'un d'autre. Abby Lowell était la clé du mystère. Il ne croyait pas qu'elle ignorait tout de cette histoire, sinon pourquoi son appartement aurait-il été visité, pourquoi cet avertissement sur le miroir ? *La prochaine fois, tu es morte.* On cherchait à lui faire peur. Quel intérêt de la menacer si elle ne savait rien de ce qui se tramait ?

Il allait devoir l'appâter d'une façon ou d'une autre. L'amener à le rencontrer en terrain neutre, dans un endroit qui ne manquerait pas de sorties de secours en cas d'ennuis. Il lui dirait que les négatifs étaient en sa possession, il lui demanderait ce qu'ils signifiaient pour elle. Quelle était leur valeur.

Jack aurait bien voulu savoir ce qu'elle avait raconté à la police. Elle avait mentionné un lieutenant précis. Comment s'appelait-il ? Parker. Il se demandait si c'était celui qu'il avait vu à l'arrière des locaux de Speed. Et il aurait aimé savoir ce que Parker savait, ce qu'Eta lui avait dit.

Il refusait toujours de croire qu'Eta l'avait trahi. Il voulait la contacter, lui parler. Il avait besoin d'être rassuré.

— Tu t'en vas.

Tyler se tenait dans l'encadrement de la porte de la chambre, vêtu de son pyjama Spiderman, ses cheveux blonds hérissés dans tous les sens.

— Tu t'en vas et tu n'allais même pas me le dire.

— Ce n'est pas vrai, dit Jack. Jamais je ne partirais sans te prévenir.

— Tu m'avais juré que tu ne m'abandonnerais jamais.

— J'ai dit que je reviendrai toujours, le corrigea Jack. Et je reviendrai.

Tyler était au bord des larmes.

— Tu as des ennuis. Tu comptais ne pas m'en parler, mais je suis au courant.

— Qu'est-ce que tu sais ?

— Tu me traites comme un bébé, comme si j'étais trop idiot pour comprendre les choses par moi-même. Comme… Comme…

— Qu'est-ce que tu sais ? répéta Jack.

— Tu t'en vas. Tu pourrais m'emmener avec toi, mais tu ne vas pas le faire et je n'ai pas le droit de donner mon avis parce que tu penses que je ne devrais jamais savoir ce qui se passe !

— Tu ne peux pas venir avec moi, Tyler. J'ai quelques problèmes à éclaircir et il va falloir que je sois capable de bouger vite.

— Mais on pourrait partir tous les deux, protesta Tyler. On pourrait aller dans un endroit où personne ne nous connaît, comme à la mort de maman.

— Ce n'est pas aussi simple, répondit Jack.

— Parce que tu vas aller en prison ?

— Quoi ?

Jack se laissa tomber sur le futon. Tyler vint se planter juste devant lui, le visage tendu par la colère ; une rougeur marbrait sa peau pâle.

— Ne mens pas, dit-il. Pas la peine d'essayer de me faire croire que tu n'as jamais dit ça. Je t'ai entendu.

Jack ne prit même pas la peine de demander à son frère s'il avait écouté sa conversation avec Mme Chen. Tyler était connu pour ses apparitions dans des endroits où il n'aurait pas dû être, et sa connaissance de faits qu'il aurait dû ignorer.

— Je ne vais pas en prison, expliqua Jack. J'ai dit ça à Mme Chen pour lui faire peur. Elle voulait que j'aille voir les flics ou que je parle à un avocat. Je ne veux pas et je devais m'assurer qu'elle ne le ferait pas à ma place.

— Alors la Protection de l'enfance ne va pas venir me chercher pour me placer en famille d'accueil ?

— Non, Tyler, dit Jack en mettant ses mains sur les épaules étroites de son frère. Je ne te ferais pas prendre de risques. Jamais. Tu m'as compris ?

Tyler afficha un air sérieux.

— On doit prendre soin l'un de l'autre, vu ? reprit Jack.

— Alors tu devrais me laisser t'aider, mais tu ne veux pas.

— C'est compliqué. Il faut que je comprenne ce qui se passe vraiment.

— Si c'est ça, tu devrais me laisser t'aider, insista Tyler. Je suis plus intelligent que toi.

Jack eut un rire las, il ébouriffa la tignasse de son frère.

— S'il s'agissait de géométrie ou de science, je me serais adressé directement à toi, Ty. Mais ce n'est pas le cas. C'est beaucoup plus grave.

— Un homme a été tué, dit calmement Tyler.

— Oui.

— Et si toi aussi tu te fais tuer ?

— Je ne laisserai pas une chose pareille se produire, dit Jack sachant que c'était une promesse en l'air.

Tyler n'était pas dupe. Pourtant, Jack répéta :

— Je reviendrai toujours.

Une larme coula sur la joue de son frère, puis une autre. Son regard était celui d'un garçon bien plus âgé que lui. Une profonde, très profonde tristesse que rendait encore plus poignante la résignation née de l'expérience passée. En cet instant, Jack songea que l'âme de Tyler devait être vieille de cent ans, et qu'il avait dû subir une déception après l'autre.

— Tu ne pourras pas revenir si tu es mort, murmura Tyler.

Jack attira le garçon vers lui pour le serrer fort dans ses bras. Ses propres larmes lui brûlaient les yeux.

— Je t'aime, Tyler. Je reviendrai. Rien que pour toi.

— Tu promets ? demanda Tyler, la voix étouffée contre l'épaule de Jack.

— Je promets, lui souffla-t-il, la gorge douloureuse.

Tous deux pleurèrent un moment, puis ils restèrent enlacés. Le temps s'étirait, dénué de sens, dans l'obscurité de la nuit. Puis Jack soupira et remit son frère sur ses pieds.

— Je dois y aller, Ty.

— Attends.

Il se précipita dans sa chambre et revint quelques secondes plus tard avec la paire de petits émetteurs-récepteurs que Jack lui avait offerte à Noël.

— Prends-en un, dit-il. Les piles sont neuves. Comme ça tu pourras m'appeler et moi aussi.

Jack prit la radio.

— Je serai peut-être hors de portée. Mais je t'appellerai quand je pourrai.

Il enfila sa veste de treillis, glissa le talkie-walkie dans sa poche. Tyler l'accompagna jusqu'à la porte.

— Pas de bêtises, avertit Jack. Et obéis à Mme Chen. D'accord ?

Tyler fit oui de la tête.

Jack s'attendait à ce que son frère le supplie de faire attention, mais il n'en fit rien. Il ne dit pas au revoir. Il ne dit rien du tout.

Jack passa une dernière fois la main dans les cheveux de Tyler, tourna les talons et descendit les escaliers.

Chinatown était silencieux, les rues luisaient comme de la glace noire sous les réverbères. Jack monta sur la Bête et descendit lentement la ruelle dans une progression lasse vers nulle part. La Bête se balança d'un côté, de l'autre, jusqu'à ce que l'élan se transforme en énergie motrice. Il prit à droite au bout de la ruelle, et se dirigea vers le centre-ville, où les fenêtres éclairées des hauts bâtiments brillaient comme des étoiles.

Au moment où Jack prenait un virage, une Chrysler Sebring de cinq ans d'âge en prenait un autre, quelques rues plus loin. Un imposant portail de fer à commande électronique s'ouvrit et la voiture se gara sur sa place de parking, à proximité d'un ancien entrepôt de textile transformé en lofts branchés.

Un peu plus loin, une berline noire surbaissée au pare-brise flambant neuf progressait doucement dans une rue mouillée, laissant derrière elle une laverie, un marchand de fruits et légumes et la poissonnerie Chen.

Parker pénétra dans son loft, jeta ses clés sur l'étroit autel chinois en noyer foncé qui faisait office de console dans son entrée au sol d'ardoise. Il évita de jeter un œil dans le miroir juste au-dessus. Il n'avait pas besoin de se voir pour savoir que la journée pesait sur lui comme une chape de plomb. Il ne lui restait plus aucune énergie pour éprouver de la colère ou de la tristesse. Il se sentait seulement hébété.

La douce lueur des petites lampes halogènes éclairant les œuvres d'art accrochées aux murs le guida jusqu'à son dressing, puis à sa salle de bains. Il fit couler une douche bien chaude et enleva son costume, qu'il posa sur le dossier d'une chaise.

Il le déposerait au pressing dès le lendemain. L'idée de l'enfiler alors qu'il l'avait sur le dos en découvrant le corps d'Eta Fitzgerald dans cette ruelle lui était insupportable. Le costume portait l'odeur de la mort, l'idée de la mort d'Eta.

La vapeur calma ses muscles, la chaleur chassant le froid de l'extérieur et de l'intérieur.

Les lampes de chevet diffusaient un éclairage tamisé, qui faisait partie du système électronique élaboré qu'un copain l'avait convaincu d'installer chez lui. Les lumières, la musique, la température de la pièce, tout était lié par un système informatique programmé pour qu'il ne rentre jamais dans un appartement froid et sombre.

La femme qui dormait dans son lit était une autre affaire. Elle était venue de son propre chef et avait fait comme chez elle.

Parker s'assit au bord du lit et la regarda, perplexe.

Diane ouvrit les yeux et les tourna vers lui.

— Surprise, dit-elle doucement.

— Je suis surpris, c'est vrai, dit Parker en lui caressant les cheveux. Qu'est-ce qui me vaut ce plaisir ?

Elle se redressa sur l'oreiller.

— J'avais besoin de me débarrasser du goût des mondains. Et j'ai eu envie de me trouver un homme sexy avec qui passer la nuit.

Parker sourit.

— Eh bien, ma puce, je suis celui qu'il te faut.

— Je savais que j'avais frappé à la bonne porte.

Elle s'étira, sans être gênée par sa nudité, sans l'exhiber non plus. Cela faisait partie du charme de Diane. C'était une femme forte, séduisante, à l'aise dans son corps.

— Tu as été appelé ?

— Ouais. Le premier homicide avec Ruiz aux commandes.

— Bonne chance, s'exclama-t-elle. Elle ne me revient pas.

— Elle ne plaît à personne.

— Surtout pas aux femmes.

— C'est-à-dire ?

Diane leva les yeux au ciel.

— Ah, vous, les hommes... Vous ne comprendrez donc jamais. C'est le genre de femme à qui on ne tourne pas le dos. Ne lui fais pas confiance, ne compte pas sur elle. Elle sera ta meilleure amie si elle pense pouvoir obtenir quelque chose de toi, mais dans le cas contraire, elle s'abattra sur toi comme un serpent.

— Je crois qu'on en est déjà là, remarqua Parker.

— Bien. Comme ça tu ne seras pas surpris, conclut-elle. Alors, elle a eu droit à un truc facile ?

— Pas vraiment. Il y a peut-être un lien entre son homicide et celui de Lowell hier soir.

— Ah bon ? fit-elle. Comment ça ?

— La victime est la dispatcheur de la société de courses que Lowell a contactée en fin de journée. Quelqu'un semble être à la recherche de quelque chose et il a l'air énervé de ne pas mettre la main dessus.

— Les Vols et Homicides se sont encore pointés ?

— Non. Ils étaient trop occupés à faire les jolis cœurs de ton côté de la ville, j'imagine, répondit Parker. Ils ont quitté la soirée à quelle heure ?

— Ils ont échangé quelques mots avec Giradello et ils sont partis. Tu le connais d'où, ce nom ?

— Damon est le nom du coursier qui a été envoyé au bureau de Lowell hier soir.

— Je croyais qu'il s'agissait d'un vol.

— Je n'y crois pas, dit Parker. Le coupable a peut-être pris l'argent qui se trouvait dans le coffre-fort de Lowell, mais ce n'est pas pour cela qu'il était venu. Apparemment, il pense que c'est entre les mains du coursier.

— Tu ne penses pas que le coursier est coupable ?

— Non. Ça ne tient pas debout. À mon avis, le coursier n'est que le lapin. Moi, je veux le chien qui est à ses trousses.

Son humeur s'assombrit lorsqu'il repensa à Eta, gisant dans la ruelle.

— Et je le veux vraiment, ajouta-t-il.

L'un et l'autre s'absorbèrent dans leurs réflexions.

— Lowell a fait appel à un coursier, murmura Diane. Celui-ci est parti avec le paquet...

— Enfin, c'est ce qu'on suppose.

— On tue Lowell, puis quelqu'un lié au coursier, qui, lui, a toujours le paquet. Le tueur veut ce paquet.

— Ça sent le chantage, estima Parker.

— Hummm, fit Diane, perdue dans ses pensées.

Parker avait toujours pensé qu'elle aurait fait un super flic. Quel gâchis de la voir passer ses journées à farfouiller dans des cadavres pour le coroner ! Mais elle aimait le côté médico-légal. Elle avait été longtemps criminologue à la division de la police scientifique avant d'entrer au bureau du coroner. Elle évoquait un retour sur les bancs de l'université pour obtenir un diplôme en pathologie médicale.

Elle soupira, puis caressa l'épaule de Parker.

— Viens te coucher. Il est tard. Tu pourras reprendre tes habits de meilleur flic du monde demain matin.

Il acquiesça.

— Je ne serai bon à rien, ce soir, dit-il en se glissant entre les draps.

— Je me contenterai de te serrer contre moi. C'est tout ce dont je suis capable moi aussi.

— Ça, je peux, murmura-t-il en s'endormant aussitôt après avoir déposé un baiser sur ses cheveux et s'être emboîté en chien de fusil derrière elle.

28

L'aube était un doux rêve à l'horizon, à l'est de Los Angeles. De fines bandes indigo, mandarine, roses sur le point d'éclore. La dépression qui avait apporté la pluie avait disparu, laissant derrière elle un air frais, nettoyé, et la promesse d'un ciel bleu Technicolor.

Sur le toit de l'entrepôt reconverti, un homme décrivait lentement les élégants mouvements du tai-chi. La grue blanche déploie ses ailes, rampe comme un serpent, enfonce l'aiguille au fond de la mer. Il se concentrait sur sa respiration, ses mouvements, son calme intérieur. Son haleine s'échappait en nuages délicats qui se dissipaient dans l'atmosphère.

Sur un autre toit, à l'ouest, un vieil homme et un enfant évoluaient à l'unisson, côte à côte, leurs énergies individuelles en contact, leurs esprits totalement séparés. La méditation par le mouvement. Tendre doucement le bras, avancer doucement le pied, poids du corps vers l'arrière. *Zuo xashi duli, shuangfeng guaner, duojuan gong.* Une posture en amenant une autre, puis encore une autre. Une danse au ralenti.

Sous un pont autoroutier à l'angle de la Quatrième et de Flower, au centre-ville de L.A., Jack était blotti sous une couverture de survie, son manteau du surplus de l'armée disposé par-dessus pour cacher la matière argentée dont elle était faite.

Il avait somnolé quelques heures, mais il ne pouvait pas dire qu'il avait dormi. Il s'était recroquevillé sur lui-même pour avoir plus chaud et attirer le moins possible l'attention sur lui ; il avait maintenant l'impression que son corps était congelé dans cette position. Lentement, il entreprit de se lever. Il lui semblait qu'on était en train de l'écarteler.

À une rue de là, au croisement de la Cinquième et de Flower, les coursiers allaient bientôt arriver chez Carl Junior pour leur café et leur carburant matinal. Il aurait vendu son âme pour une tasse de café chaud. La Mission de minuit, à l'angle de la Quatrième et de Los Angeles Avenue servait un petit déjeuner complet à qui le voulait.

Peut-être irait-il y faire un tour, plus tard. Il voulait parler à Mojo, savoir un peu ce qui se disait, ce qui se passait chez Speed, ce qu'Eta avait pu raconter aux flics. Dans un moment, cet endroit sous le pont serait envahi de coursiers. Ils avaient pour habitude de traîner là en attendant les appels. Leurs vélos garés formant un assortiment bariolé, ils se percheraient sur la rambarde telle une bande de corbeaux et discuteraient de tout et de rien.

De tous les coursiers, Mojo était celui que Jack respectait le plus et auquel il faisait presque confiance. Il avait l'apparence d'un rasta déjanté avec son vaudou et ses superstitions, mais Jack savait que Mojo n'était pas fou comme John le Prédicateur. Il était plutôt rusé comme un renard. Mojo avait survécu de nombreuses années en tant que coursier. Personne ne réussissait un tel exploit grâce à la seule chance. De temps en temps, il soulevait le masque et apparaissait un homme intelligent avec, au cœur, une sérénité enviable.

Mojo le renseignerait. S'il arrivait à lui parler seul à seul.

Jack replia sa couverture de survie, qu'il rangea dans son sac à dos. Il alla pisser derrière un pilier en béton, mit son sac sur son dos, remonta sur la Bête et descendit la rue en direction de chez Carl Junior. La circulation était fluide. La ville s'éveillait à peine.

C'était l'un des moments de la journée que Jack préférait. Il pouvait aspirer une grande bouffée d'air propre, sa tête était encore vide de bruit, du grondement des pots d'échappement, des milliers de questions et réponses instantanées qui surgissaient dans l'esprit des coursiers lorsqu'ils zigzaguaient entre les voitures et les piétons pour trouver le chemin le plus court.

Il gara la Bête sur le côté du restaurant, préférant ne pas mettre le cadenas pour pouvoir fuir plus vite en cas de besoin. Il ne pouvait pas entrer. Il traversa donc la Cinquième et se posta au coin d'une rue, le col de sa veste remonté pour dissimuler son visage, les épaules voûtées, et un bonnet de laine enfoncé jusque sur les sourcils, comme beaucoup de gens dans ces rues du centre.

Les deux premiers coursiers qui arrivèrent roulaient pour une autre agence – de celles qui fournissaient à leurs employés pulls et coupe-vent portant leur logo. Jack connaissait des types qui avaient renoncé à une meilleure paye pour ne pas être obligés à porter l'uniforme. Jack aurait bien porté un déguisement de singe si cela avait pu augmenter son salaire, mais ces agences-là ne payaient pas leurs coursiers au noir.

Il attendait depuis une dizaine de minutes lorsqu'il vit Mojo descendre la Cinquième. Bien que le soleil ne soit pas encore tout à fait levé, il portait déjà ses lunettes à la Ray Charles. Ses chevilles et ses tibias étaient entourés d'une bande vert vif en stretch et, par-dessus un short de cycliste violet, il portait plusieurs couches de tee-shirts et de sweat-shirts élimés. On aurait dit un danseur qui traversait une mauvaise passe.

Jack s'avança au moment où Mojo approchait de l'entrée latérale.

— Salut mon pote, dit-il. Tu peux me filer…

— J'ai rien pour toi, *man*, dit Mojo en freinant.

Il passa sa jambe par-dessus son vélo toujours en mouvement et en descendit avec grâce.

— J'ai rien d'autre que des vœux de bonheur.

Jack sortit sa tête de son col, espérant que Mojo le reconnaîtrait. Il tourna la tête pour s'assurer qu'ils étaient seuls dans la rue.

— Mojo, c'est moi. Jack.

Mojo se figea et le dévisagea. Il remonta ses lunettes sur ses dreadlocks sans le quitter des yeux ni lui décocher un sourire.

— Lone Ranger, dit-il enfin. T'as l'air d'avoir eu le feu aux fesses et on dirait bien qu'il t'a rattrapé.

— Ouais, quelque chose comme ça.

— Y a des flics qui te cherchaient hier. Deux paires, même. Les premiers m'ont demandé si je te connaissais. J'ai dit que personne connaissait le cavalier solitaire.

— Et Eta, elle leur a dit quoi?

— Qu'elle te connaissait pas non plus, rétorqua-t-il, les traits tirés, le visage aussi triste que le Christ en croix. Pour un type que personne connaît, t'es drôlement populaire, Jack.

— C'est compliqué.

— Je crois pas, non. Tu as tué un homme ou tu l'as pas tué.

Jack le regarda droit dans les yeux.

— Je ne l'ai pas tué. Pourquoi j'aurais fait un truc pareil ?

Mojo ne cilla pas.

— La grande motivation est généralement l'argent.

— Si j'avais du fric, je serais pas là. Je serais dans un avion en partance pour l'Amérique du Sud.

Il scruta nerveusement la rue, craignant que quelqu'un sorte du restaurant et le voie.

— Faut que je parle à Eta, mais je ne peux pas retourner chez Speed et je n'ai pas son numéro de portable.

— Y a pas le téléphone, là où est Eta, *man*, dit Mojo.

Jack sentit une étrange tension monter en lui lorsqu'il posa les yeux sur le visage de Mojo. Le rasta avait les yeux bouffis, cernés de rouge, comme s'il avait pleuré.

— Qu'est-ce que tu veux dire ?

— Je suis passé au central avant de venir ici. La rue est entourée de scotch jaune, un vrai labyrinthe. Un policier se trimbalait au milieu.

Jack se sentit envahi par ce genre de froid qui n'a rien à voir avec la météo. Le genre de froid qui vient de l'intérieur.

— Non, dit-il, en secouant la tête. Non.

— Je lui ai dit : « Je travaille ici, *man*. » Et il m'a répondu : « Pas aujourd'hui, le rasta. »

Ses yeux se voilèrent. Sa voix s'étrangla.

— « Une dame a eu la gorge tranchée ici hier soir. »

Jack recula d'un pas, se tourna d'un côté, de l'autre, cherchant un moyen d'échapper aux images horribles qui se bousculaient dans son esprit.

— Ce n'était pas elle.

— Y avait sa voiture. Elle a pas pu rentrer chez elle sans.

— Peut-être qu'elle était en panne. Elle a pu appeler un taxi.

Mojo se contenta de l'observer. Jack se mit à tourner en rond. Dans sa tête, il criait à l'aide, mais, comme dans un rêve, personne ne pouvait l'entendre. Une pression énorme envahissait son crâne, écrasait ses tympans, broyait son front. Il serra sa tête entre ses mains pour l'empêcher d'exploser et pour ne plus voir les images.

Eta. Elle ne pouvait pas être morte. Trop d'opinions, trop de fanfaronnades, trop grande gueule, trop d'énergie, trop de tout.

La culpabilité d'avoir cru qu'elle pouvait l'avoir donné à la police s'immisça en lui. Mon Dieu, elle était morte. La gorge tranchée.

Il revoyait la berline noire passer dans la ruelle ce matin-là. Il revoyait le tueur au volant. La tête carrée, les yeux de fouine, la verrue sur sa nuque. Il ressentait encore la terreur brute d'être reconnu. Mais la voiture avait glissé à côté de lui comme l'ombre de la mort.

— Sale quartier, dit Mojo. Ça arrive, les sales trucs. Mais peut-être que tu sais quelque chose qu'on sait pas.

Jack l'entendit à peine. Eta n'était pas morte parce que les locaux de Speed se trouvaient dans un quartier mal famé. Elle était morte à cause de lui. Il n'arrivait pas à comprendre comment ce poids ne l'avait pas encore écrasé sur place.

Il avait passé la plus grande partie de sa vie à tenir les gens à l'écart pour se protéger, mais ces mêmes personnes étaient maintenant en danger – ou mortes – par sa faute. L'ironie avait un goût de bile dans sa bouche.

— Tu sais quelque chose qu'on sait pas, Lone Ranger ?

Jack secoua la tête.

— Non. J'aimerais bien, mais je ne sais rien.

— Alors, comment ça se fait que tu fuis ? T'as pas tué cet homme. T'as pas tué Eta…

— Mon Dieu, non !

— Alors qu'est-ce que tu fuis ?

— Écoute, Mojo. Je suis coincé au milieu d'un truc que je ne comprends pas. Les flics seraient bien contents de me mettre au trou et de classer l'affaire, mais ce n'est pas comme ça que ça va se passer. Je n'ai rien fait de mal.

— Pourtant, tu cherches de l'aide ? s'étonna Mojo. C'est pour ça que t'es là, à me parler ? Tu voulais qu'Eta te vienne en aide, et maintenant elle est morte. Ça ne me paraît pas très juste, comme marché.

— Rien ne te dit qu'elle est morte à cause de moi, dit Jack.

Tout me le dit, à moi, mais rien ne te le dit.

— Elle s'est peut-être fait trucider par un toxico qui en avait après son sac à main, ajouta-t-il.

— C'est ce que tu crois, Jack ? demanda Mojo.

Non, ce n'était pas ce qu'il croyait, mais il ne dit rien. Ce n'était pas la peine. Mojo s'était déjà fait son opinion. Jack s'étonnait toujours de se sentir déçu, alors qu'il savait bien qu'il ne fallait rien attendre de qui que ce soit.

— Je ne te demande rien, dit Jack. Et tu peux me croire, merde, j'ai pas voulu que tout ça arrive.

Il tenta de se diriger vers la Bête.

Mojo se mit en travers de son chemin.

— Où tu vas ?

Jack ne répondit pas, il essaya de le contourner. Mojo le bloqua, le poussa en lui mettant la main sur l'épaule.

Jack le repoussa.

— Je ne voudrais pas que tu deviennes complice par assistance, Mojo. T'en fais pas pour moi. Je suis assez grand pour m'occuper de moi.

— Je m'en fais pas pour toi. C'est pour Eta que je m'en fais et pour ce qui lui est arrivé. La police va venir te chercher maintenant qu'Eta est morte. Je crois que tu devrais leur parler.

— Je passe mon tour.

Jack mit son casque, posa son pied gauche sur la pédale et s'élança en passant sa jambe droite par-dessus le cadre.

— Tu te fous qu'elle ait été égorgée ? s'énerva Mojo, dont la voix pleine de colère se fit plus forte.

Il monta sur son propre vélo et se mit à la hauteur de Jack. Ils descendirent du trottoir, traversèrent Flower Street.

— Va falloir que quelqu'un paye pour ça.

— Ça sera pas moi, répliqua Jack en prenant de la vitesse. Je ne sais pas qui l'a tuée, et je ne peux pas aller voir les flics.

Il garda les yeux rivés sur la route pour éviter que Mojo ne puisse y lire son mensonge. Il savait bien qui avait tué Eta. S'il allait voir les flics, il pourrait décrire le tueur à leur dessinateur de portrait-robot jusqu'au grain de beauté qu'il avait sur la nuque. Ce type devait sûrement avoir un casier long d'un kilomètre. On trouverait sa tête dans les fichiers de l'identité judiciaire. Et Jack le reconnaîtrait en un clin d'œil lors d'une séance d'identification.

Mais s'il allait trouver la police, ils le jetteraient dans une cellule sans écouter ce qu'il avait à leur dire. Ils voulaient le coincer pour Lenny et il n'avait aucun alibi pour l'heure du meurtre. Ils voulaient le coincer pour le cambriolage de l'appartement d'Abby Lowell. Elle se ferait une joie de l'identifier. Et maintenant, Eta. Il ignorait à quelle heure elle avait été tuée, et donc s'il avait ou non un alibi. Mais il savait que la seule chose que ces trois personnes avaient en commun – à part le tueur – c'était lui.

— Dis plutôt que tu ne veux pas y aller, ajouta Mojo. Eta est morte. Elle a une famille, des enfants…

— Et pas moi, alors quelle différence ça fait si je termine en prison, c'est ça ?

— Y a que toi qui t'intéresses.

— Tu sais rien de moi, Mojo. Et tu sais rien de ce qui se passe. Alors reste en dehors de tout ça.

Jack se mit debout sur ses pédales et fonça, préférant distancer Mojo, sa culpabilité et l'image d'Eta, la gorge tranchée, perdant la vie sur le sol crasseux, à l'arrière des locaux de Speed.

La Bête se balançait frénétiquement d'un côté et de l'autre au rythme de ses coups de pédales. Le nouveau pneu arrière collait à la route, le propulsait vers l'avant. Il tourna à droite sur Figueroa, où la circulation commençait à s'intensifier. Camions de livraison, fourgons de la Brinks, banlieusards qui arrivaient en ville assez tôt pour éviter les embouteillages sur l'autoroute.

L'odeur des gaz d'échappement, le crissement des freins et les saccades des moteurs diesel lui étaient familiers. Si rien d'autre dans sa vie n'était normal, il lui restait le confort de se sentir dans son élément.

Il tourna la tête pour s'assurer que Mojo avait abandonné la partie, mais celui-ci arrivait sur sa gauche. Jack donna un petit coup de frein avant de s'engouffrer dans la Quatrième. Les coursiers se réunissaient déjà sous le pont.

Mojo, le visage sombre, lui fit signe de s'arrêter. Jack lui fit un doigt d'honneur et pédala plus fort. Il avait dix ans de moins que Mojo, mais il était blessé, fatigué alors que Mojo était solide et déterminé. Celui-ci regagna du terrain, brandissant son antivol en U et l'agitant pour sommer Jack de se garer. Il essaya de bloquer Jack contre le trottoir, puis il se baissa pour coincer l'antivol dans les rayons de la Bête.

Jack s'inclina vers la droite et son vélo franchit le trottoir pour rejoindre Olive Street, s'attirant le coup de klaxon rageur d'une voiture qui s'apprêtait à tourner. Les piétons firent un bond en arrière et l'insultèrent. Il heurta le bras d'un type qui avait une tasse de chez Starbucks à la main et le café fut éjecté dans les airs comme un geyser.

Mojo était toujours derrière lui, pédalant à toute allure.

Un million de calculs s'effectuaient dans le cerveau de Jack – vitesse, vélocité, trajectoires, angles, obstacles. Ses raisonnements furent interrompus par le bruit strident d'une sirène. Une voiture pie arrivait juste derrière Mojo, gyrophares allumés. Une voix cracha dans un mégaphone :

— LAPD ! Vous, sur les vélos ! Arrêtez-vous !

Comme ils arrivaient au carrefour entre la Quatrième et Hill Street, Mojo prit soudain un virage à droite et se mit en travers de la route de Jack. Celui-ci tourna sa roue avant vers la gauche. Le feu sur la Quatrième venait de passer à l'orange. Le carrefour était presque vide.

La Bête manqua de peu la roue arrière de Mojo pour atterrir devant le phare avant gauche du véhicule de police. Mojo fut projeté vers l'avant avec grand fracas. Le véhicule qui le suivait venait de lui rentrer dedans.

Jack encaissa le choc de l'atterrissage, se remit à pédaler et lança son vélo à contresens de la circulation sur Hill Street. Concert de klaxons. Crissements de pneus sur la chaussée. Obscénités vociférées par les conducteurs. Jack priait pour que personne n'ouvre sa portière.

Il continua, coupa par des ruelles, tourna encore. Même un missile à tête chercheuse n'aurait pu le suivre. Il était l'un des coursiers les plus rapides de la ville et il était sur son terrain. Il ne réfléchissait même pas. Il avançait, brûlant son adrénaline, suant la peur qui faisait trembler ses bras et battre sa poitrine.

Salaud de Mojo ! À la moindre erreur de mouvement, ils auraient pu se retrouver tous les deux à l'hôpital, ou à la morgue. Jack aurait pu finir en prison, interpellé pour conduite dangereuse. Et il n'aurait fallu que quelques minutes au flic pour se rendre compte qu'il venait d'arrêter le type recherché par toutes les patrouilles de la ville.

Voilà ce qui arrive quand on fait confiance aux gens, Jack.

Et que dire de ce qui arrivait à ceux auxquels il avait demandé de l'aide ? Il repensa à Eta et eut envie de vomir.

Au feu vert, Jack se remit à pédaler en cherchant le nom de la rue dans laquelle il avait pu reprendre son souffle. Il aurait pu rire s'il en avait encore eu la force. Hope Street. Rue de l'Espoir.

Il s'arrêta à hauteur de la plaza du Music Center, situé au cœur d'un trio de salles de spectacles : le Mark Taper Forum, l'Ahmanson Theater et le Dorothy Chandler Pavilion, qui avait un temps accueilli les Oscars.

La place était déserte. Rien n'ouvrirait avant une heure. Jack gara la Bête et se posa sur un banc en essayant de se débarrasser de toute cette tension. Il observa les jets d'eau entourant la sculpture de *La Paix sur Terre* et tenta de s'éclaircir les idées.

Il essaya d'imaginer ce qu'Eta aurait eu à dire de *La Paix sur Terre*, mais il ne parvenait pas à entendre sa voix, il ne l'entendrait plus jamais. Il pouvait seulement serrer sa tête entre ses mains et pleurer.

29

La poissonnerie Chen se trouvait à cinq minutes du loft de Parker. Selon le DMV, l'un des propriétaires de Mini susceptibles d'avoir quitté les lieux suite au cambriolage d'Abby Lowell vivait là. Parker se gara devant l'entrée principale. La grille était baissée, mais du côté de l'aire de livraison, deux hommes pelletaient de la glace destinée aux étals.

Parker tendit son insigne.

— Excusez-moi, messieurs, je suis à la recherche de Lu Chen.

Les hommes se raidirent, l'un les yeux écarquillés par la peur, l'autre plissés d'un air soupçonneux. Le premier avait les traits ronds d'un trisomique. Parker s'adressa au second.

— Je suis le lieutenant Parker, du LAPD. Y a-t-il une Lu Chen par ici ?

— Pourquoi ?

Parker sourit.

— La réponse est censée être oui ou non. À moins que votre nom ne soit Lu Chen.

— C'est ma tante.

— Et vous êtes ?

— Chi.

— Chi tout court ? demanda Parker. Comme Cher ? Ou Prince ?

Le regard d'acier le fixa. Aucun sens de l'humour.

— Votre tante est ici ?

Chi enfonça violemment sa pelle dans le tas de glace.

— Je vais voir si elle est dans son bureau.

— Je vous accompagne, dit Parker.

Le type parut offensé d'une telle suggestion.

Chi grimpa sur l'aire de chargement, posa les mains sur ses hanches, son regard noir toujours fixé sur Parker. Ce n'était pas le jour pour porter un costume Hugo Boss, pensa Parker, mais tant pis. Les dés étaient jetés.

Parker se hissa à ses côtés puis s'épousseta, en essayant de ne pas grimacer à la vue de la trace de crasse noire qui maculait le devant de sa veste. Son irritable guide le précéda dans un petit entrepôt, puis le long d'un étroit couloir, jusqu'à une porte où il était écrit « Bureau ».

Chi frappa.

— Ma tante? Un policier veut vous voir.

La porte s'ouvrit et une petite femme bien mise, en blazer de laine rouge et pantalon noir, posa les yeux sur eux. Son expression était aussi farouche que celle de son neveu, mais elle traduisait plus de force que d'irascibilité.

— Lieutenant Parker, dit-il en présentant sa pièce d'identité. Pourriez-vous m'accorder un moment, s'il vous plaît? J'ai quelques questions à vous poser.

— C'est à quel propos, je vous prie?

— Votre voiture. Vous possédez une Mini Cooper datant de 2002, n'est-ce pas?

— Oui.

Le neveu lâcha un soupir dégoûté. Lu Chen se tourna vers lui.

— Tu veux bien nous laisser, Chi. Je sais que tu as du travail.

— Plus que d'habitude. Vu qu'on est en effectif réduit.

— Justement, si tu veux bien nous excuser, dit-elle ostensiblement.

À ces mots, le neveu fit demi-tour. Elle se tourna vers Parker.

— Un thé, lieutenant?

— Non, merci. J'ai juste quelques questions. La voiture est-elle ici?

— Oui, bien sûr. Je me gare à l'arrière.

— Pourrais-je y jeter un œil, s'il vous plaît?

— Je vous en prie. De quoi s'agit-il? demanda-t-elle en le guidant hors de son bureau exigu vers la ruelle de derrière.

Parker fit lentement le tour de la voiture.

— Quand l'avez-vous conduite pour la dernière fois?

Elle réfléchit un instant.

— Il y a trois jours. J'avais un déjeuner caritatif chez Barneys à Beverly Hills.

— Vous n'êtes pas sortie avec hier ?

— Non.

— Quelqu'un d'autre a-t-il pu la prendre ? Votre neveu, peut-être ?

— Pas que je sache. J'ai passé la journée ici. Chi n'a pas bougé non plus, de plus, il a sa propre voiture.

— Quelqu'un d'autre a-t-il accès aux clés ?

Maintenant, elle semblait inquiète.

— Elles sont pendues au mur dans mon bureau. De quoi s'agit-il, lieutenant ? Aurais-je commis une infraction au code de la route ? Je ne comprends pas.

— Une voiture correspondant à la vôtre a été vue, hier, quittant les lieux d'une scène de crime. Un cambriolage avec agression.

— C'est terrible. Mais je peux vous assurer qu'il ne s'agissait pas de la mienne. Elle était là.

Parker haussa les sourcils.

— Un témoin a relevé une partie de la plaque d'immatriculation. Le numéro était très proche du vôtre.

— Comme beaucoup d'autres, j'en suis sûre.

Il devait admettre qu'elle affichait un calme à toute épreuve. Il parcourut le flanc de la voiture côté conducteur jusqu'à l'arrière et donna un petit coup contre le feu cassé à l'aide de son calepin.

— En quittant les lieux, la Mini en question est entrée en collision avec un minivan. Le feu arrière a été cassé.

— Quelle coïncidence. Ma voiture s'est fait rentrer dedans lors du déjeuner dont je vous ai parlé. Je me suis rendu compte des dégâts en quittant le restaurant.

— Et qu'a dit le gardien du parking ?

— Il n'y en avait pas.

— Avez-vous signalé l'incident à la police ?

— Dans quel but ? Pour qu'ils me témoignent leur sympathie ? Si j'en crois mon expérience, la police n'a que faire de telles broutilles.

— À votre compagnie d'assurances, alors ?

— Déclarer des dommages aussi peu importants ? Je serais bien bête de tendre une telle perche à ma compagnie d'assurances pour qu'ils augmentent mes cotisations.

Parker sourit.

— Vous devez être sacrément douée sur un court de tennis, Miss Chen.

— Vous pouvez m'appeler *madame* Chen, dit-elle, le dos raide comme un piquet.

Parker doutait qu'elle atteigne le mètre cinquante, mais elle parvenait tout de même à le regarder de haut.

— Et je n'ai toujours pas la moindre idée de ce dont vous voulez parler, ajouta-t-elle.

— Mes excuses, fit Parker avec un hochement de tête respectueux. Madame Chen, vous semblez avoir réponse à tout.

— Pourquoi en serait-il autrement ?

Il passa la main sur les éraflures qui avaient abîmé l'impeccable peinture noire de la Mini.

— Le minivan qui a heurté la voiture en fuite était de couleur gris métallisé. Le véhicule qui a endommagé votre Mini également.

— Le gris métallisé est une couleur très populaire.

— Ce qui est intéressant dans les peintures, remarqua Parker, c'est qu'elles sont de fabrication particulière. Le gris métallisé de Ford, par exemple, n'est pas celui de Toyota, qui n'est pas celui de BMW. Chacun est d'une composition chimique unique.

— Fascinant.

— Connaissez-vous un certain Jack Damon ? demanda Parker.

Elle ne réagit pas au brusque changement de sujet. Parker n'arrivait pas à savoir si elle venait de faire preuve de génie ou si c'était un mauvais calcul de sa part.

— Comment connaîtrais-je cette personne ? demanda-t-elle en retour.

— Il est coursier chez Speed. Une vingtaine d'années environ, blond, joli garçon.

— Je n'ai pas besoin des services de courses.

— Ce n'était pas ma question, souligna Parker.

Pas de réaction.

— Jack Damon était au volant de la fameuse voiture qui a quitté cette scène de crime.

— Ai-je l'air du genre de personne à frayer avec des criminels, lieutenant ?

— Non, madame. Mais vous avez encore réussi à ne pas répondre à ma question.

Parker tenta d'imaginer quel lien pouvait avoir cette fleur de lotus à la tige d'acier empreinte de dignité avec un gosse comme Damon, racaille solitaire vivant en marge de la société. Aucun en apparence, mais il aurait parié de l'argent qu'il y en avait un. C'était la bonne voiture. Il y avait bien trop de correspondances sur des points cruciaux pour qu'il s'agisse de coïncidences, et Mme Chen ne se montrait pas très bavarde.

Parker posa une hanche contre la voiture.

— Entre vous et moi, je ne suis pas certain que ce gamin soit un criminel, avoua-t-il. Je crois qu'il a pu se trouver au mauvais endroit au mauvais moment et, maintenant, il est jusqu'au cou dans de sérieux ennuis dont il ne sait pas comment se sortir. Ce genre de choses arrive.

— Vous parlez comme un travailleur social, remarqua Mme Chen. Ce n'est pas votre but de procéder à des arrestations ?

— Arrêter des innocents ne m'intéresse pas. Mon boulot, c'est de découvrir la vérité. Je crois qu'il pourrait m'aider sur ce point, dit Parker. Et moi aussi, je pourrais l'aider.

Elle détourna le regard pour la première fois depuis le début de leur conversation, son visage prit un air pensif.

— Je suis sûre qu'un jeune homme dans une telle situation doit avoir du mal à accorder sa confiance, particulièrement à la police.

— Oui, je n'en doute pas une seconde, dit Parker. Les jeunes avec un passé heureux se retrouvent rarement dans ce genre de situation. La vie est dure pour beaucoup de gens. Mais quand un gamin comme ça a quelqu'un pour lui tendre la main... ça peut faire toute la différence.

Une petite ride soucieuse se creusa entre les sourcils de Mme Chen. Parker lui donnait la soixantaine, mais sa peau avait la perfection de la porcelaine.

Il tira une carte de visite de la poche de son manteau.

— Si pour une raison ou une autre, vous avez besoin de me joindre, madame, n'hésitez pas à m'appeler, à n'importe quelle heure, du jour ou de la nuit. Pour l'instant, je me vois contraint de saisir votre voiture.

La colère la ramena à elle.

— C'est un scandale ! Je vous ai dit que cette voiture n'avait pas bougé d'ici depuis trois jours !

— Effectivement, concéda Parker. Mais voyez-vous, je ne vous crois pas. Ce véhicule correspond à la description, il y a le numéro d'immatriculation, le feu endommagé. J'ai bien peur que vous n'ayez le trio gagnant, madame Chen. Un camion à remorque va venir enlever votre Mini, qui va passer un séjour au LAPD jusqu'à ce qu'on puisse procéder aux tests du labo.

— J'appelle mon avocat, déclara-t-elle.

— C'est votre droit, dit Parker. Je dois également vous dire que si les résultats des tests confirment ce que je pense, vous courez le risque d'être accusée de complicité.

— C'est ridicule !

— Je vous préviens, c'est tout. Ce n'est pas moi qui décide. Je ne voudrais pas voir cela se produire, madame Chen. Vous me semblez être une personne qui prend ses responsabilités très au sérieux.

— Je suis ravie que vous ayez une si haute opinion de moi alors que vous me traitez comme une vulgaire criminelle, rétorqua-t-elle en tournant les talons pour se diriger vers son bureau.

— Je ne vous trouve en aucune façon vulgaire, madame Chen, dit Parker. Mais sachez, madame, que le parking de chez Barneys a toujours un gardien.

Elle le gratifia d'un regard qui aurait pu faire fléchir de moins solides que lui.

Parker sourit.

— Je suis un habitué, expliqua-t-il.

Loin d'être impressionnée, elle disparut à l'intérieur du bâtiment.

Parker soupira et regarda autour de lui. La famille Chen possédait une jolie petite affaire. Il avait acheté des crevettes chez eux un jour, pour un dîner en tête-à-tête avec Diane. Excellente qualité.

Peut-être remettrait-il ça quand cette affaire serait classée.

Il avait laissé Diane endormie dans son lit, après avoir posé une orange sur son oreiller vide et un mot qui disait : *Petit déjeuner au lit. Je t'appelle plus tard. K.*

Il avait trouvé agréable de la tenir dans ses bras pour s'endormir et de se réveiller à ses côtés. Ils devraient faire ça plus souvent. Non qu'il aurait voulu une relation permanente ou un engagement légal. D'ailleurs ni l'un ni l'autre ne le souhaitaient. Les lois et les règlements modifiaient les attentes et la notion de confiance dans un couple, et pas pour le mieux, d'après ce qu'il avait pu en juger. Mais à mesure que sa vie privée s'équilibrait, qu'il se satisfaisait davantage du Kev Parker nouveau, la stabilité d'une relation lui paraissait plus attirante.

Il sortit son téléphone et réclama une voiture de patrouille pour surveiller la Mini jusqu'à ce qu'il obtienne son mandat.

En attendant, il observa les immeubles de l'autre côté de la ruelle. Des tas de fenêtres donnaient sur l'entreprise des Chen. Dès que la voiture de police apparaîtrait, la nouvelle se répandrait en un clin d'œil dans tout Chinatown – parmi les Chinois, du moins.

S'il avait voulu solliciter les voisins, il aurait pu trouver quelqu'un qui avait remarqué l'absence de la Mini, voire qui l'aurait vue partir puis revenir. Mais Parker n'en avait pas l'intention. Il ne voulait pas faire de Mme Chen une ennemie, ni qu'elle le considère comme tel.

Parker eut soudain la sensation physique d'être observé. Ses yeux balayèrent l'aire de chargement, l'autre côté de la ruelle, puis vinrent se poser sur un tas de palettes de bois à l'arrière du bâtiment voisin.

Les mains dans les poches, Parker se dirigea vers la porte de service d'un fleuriste qui recevait une livraison d'imposants bouquets d'iris violets et de tournesols jaunes.

Il longea la ruelle, en gardant un œil sur les palettes. Lorsqu'il passa juste à côté, il aperçut une petite silhouette.

Parker fit face au voyeur. Un gamin. Huit ou neuf ans peut-être. Englouti dans un sweat-shirt noir dix fois trop grand pour lui, il l'observait depuis les profondeurs de sa capuche ; ses yeux s'écarquillèrent lorsqu'ils croisèrent ceux de Parker.

— Hé, petit…

Le garçon détala avant même que les mots soient véritablement sortis de la bouche de Parker, et la course poursuite commença. Aussi rapide qu'un lapin, le gamin déguerpit le long de l'entrepôt des Chen en direction d'une grosse benne à ordures bleue. Parker s'élança à ses trousses, freina lorsque le garçon fit un brusque demi-tour et dérapa sur trois mètres avant de pouvoir changer de direction.

— Petit ! Arrête-toi ! Police ! cria Parker en remontant la ruelle, sa cravate flottant comme un étendard derrière lui.

Le gamin prit un virage sec sur la gauche qui le mena sur un parking au centre d'un immeuble en U. D'après ce que Parker pouvait voir, il n'avait aucun moyen d'en sortir à moins de passer par la porte de derrière du bâtiment central. Porte qui était fermée.

Les voitures étaient garées en rangs serrés. La respiration de Parker devenait difficile. Il était en nage. Sa chemise portait encore les plis du pressing et elle allait déjà devoir y retourner.

Une touffe de cheveux blonds et un morceau de jean attirèrent son regard ; le garçon s'était blotti entre une Mazda verte et une Saturn blanche.

— OK, gamin, fit Parker. Sors de là. Je promets de ne pas t'arrêter. Pas de menottes, pas de coups de pistolet…

Il entendit un bruissement de graviers, aperçut une jambe de pantalon, puis une basket noire qui disparaissaient sous une Volvo.

Parker se mit lentement à faire les cent pas.

— Je veux juste te poser quelques questions, dit Parker. Tu pourrais commencer par m'expliquer pourquoi tu as pris la fuite comme ça, mais celle-là, je t'en fais cadeau. Et à l'avenir, tu sauras que si tu te mets à courir, les flics te courent toujours après. On est un peu comme les chiens pour ça.

Il suivit le bruit de graviers jusqu'à l'autre bout du parking. Il se pencha pour jeter un coup d'œil sous une BMW X5 blanche. De grands yeux bleus au-dessus d'un petit nez plein de terre lui rendirent son regard.

— Kev Parker, lui dit-il en tenant son insigne pour que le gamin puisse le voir. LAPD. Et tu es… ?

— J'ai le droit de garder le silence.

— C'est vrai, mais tu n'es pas en état d'arrestation. Y aurait-il une raison pour que je t'arrête ?

— Tout ce que je dirai pourra être et sera retenu contre moi.

— Quel âge as-tu ? demanda Parker.

Le garçon réfléchit un moment, soupesant les avantages et les inconvénients de donner une réponse.

— Dix ans, répondit-il enfin.

— Tu vis dans le coin ?

— Vous ne pouvez pas me forcer à vous parler. Je connais tout sur mes droits contre l'auto-in-cri-mi-nation telle que définie par le Cinquième amendement de la Constitution.

— Un érudit en droit. Je suis impressionné. Comment tu as dit que tu t'appelais ?

— Je n'ai rien dit. Ce n'est pas la peine d'essayer de me piéger, avertit le gamin. Je regarde toutes les séries policières.

— Ah, tu vois clair dans notre petit jeu, alors ?

— En plus, je suis sûrement bien plus intelligent que vous. Je ne dis pas ça pour que vous vous sentiez mal à l'aise, ni rien, dit-il sérieusement. C'est juste que j'ai un QI de 168, ce qui est bien au-dessus de la moyenne.

Parker s'esclaffa.

— Petit, t'es un sacré numéro. Tu veux pas sortir de là ? Tu pourras m'expliquer le théorème de Pythagore.

— Le carré de l'hypoténuse d'un triangle droit est égal à la somme des carrés des deux autres côtés. Les doctrines de Pythagore et des Py-tha-go-ri-ciens, dit-il en fermant les yeux pour ne pas écorcher le mot difficile, qui ont développé certains principes de base des mathématiques et de l'astronomie, sont à l'origine de l'harmonie des sphères. Ils croyaient à la mé-tem-psy-cose, la récurrence éternelle des choses, et à la signification mystique des nombres.

Parker le fixa sans rien dire.

— Je lis beaucoup, expliqua le garçon.

— Apparemment. Allez, viens, petit génie, dit Parker en lui tendant la main. Le sang me monte à la tête. Sors de là-dessous avant que j'aie une crise cardiaque.

Le gamin s'extirpa de sous la voiture comme un crabe, se leva, essaya en vain de s'épousseter. Les manches de son sweat-shirt devaient être au moins quinze centimètres plus longues que ses bras. Sa capuche était tombée en arrière, révélant une tignasse blonde.

— Je ne me considère pas vraiment comme un génie, avoua-t-il avec modestie. Je sais juste tout un tas de choses.

— Pourquoi tu n'es pas à l'école ? demanda Parker. Tu sais déjà tout, alors ils t'ont relâché ?

Le gamin remonta sa manche et consulta une montre qui était si grande pour son poignet qu'il semblait avoir une assiette attachée au bras.

— Il n'est que 7 h 34.

— Ton école doit être dans le coin, alors?

Le gosse fit la moue.

— Et tu dois sûrement vivre dans le quartier, sinon tu t'inquiéterais de l'heure, continua Parker. Tu es observateur. Tu es intelligent. Je parie que tu en sais long sur ce qui se passe par ici.

Il haussa une épaule. Se mit à tournicoter son orteil dans la terre. Les yeux rivés sur le sol.

— Tu es impossible à repérer, dit Parker. Tu peux te glisser partout, voir des choses, en entendre d'autres. Personne ne te remarque.

Il haussa l'autre épaule.

— Alors pourquoi tu m'observais, là? demanda Parker.

— Je sais pas.

— Juste comme ça? Tu as l'intention de faire voyeur professionnel pour espionner les filles?

Sa petite figure se froissa de dégoût.

— Pourquoi je voudrais faire ça? Les filles, elles sont trop bizarres.

— D'accord. Alors peut-être que tu veux devenir espion. C'est ça?

— Pas vraiment. J'ai juste une curiosité in-sa-tia-ble.

— Rien de mal à ça, remarqua Parker. Tu connais les Chen? De la poissonnerie?

Il haussa les deux épaules.

— Tu connais quelqu'un par ici qui s'appellerait Jack Damon? Il est coursier.

Ses yeux s'écarquillèrent un peu.

— Il a des ennuis?

— Si on veut. J'ai besoin de lui parler. Je crois qu'il pourrait avoir des informations qui m'aideraient pour une enquête très importante.

— Sur quoi? Genre un meurtre?

— Une affaire sur laquelle je travaille, dit Parker. Je pense qu'il a pu voir quelque chose.

— Pourquoi il ne vient pas vous en parler, si ce n'est que ça?

— Parce qu'il a peur. Il est comme toi, il me fuit parce qu'il me prend pour un ennemi. Mais ce n'est pas le cas.

Parker aurait pu entendre le cerveau du gamin travailler. Sa curiosité était piquée. Il était intéressé, tout en prétendant ne pas l'être.

— Je ne suis pas un mauvais gars, poursuivit Parker. Tu sais, certaines personnes accusent d'abord et posent les questions ensuite. Il pourrait y avoir ce genre de flics parmi ceux qui cherchent ce Damon. Ce serait beaucoup mieux pour lui s'il venait me trouver avant qu'ils ne le trouvent.

— Qu'est-ce qu'ils lui feraient ?

Parker haussa les épaules à son tour.

— Je ne sais pas. Je n'ai aucun pouvoir sur eux. S'ils croient que ce type est coupable, qui sait ce qui pourrait arriver ?

Le gamin déglutit avec difficulté, comme s'il venait d'avaler un caillou. Cheveux blonds, yeux bleus, mignon. Exactement la description qu'avait donnée Parker à Mme Chen.

— Ils pourraient lui tirer dessus ? demanda le garçon.

— Les malheurs, ça arrive parfois. Je ne vais pas dire que c'est ce qui va se passer, mais…

Il tira d'une de ses poches sa carte de visite, qu'il tendit au garçon. Celui-ci la lui arracha comme s'il s'attendait à ce qu'une paire de menottes ne s'abatte sur son poignet. Un de ces trucs de flics qu'il connaissait par cœur. Il lut la carte et la rangea dans la poche ventrale de son sweat-shirt.

— Si tu vois ce Damon dans le coin…, dit Parker.

La voiture radio noire et blanche entra dans la ruelle et s'arrêta derrière chez Chen. Le policier en sortit et l'interpella.

— Lieutenant Parker ?

Celui-ci leva la main. Le gamin partit comme une flèche.

— Merde ! s'exclama Parker en filant à sa poursuite.

Il s'était à nouveau élancé vers les bâtiments en U. Aucune sortie possible, pensa Parker. Seul un espace excessivement étroit séparait deux des immeubles, un rayon de soleil aussi mince qu'une lame de rasoir. Le gamin contourna la première rangée de voitures. Parker voulut couper l'angle, il sauta par-dessus une Ford Taurus et se laissa glisser sur le capot. À l'instant où il passait la voiture, il tendit le bras pour attraper le gosse, mais il rata son atterrissage, trébucha et tomba sur un genou.

Le gamin ne ralentit même pas à l'approche des bâtiments. Il se précipita dans l'interstice, qui était juste assez large pour lui.

Parker laissa échapper un juron, rentra le ventre et s'y faufila à son tour. Des toiles d'araignées lui fouettaient le visage, la brique accrochait son costume. Parker n'avait pas parcouru trois mètres que le gamin était déjà ressorti de l'autre côté.

— Hé, lieutenant? lança le policier en uniforme depuis le parking.

Parker émergea en râlant, et ôta les toiles d'araignées qui ornaient l'avant de sa veste.

— Je peux faire quelque chose pour vous?

— Ouais, fit Parker, dégoûté. Appelez Hugo Boss et présentez-lui toutes mes excuses.

30

Ruiz était assise à son bureau. Son expression traduisait un mélange d'épuisement, de dégoût, d'irritabilité et de désespoir naissant. Elle avait placé son odorant témoin dans le fauteuil de Parker, disposée à subir la puanteur au nom de la vengeance.

Obidia Jones semblait avoir eu une bonne nuit de sommeil en cellule. Un dîner tardif provenant de chez Domino's Pizza, un café et une pâtisserie de chez Starbucks pour le petit déjeuner. Il feuilletait les fichiers d'identification judiciaire comme s'il lisait un magazine, faisant une remarque lorsqu'il repérait une connaissance.

— Personnellement, je préfère les petits déjeuners plus copieux, remarqua-t-il en déchirant un morceau de sa délicate viennoiserie. Quelque chose de plus substantifique, qui tienne au corps. Quelque chose qui représente tous les grands groupes d'aliments. Rien de tel qu'un bon gros *burrito* au petit déjeuner.

Ruiz leva les yeux au ciel.

Kray passa devant eux, l'air répugné.

— Tu peux pas faire ça ailleurs, Ruiz? Pourquoi est-ce qu'on devrait tous subir cette odeur dégueulasse?

Ruiz le regarda, sans daigner répondre.

Yamoto, debout près de la cafetière, réprima un fou rire et évita le regard venimeux que lui lança son coéquipier.

— Salope, murmura Kray.

— Répète-moi ça un peu plus fort, que je porte plainte pour harcèlement, persifla Ruiz. Tu pourrais bien refaire un petit stage de sensibilisation, ça fera combien de fois déjà?

Kray fit une grimace et imita Ruiz comme l'aurait fait un gamin de cinq ans.

Parker entra dans le bureau, fit trois pas et fut saisi par l'odeur. Lorsqu'il vit M. Jones assis dans son fauteuil, il tourna vers Ruiz un regard perçant.

Elle eut un sourire narquois et dit :

— Touché.

— Je crois que j'ai trouvé la voiture, annonça Parker en l'ignorant. Il faut que j'appelle le substitut du procureur pour avoir un mandat. Avec un peu de chance, on aura des empreintes avant midi.

— Où était-elle ? demanda Ruiz.

— Chinatown. Ça n'a aucun sens pour l'instant, mais ça ne va pas tarder à en avoir un. Je le sens.

L'anticipation provoquait chez lui la même excitation que la caféine ou la vitesse. Il bougeait plus vite, parlait plus vite.

— J'adore quand toutes les pièces commencent à s'ordonner.

Il s'était précipité chez lui après sa rencontre à la poissonnerie Chen pour changer de costume. Il n'allait donc pas poser ses fesses dans son fauteuil. Il s'approcha du bureau de Kray et se servit de son téléphone sans lui demander la permission, comme si son collègue n'était pas là.

— Comment ça va, monsieur Jones ? demanda-t-il en attendant que quelqu'un décroche à l'autre bout de la ligne.

— Je suis très content. Vous faites tous preuve d'une extrême charitabilité.

— Mlle Ruiz vous traite bien ?

— Elle m'a très gentiment apporté un café.

— Nous allons marquer cette date d'une pierre blanche, fit Parker. Elle n'a jamais été aussi sympa avec moi.

— Ça doit être à cause de ton after-shave, grommela Kray.

— Je n'en ai pas besoin, répliqua Parker. Je fleure bon la fraîcheur d'un matin de printemps. Mais toi, tu pourrais changer de chemise, espèce de plouc. Tu macères depuis combien de temps dans cette horreur ? Yamoto, depuis combien de jours porte-t-il cette chemise ?

— Trop longtemps.

Kray bougonna et tenta d'attraper le téléphone des mains de Parker.

— Rends-moi mon téléphone, Parker.

— Va te faire foutre... Non ! Non, pas toi, mon cœur !

Parker donna un coup de coude dans l'une des piles de paperasse non classée qui traînaient sur le bureau de Kray.

— C'est Kev Parker. C'est bien l'incroyablement adorable Mavis Graves à l'appareil ?

Mavis Graves avait soixante-trois ans et des bras de la taille de jambonneaux en conserve, mais quelle femme n'appréciait pas les compliments ?

— Mavis, mon chou, j'ai besoin de contacter Langfield à propos d'un mandat. Il est là ?

Parker pointa un doigt en direction de Ruiz.

— Mon ordonnance pour le coffre en banque de Lowell est arrivée ?

— Pas encore.

— Langfield. Qu'est-ce qu'il vous faut, Parker ?

— J'ai besoin d'un mandat pour fouiller une voiture dont je crois qu'elle a pu être utilisée pour fuir après une agression.

— Vous « croyez » ?

— Un véhicule correspondant à cette description a permis au suspect de prendre la fuite. J'ai un numéro de plaque partiel relevé par un témoin et des dégâts tout frais sur le feu arrière. La voiture a heurté un minivan en démarrant et a cassé son phare.

— Où est la voiture ? Elle a été abandonnée ?

— Non. Elle est à Chinatown. Elle appartient à une dame très énervée qui ne risque pas de se montrer très coopérative.

— Que dit-elle à propos de sa voiture ?

— Que personne ne s'en est servi hier et que le feu a été cassé sur un parking à Beverly Hills.

— Vous avez un suspect ? Est-elle suspectée ?

— Cette femme n'est pas suspecte, mais je pense qu'elle en sait plus qu'elle ne veut bien le dire. Si je peux obtenir des empreintes et placer mon suspect dans cette voiture...

— En gros, vous allez à la pêche ?

— C'est la bonne voiture.

— Il n'y a pas d'autres véhicules correspondant à la description à L.A. ?

Parker soupira.

— De quel côté êtes-vous, Langfield ?

— Le mien. Je ne vais pas vous donner un mandat que vous pourrez justifier seulement après coup. La preuve ne tiendra jamais face au juge. Avez-vous un lien entre votre suspect et cette femme ?

— Pas encore.

— Autrement dit, vous êtes au point mort.

— J'ai la voiture, les dégâts causés à la voiture, le numéro partiel de la plaque…

— Vous n'avez rien. Ce que vous avez ne vous autorise même pas à poser les yeux sur ce véhicule.

— Eh bien, merci de tout me foutre en l'air, dit Parker en se massant la tempe. Vous pourriez le faire sans problème, Langfield. Le juge Weitz le signerait…

— Le juge Weitz est sénile. Je ne vais pas faire une entorse au règlement pour vous, Parker. Vous êtes l'incarnation de ce qui se passe quand les flics prennent des raccourcis. Je ne participerai pas…

Parker balança le combiné sur le bureau de Kray. Langfield prêchait toujours.

— Quel con, marmonna Parker en s'éloignant, faisant de son mieux pour se ressaisir.

Il ne fallait pas qu'il perde de vue son objectif. Il fit demi-tour, reprit le téléphone.

— Il y a des traces de peinture autour du feu cassé. Si je peux les faire correspondre à celle du minivan qui lui est rentré dedans…

— Vous aurez résolu un accident de la route mineur. Cela ne vous donne toujours aucune raison de pénétrer dans ce véhicule.

— C'est n'importe quoi. Il quittait une scène de crime !

— Mettez la charrue avant les bœufs et tout ce que vous trouverez qui serait susceptible de vous mener à votre suspect sera rejeté parce que l'enquête n'était pas conforme. Vous voulez qu'un autre coupable s'en sorte à cause de…

Parker jeta à nouveau le téléphone. Il quitta le bureau, se rendit aux toilettes, se passa de l'eau froide sur le visage puis resta là, les poignets sous le robinet.

Il fixa son reflet dans le miroir sans, cette fois, se demander combien de temps il allait encore devoir payer son crime d'arrogance. Il ne se donnait plus la peine de ressasser ces vieilles théories, il avait servi de bouc émissaire, ce n'était pas juste… Il n'avait jamais présenté d'excuses. Ce qui était arrivé était arrivé. Il allait trouver un moyen d'accéder à la voiture. Il n'allait pas perdre du temps et de l'énergie à être en colère parce que les choses ne se déroulaient pas comme il le voulait.

Lorsqu'il regagna le bureau, le téléphone de Kray était toujours décroché.

Le capitaine Fuentes sortit de son bureau et fit signe à Parker d'approcher.

— Kev ? Je peux te voir ?

Parker le suivit et referma la porte derrière lui.

— J'ai rien fait. C'est pas à moi. Elle avait dix-neuf ans, je vous le jure.

Fuentes, qui pourtant était de bonne composition et avait de l'humour, ne rit pas. Quand il était sérieux, ses yeux noirs semblaient porter tous les malheurs du monde.

— On dirait que tu es sur le point de m'annoncer qu'il me reste six semaines à vivre, le taquina Parker.

— Je viens de recevoir un coup de fil. Les Vols et Homicides reprennent ton enquête.

Parker se mit à bouillir intérieurement. C'était encore pire que d'apprendre qu'il ne lui restait que six semaines à vivre. La première enquête depuis des années qui flairait le gros coup et aurait pu lui permettre de se sortir du purgatoire…

— Non, dit-il. Pas Lowell.

— Je ne peux rien y faire, Kev.

— Ils ont donné une explication ?

Il imagina la scène que Diane lui avait décrite par téléphone. Bradley Kyle et son coéquipier, Moose Roddick, en plein conciliabule avec Tony Giradello.

— D'après le capitaine Florek, ils pensent pouvoir le lier à quelque chose qu'ils tiennent déjà.

Je viens d'entendre mentionner ton nom dans une conversation…

— C'est tout ce qu'il a dit, poursuivit Fuentes. Tu sais aussi bien que moi comment ils procèdent, ils n'ont pas besoin de motif. Il aurait pu me dire « parce que le ciel est bleu » et je n'aurais rien pu y faire. Je suis désolé, Kev.

236

Non, pas maintenant, pensa Parker. Pas au moment où c'était là, juste sous la surface. Tout ce qu'il fallait, c'était creuser rien qu'un tout petit peu plus, un tout petit peu plus longtemps.

— Tu peux toujours prétendre ne pas encore avoir eu cette conversation, dit-il.

— Kev...

— Je ne suis pas là. Tu ne m'as pas vu. Je ne suis pas sur la radio. Mon portable est coupé.

— Kev, tu ne comptes pas boucler l'enquête dans les trois prochaines heures ?

Parker ne dit rien.

— Ils veulent récupérer tout ce que tu as, continua Fuentes. Alors rassemble le tout et emmène-le au Parker Center.

— Non.

— Kev...

— Je ne le ferai pas. Si Bradley Kyle veut cette affaire, ce petit connard n'a qu'à venir la chercher. Je n'irai pas là-bas comme un... un...

Parker mit la main devant sa bouche avant que ses paroles ne dépassent les bornes. Il prit une profonde inspiration. Il regarda Fuentes, décidé à lui dire ce qu'il voulait entendre. Mais Fuentes le regarda dans les yeux, avec un petit quelque chose qui ressemblait à de la pitié.

— Tu ne m'as pas vu, dit calmement Parker. Nous ne nous sommes pas parlé.

— Je ne vais pas pouvoir les retenir longtemps.

— Je sais, fit Parker. Fais ce que tu peux. J'apprécie, capitaine.

— Fiche-moi le camp, lâcha Fuentes en s'asseyant à son bureau.

Il posa une paire de lunettes sur l'arête de son nez, s'empara d'une pile de papiers.

— Je ne t'ai pas vu. Nous ne nous sommes pas parlé.

Parker quitta le bureau de Fuentes. Ruiz le guettait. Bon instinct, quand elle daignait s'en servir et arrêter son cinéma, songea Parker.

Elle était chargée de l'enquête sur le meurtre d'Eta Fitzgerald. Meurtre qui était lié à celui de Lowell. C'était un bon moyen pour lui de rester sur l'affaire. Bradley Kyle n'allait pas se débarrasser de lui aussi facilement.

Ruiz quitta son fauteuil et vint le rejoindre.

— Tu as ton ordonnance du juge, dit-elle à mi-voix. Qu'est-ce qui se passe ?

— Les Vols et Homicides reprennent Lowell.

— Pourquoi ?

— Parce que c'est comme ça.

Parker avait l'impression d'avoir des abeilles dans la tête. Il fallait faire vite, il fallait que quelque chose se passe. Il ne lui restait que quelques heures pour trouver une stratégie.

— Qu'est-ce que tu vas faire ? demanda Ruiz.

Avant que Parker ait le temps de formuler sa réponse, Obidia Jones laissa échapper un petit cri d'excitation.

— C'est lui ! C'est votre assassineur, juste là ! dit-il en pointant un long doigt noueux sur l'album devant lui.

Parker et Ruiz s'approchèrent, Ruiz en se pinçant le nez entre le pouce et l'index.

— Alors qui nous avez-vous trouvé, monsieur Jones ? demanda Parker.

Le vieil homme fit glisser son doigt juste en dessous de la photographie. Exactement ce qu'il avait décrit : une tête comme un parpaing, de petits yeux méchants, une barbe d'un jour. Eddie Boyd Davis.

— Sauf qu'il avait un sparadrap sur le nez, ajouta Jones. Comme si quelqu'un lui avait arrangé le portrait.

— Monsieur Jones, vous êtes un bon citoyen, dit Parker. Je crois que Mme Ruiz devrait vous embrasser sur la bouche.

Jones prit un air à la fois scandalisé et plein d'espoir.

— Mais ce serait contre le règlement, précisa Ruiz.

Parker posa à nouveau les yeux sur le visage de l'homme qui avait tué Eta Fitzgerald de sang-froid. Il tapota le doigt sur son nom et murmura à Ruiz :

— Dégote-moi tout ce que tu peux trouver sur ce salopard. Je veux savoir s'il avait un lien avec Lenny Lowell. Et si Bradley Kyle vient ici, tu ne sais rien et tu ne m'as pas vu.

— Ben voyons, marmonna-t-elle.

L'esprit de Parker était déjà ailleurs.

— Tu es mignonne, dit-il en lui donnant une petite tape sur la joue.

Il fouilla dans des tiroirs, sortit un dossier, attrapa quelques feuilles dans une corbeille métallique sur son bureau. Il saisit le classeur qui contenait toutes les pièces du dossier Lowell, des rapports aux notes officielles en passant par les schémas de la scène de crime, les Polaroid – tout ce qui avait un lien avec l'homicide, sauf ses notes personnelles. Il plaça le tout dans une boîte en plastique qu'il gardait sous son bureau à cet effet, puis approcha du bureau de Ruiz pour utiliser son téléphone.

— Tu ne m'auras pas vu sortir d'ici avec ce colis, lui dit-il en composant le numéro de la division de Hollywood. Compris ?

— Compris, répondit-elle non sans un instant d'hésitation.

— C'est aussi ton affaire, dit Parker. Lowell et Fitzgerald. S'ils en prennent une, ils prennent les deux. C'est ça que tu veux ?

— C'est les Vols et Homicides. Ils font absolument ce qu'ils veulent. On ne peut pas les en empêcher.

Parker lui jeta un regard dur.

— Si tu me vends à Bradley Kyle, tu vas te faire un ennemi que tu préférerais ne pas avoir.

— Ça va, j'ai compris, ronchonna-t-elle. Ne me menace pas.

— Sinon quoi ? railla-t-il. Tu appelles l'inspection des services ?

— Je t'emmerde, Parker. Laisse-moi en dehors de ça, c'est tout.

Elle le donnerait en un clin d'œil, pensa Parker, en se souvenant de ce que Diane avait prédit. Elle allait le donner à Kyle parce que celui-ci pouvait faire en sorte qu'elle soit remarquée par les bonnes personnes aux Vols et Homicides.

— LAPD, division de Hollywood. Vers qui dois-je diriger votre appel ?

Parker ne dit rien et raccrocha. Il tendit le bras pour attraper son dictionnaire et le balança sur le sous-main de Ruiz.

— Ta leçon du jour, dit-il. Cherche donc le mot « coéquipier ». Je t'appelle tout à l'heure.

Il attrapa sa boîte en plastique et quitta la pièce, puis le bâtiment. Il n'avait pas une minute à perdre.

31

Parker appela Joel Coen depuis sa voiture, en route pour la succursale de la City National Bank qui abritait le coffre de Lenny Lowell.

Coen décrocha à la seconde sonnerie.

— Joel, Kev Parker. J'ai quelque chose pour toi sur le cambriolage de Lowell, mais il faut que tu sautes dessus presto, OK ?

— De quoi s'agit-il ?

— La voiture dans laquelle le type a pris la fuite. Elle est garée derrière une poissonnerie à Chinatown. Une Mini noire, feu arrière endommagé, dont la plaque d'immatriculation correspond au numéro partiel relevé.

— Eh ben, comment vous avez eu ça aussi vite ?

— Je suis hyperactif. Vous savez de quelle couleur était le minivan ?

— Gris métallisé.

— C'est ça. Je n'ai pas réussi à obtenir un mandat, mais toi, tu n'auras aucun problème. Appelle le bureau du procureur général et surtout assure-toi de ne pas parler à Langfield. Et quand la voiture sera à la recherche d'empreintes, fais en sorte que les techniciens contactent Joanie au labo. Dis-lui que tu les envoies de ma part et qu'elle doit chercher une correspondance avec mon homicide.

— Compris.

— Fais vite, Joel. Ça va chier, très bientôt. Si les Vols et Homicides ont vent de cette voiture, c'est fini et ton enquête avec.

— Les Vols et Homicides ? Pourquoi ils…

— Ne demande pas. Moins tu en sais, mieux c'est. File à Chinatown. J'ai une unité qui surveille la voiture.

Il donna l'adresse à Coen et termina son coup de fil comme la banque était en vue. S'attendant presque à voir Bradley Kyle et son coéquipier le guettant à la porte, Parker se gara et entra, l'ordonnance du juge à la main.

Le directeur éplucha le document, vérifiant avec minutie les moindres détails puis l'escorta au sous-sol, où étaient situés les coffres. Celui de Lowell était de la plus grande taille disponible. Ils placèrent la boîte sur une longue table en noyer dans une salle privée. Parker enfila une paire de gants en latex, prit une grande inspiration et souleva le couvercle.

De l'argent, bien frais. Des tas de billets verts. Des liasses et des liasses de billets de cent dollars. Parker les empila sur la table. Vingt-cinq mille dollars. Et sous l'argent, une petite enveloppe contenant un unique négatif photographique et un bulletin de versement sur un compte en banque au dos duquel des chiffres étaient gribouillés.

— Le fils de pute, murmura Parker.

Il n'avait pas besoin de savoir qui apparaissait sur la photo pour comprendre de quoi il s'agissait. Chantage.

Il avait dû trahir l'un de ses clients. Lowell avait pris quelqu'un au piège et il avait appuyé là où ça faisait mal. Ce qui expliquait l'appartement chic, la nouvelle Cadillac, le cash.

Il leva le négatif vers la lumière. Deux personnes, prises de loin. Elles devaient être en train de se serrer la main ou d'échanger quelque chose. Il était impossible d'en voir plus.

La première ligne de chiffres inscrite sur le reçu bancaire ressemblait à un numéro de téléphone étranger. La ligne en dessous pouvait être un numéro de compte. Parker repensa à la brochure de voyages, par terre, dans le bureau de Lenny. Les îles Caïmans. Une destination séduisante pour le tourisme, ou pour cacher de l'argent sur un compte numéroté.

Parker glissa le négatif et le morceau de papier dans l'enveloppe. Il demanda un sac bancaire au directeur de l'établissement pour placer l'argent et l'étiqueta en tant qu'indice, puis il mit le tout dans un sachet d'épicerie en papier kraft qu'il avait apporté.

Le directeur de la banque ne posa aucune question. Il avait sûrement vu des flics extraire des possessions bien plus étranges que de l'argent du coffre de ses clients. Une fois, Parker avait lui-même ouvert un coffre loué par un meurtrier et découvert une collection de doigts humains momifiés.

Au rez-de-chaussée, les portes de l'ascenseur s'ouvrirent sur Abby Lowell. Assise sur un banc en marbre, elle patientait. Elle avait une sacrée garde-robe pour une étudiante en droit. Manteau en tweed couleur fauve, jupe étroite, veste ajustée inspirée de la mode des années quarante, avec une fine ceinture en crocodile marron à la taille. Chaussures et sac à main assortis. Apparemment, ça payait pas mal d'être la fille d'un maître chanteur.

Avec élégance, elle se leva du banc à l'instant où Parker sortit de l'ascenseur. Elle le regarda droit dans les yeux, une expression de calme sur le visage, qui dissimulait un caractère en acier trempé.

— Vous avez trouvé les papiers de mon père ?

— Bonjour à vous aussi, mademoiselle Lowell. Je vois que vous avez survécu à cette nuit. Joli tailleur.

Elle ne répondit pas, mais lui emboîta le pas comme il se dirigeait vers la porte de sortie.

— Vous avez trouvé les papiers de mon père ? répéta-t-elle.

— Façon de parler.

— Qu'est-ce que ça signifie ?

— Ni son testament ni sa police d'assurance vie ne se trouvaient dans ce coffre, dit-il en mettant ses lunettes de soleil.

Les talons des chaussures en croco d'Abby Lowell claquaient à un rythme saccadé sur le sol de mosaïque.

— Alors qu'avez-vous dans ce sac ? demanda-t-elle.

— Des preuves.

— Des preuves de quoi ? Mon père est la victime.

— Votre père est mort, dit Parker. Tout ce que je trouverai qui pourrait indiquer les raisons pour lesquelles il s'est fait tuer ou désigner son meurtrier constitue une preuve. Ne vous en faites pas. Vous récupérerez tout, à moins que vous ne l'ayez tué.

Elle inspira vivement dans l'intention de prendre la parole, mais se ravisa. La frustration creusait son front.

— Que se passe-t-il, mademoiselle Lowell ? Vous n'arrivez pas à formuler votre question sans vous incriminer vous-même ?

Les portes s'ouvrirent et ils sortirent. La lumière du matin était déjà aveuglante.

— Je proteste contre cette implication, répliqua-t-elle avec colère. Lenny comptait pour moi.

— Mais vous l'avez dit vous-même, il n'a pas vraiment été un père pour vous, rappela Parker. Quand vous étiez gamine, il vous traînait derrière lui comme si vous n'étiez ni plus ni moins qu'un bout de papier toilette collé à sa chaussure. Ça a dû vous faire mal. Les petites filles aiment leur papa. Elles veulent être aimées en retour.

— Je n'ai pas besoin de votre pseudo-analyse, persifla-t-elle. Je paye quelqu'un grassement pour le faire à votre place.

— Vous êtes tellement Beverly Hills, mademoiselle Lowell, dit Parker. La plupart des étudiants que je connais ont un budget bière. C'est Lenny qui vous assurait un train de vie pareil ? Je n'aurais jamais cru qu'il se faisait autant d'argent en défendant le genre de client qui était le sien. Avait-il une autre source de revenus ?

— J'ai mon propre argent. Celui de ma mère. Mais cela ne vous regarde absolument pas.

— Alors peut-être que c'était vous qui payiez pour Lenny, suggéra Parker. L'appartement en ville, la Cadillac toute neuve…

— Et qui paye pour vous, lieutenant ? Mocassins Gucci, costume Canali… Je n'aurais jamais cru qu'on se faisait autant d'argent en étant fonctionnaire.

Parker encaissa la remarque d'un petit mouvement de la tête.

— Touché, mademoiselle Lowell.

— Vous donnez dans les pots-de-vin ? enchaîna-t-elle. Vous arrangez des affaires ? Vous dépouillez des dealers ?

— Non, mais je crois que votre père faisait chanter quelqu'un, lança-t-il de but en blanc. Je viens de sortir vingt-cinq mille dollars de ce coffre.

Si la nouvelle ne l'avait pas surprise, elle avait un grand talent d'actrice, pensa Parker. Ses yeux marron s'écarquillèrent, ses joues pâlirent. Elle ouvrit son sac à main pour y pêcher une paire de lunettes de soleil Dior.

— D'où croyez-vous que provient tout cet argent ? demanda Parker.

Il traversa le parking, ouvrit le coffre de sa voiture. Il n'avait pas mentionné le négatif. Mais si elle se posait des questions, elle était trop intelligente pour les formuler.

— Alors, pas d'idée ?

— Non.

— Vous vous faites des illusions en me prenant pour un imbécile, mademoiselle Lowell.

Il plaça le sac en papier dans son coffre et le referma.

— Votre père est assassiné, le tueur vous l'annonce depuis son téléphone portable. Il force votre appartement, menace de vous tuer, mais vous prétendez ignorer ce qu'il cherche. Vous essayez désespérément d'avoir accès au coffre de Lenny, puis j'y découvre vingt-cinq mille dollars et vous prétendez ne pas être au courant. Vous croyez vraiment qu'il me manque une case ?

Elle ne trouva rien à répondre. Elle pressa une main manucurée sur ses lèvres, ce qui semblait être une habitude lorsqu'elle traversait un moment trop difficile pour elle.

Elle se mit à décrire un petit cercle avec l'air de chercher une échappatoire. Elle ne pouvait ni s'enfuir, ni se cacher.

— Qui faisait-il chanter ? demanda Parker.

— Je ne crois pas qu'il faisait chanter qui que ce soit, répondit-elle, le regard fuyant.

— Vous connaissez un homme du nom d'Eddie Boyd Davis ?

Elle fit non de la tête, en refoulant ses larmes.

— Si vous savez quelque chose, c'est le moment, Abby, dit-il. Tirez-vous d'affaire avant que ça n'aille trop loin. Lenny n'est plus là. Son tueur vous a en ligne de mire. Ça ne vaut pas le coup de mourir pour un sac de fric.

Ses épaules s'affaissèrent.

— Je paie des impôts pour être sous votre protection, non ? lança-t-elle.

— Je ne peux combattre ce que je ne connais pas, Abby.

— Qu'est-ce que vous ignorez ? demanda-t-elle d'un ton irrité. Pourquoi vous n'avez pas encore trouvé ce coursier ?

— Je crois qu'il n'a rien à voir avec tout ça, asséna Parker.

— Il m'a agressée !

— Ça ne tient pas debout.

— Vous me traitez de menteuse ?

— S'il a tué votre père pour l'argent qu'il avait dans le coffre de son bureau, pourquoi serait-il resté en ville pour vous voir ? demanda Parker.

— Je ne sais pas ! Peut-être que c'est juste un cinglé qui a choisi de s'en prendre à Lenny et, maintenant, à moi.

— Ça n'arrive que dans les films, ce genre de choses, mon chou, dit Parker. Le gamin a été envoyé au cabinet de votre père par hasard. Je crois qu'il était au mauvais endroit au mauvais moment.

Même à travers ses lunettes de soleil, il voyait qu'elle était livide.

— Oh, je vois, fit-elle d'un ton cassant. Il est venu chez moi, m'a agressée et il n'est qu'un spectateur innocent? Et moi, je suis quoi? L'intrigante *femme fatale** ? Vous parlez d'un fantasme. Vous m'avez mise au générique de votre petit *film noir** personnel.

— C'est comme ça que ça marche, remarqua Parker. Voilà comment je vois les choses : Lenny faisait chanter quelqu'un, c'est ce qui l'a tué. Et, oui, je suis persuadé que vous êtes mouillée jusqu'à votre joli petit menton.

— Je vous collerais bien une gifle si je ne craignais pas de me faire arrêter.

— Je n'ai pas que ça à faire, fit Parker. Si vous ne jouez pas franc jeu sur cette affaire, je crois que je vais avoir tout un tas de raisons de vous arrêter, mademoiselle Lowell.

Elle prit un air offensé.

— Je n'arrive pas à y croire.

— Ah non? Pourtant, vous n'avez pas eu l'air de vous laisser démonter en apprenant que votre père s'était fait fracasser le crâne. Je trouve que vous avez une façon particulièrement biaisée de voir les choses si vous considérez que je suis votre plus gros problème en ce moment.

C'est alors qu'elle le gifla, avec violence. La force de la douleur sur sa joue et du bourdonnement dans son oreille l'étonna.

Il resta de marbre.

— Je ne viendrai pas dire que je l'ai volée, celle-là, remarqua-t-il.

Les lèvres pincées de dégoût, elle enchaîna :

— Je ne vous supporterai pas plus longtemps, lieutenant Parker.

Elle tourna les talons et s'éloigna au pas de charge, son sac en croco serré sous son bras. Elle était garée cinq voitures plus loin. Une BMW Série 3 bleue, cabriolet. Flambant neuve. Elle se retourna sur lui avant de monter.

— Votre capitaine va entendre parler de moi.

— Je suis sûr qu'il en sera ravi.

Parker regarda la voiture quitter le parking. Abby Lowell n'avait plus qu'une priorité : le virer de l'affaire.

32

Parker s'arrêta devant les portes de l'enceinte des studios Paramount et salua le gardien de la main.

— Ça fait plaisir de vous voir, monsieur Parker.

— Moi aussi, Bill.

— Vous venez voir M. Connors?

— Pas aujourd'hui. Je suis là pour Chuck Ito. Il m'attend.

Le gardien l'inscrivit sur son bloc-notes et lui fit signe de passer.

Le bureau de Chuck Ito se trouvait dans un bâtiment situé vers le fond du parc. Il travaillait sur le montage des films, mais son passe-temps était la photographie et il avait rassemblé les derniers gadgets dans son studio.

— Regarde-moi ce que le chat nous a ramené.

Parker connaissait Ito depuis près de cinq ans et c'était toujours par cette phrase qu'il l'accueillait.

— Mon costume va se vexer, répondit Parker.

— Tu veux rire! Il ne parle qu'italien, répliqua Ito. Il ignore totalement si je me montre insultant ou pas.

Ito jeta un coup d'œil à sa montre.

— Il va falloir qu'on fasse vite, Kev. J'ai une réunion dans dix minutes avec quelqu'un de bien plus important que toi.

Parker prit la mouche.

— Qui peut être plus important que moi?

— À peu près tout le monde.

— Ça, c'est pas sympa.

Parker se laissa tomber sur une chaise et lança l'enveloppe trouvée dans le coffre de Lenny Lowell sur le bureau.

Ito l'attrapa.

— Alors, qu'est-ce que tu as pour moi, Kev? Vais-je risquer l'arrestation?

Il extirpa le négatif et l'observa à la lumière.

— Qui est-ce ?

— Je te le dirais bien, mais après je serais obligé de te tuer.

— Ah, alors ça a un rapport avec ta vie secrète ?

— Je vais laisser passer ça, parce qu'on n'a pas de temps à perdre. Je te casserai la gueule plus tard. Il faut que tu me tires ça dès que possible.

Ito le regarda comme s'il avait affaire à un abruti.

— Va au centre commercial. Ils te le font en une heure.

— Pour qu'un gosse payé au lance-pierres me le passe accidentellement à la broyeuse ? Il s'agit d'une preuve dans une affaire d'homicide.

— Alors pourquoi tu ne l'apportes pas au labo du LAPD si c'est une preuve ?

— Tu plaisantes, c'est ça ? J'aurais de la chance de la récupérer à Noël, et encore. Je crois que ce labo ne se compose que d'une seule personne et l'équipement date des années cinquante.

Parker ne pouvait avouer à Ito qu'il n'était pas exactement censé avoir cette preuve entre les mains. En faisant tirer ce négatif, il saurait à qui il avait affaire et aurait une longueur d'avance sur les Vols et Homicides. C'était la raison pour laquelle il n'avait pas ensaché ni étiqueté le négatif à la banque. Il le joindrait au sac de scellés avant de faire enregistrer le tout, et personne n'en saurait rien.

— J'en ai besoin le plus vite possible.

— Le plus vite possible, aujourd'hui, ce sera pour plus tard. Vers l'heure du dîner. Je peux demander à l'un de mes assistants…

— Non. Je ne veux pas que tout un tas de personnes manipulent ce truc.

— Je pourrais aller en prison pour ça, non ? demanda Ito.

Parker fit la grimace.

— La prison ? Nan… En centre de rééducation fermé, peut-être. Tu n'as jamais été condamné, n'est-ce pas ?

— Tu parles d'un pote, répliqua Ito en faisant mine d'être contrarié.

Parker se leva et se dirigea vers la porte.

— T'inquiète, fit-il en agitant la main d'un air désinvolte. Mais ne dis à personne que tu l'as. Si tu te fais choper avec ça, je ne te connais pas.

Du chantage. En route pour le centre-ville, Parker n'arrêtait pas de retourner le mot dans sa tête. Si Eddie Davis se révélait être l'une des personnes qui apparaissaient sur la photo, cela lui donnait un mobile solide pour dessouder Lowell. Si tous deux étaient impliqués, l'un s'était peut-être retourné contre l'autre par cupidité. Ce qui constituait un autre mobile valable.

Quoi qu'il en soit, Davis voulait ce négatif. C'était la raison pour laquelle il avait mis le bureau de Lenny sens dessus dessous et brisé les vitres de sa voiture. Il avait probablement retourné l'appartement d'Abby Lowell. Le négatif manquant expliquait le mot qu'il avait gribouillé au rouge à lèvres sur le miroir de la salle de bains. *La prochaine fois, tu es morte... * Si tu ne me donnes pas le négatif.

Mais il devait en exister plus d'un. Celui que Parker venait de trouver dans le coffre de la banque était une assurance pour Lenny. Et Parker avait comme la petite idée que la personne qui détenait les autres était Jack Damon. Il se demanda si le gamin avait la moindre idée de ce dont il s'agissait.

Le téléphone de Parker sonna, interrompant le cours de ses pensées.

— Parker ? demanda Andi Kelly.

— Bon, vu que t'as pas d'amis, j'en ai appelé un à moi.

— Il n'y a personne du nom de Davis aux Vols et Homicides.

— Je sais.

— Comment tu le sais ?

Elle parut vexée de ne pas avoir eu la primeur.

— Parce que je suis plus doué que toi, mon chou.

Kelly rit.

— Tu rêves !

— Je le sais parce qu'un témoin a identifié Davis dans le fichier d'identification judiciaire ce matin.

— C'est lui qui a tué cette femme, hier soir ?

— Je ne suis pas sur cette affaire, dit Parker. Il va falloir que tu parles à Ruiz.

— Je ne l'aime pas.

— Personne ne l'aime. Elle est grossière, cassante, c'est une sale gosse. Et ce n'est pas le genre de femme qui plaît aux femmes.

— Comment tu le sais ? Les hommes ne comprennent jamais ce genre de choses.

— Je suis en contact avec mon côté féminin, dit Parker.

— Cette fille serait capable de te vendre pour dix cents et de rendre la monnaie, remarqua Kelly.

— C'est pas faux, murmura Parker, en se demandant si Ruiz n'était pas en ce moment même en train de le donner à Bradley Kyle, en décrivant en détail le moindre document que Parker avait emporté avec lui.

— Tu es son formateur, dit Kelly. Abuse de ton pouvoir. Pique-lui son enquête. Qu'est-ce que tu en as à foutre qu'elle te déteste ?

— Elle me déteste déjà.

— **Ah**, tu vois ?

— D'accord, se résigna Parker.

Kelly était comme un terrier Jack Russell. Quand elle voulait quelque chose, elle ne le lâchait pas. Elle plantait les crocs dans une histoire et elle tenait bon, quoi qu'il arrive.

— À mon avis, Davis est un bon client pour le meurtre d'hier soir, reprit-il.

— Pourquoi ? Quel serait son mobile ?

— Je travaille dessus, dit-il, bottant en touche. Mais je parierais qu'il est passé chez Speed pour en savoir plus sur le coursier.

— Le coursier. N'est-ce pas la personne qui t'intéressait, hier ?

— Il m'intéresse toujours. Mais je ne le considère pas comme un suspect. J'ai besoin de le trouver et de lui parler avant que les Vols et Homicides ne débarquent et ne fassent tout foirer. Ils reprennent l'affaire Lowell.

— Tu déconnes. En quoi ça les intéresse ?

— C'est ce que j'essaye de savoir.

— Tu me tiens au courant dès que t'en sais un peu plus ?

— Tu es la seule sur qui je peux compter en ce moment, Andi, dit Parker avec sérieux. Je suis entouré d'êtres malfaisants. Ne me donne pas l'impression que tu te sers de moi comme d'un gigolo à deux balles, d'accord ?

— Kev, tu sais bien que tout chez toi vaut plus que deux balles. Et l'idée de te voir jouer le gigolo me plaît bien.

— Tu devrais avoir honte.

— Je frise la quarantaine. Je n'ai plus le temps de mégoter. De toute façon, t'ai-je déjà laissé tomber ?

Parker ne saisit pas l'occasion de poursuivre dans les sous-entendus.

— Non, c'est vrai, soupira-t-il. Le boss des Vols et Homicides a annoncé à mon capitaine que le meurtre de Lowell était lié à l'une de leurs enquêtes.

Kelly garda le silence si longtemps que Parker pensa que la connexion avait été coupée.

— Et on en revient à Bradley Kyle et Moose Roddick qui mentionnent ton nom dans une conversation avec Giradello.

— Exactement, dit Parker. Je suis devant une affaire de chantage, Andi.

— Qui contre qui et pour quoi ?

— Je ne sais pas encore, mais deux personnes sont déjà mortes. Et il n'y a qu'une seule affaire en cours qui ait un enjeu aussi important.

— Tricia Crowne-Cole.

33

Jack accrocha la Bête à un parcmètre et entra dans le bar. Un endroit exigu, sombre, humide, avec des filets de pêche, des balises et des gilets de sauvetage pendus aux murs, qui puait la bière et la fumée de cigarette, défiant les lois antitabac de l'État. Une table d'habitués gratifiait d'un regard hostile tout nouvel arrivant. Leurs yeux suivirent Jack de la porte jusqu'au bar.

Jack garda la tête baissée et s'installa sur un tabouret situé tout au bout du comptoir. Il commanda un burger et un soda, ignorant le fait qu'il aurait eu besoin d'un bon remontant pour atténuer la douleur physique et émotionnelle.

La télévision au-dessus du bar était branchée sur Court TV. Tout le monde suivait le procès pour meurtre de Cole. Martin Gorman faisait une déclaration debout face à un pupitre muni d'un bouquet de micros. Puis, on voyait le substitut du procureur, Giradello, faire de même.

Une motion avait été déposée par la défense pour exclure toute mention du passé de Rob Cole – la drogue, l'argent, les femmes – au motif que ces faits étaient susceptibles d'influencer le jury. À l'inverse, Giradello faisait valoir que le passé de Cole pouvait éclairer les jurés sur son comportement. Le juge avait suivi le ministère public. Un sérieux coup pour la défense de Gorman. Il se plaignait que Norman Crowne tentait d'acheter la justice.

Le burger arriva. Jack mordit dedans, sans quitter l'écran des yeux. La décision aurait dû être en faveur de la défense, pensa-t-il. Cole était un raté à cause de la drogue, de l'argent et des femmes, et alors ? Aucun de ces éléments ne faisait de lui un violent agresseur. Il n'avait jamais été jugé pour meurtre. Il n'y avait jamais eu dans la presse la moindre allusion à d'éventuelles brutalités à l'encontre de sa femme. Rien n'indiquait la montée en puissance d'un comportement violent. D'ailleurs, si Cole avait levé la main sur Tricia, Norman Crowne lui serait tombé dessus et la rumeur se serait répandue dans tout L.A. comme une traînée de poudre.

Mais le jugement avait été rendu en faveur de l'accusation, et si l'on y voyait un signe annonciateur du déroulement du procès, Martin Gorman avait du pain sur la planche.

Gorman avait sûrement raison. Norman Crowne avait une emprise énorme sur la politique de Los Angeles.

Jack repensa au soir où il avait récupéré le pli chez Lenny. La télévision diffusait un reportage sur l'affaire Cole, et Lenny lui avait dit : *Martin parie contre le casino dans un jeu truqué. L'argent est roi. N'oublie jamais ça.*

Lenny était bien placé pour être au courant de cette affaire. Ou alors c'était un simple vantard qui aimait croire qu'il avait un rôle plus important qu'il n'en avait et n'en aurait jamais. Ou peut-être était-il les deux à la fois.

En tout cas, Lenny connaissait des ragots concernant les personnes figurant sur les négatifs. Jack les portait toujours, serrés contre son ventre. Et ce que signifiaient ces négatifs devait valoir cher, sinon ils n'auraient pas fait l'objet d'un chantage.

Les avocats comme Lenny n'avaient pas de gros clients : ni célébrités ni millionnaires dans leur carnet d'adresses. Alors, si les personne sur les négatifs ne faisaient pas partie de ses clients, sur quoi se basait-il pour les faire chanter ?

Seul un client pouvait l'avoir mis au courant de quelque chose, et Lenny avait sauté sur l'occasion.

Le visage de Giradello envahit l'écran de télévision. Un coriace. Le genre de type qu'il valait mieux ne pas croiser. Si Rob Cole avait un seul neurone dans son cerveau, il ferait bien de s'en servir pour trouver un moyen d'éviter le substitut du procureur. Passer un accord pour une réduction des chefs d'inculpation ou se pendre dans sa cellule.

Au tribunal, Giradello ne ménageait pas ses adversaires. Il visait la carotide. Il allait s'acharner sur l'accusé, peut-être même en profiter pour lancer sa carrière politique, un pied posé sur le cadavre sanguinolent de Rob Cole. Car, s'il coinçait Cole, il s'assurait la gratitude éternelle de Norman Crowne.

On demanda à Crowne et son fils de commenter le jugement. Le vieil homme se montra calme et digne ; le fils, Phillip, semblait émotif. Jack trouva ces démonstrations très étranges. Il se demandait si le petit Crowne ne cachait pas quelque chose.

— Moi, je crois qu'ils devraient laisser Rob Cole tranquille, lança l'un des piliers de bar, une blonde peroxydée.

— Tout ça parce que tu coucherais bien avec, Adele.

La réplique venait d'un type dégarni qui devait porter ses vêtements depuis si longtemps qu'entre-temps ils étaient revenus à la mode.

— Et alors, c'est quoi le problème ? Il est bien plus mignon que toi.

— Il est bien plus mignon que toi aussi. Il paraît que c'est un pédé. En tout cas, moi j'en ai marre de ces stars qui croient qu'elles peuvent liquider qui elles veulent en toute impunité. J'espère qu'il finira sur la chaise.

— Ça existe plus, ducon. Maintenant, c'est l'aiguille. Mort par injection.

— C'est trop facile. Avant, quand ils ficelaient le gars à cette bonne vieille chaise, il savait qu'il allait souffrir un max.

— C'était cruel et inutile.

— Qu'est-ce qu'on en a à foutre ?

Jack arrêta de les écouter. Il se fichait pas mal de Rob Cole. Ce type était un minable. Un acteur nul qui portait des chemises de bowling pitoyables.

Il engloutit le reste du burger et sortit du bar à la recherche d'une cabine téléphonique. Il composa le numéro d'Abby Lowell, qui répondit à la troisième sonnerie.

— Allô ?

— Mademoiselle Lowell. Vous me connaissez, on s'est vus hier dans votre appartement.

Silence.

— Oui ? dit-elle enfin.

— J'ai quelque chose que vous pourriez vouloir récupérer. Une enveloppe contenant des négatifs.

— Je ne sais pas de quoi vous voulez parler.

— Ne vous fichez pas de moi, dit Jack. J'ai les négatifs dont votre père se servait pour faire chanter quelqu'un.

Elle ne répondit pas.

— Je ne les veux pas, poursuivit-il. Ils ne m'ont apporté que des ennuis.

— Qu'est-ce qui vous fait croire que je les veux ? demanda-t-elle.

— Peut-être que vous ne les voulez pas. Dans ce cas-là, je devrai les remettre à la police.

Silence.

— Quelqu'un est prêt à payer pour les avoir. Mais je vous donne l'avantage, continua Jack.

Un autre long silence passa. Puis elle lança :

— Combien ?

— Dix mille.

— C'est beaucoup d'argent.

— Non, ce n'est pas beaucoup. Mais je veux me sortir de là, alors je n'en demande pas plus.

Jack attendit.

— Où et quand ?

— Retrouvez-moi à Pershing Square, à 17 h 15. Venez seule.

Jack raccrocha et demeura un instant dans la cabine, les yeux dans le vide.

Il s'apprêtait à commettre une extorsion.

Si Abby Lowell était au courant du chantage, elle paierait pour avoir les négatifs et acheter son silence. Si Jack jouait finement, il pourrait prendre l'argent – une compensation pour la famille d'Eta et pourquoi pas une petite assurance pour Tyler et lui, au cas où ils seraient forcés de quitter la ville. Il pourrait ensuite dénoncer Abby à la police, les flics mettraient la main sur le tueur et tout serait fini.

Il avait seulement besoin d'un peu de chance.

La voix de Lenny Lowell résonna dans sa tête : «Mieux vaut avoir de la chance qu'être bon, gamin.»

34

Tyler se précipita vers la poissonnerie après avoir échappé au lieutenant Parker. Il trouva Mme Chen qui pleurait en silence dans son bureau. Lorsqu'elle vit son visage dans l'entrebâillement de la porte, elle passa un mouchoir sur ses yeux. Tyler ne l'avait jamais vue pleurer. Il se sentit encore plus effrayé qu'il ne l'était déjà.

— Qu'est-ce qui ne va pas? demanda-t-il en avançant dans la pièce.

— Ça va, petite souris. Un moment de faiblesse nous révèle seulement combien nous sommes forts en réalité.

— Jack est parti, dit Tyler.

— Je sais. Nous avons parlé un long moment hier soir.

Tyler ne lui avoua pas qu'il avait entendu la majeure partie de leur conversation, caché dans le placard à balais. Il savait que Mme Chen l'aurait désapprouvé.

— Je lui ai demandé de ne pas partir, précisa-t-elle. Il croit que c'est mieux comme ça. Il veut nous protéger, résoudre son problème tout seul.

— Je n'aime pas ça, rétorqua Tyler.

Il se percha sur la chaise qui faisait face au bureau, genoux serrés contre sa poitrine.

— Et s'il ne revient jamais? demanda-t-il.

— Il reviendra pour toi.

— Pas s'il lui arrive quelque chose de mal, s'il se faisait tuer ou s'il allait en prison, par exemple.

— C'est vrai, approuva-t-elle. Mais ce genre de malheurs peut se produire n'importe où, Tyler. Nous n'avons aucun contrôle là-dessus. Nous pouvons seulement prier.

— Je ne crois pas à la prière, dit Tyler. J'ai beaucoup prié, et rien de ce que j'ai demandé ne s'est réalisé. Je crois que Dieu n'écoutait pas.

— Nous devons garder des pensées positives, alors, poursuivit Mme Chen. Il faut nous concentrer pour rassembler le chi en une boule que nous devons maintenir en notre centre. Peut-être arriverons-nous à obtenir une lumière si brillante qu'elle guidera Jack jusqu'à nous en toute sécurité.

Tyler réfléchit. Il était plus à l'aise avec l'idée de l'énergie positive du chi. Il avait fait des recherches sur Internet et il en avait longuement discuté avec grand-père Chen. Cela semblait beaucoup plus tangible, beaucoup plus scientifique que de croire en un homme invisible qui vivait dans les nuages et n'exauçait jamais ses prières. Le chi était en lui, il pouvait le contrôler. Mais c'était l'énergie négative de ce monde qui effrayait Tyler. Personne ne pouvait parvenir à contrôler l'énergie des autres, surtout pas un enfant comme lui. Même avec son QI exceptionnel.

— À quoi tu penses, petite souris?

Tyler avait tant de sentiments qui tourbillonnaient à l'intérieur de lui qu'il ne parvenait pas à tous les contrôler à la fois. S'il essayait de maîtriser ses craintes pour son frère, alors celles concernant les services de la Protection de l'enfance surgissaient. S'il essayait de dominer sa colère contre Jack pour l'avoir abandonné, il avait peur de l'incertitude de son avenir.

Il se contenta de répondre, d'une voix tremblante :

— J'ai peur.

Et il s'en voulut de se montrer aussi bébé.

— Je sais, dit Mme Chen. Moi aussi, j'ai peur. Nous devons surmonter ça ensemble. Ton frère est quelqu'un de bien. Il a bon cœur. Il est sincère et courageux. Il fera ce qu'il faut et il nous reviendra. C'est la seule chose que nous devons croire, Tyler. S'inquiéter pour des événements qui ne se sont pas encore produits est une perte d'énergie inutile.

— Oui m'dame, dit Tyler en se demandant comment il était censé y parvenir.

Il y avait un petit jardin sur le toit de l'immeuble, dont grand-père Chen s'occupait. C'était là que, tous les matins, le vieil homme et l'enfant faisaient leurs mouvements de tai-chi. Tyler eut envie de s'y rendre et de méditer au côté du grand-père Chen.

On frappa à la porte, et Chi pointa sa vilaine tête sans y être invité. Tyler se demandait s'il les avait écoutés. Mme Chen lui adressa un regard sévère.

— Chi, je sais que ta mère t'a appris les bonnes manières. Qu'en as-tu fait? Tu les as jetées à la poubelle avec les vieilles têtes de poisson? Je ne devrais pas avoir à te gronder comme un enfant alors que tu es adulte. N'ouvre jamais une porte à moins qu'on te le demande.

— Désolé, ma tante, dit-il sans le moindre regret. Il y a encore d'autres policiers qui veulent vous voir.

— Dis-leur que j'arrive.

— En fait, ils sont juste derrière moi.

Mme Chen fusilla son neveu du regard et ajouta en chinois :

— Parfois j'ai l'impression que tu es une pomme pleine de vers, Chi.

La porte s'ouvrit en grand et Chi fut poussé à entrer dans la pièce par les deux hommes qui se tenaient dans son dos. L'un était très imposant et effrayant, il portait les cheveux aplatis sur son crâne et des lunettes à monture noire. L'autre avait une allure d'homme d'affaires quelconque, sauf que son costume semblait un peu trop large aux épaules. Comme s'il l'avait emprunté à plus grand que lui.

Tyler n'aimait pas l'expression qui brillait dans les yeux de celui-là. Il avait envie de sauter de sa chaise et de foncer hors du bureau pour disparaître dans l'une de ses cachettes. Mais quand il tenta de se faufiler par la porte, le costaud lui bloqua le passage.

— Mlle Chen…, commença l'autre.

— Appelez-moi *madame* Chen, répondit-elle sur un ton glacial en se levant de sa chaise.

— *Madame* Chen, tenta-t-il à nouveau. Je suis le lieutenant Kyle et voici mon coéquipier, le lieutenant Roddick. Nous dépendons de la brigade des Vols et Homicides du LAPD. Nous voudrions vous poser quelques questions à propos de votre voiture.

— Et c'est reparti pour la voiture, commenta Chi.

Kyle se tourna vers lui.

— Comment ça, « c'est reparti »?

Mme Chen jeta un regard foudroyant à son neveu.

— Chi, tu peux nous laisser maintenant.

Il essaya de faire le malin, comme s'il était certain qu'elle ne le rabaisserait pas devant ces hommes.

— Je pensais juste que je pouvais...

— Sors. Maintenant, répéta-t-elle fermement.

Puis, en chinois, elle ajouta qu'il était une véritable épine dans son pied et que, s'il ne changeait pas d'attitude, elle allait se débarrasser de cette épine.

Le visage de Chi s'assombrit et il quitta la pièce, humilié et en colère. À nouveau, Tyler tenta de filer en douce, et, à nouveau, le costaud l'en empêcha.

Le lieutenant Kyle se tourna vers lui.

— Et toi, qui es-tu ?

— Je n'ai pas à vous parler, dit Tyler. Je ne suis qu'un enfant.

— Je t'ai juste demandé ton nom. As-tu une raison de croire que tu pourrais avoir des ennuis rien qu'en me parlant ?

— Non, monsieur, mais je ne vous aime pas, c'est tout.

— Tyler ! s'exclama Mme Chen. Tu ne dois pas dire ce genre de choses ! C'est très malpoli.

— Je disais seulement la vérité.

— Dire la vérité est une bonne chose, jeune homme, dit Kyle sur un ton condescendant. Alors, qui es-tu ?

Tyler lui adressa son regard le plus borné.

— Mon fils, annonça Mme Chen.

Les yeux des flics passèrent de Mme Chen à Tyler.

— Adoptif, précisa-t-elle.

Leur regard se posa à nouveau sur Tyler. Avec de grands yeux innocents, il commença à déballer à toute allure ce qu'il pensait des deux policiers dans un mandarin parfait.

Les deux flics le dévisagèrent, puis se regardèrent. Mme Chen essayait de ne pas rire à ce qu'il racontait, mais la réprimande qu'elle lui adressa en chinois avait perdu tout son tranchant. Tyler pouffa.

— Laisse-nous maintenant, Tyler, dit-elle. Ces messieurs ont besoin de me voir seule.

Congédié, Tyler sortit du bureau et faillit rentrer dans Chi, qui était encore en train d'écouter aux portes.

Tyler leva les yeux vers son visage aigri.

— Tu as besoin de quelque chose, Chi? Je peux aller dire à Mme Chen que tu l'attends.

— Et pourquoi tu t'occuperais pas de tes oignons? conseilla Chi à voix basse. J'ai plus le droit que toi d'être ici.

— Pas aujourd'hui. Tu n'es que le neveu de Mme Chen. Moi, je suis son fils adoptif. Tu n'as pas entendu ça, à travers la porte?

— Ne t'habitue pas trop à cette idée, l'avertit Chi. Tu pourrais bien déguerpir plus tôt que tu ne le crois. Ton frère est un criminel. Et quand il ira en prison, les gens des services sociaux viendront te chercher. Compte sur moi pour m'en occuper.

Le pire cauchemar de Tyler. La peur et la colère se mirent à bouillonner en lui. Il avait envie de pleurer. Il avait envie de crier. Au lieu de ça, il prit son élan et donna un grand coup de pied dans le tibia de Chi.

Celui-ci laissa échapper un cri de douleur, puis un chapelet de jurons et attrapa Tyler par les épaules en y enfonçant ses doigts épais.

Tyler se mit à crier aussi fort qu'il put.

— Ne me fais pas mal! Ne me tape pas!

La porte du bureau s'ouvrit d'un coup et les deux flics sortirent à l'instant où Chi commençait à le secouer.

Mme Chen s'écria :

— Chi, qu'est-ce qui te prend? Lâche-le!

Les policiers ne lui laissèrent pas le choix. Le costaud se jeta sur le neveu de Mme Chen et le tira violemment en arrière; Kyle attrapa Tyler et l'éloigna.

Le garçon se recroquevilla en une petite boule sur le sol et se mit à sangloter.

Le costaud plaqua la face de Chi contre le mur, le menotta et le palpa, pour vérifier s'il était armé.

Mme Chen s'accroupit à côté de Tyler et essaya de le réconforter en chinois. Tyler se redressa et se laissa prendre dans les bras. Il fit semblant de trembler de peur, de hoqueter en essayant d'arrêter de pleurer.

Mme Chen lui demanda s'il était blessé. Il fit non de la tête.

Le costaud lisait ses droits à Chi. Madame Chen lança un regard noir à son neveu et lui dit qu'il était une honte pour la famille. Tyler fit une grimace à Chi et lui tira la langue.

— Je ne lui ai rien fait ! s'exclama Chi. Cette petite merde m'a donné un coup de pied !

Mme Chen s'approcha de lui d'un pas décidé, l'attrapa par l'oreille, qu'elle se mit à tordre tout en criant en chinois. Tyler ne l'avait jamais vue autant en colère.

— M'dame, fit le lieutenant Kyle en essayant de l'éloigner de Chi. Nous allons nous occuper de lui.

— Tant mieux ! dit-elle sans quitter Chi des yeux. Il apprendra peut-être quelque chose en prison. Un métier, par exemple, au moins ça lui sera utile à sa sortie.

— Tu les préfères toujours à moi ! cria Chi. Je suis de ta famille ! Je suis de ta chair et de ton sang ! Je mérite...

Furieuse, Mme Chen l'interrompit d'une autre salve en chinois. Les policiers se regardèrent, frustrés de ne pouvoir comprendre l'échange qui se déroulait sous leurs yeux. Celui qui s'appelait Kyle baissa les yeux vers Tyler.

— Tu peux nous dire de quoi ils parlent ? Qu'est-ce qu'il a voulu dire par « Tu les préfères toujours à moi » ?

— Parfois Chi est pa-ra-no-ïaque et délirant, dit Tyler en massant son épaule douloureuse. Vous pouvez chercher les mots si vous ne savez pas ce que ça veut dire. J'ai un dictionnaire.

— Je sais ce que ça veut dire, dit Kyle. Mais comment se fait-il que tu saches tout ça ?

— Parce que je suis intelligent et j'ai un désir in-sa-tia-ble d'apprendre de nouvelles choses.

Kyle ne savait trop quoi répondre. Il préféra donc changer de sujet.

— Tu es blessé ? Tu as besoin d'aller à l'hôpital ?

Tyler fit signe que non.

— Ça s'est déjà produit ? Il t'a déjà fait du mal ?

— Non. Il ne m'a pas fait mal, en fait.

— Tu peux me le dire, tu sais, dit Kyle avec ce ton condescendant dont il s'était servi un peu plus tôt. Comme ça, tu n'aurais plus jamais à avoir peur de lui.

— Vous allez le mettre en prison ? demanda Tyler de but en blanc. Je crois qu'il ne vaudrait mieux pas. Il s'occupe de la poissonnerie, alors on a besoin de lui, ici.

— Nous verrons. Pour l'instant, il va en prison.

— C'est un menteur et il n'arrête pas de chercher les ennuis. Il vaut mieux que vous le sachiez. Il ne faut jamais croire ce qu'il vous raconte.

C'était une chose que de mettre Chi en difficulté, tout à fait une autre de l'envoyer en prison. Qui savait ce qu'il pourrait bien raconter à la police ?

— En réalité, il ne m'a pas fait mal, ajouta Tyler. C'est vrai que je lui ai donné un coup de pied en premier.

— Pourquoi t'as fait ça, fiston ? demanda Kyle.

Tyler se hérissa en entendant le terme de « fiston ».

— Parce qu'il dit des méchancetés rien que pour blesser les gens.

— Il t'a blessé ? Que t'a-t-il dit ?

— Qu'il a plus le droit d'être ici que moi, parce que je suis adopté. Mais je ne crois pas que vous devriez le mettre en prison pour ça.

— La maltraitance d'un enfant est un crime.

Kyle lui faisait la leçon comme si Tyler avait l'esprit lent.

— Nous devons l'emmener. Et les gens de la Protection de l'enfance vont sûrement vouloir venir vous parler.

Tyler tourna de grands yeux vers Mme Chen.

— Tout ceci est inutile, déclara-t-elle à Kyle.

— M'dame, si un enfant est en danger dans son environnement...

— Il n'est pas en danger. Chi gère la poissonnerie, il a très peu à faire avec Tyler. Il n'y a jamais eu d'incident de cette sorte avant aujourd'hui et il ne s'en produira plus jamais. Je n'ai nullement l'intention de porter plainte.

— Ce n'est pas nécessaire, m'dame. Le comté et l'État protègent les droits des enfants.

— Je protège mes droits. Et ceux de ma famille, décréta Mme Chen. Je n'ai pas besoin de votre aide, et je n'en veux pas. Ce qui s'est passé est une aberration. Une rivalité familiale, si vous voulez. C'est une histoire de famille. Il n'est nul besoin d'engorger le système judiciaire avec une querelle de cinq secondes. Est-ce ce genre d'affaires qui font votre quotidien, lieutenant Kyle ? J'avais l'impression que vous ne vous intéressiez qu'aux gros poissons. N'y en a-t-il pas assez pour vous occuper ?

— Euh, eh bien, si, m'dame, bégaya Kyle.

— J'imagine que vous n'êtes pas venu ici pour arrêter mon neveu.

— Non, m'dame.

— Donc, ça suffit, déclara Mme Chen. Vous me coûtez de l'argent, vous perdez notre temps à tous. Si vous arrêtiez toutes les personnes qui parlent durement à un enfant, vous seriez complètement débordés.

Kyle et Roddick échangèrent un regard.

— Nous perdons notre temps, répéta Mme Chen avec impatience.

Roddick lança un coup d'œil à Kyle, attendant un signe. Kyle haussa les épaules et secoua la tête.

— Bien. Vous avez raison. Nous avons sûrement tous réagi de manière un peu excessive.

Chi semblait, pour eux, être plus synonyme de complications que d'intérêt. Le costaud lui ôta les menottes. Chi se frotta les poignets d'un air renfrogné. Mme Chen lui ordonna de retourner travailler s'il voulait rentrer à nouveau dans ses bonnes grâces.

— Et quelle est la raison initiale de votre visite, messieurs ? demanda-t-elle.

— Nous avons des raisons de croire que votre voiture a pu être utilisée pour commettre un crime. Nous aimerions la voir.

Mme Chen leur jeta un regard agacé.

— Maintenant je comprends comment l'on gaspille l'argent des contribuables. Le lieutenant qui est venu avant vous a déjà regardé la voiture. Je lui ai dit qu'elle avait été endommagée sur un parking. Il a insisté pour l'emmener quand même. Ensuite, d'autres policiers sont venus la chercher. Et maintenant je suis une femme plus toute jeune qui n'a plus de moyen de transport.

— Quel lieutenant ? interrogea Kyle.

— Le lieutenant Parker, dit-elle. La voiture n'est plus là. Peut-être pourriez-vous lui demander où elle se trouve actuellement.

Kyle suivit l'étroit couloir jusqu'à la porte. Il n'y avait aucune trace d'une Mini.

— Le lieutenant Parker m'a paru être un homme charmant, commenta Mme Chen. Courtois, méthodique, très bien habillé.

J'étais en colère qu'il prenne ma voiture, mais il ne faisait que son devoir. Je n'ai rien à cacher.

Elle attira Tyler contre elle, le bras autour de ses épaules.

Kyle l'ignora. Tout son visage se raidit, ses muscles se tendirent. Il n'était pas content.

— Connaissez-vous un jeune homme du nom de Jack Damon ?

Mme Chen ne cilla pas.

— Pourquoi connaîtrais-je cette personne ?

— Vous auriez pu le voir dans le voisinage. Une vingtaine d'années, blond, yeux bleus. Il est coursier.

— Je suis très occupée, je passe le plus clair de mon temps dans mon bureau.

Rien de ce qu'elle disait n'était exactement un mensonge ni exactement la vérité. Tyler se tenait à ses côtés, aussi innocent qu'un agneau.

— Et toi, fiston ? demanda Kyle.

— Vous ne devriez pas me parler avec ce ton supérieur, monsieur, répondit poliment Tyler. Vous pourriez être gêné si vous saviez que j'ai un QI de 168.

Les flics échangèrent encore un regard.

— Merci pour votre temps, m'dame, dit Kyle. Il se pourrait que nous revenions vous voir une fois que votre voiture aura été examinée.

Il regarda longuement Tyler, ses yeux bleus, ses cheveux blonds. Tyler retint sa respiration. Les policiers se dirigèrent vers la porte.

Boo Zhu se dépêcha de quitter l'entrepôt pour rejoindre l'aire de déchargement. La lumière du soleil lui fit plisser les yeux comme une taupe. Il se tourna d'un côté, puis de l'autre.

— Je le connais ! Je le connais ! s'écria-t-il avec excitation, sa langue épaisse sortant de sa bouche. Je connais Jack !

35

Parker gara sa Sebring en stationnement interdit et entra dans le restaurant. L'endroit était si faiblement éclairé que ses yeux mirent quelques secondes à s'habituer. Il aperçut Diane qui regardait sa montre, assise à une table dans un coin. Le restaurant était la façade d'une boîte de nuit qui avait connu son heure de gloire du temps du Rat Pack de Sinatra, Sammy Davis Jr et les autres. Il n'y avait jamais eu de travaux depuis et la majorité de la clientèle avait les cheveux blancs avec une nuance de bleu.

Environ une fois par mois, Diane le retrouvait là pour déjeuner. La cuisine était correcte, l'ambiance calme, et ils ne risquaient pas de rencontrer qui que ce soit qui travaillait avec eux. Soucieux de protéger leur vie privée, ils considéraient ce déjeuner mensuel comme une oasis au milieu du chaos quotidien.

Parker l'embrassa sur la joue et s'excusa de l'avoir fait attendre.

— J'ai commandé, dit-elle. Je t'ai pris une salade, comme d'habitude.

— Parfait, merci.

Il s'attabla en essayant de se décontracter. Il était passé à la vitesse maximum. Les choses avançaient. Le temps manquait.

— J'ai eu une journée atroce, annonça-t-il avant de poursuivre sur les agissements des types des Vols et Homicides.

— Ils ne vont jamais te lâcher, Kev.

— Non, jamais. Et tu sais quoi? Je les emmerde. C'est moi qui vais les lâcher. Si je peux garder un ou deux jours d'avance sur eux...

— Tu crois que tu es si près de la solution? demanda-t-elle.

Diane posa les coudes sur la table. Elle semblait épuisée.

Parker se pencha vers elle.

— Ça va, toi?

Elle se redressa.

— Je suis fatiguée, avoua-t-elle.

Elle piqua sa fourchette dans une lamelle de poulet.

— Alors, tu as découvert que même un type comme Lenny Lowell pouvait bien connaître quelqu'un qui vaille qu'on le fasse chanter?

— Pas encore, mais je suis à *ça* de le trouver, dit-il en collant son pouce et son index. Et je me suis barré avec tout le dossier, alors il faudra un moment avant que Kyle et Roddick soient au parfum.

— Ça doit vraiment être lié à quelque chose de gros pour qu'ils se donnent tout ce mal pour toi.

— Leur capitaine prétend qu'il y aurait un lien entre le cas Lenny et une autre de leurs affaires en cours. J'ignore encore lequel, mais il n'y a qu'un nom qui me vient à l'esprit. Tricia Crowne-Cole.

Diane se raidit.

— Quoi? Robe Cole a tué sa femme, déclara-t-elle avec fermeté. Comment cela pourrait-il avoir un rapport?

— Quelqu'un a donné une grosse somme d'argent à quelqu'un d'autre pour qu'il garde un secret.

— Tu n'es même pas certain de ce que tu avances.

— Eh bien, si, figure-toi.

— Rob Cole a tué sa femme, répéta-t-elle. Tu n'étais pas là, Kevin. Tu n'as pas vu ce qu'il lui a fait. C'était personnel, méchant...

— Il y avait d'autres personnes dans la vie de Tricia Cole. Sa fille, qui couchait peut-être avec son beau-père. Son frère, forcé de vivre dans l'ombre de Tricia, la sœur parfaite...

— C'est Rob Cole qui est mis en examen, c'est lui qui va être jugé, c'est lui qui n'a aucun alibi et tout un tas de mobiles..., argumenta Diane.

— Tony Giradello pourrait mettre en examen un paquet de biscuits s'il le voulait...

— Attends, Parker! S'il n'avait pas assez de matière, Giradello ne se lancerait pas dans un procès aussi exposé. Il s'est tellement ridiculisé la dernière fois... Le jury sera en place dans une semaine. Giradello est revenu sur les moindres détails, il a procédé à tous les tests, il va faire comparaître tous les experts à la barre des témoins.

— Il faut dire qu'il reçoit un sacré coup de main de la part de Norman Crowne, n'est-ce pas?

— Et voilà, la théorie du complot !

— Arrête, Diane. Tu le dis toi-même : on dirait que Norman Crowne achète la justice. Qui te dit qu'il n'achète pas le silence, également ?

— Tricia était la prunelle de ses yeux, dit-elle. Il n'aurait pas pu l'aimer plus. Impossible qu'il paye pour protéger quelqu'un qui ait un rapport avec sa mort.

— Même si ce quelqu'un était sa petite-fille ? demanda Parker. Tu le sais aussi bien que moi, les gens font des choses incroyables au nom de l'amour.

— Je sais bien. Je sais bien. Mais tu es complètement à côté de la plaque, là. Rob Cole a tué sa femme.

— Eh bien, nous le saurons avec certitude ce soir, annonça Parker. J'ai subtilisé un négatif dans le coffre en banque de Lowell, parmi des liasses de billets. En ce moment même, il est en train d'être tiré.

Il jeta un œil à sa montre et grimaça. Il n'avait pas mangé trois feuilles de salade, mais la faim n'avait plus aucun sens pour lui, engloutie par le besoin vital de mettre un terme à cette chasse à l'homme.

— Je dois y aller, lança-t-il en sortant son portefeuille. J'adore te voir monter sur tes grands chevaux, mais nous allons devoir terminer cette dispute plus tard.

Diane repoussa sa salade et s'adossa à son siège, boudeuse.

— Mon Dieu ce que tu es belle quand tu es énervée, dit Parker en quittant la table.

Il se pencha pour l'embrasser sur la joue.

— Écoute, je me plante peut-être…, reprit-il.

— C'est clair.

— Je sais que Robbie est un type que tu adores détester, ma chérie, mais tu sais ce qu'on dit au champ de courses : y a que les nazes qui parient sur le favori.

Elle le dévisagea en silence.

— Je ne prends pas fait et cause contre toi, poursuivit Parker. Je prends fait et cause pour *moi*. Si ça marche, je gagne. Tu détestes Rob Cole plus que tu ne m'aimes ?

Le visage de Diane s'adoucit.

— Je vais mettre une poignée de dollars sur toi, mon pari risqué préféré.

— Tu ne le regretteras pas.

— On verra.

— Tu es censée travailler aujourd'hui ? Tu devrais peut-être prendre ta journée pour récupérer un peu.

— Je suis de repos. J'ai juste quelques courses à faire. Banque, supermarché…

— Je t'appelle.

Parker s'éloigna.

— Kev ?

Diane se leva, marcha jusqu'à lui pour le serrer dans ses bras en murmurant :

— Excuse-moi.

Il sourit.

— Tu es passionnée. Tu n'as pas à t'excuser.

Ses yeux bleus magnifiques s'embuèrent de larmes, ce qui n'était pas dans leur habitude.

— Je t'aime, tu sais, lui souffla-t-elle.

Des vieilles dames assises près d'eux les fixaient sans gêne.

Une déclaration en bonne et due forme. Parker était si stupéfait qu'il se retrancha derrière un peu d'humour.

— Eh bien, Miss Nicholson, dit-il en battant des cils. Vous me faites tourner la tête.

Elle sourit, puis lui fit signe de partir.

Diane Nicholson l'aimait. Il n'était pas sûr de savoir comment il devait le prendre. Tu parles d'un moment pour lui balancer ça à la figure, songea Parker.

Il passa un coup de fil à Joanie et laissa un message lui demandant de chercher dès que possible le nom et l'adresse d'Eddie Davis dans le répertoire rotatif de Lowell envoyé au labo pour la recherche d'empreintes.

Il avait chargé Ruiz de s'occuper de Davis, mais Parker ne l'appellerait pas pour lui demander si elle avait obtenu des renseignements. À l'heure qu'il était, elle était sûrement en train de ramper aux pieds de Bradley Kyle.

Parker gara sa voiture sur le parking d'un boui-boui mexicain situé dans une zone industrielle poussiéreuse et envahie de mauvaises herbes, tout près de la Los Angeles River. Autrefois, quand Parker travaillait avec lui tous les jours de la semaine, Dan Metheny déjeunait à cet endroit.

Il était assis à l'une des tables de pique-nique installées sous l'auvent de tôle ondulée. Il regarda Parker à travers ses lunettes de soleil réfléchissantes. Parker le connaissait depuis des années, pourtant il n'avait pas dû voir les yeux de Metheny plus de deux fois.

— Salut, beau gosse, dit le vieil homme. Tu te pointes ici pour nous montrer à nous autres, gens simples, comment il faut se fringuer ?

Metheny était un gros Noir au torse comme un tonneau, selon sa propre expression, qui mangeait trop de viande rouge, buvait trop de whisky et fumait deux paquets de cigarettes par jour. Le stress du boulot à South Central aurait dû le tuer, mais il était toujours debout. Trop teigneux pour mourir.

— Je fais partie des gens simples, moi aussi, répondit Parker en s'attablant.

— Gamin, y a jamais rien eu de simple chez toi. C'est pour ça que tout le monde te déteste.

— Eh bien, c'est bon à savoir.

— Laisse tomber, grogna Metheny. On se sent toujours seul au sommet.

— J'en sais rien. J'ai passé tout mon temps en bas de l'échelle à subir mes supérieurs.

— Arrête de te plaindre. Giradello t'aurait collé aux parcmètres s'il avait pu. Mais tu es toujours lieutenant. Tu es toujours flic. Et t'as un physique de star de cinéma. Alors je vois pas pourquoi tu pleures.

— Les Vols et Homicides viennent de me piquer mon enquête et j'ai une nouvelle recrue sur les bras qui préférerait encore me foutre un coup de talon aiguille dans le dos que de poser les yeux sur moi.

— Cette nana, Ruiz ? demanda Metheny, la bouche pleine.

— Qui d'autre ?

— J'ai interrogé quelques gars qui bossent sur les gangs latinos. Ils n'ont jamais entendu parler d'elle. Mais ils ont pu oublier.

Parker secoua la tête.

— Crois-moi, celle-là, tu la remarques. Ils s'en seraient souvenus.

— Tu as consulté son dossier au service du personnel ?

— Rien à signaler. J'ai essayé d'appeler son superviseur précédent, mais on m'a dit qu'il était mort. Elle lui a sûrement dévoré le cœur pendant qu'il se vidait de son sang à ses pieds.

Metheny réfléchit, essuyant ses bajoues et son épaisse moustache poivre et sel.

— Mon pote, ça me plaît pas, cette histoire, dit-il enfin. Tu connais Alex Navarro ? Il sait absolument tout ce qui se passe avec les gangs latinos. S'il connaît pas cette nana, c'est qu'elle y était pas.

— Mais alors qui c'est, merde ? demanda Parker. Et pourquoi je me la coltine ?

Maintenant, il avait la sensation d'être pris au piège. Les Vols et Homicides récupéraient son affaire, et tout à coup, Ruiz n'était pas celle qu'il croyait être.

— C'est peut-être parce qu'elle était connue sous un autre nom. Tu sais comment ça marche, quand ils sont en infiltration. Ils « s'immergent » dans leur rôle, fit Metheny avec une bonne dose de mépris.

Metheny était un flic à l'ancienne, de l'école des « je te casse la gueule et je te demande ton nom après ». Pour lui, il y avait les méchants et les gentils. Il se trimbalait en ville, armé de la loi et d'environ neuf armes non approuvées par la Ligue des droits de l'homme. Un guerrier de la justice.

— Peut-être, concéda Parker sans y croire.

— Démasque-la et mets-la au pied du mur, mon pote.

Il n'y avait rien d'autre à faire. Parker devait se méfier de Ruiz. Alors autant savoir pourquoi.

Il repensait à l'enchaînement des événements. Ruiz n'était arrivée que quelques jours avant le meurtre de Lowell. Maintenant, elle l'avait donné aux Vols et Homicides, et les Vols et Homicides s'attribuaient l'affaire. Mais comment quiconque aurait pu prévoir que Lenny Lowell allait être assassiné ?

Aucune des explications qui lui vinrent à l'esprit ne lui plaisait. Il essaya de se convaincre qu'il était paranoïaque. Seul le tueur aurait pu prédire la mort de Lowell et personne n'aurait pu savoir qui serait de garde et donc chargé de l'enquête.

Metheny l'observait.

— Les coïncidences, ça n'existe pas, mon pote. Pas avec les Vols et Homicides. Ces gars-là se pointent pas sans raison.

— Ça n'a pas de sens que Ruiz ait un lien avec eux, fit remarquer Parker. Pourquoi auraient-ils besoin d'elle alors qu'ils peuvent prendre l'affaire quand ils veulent ?

— Alors qu'est-ce qui a du sens ? demanda Metheny. Je connaissais un type qui faisait des sculptures géantes à la tronçonneuse à partir de troncs d'arbres. Elles étaient plutôt réussies. Il y en avait une qui était super ressemblante. C'était un élan. Y avait quasiment l'odeur de l'élan, tellement elle avait l'air vraie. Je lui ai demandé comment il l'avait faite, et il m'a répondu : « Je commence avec un gros morceau de tronc d'arbre et j'enlève tout ce qui ne ressemble pas à un élan. » Élimine tout ce que ce cirque ne peut pas être et il te restera la vérité. Si Ruiz n'est pas celle qu'elle prétend être, alors qui est-elle ? Si elle n'est pas un genre d'espionne des Vols et Homicides, alors qu'est-ce qui reste ?

Une sensation d'écœurement envahit Parker. Cela faisait quelques jours seulement que Ruiz le tourmentait. Elle l'irritait tellement qu'il n'avait pas fait attention à ce qu'elle était vraiment, à part une emmerdeuse. Mais elle savait pour sa Jag et pour son loft, et elle avait lâché plus d'un commentaire à propos du prix de sa garde-robe et de sa facilité à débourser de l'argent.

— Qu'est-ce qui reste ? interrogea encore Metheny.

Les mots avaient un goût amer dans la bouche de Parker.

— La police des polices.

36

— Je connais Jack ! dit Boo Zhu, dont les petits yeux brillaient d'excitation.

Il éclata de rire. Son nez coulait. Au lieu de l'essuyer, sa langue anormalement longue passa sur sa lèvre supérieure.

— Jack Ty ! Jack Ty !

Boo Zhu posa un regard fier sur Chi, qui se trouvait à l'autre bout de l'aire de chargement et essayait de faire comme s'il n'avait eu aucune influence dans la déclaration de Boo Zhu.

Le lieutenant Kyle se tourna vers Mme Chen. À la lumière du jour, elle paraissait aussi pâle que les bardeaux blancs du bâtiment.

— Qui est-ce ? demanda Kyle.

— Le fils d'un cousin, répondit Mme Chen en traversant la petite zone de stationnement. Il est handicapé, comme vous pouvez le voir.

Kyle se tourna vers lui.

— Comment t'appelles-tu ?

— Boo Zhu ! Boo Zhu sait !

— Tu connais Jack Damon ? demanda Kyle.

Boo Zhu se mit à danser avec une grâce d'ours, fier de détenir une réponse que personne d'autre ne semblait connaître.

— Boo Zhu aime faire plaisir, dit Mme Chen.

— Vous voulez dire qu'il ne sait pas ce qu'il raconte ?

— Il sait que vous serez satisfait s'il dit ce qu'il croit que vous voulez entendre.

Elle lança un regard noir à Chi.

— Il vous dira qu'il connaît le président si vous le lui demandez.

— Jack Ty ! Jack Ty, m'dame ! dit Boo Zhu en désignant de son doigt boudiné la porte du bureau. Oui, m'dame, oui ?

Le cœur de Tyler galopait si fort qu'il craignait de s'évanouir. Avec précaution, il se laissa tomber à genoux sur le sol et rampa le long du mur vers une fenêtre ouverte, puis il leva lentement la tête jusqu'à ce qu'il puisse voir sans être vu.

— Calme-toi, Boo Zhu, dit Mme Chen.

— Moi, bon garçon !

— Tu es un très bon garçon, fit Kyle. Tu connais la réponse, n'est-ce pas ?

— Lieutenant, je vous en prie, dit Mme Chen. Son âge mental est celui d'un enfant. Il ne comprend pas.

— Qui est Ty ? demanda Kyle.

— Ty Lere ! Ty Lere ! s'exclama Boo Zhu.

— Tyler ?

— Ty Lere, Jack !

— Jack Damon ?

Boo Zhu se mit à chanter une chanson et à danser, son euphorie l'emportant sur tout le reste.

Kyle se tourna vers Chi.

— Et vous ? Vous connaissez J.C. Damon ?

Les yeux de Tyler s'emplirent de larmes. Il avait tellement peur qu'il craignait de faire pipi dans sa culotte.

— Si vous n'êtes pas encore au courant, poursuivit Kyle, Jack Damon est recherché pour être interrogé dans une affaire d'homicide, entre autres crimes. Si vous le protégez, vous couvrez un criminel. S'il s'est servi de votre véhicule pour commettre un crime, vous pouvez être accusé de complicité.

Chi soutint un moment le regard de sa tante. Lorsqu'il prit la parole, ce fut en chinois.

— Tu ne dois pas faire courir de risques ni à toi ni aux affaires, ma tante. Mentir à la police est un délit grave.

— Tout comme la trahison de la famille, répliqua Mme Chen.

— Il ne fait pas partie de la famille.

— Tu me trahis, Chi. Si tu fais ça, je ne te connais pas. Je ne te connaîtrai plus.

— Nous pouvons aller au poste, dit Kyle. Je peux convoquer un interprète. Si je crois que vous retenez des informations, vous pouvez être détenu comme témoin matériel.

Mme Chen se tourna vers lui.

— Vous me prenez pour une imbécile, lieutenant Kyle ? Je suis une femme intelligente dans une langue comme dans l'autre. Vous êtes une brute dans votre unique langue. J'appelle mon avocat qui se trouve être celui de mon affaire comme celui de ma famille, y compris celui de mon neveu.

— Vous ne pouvez pas empêcher votre neveu de nous parler, dit Kyle avant de se retourner vers Chi. Vous connaissez Jack Damon ?

Chi regarda sa tante.

Tyler retint sa respiration.

— Je m'en remets à la sagesse de ma tante, répondit humblement Chi en baissant la tête. En tant que matriarche de notre famille, elle sait ce qui est le mieux pour nous. Elle souhaite que nous consultions notre avocat.

Kyle se tourna à nouveau vers Boo Zhu, toujours muré dans son univers merveilleux.

— Boo Zhu ? Tu connais Jack Damon ?

— C'est un scandale ! s'écria Mme Chen. Vous allez arrêter ça immédiatement !

— Oui, dit Boo Zhu. Un sourire de fierté éclaira son visage rond lorsqu'il regarda Mme Chen. Ty Lere fère ? Oui, m'dame ?

Kyle ignora Mme Chen.

— Tyler est le frère de Jack ?

Boo Zhu tourna à nouveau les yeux vers Mme Chen. Il avait le visage marbré de rouge, inquiet d'avoir fait une bêtise.

— Oui, m'dame, oui ?

Kyle s'adressa à son coéquipier.

— Où est le gamin ?

— À l'intérieur.

— Je le veux ici. Maintenant.

Le gros lieutenant se dirigea vers le bureau.

Tyler détala comme un lapin. À la télé, les flics faisaient toujours tout un tas de trucs qu'ils n'étaient pas censés faire. Jack lui avait dit de ne pas leur faire confiance. Tyler ne pouvait faire confiance à personne, seulement à la famille. Sa vie en dépendait.

Comme une flèche, il traversa le couloir, grimpa les escaliers. Il courut comme un tourbillon à travers l'appartement, attrapa son sac à dos et le talkie-walkie que Jack lui avait offert.

Il quitta l'appartement et monta jusqu'au toit. Le jardin était vide. Grand-père Chen était allé retrouver ses copains pour échanger les potins du jour.

Tyler rampa jusqu'au bord du toit et regarda la scène en contrebas. Le parking était vide. Seul Boo Zhu restait là, assis au bord du quai de chargement, à se balancer en gémissant.

Tyler avait de la peine pour lui. Chi l'avait poussé à faire cette déclaration en lui faisant croire que tout le monde serait content et fier de lui s'il disait aux policiers qu'il connaissait Jack. Maintenant, Boo Zhu était bouleversé et effrayé. Il n'allait pas comprendre pourquoi personne n'avait été ravi par sa révélation. Ni pourquoi Chi l'avait abandonné.

Le cœur battant, Tyler tendit l'oreille. Lorsqu'il les entendrait approcher du toit, il se terrerait.

Il se passa la main sur le visage pour effacer les larmes que la panique lui avait fait monter aux yeux.

Cent, quatre-vingt-dix-neuf, quatre-vingt-dix-huit...

Et s'il ne les entendait pas arriver ? Les battements de son cœur résonnaient trop fort à ses oreilles.

Quatre-vingt-dix-sept, quatre-vingt-seize, quatre-vingt-quinze...

Pouvaient-ils l'enfermer, lui, comme témoin matériel ? En prison ?

Quatre-vingt-quatorze, quatre-vingt-treize...

Appelleraient-ils les services de la Protection de l'enfance sur-le-champ ?

Quatre-vingt-douze...

S'ils confisquaient son talkie-walkie, il ne pourrait plus joindre Jack.

Quatre-vingt-onze.

Si les services de la Protection de l'enfance l'emmenaient, Jack ne pourrait jamais le retrouver. Jamais.

Les larmes inondèrent ses joues. Tyler s'éloigna du bord du toit, courut de l'autre côté du bâtiment et dévala l'escalier de secours. Le métal était rouillé, certaines fixations étaient lâches et de vieux boulons avaient été arrachés. L'escalier pouvait soutenir le poids de Tyler, mais il faisait un sacré bruit de ferraille.

Tyler était rapide, mais il avait peur, et la peur pousse à l'erreur. L'épais renfort en caoutchouc au bout de sa tennis buta contre un barreau et il trébucha, rattrapa la rampe de justesse ;

il s'égratigna, se cogna le coude, mais parvint à se remettre d'aplomb.

La dernière partie de l'escalier de secours était une échelle suspendue à environ quatre mètres du sol. Tyler l'attrapa à deux mains pour essayer de la faire descendre, mais elle ne bougea pas.

Sans réfléchir au danger, il grimpa comme un singe sur l'échelle. Les deux mains accrochées au-dessus de la tête, il se mit à faire des bonds sur les barreaux. L'échelle descendit de quelques centimètres et, tout à coup, se déplia si vite que Tyler fit une chute d'environ un mètre cinquante. Son flanc heurta le sol dans un bruit sourd.

Le souffle coupé, il se laissa rouler à quatre pattes. Il parvint à se relever et s'adossa au mur de brique pour reprendre des forces.

Les flics étaient à l'intérieur. La ruelle était la seule voie possible. S'il tournait à droite, il serait vite dans la rue, mais il craignait qu'une voiture de police ne l'y attende. C'était de cette direction qu'était venue la voiture noire et blanche, un peu plus tôt. S'il prenait à gauche, il était contraint de passer devant le parking. Si jamais le lieutenant Kyle était ressorti… Ou Chi…

Il tourna à gauche, en rasant l'arrière du bâtiment, et scruta attentivement les environs. Le parking et l'aire de déchargement étaient vides. Seul Boo Zhu, perdu dans son malheur, continuait à se balancer. Tyler prit trois grandes inspirations et traversa la partie à découvert aussi vite qu'il le put. Il plongea derrière le tas de palettes de bois où l'autre lieutenant l'avait trouvé. Le lieutenant Parker.

Tyler se demandait pourquoi Kyle et Roddick étaient venus poser les mêmes questions. Ils n'étaient même pas au courant pour l'enlèvement de la Mini. Peut-être que ce n'était pas de vrais flics. Peut-être que c'étaient des méchants. Peut-être qu'ils avaient massacré le type que Jack était accusé d'avoir tué.

En tout cas, Tyler ne les aimait pas. Parker lui avait paru sympa, pour un flic. Kyle n'était rien d'autre que ce que Mme Chen avait dit, une brute.

Collé au bâtiment comme une tique, Tyler s'accroupit et observa la poissonnerie.

Il vit Kyle et Roddick se planter sur le trottoir, forçant le flot de passants à les contourner. Ils discutaient entre eux, ils gesticulaient ;

Kyle sortit son portable et se lança dans une conversation. Roddick, les mains sur les hanches, tourna la tête, regarda la rue.

Tyler retint sa respiration. Sur le trottoir arrivait une femme mince avec de longs cheveux noirs et des lunettes de soleil, qui tenait en laisse un carlin bien dodu. Les yeux globuleux du chien repérèrent aussitôt Tyler. Ses griffes se mirent à gratter le trottoir, il tira sur sa laisse pour tenter d'entraîner sa maîtresse.

La femme tira sur la laisse.

— Orson, non !

Roddick avait toujours les yeux fixés sur la rue.

Orson continuait d'aboyer. Tyler essaya de le faire taire. À cet instant, la femme l'aperçut et fit un bond en arrière. Tyler leva des yeux implorants vers elle, un doigt pressé sur ses lèvres.

Roddick fit quelques pas, puis Kyle rangea son téléphone dans sa poche. Ils se dirigèrent vers une voiture garée devant une borne d'incendie et montèrent à bord.

La femme au chien s'éloigna. Orson dut poursuivre sa route, lui aussi. Les policiers passèrent devant Tyler sans regarder autour d'eux.

Celui-ci soupira de soulagement. Il avait la tête qui tournait, de grosses taches tournoyaient devant ses yeux. Il s'appuya contre le bâtiment et se demanda combien de temps il faudrait à son cœur pour arrêter de battre à cent à l'heure.

Il retira son sac à dos et en sortit son talkie-walkie.

— Scout à Ranger. Scout à Ranger. Tu m'entends ?

Rien.

— Scout à Ranger. Tu es là, cavalier solitaire ?

Silence.

Tyler appuya la radio contre sa joue et ferma les yeux. L'excitation était retombée, remplacée par la peur. Le genre de peur qui lui donnait mal au ventre et lui faisait regretter d'être trop grand pour se réfugier sur les genoux de quelqu'un.

Le sentiment de sécurité qu'il éprouvait chez les Chen avait disparu. Son foyer, sa seule famille s'étaient envolés ! Comme son frère.

Il ne s'était jamais senti aussi seul de toute sa vie.

Il fixa la rue. Tout le monde vaquait à ses occupations, ignorant qu'il était perdu et effrayé et que peut-être plus rien dans sa vie ne serait jamais pareil.

Pourquoi je suis moi, et pas le type qui livre des colis juste en face ? Pourquoi je suis moi et pas cette femme qui pousse son chariot de commissions ? Pourquoi je suis moi et pas cet homme qui sort de sa voiture ?

Il rendait Jack fou quand il posait des questions comme ça. Pourquoi je suis moi et pas quelqu'un d'autre ? Pourquoi sa vie ressemblait-elle à cela ? Sans mère ni père. Pourquoi la seule famille qu'il connaissait était-elle celle de quelqu'un d'autre ? Jack lui avait bien dit que poser de telles questions n'avait pas de sens, mais Tyler se les posait tout de même. Il y a certaines questions auxquelles il n'existe pas de réponse, disait Jack.

Tyler s'essuya le nez sur sa manche et refoula ses larmes. Il croyait en son frère. Il ferait de son mieux pour agir comme Jack aurait agi. Ce n'était pas le moment de pleurer. Il fallait qu'il fasse fonctionner son cerveau.

Aussi, il ferma les yeux et imagina qu'il enfermait toutes ses peurs dans une boîte, qu'il enfouissait tout au fond de lui. Il fallait qu'il pense comme un héros maintenant, et pas en attendre un qui ne viendrait peut-être jamais.

37

— J'ai les infos sur Davis, annonça Ruiz lorsque Parker s'installa à son bureau. À part quelques inculpations pour consommation de stupéfiants, il a des antécédents d'agressions, avec deux condamnations.

— Pour rembourser ses dettes de toxico, il est devenu homme de main de son dealer et extorque le fric aux autres toxicos mauvais payeurs, spécula Parker.

— Ça fait environ deux ans qu'il est sorti de prison, poursuivit Ruiz. Et son avocat était Lenny Lowell.

Parker hocha la tête.

— Dernière adresse connue?

— Il a acheté récemment une maison dans les collines de Hollywood. Il a été obligé de signaler son déménagement à son contrôleur judiciaire.

— Et si je vais y jeter un œil, je serai accueilli par Bradley Kyle? demanda Parker.

Il dévisagea sa coéquipière. Ruiz soupira et détourna le regard.

— Qu'est-ce que tu veux que je te dise, Parker? Les Vols et Homicides prennent ce qu'ils veulent...

— Même ma coéquipière?

— Qu'est-ce que c'est censé vouloir dire?

— Ça veut dire que je crois que toi et moi, nous n'avons pas le même ordre du jour.

Parker quitta son fauteuil et se mit à arpenter la pièce pour évacuer sa colère.

— Je ne vais pas mentir pour toi aux Vols et Homicides, dit Ruiz. Qu'est-ce que tu as fait pour moi? J'ai ma propre carrière à considérer.

— Et de quelle carrière s'agit-il?

Elle le fixa, l'air déconcertée et irritée, avec une pointe de crainte dans les yeux.

— Tu veux bosser aux Homicides? demanda Parker sans cesser de faire les cent pas. Ou bien alors tu es juste en excursion?

Plusieurs collègues s'étaient retournés pour observer l'altercation. Ruiz leur jeta un œil mauvais.

— Si tu as quelque chose à me dire, Parker, je crois qu'on devrait aller dans l'une des salles d'interrogatoire.

— Pourquoi cette soudaine pudeur? Tu exhibes ton décolleté devant tout le monde, mais tu ne veux pas qu'ils sachent à qui ils doivent ce plaisir?

— Tu es cinglé! dit-elle en bondissant.

— Tu connais Alex Navarro?

Silence.

— J'en déduis que non, dit Parker. Alex Navarro est l'homme qui bosse sur les gangs latinos.

— Ah, oui, balbutia-t-elle. J'étais tellement bas dans la hiérarchie que je n'ai jamais eu de contact avec lui.

— Alex Navarro est capable de nommer tous les membres de tous les gangs de L.A. Tu lui demandes qui a été tué le 1er juin il y a cinq ans, non seulement il saura répondre, mais en plus il te donnera les moindres détails de l'affaire, jusqu'à la marque des sous-vêtements que portait la victime quand elle est tombée. Navarro n'a absolument pas le moindre souvenir d'une Renee Ruiz qui ait travaillé sur les gangs.

— Et alors? le défia-t-elle.

Il devait reconnaître qu'elle avait des *cojones*.

— Je ne travaillais pas avec lui. Quel est le problème?

— Toi, avec tes dents qui rayent le parquet, tu n'as jamais dragué le patron des patrons de ton détachement spécial en infiltration?

— Tu me traites de pute?

— Ce serait un compliment, rétorqua Parker. Je te traite de menteuse.

— Va te faire foutre, Parker!

— Je te traite de balance! Qui t'a mise ici? cria Parker.

— Qu'est-ce qui te prend? Pourquoi tu fais ça?

— Parce que je suis énervé, dit-il en collant son visage à celui de la jeune femme.

Elle ne recula pas, ce qui était tout à son honneur.

— Je n'aime pas qu'on se foute de moi. Qu'est-ce que tu as donné à Bradley Kyle quand il est venu ici ?

— Espèce d'enfoiré. Pourquoi je devrais te dire quoi que ce soit ?

— Qu'est-ce que tu lui as donné ?

— Tout ce que tu n'avais pas emporté, reconnut-elle.

— Tu lui as dit pour Davis, tu as donné son adresse ?

— Je n'avais pas le choix.

— On a toujours le choix, Ruiz. Tu aurais pu leur dire que j'avais tout pris. Tu aurais pu omettre de mentionner l'info sur la maison de Davis.

— Ils reprennent l'affaire ! s'écria-t-elle avec irritation. T'as pas compris ? Elle n'est plus à toi, Parker. Quelle différence que je leur aie donné cette info maintenant et pas plus tard ? Ils finiront toujours par l'avoir.

Fuentes passa la tête hors de son bureau.

— Qu'est-ce qui se passe ici, bon sang ?

— Il est malade ! dit Ruiz avant de débiter la version espagnole au cas où Fuentes n'aurait pas compris la première fois.

— Dans mon bureau, dit Fuentes. Tous les deux. Maintenant.

— Je dois y aller, dit Parker qui s'éloignait déjà. J'ai du travail.

— Ici, Kev. Je suis sérieux.

Parker s'immobilisa. Fuentes ne ferait rien pour l'empêcher de partir. Mais s'il s'en allait, Ruiz aurait tout loisir de le débiner. Il voulait mettre un terme à tout ça.

Ils se rendirent dans le bureau de Fuentes, Ruiz d'un côté de la pièce, Parker près de la porte. Il n'attendit pas que Fuentes donne le ton. Il fit face à son capitaine et demanda :

— D'où vient-elle ? Qui l'a assignée à ce poste ?

— Ne sois pas si parano, répondit Fuentes.

— Il a pété un câble, dit Ruiz en croisant les bras.

— Elle a travaillé sur les gangs…, poursuivit le capitaine.

— Arrête de me raconter des conneries ! cria Parker. Je sais qu'elle n'a jamais fait partie du détachement qui bosse là-dessus.

— Si tu n'aimes pas les réponses à tes questions, ne les pose pas, remarqua Fuentes, un peu trop calmement. C'est comme ça, Kev.

— Bien. C'est comme ça, répéta-t-il. Je sais qu'elle ment, je peux donc en conclure que tu mens aussi.

Fuentes ne se donna même pas la peine de protester.

— C'est une jeune recrue sous ta responsabilité. Quelle différence ça fait, d'où elle vient? Ton boulot, c'est de la former.

— C'est essentiel si ce n'est pas la raison pour laquelle elle est là, dit Parker. Alors, Ruiz, tu es quoi? Une taupe des Vols et Homicides? Un cafard de la police des polices? On a le choix, dans les nuisibles.

Une fois de plus, personne ne lui répondit. Ruiz et Fuentes échangèrent un regard qui signifiait qu'ils savaient clairement des choses que Parker ignorait. Il les regarda, s'étonnant d'en être encore à espérer quelque chose de quelqu'un, de Fuentes, au moins. Il aurait dû retenir la leçon il y a des années. Il croyait l'avoir retenue.

— Et merde, dit-il en se tournant vers la porte.

— Parker, tu vas où, comme ça?

— J'ai du travail.

— Tu n'es plus sur l'affaire Lowell, lui rappela Fuentes. Tu dois tout transmettre aux Vols et Homicides avant qu'ils ne s'énervent vraiment et ne décident de porter plainte contre toi pour obstruction.

— Ils peuvent faire ce qu'ils veulent, dit Parker. Je ne connais pas leurs raisons de me reprendre cette enquête, mais je commence à rassembler toutes les pièces du puzzle et l'image qui prend forme ne me plaît pas. Je ne vais sûrement pas leur laisser les rênes et m'éloigner dans le soleil couchant.

— Tu pourrais foutre en l'air ta carrière avec ça, Kev, menaça Fuentes. Ne te mets pas en travers de leur route.

— Je m'en tape, dit Parker, une main sur la poignée de porte. Vire-moi si tu veux, si tu trouves la situation intenable. Tu peux me retirer mon poste, mais cette affaire est à moi et j'irai jusqu'au bout, même si je dois le faire en tant que simple citoyen.

— Kev…

— Tiens, je vais te dire ce que tu devrais faire, dit Parker. Dis aux gros pontes que j'ai vraiment commencé à débloquer. Je

282

passerai les six prochains mois à me faire examiner la tête par l'un des psys de la division. Tu pourras t'en laver les mains. Aucun impact sur toi, puisque je suis complètement cinglé.

Fuentes le regarda en soupirant.

— Je ne suis pas ton ennemi, Kev. Il faut savoir quand jeter l'éponge.

Parker se tourna vers Ruiz.

— Alors, la petite maligne n'a pas de remarque à faire ? Tu ne vas pas m'annoncer que cela restera inscrit à jamais sur mon dossier ? Quels que soient ceux pour qui tu travailles, ils vont être terriblement déçus.

Elle n'avait rien à répondre à cela, ce qui, aux yeux de Parker, était on ne peut plus révélateur.

— Pas mal, ton numéro, au fait, reprit-il. Tu m'as complètement baladé. Jamais je ne t'aurais collé l'étiquette de mouchard.

— Tu ne sais pas de quoi tu parles, dit Ruiz avec impatience.

— Au contraire, railla Parker. Je suis l'autorité en la matière : comment baiser Kev Parker. J'ai des années d'expérience derrière moi. Je m'en vais. Si je n'ai plus de poste à mon retour, *c'est la vie*. Dieu sait que je ne fais pas ça pour l'argent.

— Alors pourquoi tu le fais ? s'énerva Ruiz.

— C'est ça le problème, hein ? demanda Parker, avec un rire sans joie. Comment Parker peut-il se permettre de posséder une Jag ? Comment Parker a-t-il pu acheter un loft à Chinatown ? Comment fait-il pour se payer des costumes de marque ?

— Oui, comment tu fais ? demanda-t-elle avec brusquerie, sans avoir l'air de s'excuser. Comment peux-tu te permettre un train de vie pareil avec un salaire de lieutenant ?

— Je ne peux pas, dit-il. Et le reste de la réponse ne te regarde absolument pas.

— Si, si tu tiens cet argent de...

— Non mais vous êtes vraiment incroyables...

Il la dévisagea, l'air de ne pas y croire.

— Je n'ai jamais rien été d'autre qu'un bon flic pendant plus de la moitié de ma vie. Je viens ici tous les jours, je bosse à cent dix pour cent sur mes affaires, je forme des petites merdes dans ton genre pour qu'elles arrivent là où je devrais être depuis cinq

283

ans. Et tu as le culot de mener une enquête sur moi parce que je n'achète pas mes costards au rabais ?

— Je ne vais pas m'excuser de faire mon boulot, répliqua Ruiz en approchant son visage tout près du sien. Ces trois dernières années tu as remboursé deux crédits immobiliers – le tien et celui de tes parents –, tu t'es payé un loft dans un immeuble luxueux de Chinatown, tu t'es mis à porter des vêtements de marque, tu conduis une Jaguar pendant ton temps libre. Ce n'est pas avec ce que te paye le LAPD que tu fais ce genre de choses. Comment veux-tu que l'inspection générale ne s'intéresse pas à toi ?

Parker sentit la colère lui brûler les joues.

— Vous avez une plainte contre moi ? Vous avez quoi que ce soit à me reprocher ?

— Eh bien, oui, figure-toi, dit-elle. Tu fous en l'air un procès pour meurtre qui voit un riche accusé s'en sortir sans même une petite tape sur la main. Et, depuis, tes revenus semblent avoir augmenté un peu plus chaque année. Tu as besoin d'un crayon pour relier tous les points, Parker ?

— Non mais je rêve, marmonna Parker. La police des polices me surveille en faisant les gros yeux depuis tout ce temps ? Giradello n'a pas réussi à se débarrasser de moi, il n'a pas réussi à me faire démissionner, alors vous, à l'inspection générale, vous vous faufilez par la petite porte de derrière pour son compte ? Je te demanderais bien pourquoi on ne m'a pas appelé pour me cuisiner, mais je sais comment ça fonctionne, chez vous. Vous persécutez d'abord, vous posez les questions après.

— Tu te serais montré plus coopératif que tu ne l'es maintenant ? demanda Fuentes.

— Non. Je n'ai rien fait de mal. Je n'ai rien fait d'illégal. Et ce que je fais de mon temps libre me regarde. J'ai passé trop d'années sans rien avoir d'autre que mon boulot et qu'est-ce que ça m'a valu ? Je me suis retrouvé à terre, pulvérisé.

— Si tu le détestais tellement, ce boulot, pourquoi tu n'as pas démissionné ? intervint Ruiz.

Parker serra sa tête entre ses mains.

— Tu as réfléchi, au moins, avant de sortir une phrase pareille ? demanda-t-il, ébahi de voir à quel point les gens pouvaient être obtus. Je ne déteste pas ce boulot. Je l'adore ! Tu ne comprends pas ça ? Pourquoi serais-je resté si je ne pouvais pas le supporter et que quelqu'un m'assure un revenu à six chiffres ? Pourquoi je ne vous aurais pas tous envoyés vous faire foutre ?

Ruiz se contenta de le fixer en essayant de prendre vainement un air supérieur.

— Si tu n'as toujours pas compris pourquoi je n'ai pas démissionné, en sachant ce que tu sais sur moi, en sachant ce que tu as appris de ceux qui t'ont envoyée ici, dit Parker, tu ne le comprendras jamais.

Dans le temps, il aurait répondu très différemment. Du temps où tout ce qui comptait, c'était lui, son image, et le nombre d'affaires qu'il pourrait résoudre dans le mois. Quand les feux de la rampe s'étaient éteints, et qu'il avait été contraint de se regarder en face, il s'était rendu compte que sa carrière avait un intérêt plus profond.

— Pourquoi tu fais ça, Ruiz ? Le pouvoir ? Le contrôle ? L'ambition de gravir les échelons ? Je te le dis tout de suite, ça n'est pas suffisant. Si le seul but que tu as, c'est réussir à tout prix, à ton avis, qu'est-ce qui va se passer quand ce sera fait ? Qu'est-ce que ça signifie pour toi ? Qu'est-ce que tu vois quand tu reviens sur ton passé ? Qu'est-ce que tu as ?

— Une carrière, répondit-elle.

— Tu n'as rien du tout, dit Parker. Regarde à l'intérieur de toi. Tu n'as rien. Je le sais.

Il posa les yeux sur Fuentes, qui ne fut pas capable de le regarder en face. Il ne faisait que son boulot, pensa amèrement Parker. La panacée pour tous ceux qui n'avaient pas d'autre moyen de justifier leurs actions.

— Je prends ma journée.

Personne n'essaya de l'arrêter lorsqu'il franchit le pas de la porte.

38

La maison dans laquelle vivait Eddie Davis sur les collines de Hollywood ressemblait à ce qu'aurait pu louer un pornographe pour tourner des films X : un style qui avait été branché dans les années soixante-dix, un peu délabrée, un toit plat en pente, des fenêtres trapézoïdales, et des stores verticaux vert sarcelle. Un portail massif menait au jardin, où Parker paria qu'il trouverait une piscine en forme de haricot, un gros jacuzzi et un bar en bambou. Bienvenue au baisodrome d'Eddie Davis. Il était bon de voir la façon dont il avait investi l'argent du chantage.

Ce n'était pas un quartier chic. Pas de grosses demeures, pas de stars dans le voisinage immédiat, mais probablement quelques scénaristes de milieu de gamme, un réalisateur de séries télé ou deux. En tout cas, ce devait sûrement être l'endroit le plus huppé où Davis avait vécu de toute sa minable vie.

Parker était assis dans sa voiture. Il avait choisi un poste d'observation en hauteur. Il guettait les signes de vie dans la maison de Davis, l'oreille collée au portable.

— Patti à l'appareil. Que puis-je faire pour vous ?

— Rien que le son de ta voix est un baume pour mon âme, poupée.

— Kev Parker. Ah, si tu pouvais mettre ton charme en bouteille, ce serait quelque chose !

— Ouais, de l'eau de Cologne à deux balles, rétorqua Parker. Écoute, Patti, j'ai besoin d'un service. J'aurais besoin que tu me faxes la liste des communications locales passées par un génie du crime potentiellement célèbre.

Il lui donna le nom et l'adresse de Davis.

— Et tu as un mandat pour ça ?

— Pas exactement.

— Kevin...

— Mais j'ai des billets pour le match Lakers-Spurs vendredi prochain, premier rang.

— Premier rang ?

— Absolument. Tu pourras même sentir l'haleine de Jack Nicholson.

— Ça n'a jamais vraiment été mon but dans la vie.

— Tu vas rendre jaloux tous les fans des Lakers de la ville.

— Je ne sais pas, dit-elle. Tu sais que je ne devrais pas.

— Personne n'en saura rien. Pas même le tribunal. J'ai juste besoin de faire une percée. Et ton mari, il ne mérite pas une petite soirée en ville avec sa chérie ?

— Il peut en avoir tant qu'il veut, dit Patti. Je l'ai largué, ce salaud. Mais mon fils serait ravi.

— Les billets sont pour toi si tu les veux. Et je vais te dire, ils sont pour toi quoi que tu décides, fit-il, grand seigneur. Emmène ton fils et amusez-vous bien. Je suis désolé que les choses n'aient pas marché comme tu voulais.

— Oh, en fait, si, dit-elle, mais sa voix avait perdu sa gaieté. Tout le monde me dit que je suis mieux sans lui.

— Ouais, eh ben, montre-leur comme tu t'éclates.

— Dis-moi que le mandat va arriver, soupira-t-elle.

— Le mandat va arriver. Appelle-moi s'il se perd en route, poursuivit Parker. Passe prendre les tickets au guichet d'achat par téléphone. Je laisserai ton nom.

Il n'y avait aucune activité chez Davis. Pas de jardinier dans la cour. Pas de femme de ménage garée dans l'allée. Eddie faisait peut-être un petit somme pour se remettre de son dernier meurtre, supposa Parker. En pensant à Eta et sa famille, sa colère se réveillait.

Un meurtre gratuit qui allait bouleverser la vie de nombreuses personnes. Et Eddie Davis était au lit, en train de se curer le nez en essayant de décider s'il optait pour des Sicav ou un gros deal de crack pour placer ses gains mal acquis.

Parker descendit la colline en voiture, se gara un peu plus loin que l'allée de Davis et remonta à pied vers la maison. À travers les vitres sales du garage, il distinguait un assortiment de vieilles motos, pour la plupart en mauvais état, ainsi qu'une moto de sport Kawasaki Ninja ZX12R rouge flambant neuve. Mais pas de berline noire.

Parker se hissa sur une jardinière en terre cuite et jeta un œil par-dessus le portail.

Piscine en forme de haricot. Bar en bambou. Jacuzzi kitsch. Et un immonde chow-chow qui semblait avoir la gale. Le chien s'approcha d'un pas nonchalant, s'assit, leva les yeux vers Parker, puis se mit à mâchonner l'une des plaques rouges qui émaillaient son pelage.

Parker se dirigea vers la porte d'entrée et regarda à travers les petites fenêtres qui l'encadraient. Le parfait mobilier du film porno – cuir noir, canapé bas modulaire, coussins éparpillés sur le sol du séjour autour d'une table de salon d'allure marocaine jonchée de canettes de bière et de cartons de pizzas. Le seul autre meuble présent dans la pièce consistait en une grosse télévision écran plat, flanquée d'énormes enceintes.

— Hé ! Qu'est-ce que vous foutez là, vous ?

Eddie Davis le dévisageait depuis une Lincoln Town Car noire garée le long du trottoir. Il avait les mêmes yeux que le chien et l'air d'avoir été balancé au milieu d'une bagarre entre hockeyeurs – un morceau de sparadrap blanc sur le nez, un œil enflé et rouge, des griffures sur la joue.

— Steve, lança Parker, sourire aux lèvres. C'est toi, Eddie ? Je viens de la part de Rick.

— Rick qui ?

— Tu sais bien. Rick. Il m'a dit que t'avais peut-être une moto à vendre. Une routière Kawasaki de 98, 99 peut-être ? S'il se trompe pas, j'ai le fric qui me fond dans les mains. Cette moto me fait bander, t'y croirais pas.

— Pourquoi tu regardais chez moi ?

— Je pensais que t'étais peut-être à la piscine.

Davis sembla hésiter entre cupidité et prudence.

— Hé, si tu veux, je repasse à un autre moment…, proposa Parker en écartant les bras. Mais faudra attendre la fin de la semaine prochaine, parce que là, je pars pour le boulot. J'ai fait un crochet en me disant que si je pouvais te choper…

Davis continua de le fixer.

— C'est comme tu le sens, fit Parker.

— Ouvre ton manteau.

— Hein ?

— Ouvre ton manteau.

Pour vérifier s'il était armé. Pour voir s'il était flic. Parker écarta les pans de sa veste.

— Attends, si tu me dis que j'ai l'air d'un flic, mon tailleur va se tirer une balle !

Davis ne réagit pas. Même sens de l'humour que le chien, visiblement. Il roula en marche arrière puis se gara dans l'allée.

Parker approcha. Ses sens s'aiguisaient à chaque pas, il s'imprégnait de son environnement. La voiture. La plaque d'immatriculation. Un autocollant de parking dans le coin inférieur droit de la lunette arrière. Il jaugea le langage corporel de Davis lorsqu'il sortit de la voiture – tendu, vigilant. Parker ne doutait pas que Davis portait une arme – revolver, couteau, voire la lame qu'il avait utilisée pour égorger Eta Fitzgerald.

Mais Davis ne prendrait pas le risque de le tuer dans l'allée en plein jour, estima Parker.

— Je ne connais personne qui s'appelle Rick, lança Davis.

Son œil gauche était tellement gonflé qu'il était pratiquement fermé et larmoyant. Il le tamponna à l'aide un mouchoir crasseux.

— Rick Dreyer, répéta Parker. De Venice Beach. Le type qui a des tatouages plein les bras et les jambes. Tu sais. Il fait des super peintures. Ce type manie l'aérographe comme personne.

— J'ai entendu parler de lui.

Parker haussa les épaules.

— C'est peut-être un copain d'un copain à toi ou je ne sais quoi.

L'esprit de Davis travaillait à la vitesse de l'herbe qui pousse.

— Stench le connaît.

Parker écarta de nouveau les pans de sa veste et posa les mains sur sa taille.

— Quoi qu'il en soit…, fit-il avec un grand sourire. Écoute, Eddie, j'ai un avion à prendre, alors…

Davis appuya sur le bouton d'une télécommande pour ouvrir la porte du garage, qui se leva en grinçant. D'un mouvement de tête, il invita Parker à entrer. Celui-ci avança de manière à ne pas perdre Davis de vue. Ce type n'était pas grand, mais c'était une vraie armoire à glace.

— Alors, tu veux combien pour ce beau bébé? demanda Parker.

— Huit mille.

— Nom de Dieu!

Parker s'arrêta brutalement. Davis fit encore deux pas dans le garage avant de se retourner. Aveuglé par un rayon du soleil, il baissa la tête.

Parker tira des deux mains son arme nichée dans le creux de ses reins et envoya de toutes ses forces un revers au visage de Davis.

Sa tête partit sur la droite d'un coup sec, du sang jaillit de son nez déjà cassé. Il tituba en arrière, trébucha, tomba. Ses fesses heurtèrent le béton, puis il s'étala de tout son long, son crâne rebondissant sur le sol avec un bruit sourd.

Électrisé par la colère et l'adrénaline, Parker lui colla son SIG-Sauer sous le nez.

— Eddie Davis, tu es en état d'arrestation pour le meurtre d'Eta Fitzgerald. Un seul mot et je te frappe à mort. T'aurais bien droit à un avocat, mais comme tu l'as liquidé aussi, t'as carrément pas de bol. Compris?

Davis émit un grognement et cracha le sang dont sa bouche était remplie.

— Nom de Dieu de merde!

Du bout de sa chaussure, Parker lui donna un coup dans les côtes et Davis laissa échapper un couinement.

— Voilà pour tes jurons, dit Parker. Eta était une femme droite et pratiquante.

— Qui c'est cette Eta, putain?

On aurait dit Marlon Brando dans *Le Parrain*.

— La mère de quatre enfants que tu as tailladée et abandonnée dans une ruelle hier soir comme un sac d'ordures sans aucune raison, à part le fait que tu ne peux pas prétendre au statut d'être humain. Tourne-toi. Face contre terre.

Davis roula lentement et se retrouva à genoux et sur les coudes. Parker l'aida à s'allonger d'un coup de pied aux fesses.

— Qu'est-ce qui se passe ici?

Un vieil homme torse nu qui ressemblait à un morse albinos en bermuda était arrêté le long du trottoir, dans une voiturette de golf.

— Poli...

Parker eut soudain le souffle coupé par un violent coup qui l'atteignit dans le dos et les côtes. Son corps se tordit sous l'effet de la douleur, il trébucha sur la jambe de Davis et chuta, sa rotule percutant durement le béton.

Davis se remit debout tant bien que mal et asséna un coup sur le dos de Parker. Celui-ci s'effondra sur l'une des motos, qui bascula, en fit tomber une autre, puis une troisième.

Parker roula sur le côté. Le tuyau d'échappement dont Davis s'était emparé manqua sa tête de peu et vint cogner bruyamment contre une aile chromée.

L'arme de Parker n'était plus là, perdue dans le fouillis de pièces détachées qui jonchait le sol. Il n'eut pas le temps de la chercher.

Davis tenta de lui mettre un autre coup de tuyau d'échappement, sans y parvenir. Il ressemblait à une gargouille avec son visage déformé, gonflé, en sang, la bave aux lèvres. Ses yeux avaient gardé cette même expression de calme froid.

Il se précipita sur Parker en brandissant le tuyau au-dessus de sa tête. Parker recula jusqu'à la Town Car. Au moment où Davis abattait son arme, il ne réussit qu'à cabosser le capot de sa voiture.

Le vieux était pétrifié dans sa voiturette.

Davis lança le tuyau sur Parker, monta dans sa Lincoln et fit ronfler son moteur. Les pneus patinèrent dans un couinement, puis la Town Car recula et heurta l'arrière de la voiturette de golf, qui se mit à tourner sur elle-même comme une toupie.

Parker courut dans le garage, mit la main sur son SIG puis s'élança dans l'allée. Le vieux, à terre, tentait de se remettre debout. Sa voiturette dévalait la colline en roue libre.

Parker serra les dents, laissa échapper un juron et se précipita vers sa Sebring en boitant. D'une main, il parvint à attraper au passage l'un des quatre montants qui soutenaient le toit de la voiturette de golf et bondit à l'arrière.

La voiturette poursuivit sa route. Parker l'abandonna à moins de cinq mètres de son véhicule.

— Putain! Putain! Putain! cria-t-il en lançant le SIG sur le siège du passager et en tournant la clé de contact.

La Town Car de Davis était presque hors de vue, elle prenait un virage à toute allure.

Pied au plancher, Parker lança sa voiture dans la pente. Il braqua brusquement à gauche. L'arrière de la Sebring chassa d'un côté, puis de l'autre, fauchant au passage une boîte aux lettres blanche et une jardinière de géraniums.

Lorsqu'il atteignit le virage, Davis avait disparu. La route se divisait en deux rues aux versants abrupts, comme deux bras d'un cours d'eau. Parker ne repéra de Town Car noire ni dans l'une ni dans l'autre.

Il se gara sur le bas-côté et appela le bureau de Hollywood pour leur donner le signalement de la voiture et d'Eddie Davis, précisant qu'il était armé et extrêmement dangereux.

Eddie Davis. Il le tenait, et voilà qu'il était en fuite. Parker n'avait aucun moyen de savoir où il irait. La vermine de ce genre a des planques partout. Il irait se terrer dans l'une d'entre elles et allez savoir quand il en ressortirait.

Les flics lui couraient peut-être après, mais Davis n'avait toujours pas les négatifs et, visiblement, il était prêt à prendre n'importe quel risque pour les récupérer.

Les négatifs constituaient donc la clé pour l'attirer dans un piège. Car Davis n'avait aucun moyen de savoir que Parker détenait le seul exemplaire que Lenny avait mis en lieu sûr.

Parker essaya d'appeler Ito pour savoir s'il avait eu le temps de procéder au tirage de la photo, mais il tomba sur sa messagerie vocale. Il lui demanda de le rappeler dès que possible et raccrocha.

Il fallait qu'il sache à quoi – ou à qui – il s'attaquait. Bientôt il devrait refermer le dossier Lenny Lowell. L'ironie, pensa Parker, était que s'il ne se trompait pas sur la cible du chantage de Lenny Lowell – et sur la raison de ce chantage –, il y avait de grandes chances pour que cette affaire soit sa dernière. Dans une ville qui carburait à la gloire et au pouvoir, personne ne voudrait entendre la vérité.

39

L'attroupement des médias à l'extérieur du palais de justice ressemblait à un camp de réfugiés high-tech. Projecteurs sur pied, groupes électrogènes, câbles électriques serpentant au sol dans toutes les directions, types avec des caméras vidéo à l'épaule portant le logo des chaînes, preneurs de son casque sur les oreilles, belles gueules de l'info sur leur trente et un.

Les camionnettes de télévision avaient créé leur propre parking. Les antennes satellite poussaient comme d'étranges fleurs géantes tournées vers le soleil. Les marchands vendaient des boissons fraîches et des cappuccinos, des pitas et des *burritos*, de la crème glacée et des sorbets, des chemises de bowling et des tee-shirts « Libérez Rob Cole ».

La presse écrite formait les coyotes de la bande, ils erraient en toute liberté, sans câble pour les entraver, sans besoin de maquillage ni de projecteur. Les photographes rôdaient aux alentours, à la recherche d'un angle qui n'ait pas encore été utilisé. Les journalistes, perchés à droite à gauche, fumaient en discutant boulot.

Parker composa le numéro d'Andi Kelly lorsqu'il approcha des lieux.

— Andi Kelly.

— On se croirait en 1994, se plaignit Parker. Il n'y a vraiment rien de nouveau sous le soleil depuis O.J.? Rien de plus excitant à raconter?

— Les criminels célèbres sont à nouveau à la mode, Parker. C'est de la télé-réalité rétro. Ça fait fureur.

— Et après, on aura droit à quoi? Au retour de Van Halen et des bandeaux dans les cheveux?

— Le monde n'est plus ce qu'il était. Tu es où?

— Entre le type qui vend des DVD pirates des séries télé de Cole et le van de Channel 4. Et toi, tu es où ?

— Au bord de la crise de nerfs.

— Retrouve-moi près du vendeur d'espressos.

— C'est toi qui offres.

— Ça t'est déjà arrivé de régler l'addition, une fois dans ta vie ?

— Nan.

Parker commanda un double espresso pour lui et un grand *macchiato* triple caramel avec supplément de crème fouettée pour Kelly.

— Tu as un métabolisme de moucheron, remarqua Parker.

— Qu'est-ce que tu fiches ici ?

— Je discute avec toi, dit-il, mais ses yeux scrutaient la foule, cherchant à repérer l'éventuelle présence de Kyle ou Roddick.

Il entraîna Kelly à l'écart de tout ce remue-ménage.

— Viens faire un petit tour. Tu ne vas rien rater, si ?

Elle fit un signe de la main en direction du palais de justice en levant les yeux au ciel.

— Cole est à l'intérieur, il essaye de paraître endeuillé aux yeux du jury. Un numéro éblouissant, j'en suis sûre. Il va pouvoir montrer toute sa gamme d'émotions.

Ils firent quelques mètres dans une rue plus tranquille.

— Tu m'as l'air un peu à cran, Kev, fit Kelly.

— J'ai eu une journée de merde.

— Et elle n'est pas encore finie. Tu as dû avoir affaire à tes amis des Vols et Homicides ?

— Je ne leur donnerai pas cette satisfaction, répondit Parker dont les yeux ne cessaient de balayer les environs.

La traque comptait plus que tout ; désormais, il réfléchissait à toute vitesse, son cœur battait à toute vitesse, sa tension grimpait à toute vitesse.

— Je ne suis pas bon perdant, dit-il. J'ai pris tout ce que j'avais sur l'affaire et je me suis barré. Ils ont sûrement lancé un avis de recherche sur moi à l'heure qu'il est.

— Alors, qui t'a cassé la gueule ? demanda Kelly.

— Hein ?

— Mon vif talent d'investigatrice me dit que t'as croisé un méchant dans la cour de récré.

Elle se pencha pour tirer sur son pantalon, au niveau du genou sur lequel il était tombé dans le garage de Davis. L'endroit était marqué d'une tache de gras et d'une petite déchirure. Le coûteux tissu marron à fines rayures bleues était couvert de poussière.

Parker écarquilla les yeux comme s'il venait de s'en rendre compte.

— Et merde… Je vais coller un procès à ce connard de Davis dès que je le retrouve. C'est un Canali !

— Tu es vraiment idiot, il faut dire. Qui irait porter un costume de marque dans une bagarre ?

— Je suis lieutenant. Depuis quand je suis censé me battre ? fit Parker.

— Eh bien, aujourd'hui, apparemment.

— Mes vêtements sont un camouflage. Personne ne me voit comme un flic. Je m'habille trop bien pour ça.

— Tu peux déduire tes costards de tes frais, alors ?

— Mon comptable m'assure que non.

— C'est nul, fit Kelly. Mais bon, tout a un prix. Alors que s'est-il passé ?

— Eddie Davis m'a surpris en train de fouiner autour de chez lui. J'en ai profité pour l'arrêter. Il en a profité pour essayer de me tuer. Il s'est cassé. Tous les flics de la ville sont après lui. Tu as trouvé quelque chose d'intéressant à son sujet ?

— Alors que ça fait une minute et demie que tu m'as demandé de plancher sur son cas ?

— Voilà ce que je sais pour l'instant, poursuivit Parker. C'est un malfrat à la petite semaine qui a la folie des grandeurs. Il était défendu par un avocat du nom de Lenny Lowell.

— En voilà une surprise.

Parker scruta à nouveau les alentours. Seuls ses yeux bougeaient. Un type trapu en chemise froissée et cravate, en train de s'allumer une cigarette, se tenait un peu trop près. Parker s'approcha de lui et lui montra sa plaque.

— Hé, mon pote, va voir plus loin si j'y suis.

Le type lui répondit avec insolence.

— Je fume ma clope, j'emmerde personne.

Parker vint coller son visage tout près du sien.

295

— Non, vieux, c'est pas comme ça que ça marche. Ta clope, tu vas aller la fumer là-bas, dit-il en pointant un doigt en direction du palais de justice.

Kelly s'interposa.

— Kevin...

Parker fit demi-tour et s'éloigna d'une quinzaine de mètres. Kelly se dépêcha de le rattraper.

— Ce n'est qu'une idée, hein, mais tu pourrais peut-être calmer un chouïa ta testostérone, lança-t-elle.

Parker ignora sa remarque.

— L'amie qui a entendu mon nom dans cette conversation entre Giradello et Kyle se trouvait à une collecte de fonds pour le procureur. L'invité vedette de la soirée était Norman Crowne.

Kelly fronça les sourcils, essayant de rassembler toutes les pièces.

— Un avocat pourri comme Lowell... Un petit voyou comme Davis... Dans le monde de Norman Crowne, ces types-là sont moins que des fourmis.

— Je crois que Lowell et Davis faisaient chanter quelqu'un, dit Parker. J'imagine qu'Eddie en a eu marre de partager. Alors, comment un homme de main, une brute épaisse comme Eddie Davis peut-il dégoter quelqu'un à faire chanter ?

— Soixante-deux pour cent des relations commencent sur le lieu de travail, intervint Kelly.

Tout à coup, elle eut une lueur.

— Oh mon Dieu. Tu penses que quelqu'un a engagé Davis pour tuer Tricia Cole.

— Et ce quelqu'un ne pourrait pas être Rob Cole, enchaîna-t-il. Même lui ne serait pas assez idiot pour se trouver dans la maison à l'arrivée des flics. Il serait sorti se concocter un alibi.

Kelly tenta de digérer l'idée. Parker se mit à faire les cent pas. Des voitures noires étaient alignées le long du trottoir, chauffeurs au volant, encadrées de motards du LAPD. L'écurie des têtes d'affiche, qui n'allaient pas tarder à sortir du palais de justice. Trois limousines, deux Town Car, une Cadillac Escalade avec vitres teintées.

Parker observait les détails presque distraitement. Il arpenta le trottoir, longea les voitures à deux reprises, et, tout à coup, s'immobilisa. Il n'était pas certain de savoir exactement pourquoi. Puis, lentement, il fit demi-tour et s'avança vers l'une des voitures.

— Qu'y a-t-il ? demanda Kelly en le rejoignant.

Dans le coin inférieur droit de la lunette arrière se trouvait un petit autocollant rond et violet orné d'un insigne doré et d'une série de numéros noirs. Un autocollant de parking de société. La scène lui revint en mémoire : il se voyait approcher de la Lincoln Town Car noire, faire ce qu'il faisait en ce moment, absorber les moindres détails, les classer soigneusement dans sa tête, tout en gardant son esprit concentré sur le sujet le plus important, Eddie Davis. Il se souvenait du ciel bleu électrique, de l'herbe verte, de la voiture noire, de la plaque d'immatriculation, du petit autocollant de parking dans le coin inférieur droit de la lunette arrière. Il n'était pas plus gros qu'une pièce de vingt-cinq cents.

La respiration de Parker s'accéléra, il sentit un étrange vertige le saisir lorsqu'il baissa les yeux vers la plaque d'immatriculation à l'arrière de la voiture qu'il avait devant lui.

Crowne 5.

40

La première pensée qui vint à l'esprit de Parker fut égoïste : *Ma carrière est finie.*

— Eddie Davis conduit une Lincoln Town Car noire, annonça-t-il calmement.

— Tu perds la tête, Kevin, s'écria Kelly. Je ne vois pas comment un tueur à gages pourrait se balader dans un véhicule appartenant à Crowne Enterprises.

Parker était déjà en train de composer un numéro sur son portable. Comme il s'adressait à la personne en ligne, il se rendit compte qu'il tremblait. Il dut coller le téléphone à son oreille pour le stabiliser.

Kelly marmonnait.

— Je n'arrive pas à comprendre. Comment ça s'enchaîne ?

— Crowne Enterprises a déclaré le vol de deux Lincoln Town Car noires dans les dix-huit derniers mois, l'informa Parker en rangeant son téléphone dans sa poche.

— Alors Davis en a volé une.

Parker la regarda.

— Eddie Davis se balade dans la rue un soir, il décide qu'il a envie de voler une bagnole et, par hasard, celle qu'il fauche appartient à Crowne Enterprises. Quelles sont les chances pour que ça se produise ?

— C'est sûr que dit comme ça…

— Tu suis cette affaire depuis le premier jour, ajouta Parker. Si tu devais choisir un suspect autre que Rob Cole, ce serait qui ?

Elle réfléchit, tout en regardant autour d'elle avec méfiance.

— Eh bien, il y a la petite chérie Caroline, qui a découvert le corps de sa mère. Sa relation avec Rob n'était certainement pas celle d'un père et de sa fille. Ensuite, il y a Phillip, le frère de

Tricia. J'imagine que vivre dans l'ombre de sainte Tricia devait commencer à peser, avec le temps. Elle était la prunelle des yeux de son père et Phillip... a toujours été un peu laissé à l'arrière-plan. Il a dîné avec Tricia au Patina le soir du meurtre. Une pièce remplie de gens les a vus engagés dans une discussion sérieuse. Phillip prétend qu'elle parlait de demander le divorce, d'appeler son avocat dès la semaine suivante. Elle ne l'a mentionné à personne d'autre, alors nous n'avons que sa parole.

Elle fit une pause.

— Autant me le dire tout de suite, fit Parker. Je sais que tu as autre chose. Je ne voudrais pas avoir à recourir à la torture.

— Quel genre de torture? demanda-t-elle d'un air aguicheur.

— Celle qui fait mal.

Elle soupira et reprit :

— D'accord. J'ai entendu murmurer, au tout début de cette histoire, que Tricia avait accusé Phillip de se servir dans le fric des œuvres caritatives.

— Qui te l'a dit?

— Le cousin d'une femme dont la fille de la gouvernante de l'oncle par alliance de la sœur du mari travaillait au bureau de Crowne Trust. Tu vois le genre. J'ai creusé ce tuyau, mais je n'ai jamais réussi à trouver de preuves. Phillip a un alibi pour le soir du meurtre, mais s'il a engagé quelqu'un...

— Il a pu donner à Davis une Town Car en guise de paiement, spécula Parker. Puis il a dû rendre des comptes sur la voiture manquante et a déclaré qu'elle avait été volée.

— Mais tu oublies un point, Kev, dit Andi.

— Lequel?

— Rob Cole est coupable. Il était là, dans la maison, ivre mort quand le corps de Tricia a été découvert. Il n'a pas d'alibi. Il est connu pour ses accès de colère. Si Tricia voulait se débarrasser de lui, cela lui donnait certainement un mobile pour se débarrasser d'elle.

La première limousine démarra et avança doucement, précédée par l'une des motos, gyrophares clignotant.

— Ils doivent être en train de sortir, fit Kelly.

Elle se dirigea vers le palais de justice d'un pas rapide. Parker l'imita, malgré sa rotule douloureuse.

Les médias bourdonnaient d'activité et d'excitation. On déplaçait les projecteurs, on tirait les câbles, on criait des ordres en anglais, en espagnol et en japonais.

Cole était un acteur culte au Japon, en dépit du fait que les images d'un Rob Cole ivre escorté hors d'un club de West Hollywood et braillant des insultes racistes (y compris à l'égard des Japonais) étaient régulièrement diffusées dans le monde entier.

Andi fonça, se faufila entre les gens pour atteindre les quelques derniers rangs infranchissables, ceux des vedettes de l'antenne des grandes chaînes nationales et locales. Parker la suivit. Il brandissait sa plaque et s'adressait aux gens avec le ton sérieux et autoritaire du LAPD. Il ne put retrouver Kelly que parce que sa tête surgit soudain entre deux types baraqués, avant de disparaître à nouveau. Elle faisait des bonds pour essayer de distinguer l'entrée principale du palais de justice.

Elle se tourna vers Parker.

— Baisse-toi.

— Quoi?

— Baisse-toi! Je veux monter sur tes épaules.

— Et si je n'en ai pas envie?

— Ne sois pas puéril, Parker. Magne-toi.

Il la souleva juste avant que les portes s'ouvrent pour laisser passer Norman Crowne et sa cour d'avocats, assistants et gardes du corps.

Crowne avait fait des apparitions régulières au tribunal durant les audiences préliminaires, en témoignage de soutien à sa fille bien-aimée. Y compris pendant les prestations de serment, durant lesquelles aucun des membres de sa partie n'était autorisé dans l'enceinte du tribunal.

Parker avait regardé quelques-unes de ses interviews télévisées. Un homme digne, posé, au chagrin presque palpable. Une expérience déchirante que de le voir répondre aux questions et évoquer Tricia. Son émotion n'avait rien de forcé. L'homme était à vif.

Il était tout simplement impossible d'imaginer qu'il ait pu avoir un lien avec quelqu'un comme Eddie Davis ou qu'il ait eu besoin de céder au chantage d'une ordure du genre de Lenny Lowell.

À son bras, sa petite-fille, Caroline, vêtue d'un tailleur très comme il faut. Parker en connaissait assez long sur la psychologie humaine pour savoir que l'idée de Caroline tombant amoureuse de son beau-père n'était pas aussi tirée par les cheveux qu'elle ne le paraissait à première vue.

Le père biologique de Caroline, une brute, avait tiré sa révérence alors qu'elle était toute petite, laissant un vide et une idée détraquée de ce qu'était une relation saine. Puis, pendant l'adolescence de Caroline, à l'heure où les filles sont confrontées aux assauts des hormones, Robe Cole avait débarqué pour sauver la pauvre Tricia de la solitude.

Faisant fi de sa fadeur, de sa timidité qui confinait à la maladresse, il avait visé les milliards de dollars sur lesquels elle était assise. Mais il avait été un Prince charmant convaincant, et tout le monde l'avait aimé pour cela.

Il n'était pas difficile d'imaginer que Caroline, elle aussi, ait pu mordre au conte de fées, ou qu'elle se soit sérieusement amourachée de beau-papa. Après tout, il était la coqueluche de ces dames.

Quelques mètres derrière Caroline et son grand-père venait Phillip. L'avorton de la portée. Si le père était considéré comme quelqu'un de mince, le fils était plutôt maigre, pâle et fin, avec des cheveux tout aussi pâles et fins.

Il était vice-président de Crowne Enterprises, chargé de compter les trombones. Norman tenait toujours les rênes, il était l'homme dont le nom était dans tous les journaux. Peut-être était-ce ce qui expliquait une telle pâleur chez Phillip – il avait passé sa vie entière dans l'ombre de son père.

Le frère de Tricia Crowne avait exprimé plus de colère que de chagrin après le meurtre de sa sœur. C'était lui qui parlait de vengeance plus que de justice. L'idée que Tricia ait pu être tuée l'offensait moralement. L'idée que Rob Cole l'ait tuée l'offensait encore plus. Ayant vu clair dans le jeu de Cole dès le départ, Phillip Crowne n'avait jamais sympathisé avec le mari de Tricia. Il haïssait l'accusé.

Parker regarda le clan descendre le perron. Deux shérifs adjoints en uniforme les escortèrent jusqu'à la voiture qui les attendait.

M. Crowne n'a aucun commentaire pour l'instant.

Mon grand-père est très fatigué.

Mon père et nous autres considérons la décision du juge, ce matin, comme un triomphe de la justice.

Ils n'étaient pas encore tous montés dans la limousine que l'attention de la foule se tourna à nouveau vers le palais de justice. Les Crowne, leurs opinions et leurs émotions furent instantanément obsolètes. Robe Cole et ses cadres venaient de sortir.

L'avocat de Cole : Martin Gorman, un costaud aux cheveux roux. Il gardait la main sur l'épaule de son client, qui paraissait tout petit à côté de lui.

L'assistante de Gorman, Janet Brown, était une rondouillarde à tête de fouine. Une certaine ressemblance sinistre avec la victime. Et, en tant que telle, un membre stratégique de l'équipe de Gorman. Si une femme telle que Janet Brown pouvait croire en Rob Cole, le défendre de l'accusation du meurtre sauvage de sa femme, ce dernier pouvait-il réellement être un salaud ?

Pour peu qu'on y mette le prix, Janet Brown aurait pu se transformer en avocate de Caligula.

Et puis, il y avait Rob Cole lui-même. Un joli sourire et, derrière, que du vent.

Cole était le genre de type sur lequel il suffisait que Parker pose les yeux pour se dire : quel connard ! Diane n'était pas la seule à le percevoir. Parker le sentait immédiatement. Parker connaissait l'animal. Il avait été Rob Cole, autrefois, mais en plus jeune et bien plus séduisant.

À la différence qu'on pardonnait toujours son arrogance à un trentenaire ; il avait le temps d'évoluer et de s'amender. Mais un con de cinquante ans ne se bonifiait pas, la date d'expiration était dépassée. À soixante-quinze ans, Rob Cole porterait toujours ses chemises de bowling années cinquante et rabâcherait à toute la maison de retraite que son public les adorait. Le plus grand rôle de sa carrière : celui de Rob Cole. Il l'interprétait chaque jour de sa vie. Pour les médias, il jouait le personnage de l'homme accusé à tort. Noble et stoïque. Visage grave, lèvres pincées, tête haute. Cheveux poivre et sel coupés ras, façon militaire. Lunettes couvrantes, branchées mais discrètes.

La plupart des gens ne voulaient pas gratter sous la surface lorsqu'ils voyaient les Rob Cole de ce monde. La façade était le clou du spectacle, ils n'allaient pas plus loin.

Pour se présenter devant le jury potentiel, Gorman lui avait fait porter un costume anthracite à la coupe impeccable et classique avec une cravate rayée. Un style solide mais simple, montrant à la fois le respect envers la cour et la gravité des accusations portées contre lui. Plus personne ne reverrait les chemises de bowling et les jeans moulants tant que le verdict ne serait pas rendu. Et avec un peu de chance, on ne les reverrait plus du tout.

De nombreuses personnes de pouvoir auraient voulu voir Cole revêtir la batiste des prisonniers. Seulement Parker avait l'intuition que si Rob Cole était bel et bien un connard, il n'était pas coupable.

Le portable de Parker sonna à l'instant où Cole et son groupe passaient devant lui. Andi se tortillait sur ses épaules pour essayer de le faire tourner à l'aide de ses genoux. Il changea de position et tira son téléphone de sa poche.

— Parker.

— Parker, c'est moi, Ruiz. Tu es où? En plein milieu d'une émeute?

— Quelque chose dans ce goût-là, cria Parker en se mettant un doigt dans l'autre oreille. Qu'est-ce que tu veux? À part ma tête livrée sur un plateau.

— Je ne faisais que mon travail.

— Ouais. Je crois que le Dr Mengele disait la même chose.

— Ton coursier a appelé.

— Quoi?

— J'ai dit que ton coursier...

— Oui, j'ai entendu. Comment tu sais que c'était lui?

— Il a dit que son nom était Jack Damon.

— Et?

— Il veut te retrouver à Pershing Square à 5 h 25.

— Attends.

Il tendit le bras et donna une petite tape à Kelly.

— Tout le monde descend!

Elle fit passer une jambe par-dessus son épaule, se laissa glisser sur son dos, le gratifia d'une petite tape sur les fesses et s'en alla au petit trot rejoindre son photographe. Parker se plaça en retrait de la foule.

— Jack Damon t'a appelée et a demandé que je me trouve à Pershing Square à 5 h 25, répéta-t-il. Tu me prends pour un con ou quoi, Ruiz? Tu crois qu'en m'agitant ça sous le nez, je vais rappliquer illico comme un idiot?

— Ce n'est pas un piège.

— C'est ça. Et toi, tu es vierge. T'as autre chose à me vendre?

— Écoute, va te faire foutre, Parker, dit-elle. Peut-être bien que je me suis sentie coupable pendant deux secondes et que j'ai décidé de faire un truc réglo. Le type a appelé, il a demandé à te parler, en disant qu'Abby Lowell lui avait donné ton nom. Si tu le veux pas, va te faire mettre. J'appelle les Vols et Homicides.

— Et tu n'as encore rien dit à Bradley Kyle?

— Tu sais quoi? C'est parfait, fit-elle, dégoûtée. Tu ne veux plus croire un seul mot de ce que je te dis? Fais comme tu veux.

Elle lui raccrocha au nez.

Parker resta immobile, à regarder s'éloigner la dernière voiture noire. Les journalistes de la télé s'étaient déjà précipités à leurs emplacements, avec le palais de justice en arrière-plan, pour procéder au montage des infos de 17 heures.

Il serait idiot de croire Ruiz. Les Vols et Homicides avaient repris l'enquête. Elle leur avait personnellement remis les quelques bribes qu'il avait laissées derrière lui. Elle leur avait donné l'adresse de Davis. Elle était un cafard de la police des polices. Rien de ce qu'elle disait n'était fiable. Bradley Kyle devait probablement se trouver à côté d'elle pendant qu'elle était au téléphone.

Andi s'échappa de la troupe des médias et traversa la pelouse dans sa direction.

— Eh bien voilà, la fête est finie par ici, dit-elle. Et si nous allions faire un tour dans un endroit romantique où tu pourrais me raconter comment l'un des philanthropes les plus appréciés de L.A. peut avoir un lien avec un meurtrier cinglé?

— Ça sera pour la prochaine fois.

— Tu me repousses encore, s'écria-t-elle. Où vas-tu? Tu fréquentes une autre journaliste?

— Je vais à Pershing Square.

— Qu'y a-t-il à Pershing Square, à part des dealers?

— Un cirque, répondit Parker en se dirigeant vers sa voiture. Tu devrais faire venir un photographe. Je crois qu'il pourrait même y avoir des clowns.

41

Pershing Square était une oasis de verdure au cœur du centre-ville de L.A., un damier où alternaient le meilleur et le pire. En face d'Olive Street s'élevait la *grande dame*˙ du luxe années vingt : le Millenium Biltmore Hotel, qui accueillait des dames en tricot et rang de perles pour le thé à l'anglaise, ainsi que le bal des débutantes, qui, ici, n'appartenait pas au passé. À une rue de là, dans la direction opposée, des chômeurs aux yeux affamés erraient devant les guichets d'encaissement de chèques aux fenêtres dotées de lourds barreaux de fer ; des femmes hispaniques qui ne se rendaient à Beverly Hills qu'en passant par les portes de service poussaient des landaus et faisaient leurs courses dans des magasins de vêtements bon marché où personne ne parlait anglais. Cinq rues plus loin, la justice était rendue dans les tribunaux fédéraux et régionaux.

Le parc avait été conçu en rectangles de pelouse divisés par des bandes de béton et de larges marches qui servaient de transition entre les niveaux. Des structures carrées en béton de couleur vive évoquant des bunkers dissimulaient les escalators menant au parking souterrain. Un campanile de béton violet de quarante mètres de haut surgissait au milieu de tout ça.

À la période de Noël, une patinoire était installée d'un côté du parc. Il n'y a qu'à L.A. qu'on peut voir ce genre de choses : du patinage artistique par vingt degrés, sur fond de palmiers. Cela faisait un mois que la patinoire n'était plus là.

Jack avait toujours trouvé cet espace trop planifié. Mais l'intérêt de Pershing Square était sa configuration très à découvert. Depuis son poste d'observation, Jack distinguait la plus grande partie du parc. Il voyait les gens aller et venir, les gardiens surgir régulièrement du parking souterrain pour s'assurer qu'aucun vagabond ne tentait d'entrer dans les toilettes réservées aux clients.

La journée de travail étant terminée, des types en costume quittaient les tours du centre et prenaient la route pour rentrer chez eux, dans la Vallée, le Westside, Pasadena ou Orange County. La rumeur faisait de Pershing Square le nouveau quartier à la mode, mais Jack avait du mal à imaginer les branchés prêts à côtoyer une population de SDF, ni les yuppies promener leurs enfants à côté des junkies qui zonaient dans le coin.

Il était un peu plus de 17 heures. Le soleil s'était couché derrière les hauts immeubles. Pershing Square était plongé dans le crépuscule artificiel des quartiers déshérités.

Jack avait planqué la Bête entre deux camions utilitaires garés en face de la place, sur la Cinquième. Il traînait dans les parages depuis environ 15 heures et, en attendant Abby Lowell, ouvrait l'œil pour repérer toute personne pouvant ressembler à un flic ou à son tueur. Il avait fait tout le tour du parc pour étudier ses itinéraires de sortie.

Il pensait qu'elle viendrait. Si elle était impliquée dans le chantage, comme il le croyait, elle viendrait seule. Elle ne voulait pas des flics sur son dos, et le cinglé avait menacé de la tuer, donc elle ne pouvait pas être de son côté. Qu'elle ait apporté ou non l'argent était un autre problème.

Tyler devait s'inquiéter maintenant. Jack se doutait que son frère avait sûrement dû tenter de le contacter cent fois sur le talkie-walkie. En pensant à Tyler, il ressentit une terrible tristesse. Même si son plan fonctionnait, Jack ne savait pas s'il s'en sortirait indemne, si les flics ne continueraient pas à s'intéresser à lui, si ceux-ci ne finiraient pas par découvrir l'existence de Tyler. Son instinct lui disait que Tyler et lui seraient forcés de s'enfuir.

L'idée d'arracher son frère à la famille Chen le rendait physiquement malade. Tyler serait certainement mieux avec eux qu'avec Jack, à vivre comme un criminel fugitif, mais Jack ne pouvait pas l'abandonner. Il avait promis à sa mère qu'il prendrait soin de son petit frère, qu'il assurerait sa sécurité, qu'il ne le laisserait jamais être embarqué dans les rouages du système de la Protection de l'enfance. Ils formaient une famille. Sa seule famille.

Mais Jack se demanda si la fidélité à sa promesse ne relevait pas aussi de l'égoïsme. Son frère était tout ce qu'il avait, son ancre, son seul moyen d'échapper à l'isolement émotionnel. Grâce à Tyler, il avait les Chen. Grâce à Tyler, il avait des objectifs et, avec eux, l'espoir d'un avenir meilleur. Sans Tyler, il serait à la dérive, il ne serait plus lié à personne.

Il était inutile d'y penser, et ce n'était pas le moment. Abby Lowell venait d'émerger du parking souterrain...

Elle avait abandonné le tailleur qu'elle portait à la banque et choisi de passer un pantalon fauve, des bottes, un col roulé noir et un gilet matelassé vert pâle. Cette fille avait du style.

Parker l'observait à travers ses puissantes jumelles ; il la vit se diriger vers le côté du parc qui donnait sur la Cinquième Rue. Elle transportait un sac à main Louis Vuitton et un petit fourre-tout en Nylon.

Parker se trouvait dans une chambre merveilleusement décorée située au cinquième étage du Biltmore, donnant sur Olive Street. Pershing Square s'étirait sous ses yeux. Le terrain de jeu d'une partie à laquelle il n'avait pas prévu de participer.

Il ne croyait pas à l'histoire à dormir debout que lui avait servie Ruiz. Et le fait que ses petits copains des Vols et Homicides et elle aient été incapables de concevoir un guet-apens mieux ficelé en disait long sur la qualité de réflexion de cette fine équipe.

Le point de vue de Parker était qu'Abby Lowell s'était rendue aux Vols et Homicides et que ces derniers avaient monté ce petit tableau vivant pour l'appâter et se débarrasser de lui. Si Damon était vraiment censé se montrer, si Bradley Kyle l'avait appris d'une façon ou d'une autre, il n'avait aucune raison d'inviter Parker à se joindre à la fête.

Quant à ce que Miss Lowell leur réservait, il n'était pas sûr de savoir de quoi il s'agissait. Elle avait trempé dans cette histoire, incontestablement. Mais Eddie Davis était l'homme de main et sa menace de mort inscrite sur le miroir de la salle de bains n'était peut-être qu'une mise en scène.

Les maîtres chanteurs avaient deux motivations : l'argent et le pouvoir. Ce n'était pas une activité de groupe. Plus les personnes impliquées étaient nombreuses, plus le pouvoir était dilué, plus les occasions de commettre des erreurs, quelles qu'elles soient, se multipliaient.

Abby Lowell s'installa sur un banc, le sac de Nylon sur les genoux.

Un paiement, pensa Parker. Voilà ce qu'ils avaient organisé : ils faisaient comme si elle était venue donner de l'argent à Damon en échange des négatifs.

Il scruta le parc, à la recherche de Kyle ou Roddick. Puis il observa les toits. Il se demandait où Kelly s'était planquée. Sûrement en bas, chez Smeraldi. Elle devait manger une tarte à la crème de coco, tout en gardant un œil sur le parc par la vitrine, en attendant le début de l'action.

Une équipe de film installait son matériel pour un tournage en nocturne.

Parker déplaça les jumelles en direction des deux camions utilitaires qu'il apercevait, garés sur la Cinquième. Rien qui sorte de l'ordinaire.

Pendant ce temps, Abby attendait sur le banc, tendue.

17 h 10.

Sur un muret était assis un type en veste de treillis, casquette noire enfoncée sur sa tête baissée. Il tourna discrètement sur le côté, en direction de la Cinquième Rue. En direction d'Abby Lowell. Parker aperçut brièvement son visage dans un rayon de lumière, avant qu'il ne baisse à nouveau la tête. Blanc, jeune, amoché.

Damon.

Parker n'avait jamais vu le gamin, pourtant il sut que c'était Jack Damon. Il y avait une certaine tension dans sa façon de se tenir, alors qu'il tentait de garder un air insouciant. Son regard n'arrêtait pas de dériver vers le banc, furtif, anxieux, puis balayait tout ce qui se trouvait dans son champ de vision.

Avec ses jumelles, Parker tira une ligne de Damon à Abby Lowell, cherchant les flics. Il élargit le rayon pour inclure l'espace situé juste derrière Damon. Aucun signe de Kyle, de Roddick, ni de personne de sa connaissance.

17 h 12.

À nouveau il balaya la zone où était assise Abby Lowell et celle où se trouvait le gamin.

Parker accrocha les jumelles autour de son cou et se dépêcha de quitter la pièce. Il dévala les escaliers, traversa le hall qui donnait sur Olive Street et sortit dans la rue.

Il se faufila entre les voitures pour traverser, donnant au passage un coup de poing sur le capot d'une Volvo, dont le conducteur venait de le gratifier d'un coup de klaxon.

17 h 14.

Lorsqu'il arriva sur le trottoir, il vit que Damon était descendu de son muret et approchait d'Abby Lowell.

Parker accéléra le pas.

Damon avançait toujours.

Abby Lowell se leva.

Parker aperçut une silhouette familière, de l'autre côté de la place, qui sortait de l'alcôve, dissimulant les escalators qui conduisaient au parking souterrain. Imperméable épais, un peu trop long, col remonté.

Bradley Kyle.

Parker hésita.

Un moteur de moto rugit. Le son parut amplifié. L'action se figea un instant dans la tête de Parker.

Puis quelqu'un hurla et la scène bascula dans l'horreur.

42

Le cœur de Jack battait la chamade. *Fourre-lui l'enveloppe dans les mains, attrape le sac noir, cours comme un dératé.* Il mit la main à l'intérieur de sa chemise et commença à retirer le sparadrap qui maintenait l'enveloppe contre son ventre.

Il perçut confusément une sorte de bruit de tronçonneuse. Puis un cri. Et tout parut se passer en même temps.

— Ne bougez pas ! Police !

Il ne savait pas d'où venait le cri. Il écarta les bras.

Sorti de nulle part, un jeune aux cheveux verts avait une arme à la main.

— À terre ! À terre !

La moto qui arrivait en vrombissant par Olive Street leur fonçait droit dessus.

Jack n'eut même pas le temps de prendre son souffle, ni de penser que le flic aux cheveux verts allait lui tirer dessus. Il plongea sur Abby et la plaqua sur le banc.

Jack tomba sur elle, à l'instant où la moto heurta le flic ; une véritable boucherie.

Les gens s'étaient mis à courir, à crier, à hurler.

Des coups de feu éclatèrent. Il ne savait pas qui tirait, ni qui était visé.

Jack se releva tant bien que mal. Ses yeux étaient fixés sur la moto. Moto rouge, casque et masque noirs. Le conducteur avait déjà effectué son demi-tour à cent quatre-vingts degrés, en la couchant presque au sol. Il fonçait droit sur Jack. Celui-ci sauta par-dessus le banc et se mit à courir pour sauver sa peau.

Parker s'élança à l'instant où il vit la moto. Une Kawasaki Ninja ZX12R rouge. Eddie Davis. Il avait dû rentrer chez lui avant l'arrivée des flics, larguer la Town Car et sauter sur sa moto. Celle-là même qui chargeait Damon et Abby Lowell, ainsi que le jeune aux cheveux verts, dos tourné au danger qui arrivait sur lui.

Parker piqua un sprint, ouvrit la bouche pour crier. Trop tard. La moto frappa Cheveux verts. Une scène de cauchemar.

Davis freina à fond, la moto menaça de se coucher. Demi-tour à cent quatre-vingts degrés. Il se redressa, mit les pleins gaz.

Des gens hurlaient. L'équipe de tournage se dispersa, certains se précipitaient sur la moto, d'autres vers la rue en agitant les bras.

Parker dégaina.

À sa droite, Bradley Kyle avait déjà l'arme à la main, il tirait.

Damon passa par-dessus le banc.

Abby Lowell tenta de faire pareil.

Davis passa en trombe.

Parker tira.

La moto s'élança à la poursuite de Damon.

Jack se précipita dans la Cinquième Rue. Elle était vide. La circulation était détournée à cause du tournage. Les camions qui dissimulaient son vélo lui paraissaient être à des kilomètres. Autour, des gens le regardaient. Ils ne pouvaient rien faire.

Il tourna à droite en décrivant un large arc de cercle, de manière à pouvoir regarder derrière lui sans ralentir. Les phares l'éblouirent. Il était bien trop près.

Plus que quatre foulées jusqu'aux camions.

Plus que trois.

Il avait l'impression de ne pas avancer, de ne plus pouvoir respirer.

Deux foulées.

Il coupa entre les deux camions en prenant un brusque virage à gauche et trébucha. Il parvint à retrouver l'équilibre par la seule force de sa volonté.

La moto monta sur le trottoir et arriva par l'arrière des camions. Jack attrapa la Bête et bondit dessus, tâtonna pour trouver les pédales.

S'il pouvait atteindre l'autre côté d'Olive Street avant que la moto n'arrive…

Debout sur ses pédales, il descendit la Cinquième jusqu'à Olive, s'attira coups de klaxon et appels de phares, croisa les doigts pour ne pas terminer sur un pare-brise, et roula sur le trottoir.

Jack se retourna et vit la moto qui filait. Elle allait arriver au carrefour avant lui.

Le feu au coin d'Olive et de la Quatrième passa au rouge. Il n'y avait aucun obstacle au croisement. La moto quitta le trottoir, rebondit sur la chaussée, prit la Quatrième, puis, dans un crissement de pneus, tourna à gauche.

Pédale, pédale, pédale. Il semblait à Jack que ses cuisses étaient sur le point d'exploser. Il s'adjurait d'accélérer, sans y parvenir vraiment. La moto franchit le carrefour, les klaxons retentirent comme elle coupait la route aux véhicules qui arrivaient en sens unique.

Jack prit à gauche, en restant au plus près des parcmètres pour ne pas se trouver coincé contre les bâtiments si la moto montait à nouveau sur le trottoir. Il voyait son poursuivant forcer le passage entre les voitures qui les séparaient.

Jack prit encore à gauche, déboucha sur une petite place agrémentée d'une fontaine et fit une pause. Devant lui, le précipice escarpé des Marches de Bunker Hill, un double escalier de pierre séparé par une cascade artificielle, descendait à pic vers la Cinquième Rue, où la circulation était désormais immobilisée. Des sirènes hurlaient.

Jack regarda en bas. Ce serait sa mort ou son salut. Il déglutit. Des klaxons résonnaient autour de lui. Il entendait la moto approcher.

Il vit les phares arriver sur lui, se mit face à la pente, inspira un grand coup et bascula en avant.

Plusieurs personnes se précipitèrent pour venir en aide au type aux cheveux verts. Kyle passa à côté, s'élançant à la poursuite de la moto et de Damon. Parker approcha d'Abby Lowell. Elle était appuyée contre le dossier du banc.

— Mademoiselle Lowell ? Ça va ? lança-t-il par-dessus le brouhaha.

Des gens criaient, des sirènes hurlaient.

Du sang tachait l'arrière de son gilet vert pâle. Elle avait reçu une balle. Il posa un genou sur le banc, se pencha vers elle et écarta avec précaution ses longs cheveux pour pouvoir distinguer son visage.

Les yeux marron qui se tournèrent vers lui étaient affolés par la terreur. Elle avait une respiration sifflante, comme celle d'une asthmatique.

— Je ne peux pas bouger! Je ne peux pas bouger! Oh mon Dieu!

Parker n'essaya pas de vérifier si la balle était ressortie. Au moindre mouvement, Abby Lowell aurait pu se vider de son sang sous ses yeux ou, si la balle se déplaçait du mauvais côté, devenir tétraplégique.

— Une ambulance sera là dans deux minutes, dit Parker en plaçant deux doigts sur le côté de sa gorge.

Son pouls galopait à la vitesse d'un cheval de course.

— Qu'est-ce que vous avez senti? Vous avez senti quelque chose vous toucher à l'arrière?

— Dans mon épaule. Oui. Dans mon dos. Deux fois. Je suis touchée? Oh mon Dieu. Je suis touchée?

— Oui.

— Oh mon Dieu!

Elle sanglotait maintenant, hystérique. Il n'y avait plus trace de la femme stoïque, maîtresse d'elle-même, qui essayait courageusement de faire face au cadavre de son père.

— Pourquoi êtes-vous venue ici? demanda Parker.

Il tira de sa poche un mouchoir propre, et la palpa, à la recherche d'une blessure.

— Qui a monté ce plan?

Elle pleurait tellement fort qu'elle était prise de haut-le-cœur et s'étranglait.

— Qui vous a demandé de venir ici? demanda encore Parker.

Il retira son mouchoir, que le sang avait teinté en rouge.

— C'est lui! gémit-elle. Oh mon Dieu, je vais mourir!

— Vous n'allez pas mourir, dit calmement Parker. Les secours sont là. Ils s'occupent de vous dans une minute.

Les ambulanciers s'étaient hâtés d'intervenir auprès de l'homme aux cheveux verts, qu'ils tentaient de réanimer. Il gisait comme une poupée brisée, les yeux tournés vers l'au-delà.

— Hé ! cria Parker. J'ai une blessure par balle ici ! Elle perd du sang !

Il fut entendu par un membre des secouristes.

— J'arrive !

Parker se tourna à nouveau vers Abby.

— Qui vous a appelée ? Qui a appelé Davis ?

Elle se fichait pas mal de ce que Parker voulait savoir.

Peu importait, à dire vrai. Il avait été abasourdi de voir Damon se montrer, et il se demandait si le gamin avait véritablement tenté de le contacter et ce que cela signifiait.

Il espérait avoir l'occasion de le découvrir.

La Bête rebondissait, glissait sur les marches de pierre. Elle allait trop vite. Jack appuya sur les freins, se mit un peu de biais pour faire tourner le vélo et tenter ainsi de maîtriser sa descente.

Déjà vu. Il avait fait ce rêve des centaines de fois. Hors de contrôle, dévalant la pente. Il n'arrivait pas à savoir s'il était dans le bon sens ou cul par-dessus tête. La nausée lui monta à la gorge.

Le vélo cognait contre les marches, l'arrière menaçait de passer devant. Jack essaya de corriger la trajectoire en déplaçant le poids de son corps, et la Bête, éjectée, dégringola les quinze dernières marches pour atterrir sur le trottoir. Jack fit la culbute, termina en roulé-boulé juste derrière sa monture en essayant de se rattraper à quelque chose, n'importe quoi qui puisse ralentir sa chute.

Il avait à peine touché terre qu'il leva les yeux vers la Quatrième Rue. La moto se trouvait juste en haut des escaliers. À l'instant où Jack la vit, le malade qui la pilotait prit sa décision et l'angle de son phare avant s'orienta de façon spectaculaire vers le bas.

Un fou furieux.

Jack s'empara de son vélo, grimpa dessus et prit la Cinquième. À l'angle, il tourna sur Figueroa, en direction du Bonaventure Hotel. Il n'arrêtait pas de regarder par-dessus son épaule. Pas de moto.

Il se perdit alors sous l'enchevêtrement de ponts qui reliaient le centre-ville à la voie rapide du port. Cet endroit où, trois jours plus tôt, il traînait encore en compagnie des autres coursiers entre deux appels de leur dispatcheur, quand tous se plaignaient qu'il allait sûrement pleuvoir.

Son poursuivant – s'il avait survécu à sa descente vers la Cinquième Rue – croirait qu'il aurait tourné dans l'une ou l'autre des rues. Il ne penserait pas à le chercher ici. Du moins Jack l'espérait-il.

Il se cacha derrière un énorme soubassement de béton. Il enleva son sac à dos, le laissa tomber et ôta son manteau. Il avait tellement chaud qu'il se croyait sur le point de vomir. Sa chemise était trempée de sueur. Il tremblait comme une feuille. Ses jambes ne le soutenaient plus, il se mit à genoux.

Des trucs pareils, ça n'arrive que dans les films, pensa-t-il en se roulant en boule sur le sol.

Mais putain, que s'est-il passé ?

Les images surgissaient dans sa tête. Il allait en faire des cauchemars jusqu'à la fin de ses jours. Le type aux cheveux verts. Les flics, les flingues. L'homme à moto.

Qui était-il ? Son tueur ? Il avait largué la grosse cylindrée pour une japonaise ? Il faisait déjà peur en voiture. Avec son casque, la forme extrême de sa moto de sport, il était un démon de l'enfer.

Comment avait-il su qu'il se trouverait là ? Comment les flics l'avaient-ils appris ? Abby Lowell ne pouvait avoir filé le tuyau ni à l'un ni à l'autre, ça n'avait aucun sens, jugeait Jack. Elle était dedans jusqu'au cou. Quoiqu'il ne sût toujours pas dans quoi.

Jack avait tenté d'appeler le lieutenant chargé de l'affaire Lowell, Parker. Mais il n'avait pas réussi à le joindre, et même si la femme à qui il avait parlé avait agi immédiatement, ils n'auraient jamais eu le temps de mettre en place une équipe dans le parc. Le type aux cheveux verts devait s'y trouver bien avant que Jack ne passe ce coup de fil.

Abby Lowell l'avait doublé. Elle avait cru pouvoir le faire arrêter et s'en tirer à bon compte. Alors, elle avait appelé Parker plus tôt dans la journée, sûrement juste après avoir eu Jack au téléphone. Mais si c'était elle qui avait organisé tout ça, elle était repartie sans les négatifs, ces négatifs que tout le monde voulait. Ils étaient toujours dans leur enveloppe, fixés au ventre de Jack.

316

Et même si elle avait contacté les flics, ça n'expliquait toujours pas la présence du tueur, si toutefois c'était lui qui l'avait poursuivi.

Que pouvait-il faire maintenant ?

Son pouls s'était calmé. Sa respiration régulée. Il avait froid, la fraîcheur de l'air nocturne avait séché la sueur sur sa peau. Il ne voulait pas penser. Il était seul. La lumière était étrange sous le pont, sombre, mais tachetée par endroits de la lueur blanche et diffuse des réverbères, comme si l'éclat de la lune filtrait à travers une forêt de béton. Le bourdonnement des pneus sur la route au-dessus de lui semblait s'insinuer dans son cerveau épuisé.

Jack se remit tant bien que mal à genoux, enfila son manteau et sortit sa couverture de son sac à dos. Il fit tomber le talkie-walkie en la dépliant.

Il le ramassa, l'alluma et le tint devant son visage, sans appuyer sur le bouton d'appel.

Sa voix transmettrait la peur, sa peur bondirait à travers les ondes, pénétrerait dans l'oreille de Tyler et l'effraierait jusqu'à la moelle. C'était affreux de ne pas savoir ce que faisait son grand frère, plus affreux d'apprendre ce qui lui était arrivé, encore plus affreux de découvrir qu'il avait peur.

Que pourrait-il dire au petit, de toute façon ? Il ne savait pas quoi faire. Des gens essayaient de le tuer. De quelque côté qu'il se tourne, il était plus empêtré dans cette embrouille. C'était comme s'enfoncer dans des ronces.

Je suis foutu, je n'ai plus de plan, songea-t-il. Il se sentait vide, comme s'il n'était qu'une coquille qu'un simple coup de pied ferait voler en éclats.

— Scout à Ranger. Scout à Ranger. Reviens, Ranger. Tu m'entends ?

Le talkie-walkie se mit à crachoter. Il ne sursauta même pas. C'était comme si la voix de son frère avait résonné par la force de son esprit.

— Ranger, tu m'entends ? Allez, Jack. Réponds.

Il percevait l'inquiétude, l'incertitude dans la voix de Tyler. Mais il ne répondit pas. Il ne pouvait pas. Que pourrait-il dire à Tyler après avoir foutu en l'air leur vie à tous les deux de la sorte ?

Il ferma les yeux très fort et murmura :

— Je suis désolé. Je suis vraiment, vraiment désolé.

43

Tyler rangea sa radio dans son sac à dos et fit de son mieux pour ne pas fondre en larmes. Il songea à avaler une de ses barres de céréales, pour se distraire. C'était l'heure de dîner. Mais rien que l'idée de manger suffisait à lui donner la nausée, aussi préféra-t-il s'abstenir.

Il regagna la Bibliothèque centrale, qui avait constitué la base de ses opérations durant la plus grande partie de la journée. Il se sentait plus calme dans ce beau, solide et grand bâtiment rempli de ce qu'il aimait tant, les livres.

Mais il était vraiment fatigué. Et il doutait qu'un seul livre entre ces murs puisse lui indiquer la voie à suivre. Il fallait qu'il parle à Jack, mais celui-ci n'avait pas répondu à un seul de ses appels de toute la journée.

Pourquoi Jack se serait-il donné la peine de prendre le talkie-walkie s'il ne comptait pas s'en servir ? Le fait qu'il ne réponde pas signifiait-il qu'il était hors de portée, que les piles étaient mortes ? Ou bien qu'il ne pouvait pas répondre ? Et s'il ne pouvait pas répondre, était-ce parce qu'il était en prison, à l'hôpital après s'être fait tirer dessus, ou parce qu'il était mort ?

Peut-être était-il tout simplement parti – il avait pu quitter L.A. pour gagner le Mexique par exemple –, et Tyler ne le reverrait plus jamais. Comme lorsque leur mère était morte. Elle avait passé la porte avec Jack pour se rendre à l'hôpital et n'était jamais revenue. Pas d'au revoir, pas de « Je t'aime », ni de « Tu vas me manquer ». Elle s'en était allée, comme ça.

Tyler mit ses pieds sur le banc et serra très fort ses genoux dans ses bras. Ses yeux se remplissaient à nouveau de larmes.

Jack disait toujours de lui qu'il voyait tout en noir. D'habitude, ce n'était pas vrai, pensait Tyler, mais cette fois, il devait admettre que la vie avait bel et bien perdu ses couleurs.

Il s'était dit qu'en se rendant dans les repaires des coursiers, il pourrait trouver Jack.

Jack ne lui racontait jamais rien, mais Tyler était allé sur Internet il y a longtemps déjà pour en apprendre le plus possible sur les coursiers à vélo qui sillonnaient la ville. Il savait qu'il y en avait une centaine, qui travaillaient pour environ quinze sociétés différentes. Il savait que les clients réglaient leurs courses le plus souvent par « bons ». Il connaissait la différence entre les employés W-4 (dont les impôts étaient prélevés sur le salaire) et les 1099 (les travailleurs indépendants).

Tyler savait que les coursiers se retrouvaient dans certains endroits entre deux livraisons. Il s'était donc rendu à la station de Spring Street à Chinatown, avait emprunté la Golden Line jusqu'à Union Station, où il avait pris la correspondance pour la Red Line, était descendu à la station de Pershing Square et avait suivi la Cinquième au coin de Flower.

Des coursiers traînaient devant la bibliothèque, mais Jack ne se trouvait pas parmi eux. Tyler était entré chez Carl Junior et y avait trouvé plein de gens bizarres – un type chauve dont le crâne était entièrement tatoué, des gothiques avec des piercings partout, des gens à cheveux verts, roses, à dreadlocks –, mais Jack n'était pas là non plus.

Au coin de la Quatrième et de Flower, Tyler avait fait les cent pas devant le Westin Bonaventure Hotel pour observer les coursiers qui discutaient sous le pont, mais il avait peur d'aller leur demander s'ils avaient vu son frère.

Le portier de l'hôtel commençait à se montrer soupçonneux. Tyler avait dû filer.

Tout l'après-midi, il avait fait des allers et retours entre les différents repaires de coursiers et la bibliothèque, persuadé qu'il allait tomber sur Jack, sans que ce soit jamais le cas. Il avait essayé encore et encore de le joindre par radio, sans jamais l'avoir. Maintenant, il faisait nuit, et il avait peur de repartir sur la Quatrième.

Le centre-ville était animé durant la journée, mais, une fois la nuit tombée, ce n'était pas le genre d'endroit pour un gamin seul.

Mme Chen allait s'inquiéter pour lui. S'inquiéter à s'en rendre malade. En y pensant, il culpabilisait. Il avait failli l'appeler à plusieurs reprises dans la journée, mais il ne savait pas trop quoi lui dire. Il ne le savait toujours pas. Il ne savait pas ce qu'il allait faire.

Il craignait que le téléphone des Chen soit sur écoute. Il craignait déjà que les Chen se fassent arrêter pour recel de fugitif. Et la poissonnerie était peut-être sous surveillance, il suffirait qu'il essaye de rentrer pour que les flics le voient.

Tyler s'assit sur un banc près des toilettes. La bibliothèque fermait à 20 heures. Il pourrait très bien y passer la nuit, pour peu qu'il trouve une bonne cachette. Mais s'il était coincé à l'intérieur du bâtiment, il n'aurait pas de réception radio si Jack essayait de le joindre.

Il en était toujours au même point : seul et effrayé.

Tyler enfonça les mains dans les poches de son sweat-shirt et tripota la carte de visite que lui avait donnée le lieutenant Parker. Il n'avait pas l'air d'un sale type. Et quand il avait dit à Tyler qu'il ne souhaitait pas qu'il arrive de mal à Jack, Tyler avait voulu le croire. L'autre flic aurait pu lui dire que le soleil se levait à l'est, Tyler en aurait douté.

Il faut toujours suivre son instinct, lui répétait Jack.

Il était maintenant 18 h 19. Son instinct lui disait de rentrer à la maison. Peut-être qu'en grimpant par l'escalier de secours jusqu'au toit, il pourrait se faufiler dans le bâtiment et faire savoir à Mme Chen qu'il allait bien. Ils seraient obligés de communiquer par écrit ou par signes au cas où l'endroit serait sur écoute, mais elle saurait qu'il n'avait pas eu de problème, et il pourrait dormir dans son lit, puis se lever très tôt pour retrouver son frère.

Tyler prit son sac et ressortit. Il se passait quelque chose du côté de la Cinquième Rue, au pied des Marches de Bunker Hill. Des gens s'étaient attroupés et faisaient de grands gestes. Deux véhicules de police formaient un angle le long du trottoir, gyrophares allumés. De la circulation, totalement paralysée, s'élevaient des coups de klaxons.

Quel que soit le problème, Tyler ne voulait pas se trouver dedans ; il s'empressa de se diriger vers Olive Street. Son sac à dos rebondissait sur ses fesses à chaque pas. Il y avait toute sa vie là-dedans – des barres de céréales, son talkie-walkie, sa

320

Game Boy, une bouteille d'eau, des livres d'école, des bandes dessinées, un dictionnaire de poche.

Il était tellement lourd que Tyler avait l'impression que s'il descendait une pente très raide, il en tomberait à la renverse. Demain, il laisserait ses livres de cours à la maison.

Il traversa Grand Avenue et continua son chemin, mais la circulation ne s'améliorait pas, et plus il approchait d'Olive Street et de Pershing Square, plus il semblait y avoir de monde, de voitures de police et de confusion.

Sur la place éclairée par des projecteurs régnait une grande activité. L'endroit était entouré du ruban adhésif jaune qui marque les scènes de crime, des gens s'interpellaient. Tyler avait l'impression de débarquer au beau milieu d'un tournage de film, tant la scène paraissait irréelle. Il se faufila à travers la foule et ouvrit grand les yeux et les oreilles.

— ... Ils étaient juste là et en deux secondes...

— ... *Ne bougez pas ! Police !* Et alors là, ça a été...

— ... démentiel ! J'ai cru qu'on était en plein film, alors que...

— ... Le type sur la moto. Tu veux dire que c'était pas un cascadeur ?

— ... Des coups de feu...

— ... criaient...

— ... à vélo, terrible !

Tyler avait réussi à approcher jusqu'au ruban jaune qui délimitait. Il ne vit personne menotté. Il ne vit personne mort, à terre. Mais à environ cinq mètres devant lui, il aperçut deux hommes en train de se disputer, deux hommes qu'il connaissait. Le lieutenant Parker et le lieutenant Kyle. Un bon flic, et un mauvais.

Le lieutenant Kyle était tellement rouge qu'on aurait dit que sa tête était sur le point d'exploser comme un bouton d'acné. Le lieutenant Parker était tellement en colère qu'un flic en uniforme se mettait devant lui pour l'empêcher de frapper Kyle.

Un picotement courut le long du dos de Tyler, dans ses bras, à l'intérieur de son ventre ; il sentit ses genoux flageoler. Tyler savait quelle affaire les deux lieutenants avaient en commun : Jack.

— ... coups de feu...

— ... cris...

— ... *Bam !* Et le type, mort, par terre...

Tyler balaya des yeux les alentours pour voir si la Bête était posée quelque part ou couchée par terre.

— ... *Bam ! Et le type est mort...*

Tyler voulut reculer d'un pas, heurta quelqu'un. Il avait la tête qui tournait. Il se crut sur le point d'être malade.

Parker hurlait toujours sur Kyle. Et Kyle sur Parker.

— Je ne tirais pas sur elle ! Combien de fois je vais devoir te le répéter ? fit Kyle en agitant un doigt dans la direction de son collègue. Aucune ! Je n'ai rien à te dire, Parker ! Tu n'es pas sur cette affaire et si ça ne tenait qu'à moi, tu ne ferais plus partie de la police non plus.

— Tu n'as aucun pouvoir sur moi, Bradley, aboya Parker par-dessus le flic joufflu qui l'empêchait toujours d'atteindre l'autre lieutenant. Rien de ce que tu pourras dire ou faire n'aura plus d'impact sur ma vie qu'une merde de souris.

Il recula, leva les mains devant lui pour bien montrer au type en uniforme qu'il n'avait aucune intention dangereuse, puis le contourna. Il se pencha vers le lieutenant Kyle et lui glissa quelque chose qu'eux seuls pouvaient entendre.

Puis Parker tourna les talons, fit trois pas et posa les yeux sur Tyler.

44

Parker était resté aux côtés d'Abby Lowell jusqu'à ce que les secouristes la mettent dans l'ambulance. Elle irait directement en chirurgie. Des heures s'écouleraient avant que quiconque puisse lui parler et, quand les visites seraient autorisées, la brigade des Vols et Homicides aurait depuis longtemps le contrôle total sur les personnes qui entraient et sortaient de sa chambre.

Quelques motards de la police dépêchés à Pershing Square à cause du tournage s'étaient élancés aux trousses de Davis, lui-même sur la piste de Damon. Le LAPD avait envoyé des hélicos, ainsi que toutes les chaînes infos de la ville, qui grouillaient au-dessus de la scène comme des vautours assistant à une mise à mort. La circulation totalement paralysée rendait impossible toute poursuite par les véhicules de patrouille, mais cela ne les empê-chait pas de faire fonctionner sirènes et gyrophares.

Un beau merdier, songea Parker.

— Qu'est-ce que tu fous ici, Parker? dit Bradley Kyle, cra-moisi, de la fumée lui sortant par les oreilles.

— Je sais bien que j'ai décliné l'invitation à cette petite *soirée**, fit Parker, mais tu ne dois tout de même pas être surpris de me trouver ici, Bradley?

Kyle ne se donna même pas la peine de nier l'accusation. Un autre mauvais point pour Ruiz. Il détourna le regard et lança :

— Quelqu'un a relevé le numéro d'immatriculation sur la moto?

— Elle appartient à Eddie Davis. Tu l'as invité aussi? Tu as mis en scène ce petit rendez-vous pour rejouer la fusillade d'OK Corral? demanda Parker, avec sarcasme. Félicitations, Wyatt Earp, t'as bien failli tuer quelqu'un. Ou bien tu visais Damon, peut-être? Mort, il devient le bouc émissaire idéal.

— Je n'ai tiré sur personne.

Parker regarda autour de lui, feignant la stupéfaction.

— Comme ça, c'est moi qui suis encore censé avoir raté ma cible ? Je n'ai tiré que lorsque Davis s'est pointé et qu'il était en zone dégagée. Tu as tiré avant moi.

Kyle évitait toujours son regard.

— Tu vas essayer de me faire croire que c'est le mort qui est responsable ? demanda Parker, incrédule. Dans son agonie, il appuie sur la détente et tire dans le dos d'Abby Lowell, à deux reprises ?

Jimmy Chew s'interposa, tournant le dos à Kyle.

— Hé, les gars, on se calme. Un flic mort sur les lieux, ça suffit, vu ?

— Je ne tirais pas sur elle ! cria Kyle, comme un imbécile.

Parker espérait que les reporters des chaînes infos avaient ça dans la boîte.

Kyle contourna Chew et brandit un index menaçant à l'intention de Parker.

— Combien de fois je vais devoir te le répéter ? Aucune ! Je n'ai rien à te dire, Parker ! Tu n'es pas sur cette affaire et si ça ne tenait qu'à moi, tu ne ferais plus partie de la police non plus.

Parker eut un rire caustique.

— Tu n'as aucun pouvoir sur moi. Rien de ce que tu pourras dire ou faire n'aura plus d'impact sur ma vie qu'une merde de souris.

Il leva les mains en direction de Jimmy Chew pour signaler qu'il n'avait nullement l'intention d'agresser Kyle physiquement, recula et contourna l'agent en uniforme.

— Dommage que Ruiz ne se soit pas jointe à la fête, dit Parker. Elle pourrait confisquer ton arme et commencer son enquête sur-le-champ pour le compte de l'inspection générale.

— Ah ouais ? railla Kyle. Il paraît qu'elle est déjà bien occupée.

— Elle n'a rien, lui répondit Parker. C'est une perte de temps pure et simple, du sien comme du mien. Je n'ai tiré sur personne. Je ne fouine pas tel le chien de Tony Giradello pour essayer de faire en sorte que cette mascarade continue.

— Tu ne sais pas de quoi tu parles, Parker.

— Ah bon ? Je sais qu'Eddie Davis se trimbale dans une Lincoln Town Car qui ressemble exactement à celles de Crowne

324

Enterprises. À ton avis, comment ça se fait, Bradley ? Je sais que Davis et Lenny Lowell faisaient chanter quelqu'un et j'ai une petite idée de qui il pourrait bien s'agir. Pas toi ? Qu'est-ce que tu sais de tout ça ?

— Je sais que tu as volé tous les documents concernant une enquête sur un homicide, ainsi que des indices trouvés dans le coffre en banque de Lowell, dont vingt-cinq mille dollars en liquide, dit Kyle. C'est un crime.

— Connerie, fit Parker. J'avais une ordonnance du juge. L'argent est sous scellés, avec ma signature, et en sécurité. Je ne l'ai pas encore déposé parce que j'ai été un peu occupé à me faire poignarder dans le dos par ma coéquipière et mon capitaine, et à éviter de me faire à nouveau avoir par les Vols et Homicides.

— Tu interfères dans une enquête, rétorqua Kyle. Je pourrais te faire arrêter.

Parker vint se planter tout près de Kyle et lui adressa un sourire venimeux.

— Vas-y Bradley, lui souffla-t-il. Espèce de petit enculé de fouine. Fais-le, maintenant. Tous les médias de L.A. nous regardent. Demande à Jimmy de me mettre les menottes, ensuite tu vas les voir pour expliquer aux journalistes pourquoi dans une conversation avec Tony Giradello au dîner de la collecte de fonds pour le procureur, tu as mentionné mon nom ainsi que celui d'Eddie Davis dans la même phrase.

Kyle n'essaya pas de rectifier. Diane n'était pas sûre du nom, seulement qu'il commençait par un D. Parker en avait hâtivement conclu qu'il s'agissait de Damon, mais c'était avant qu'Eddie Davis ne soit identifié par Obi Jones.

— Je n'ai pas à me justifier. Je fais mon boulot.

— Ouais, dit Parker. C'est ce qu'on dit souvent.

Dégoûté, en colère, il tourna les talons, s'éloigna de Kyle, cherchant Kelly dans la foule, et vit le gamin de la ruelle qui le regardait avec de grands yeux. Andi Kelly se tenait juste derrière lui.

Parker ne voulait pas réagir. Il ne voulait pas que Bradley Kyle se demande ce qu'il était en train de regarder.

Ses yeux passèrent du gamin à Andi. La télépathie lui aurait été utile, mais il n'avait jamais été très doué. Kelly devait sûrement le croire en train d'avoir une attaque.

— Parker ! s'écria une voix dans son dos.

Kyle.

— Tu ne peux pas t'en aller comme ça.

— Écoute, Bradley, faut savoir, hein. Comme tu l'as si bien dit : ce n'est plus mon affaire.

— Tu es officier de police, tu t'es servi de ton arme.

— Non mais je rêve, murmura Parker.

Il regarda Jimmy Chew.

— Hé, Jimmy, viens par ici.

Chewalski approcha. Parker sortit son SIG de son holster et le tendit à l'agent.

— Tu emmènes ça à la Balistique pour élimination dans une fusillade impliquant un membre de la police. Fais savoir où il se trouve à l'inspection générale.

— OK, patron, fit Chew avant de jeter à Kyle un regard méprisant et de s'éloigner.

Kyle avait l'air d'un sale gosse qui venait de piquer une colère et que tous ses amis abandonnaient pour rentrer chez eux, leurs jouets sous le bras.

— Tu es un témoin, fit-il avec une moue.

— Ouais, acquiesça Parker. Je serais ravi de passer demain pour donner un compte rendu long et détaillé sur la façon dont tu as tiré dans le dos d'une femme.

Contournant Kyle, il essaya de retrouver Tyler, mais le gamin était parti, et Kelly aussi. Parker passa sous l'adhésif, laissant derrière lui les lumières, le bruit, la foule. Il avait l'intention de prendre la direction du Biltmore pour prendre un verre dans un monde civilisé.

Il quitta la place, regarda sur sa gauche. La Ville effectuait des travaux sur un mur de soutènement de ce côté du parc. Le gamin se tenait à l'entrée d'un tunnel.

Parker s'immobilisa, mit les mains dans ses poches et le regarda.

— C'est marrant de te trouver là, dit Parker. T'en fais du chemin, pour un gamin. Tu ne bosses pas pour la police des polices, au moins ?

— Non, monsieur.

— Qu'est-ce qui t'a amené dans le coin ?

— Le métro.

Parker eut un rire las.

— Je vois qu'on a de la repartie.

Il soupira et fit quelques pas en direction du tunnel.

— Je voulais parler de ta mission. T'es bien loin de China-town, et malin comme tu es, tu dois savoir que c'est pas un endroit où se balader tout seul le soir. D'ailleurs, je ne m'y bala-derais pas tout seul moi-même. Où sont tes parents ? Ils te lais-sent courir partout dans la ville ?

— Pas exactement.

Le garçon se mordillait la lèvre inférieure en regardant tout autour de lui, mais en évitant Parker.

— Si je vous dis quelque chose, vous promettez de ne pas m'arrêter ? reprit-il.

— Ça dépend. Tu as tué quelqu'un ?

— Non, monsieur.

— Tu es une menace pour la société ?

— Non, monsieur.

— Tu es un ennemi du gouvernement ?

— Je ne crois pas.

— Alors, quoi que tu aies fait, je laisserai couler, dit Parker. De toute façon, on dirait bien que je n'ai plus longtemps à tirer dans ce boulot.

— Je n'aime pas l'autre type, avoua le garçon. Il est méchant, je l'ai vu à la poissonnerie ce matin.

Parker arqua un sourcil.

— Vraiment ? Et que faisait-il là ?

— Eh bien, il était venu voir la voiture de Mme Chen, mais d'autres flics l'avaient déjà emmenée, alors il s'est énervé. Ensuite il a posé tout un tas de questions, il était très grossier.

— Hmm…

Parker se pencha vers lui pour lui parler au creux de l'oreille.

— Je crois qu'il a quelques petits problèmes d'amour-propre.

— Il a fait pleurer Boo Zhu. Boo Zhu est tri-so-mi-que.

Parker adorait la façon qu'avait le gamin de lutter pour faire sortir de si grands mots de sa petite bouche. Les mots étaient tous dans sa tête, mais sa langue n'avait pas mûri aussi rapide-ment que son intellect.

— Tiens, qu'est-ce que je disais. Je parie qu'il est méchant avec les petits animaux aussi. Le genre de gosse qui a dû avoir un tas de hamsters, si tu vois ce que je veux dire.

Le gamin ne voyait pas, mais il était trop poli pour le dire. Un drôle de petit personnage.

— Alors, maintenant que j'ai promis de ne pas t'arrêter, que voulais-tu me dire ?

Le garçon regarda tout autour de lui pour s'assurer qu'il n'y avait ni espion ni oreilles indiscrètes.

— Tu sais quoi, j'étais justement sur le point d'aller manger, proposa Parker. Tu as faim ? Tu veux m'accompagner ? J'offre les cheeseburgers.

— Je suis ovo-lac-to-végétarien, dit le gamin.

— Suis-je bête. Eh bien, ce sera tofu à volonté, alors. Viens.

Le gamin lui emboîta le pas, mais à distance. Comme ils attendaient au coin que le feu passe au vert, Parker dit :

— Tu sais, je crois qu'on devrait s'appeler par nos prénoms, maintenant. Tu n'es pas d'accord ?

Regard soupçonneux.

— Je ne pourrai rien savoir de toi si tu me donnes seulement ton prénom, expliqua Parker. Tu peux m'appeler Kev.

Le feu passa au vert. Parker attendit.

Le petit déglutit, prit une grande inspiration.

— Tyler, dit-il. Tyler Damon.

45

Tyler raconta à Parker la saga des frères Damon, en picorant son assiette de pâtes comme un moineau, chez Smeraldi. De temps à autre, ses grands yeux bleus parcouraient la pièce et le hall du Biltmore Hotel, côté Olive Street, comme s'il était tombé dans une version L.A. d'un livre d'Harry Potter.

Parker était profondément touché. Ce pauvre gosse était terrifié pour son grand frère, et pour lui-même. Il avait l'impression que toute sa vie venait de basculer et il était là, en train de la raconter à un flic.

— Qu'est-ce qui va nous arriver ? demanda-t-il tristement.

— Ça va aller, Tyler, dit Parker. Il faut qu'on trouve ton frère pour que tout se passe bien pour lui aussi. Tu penses qu'on peut y arriver ?

Ses frêles épaules remontèrent jusqu'à ses oreilles. Il fixa son assiette.

— Il n'a répondu à aucun de mes appels.

— Il a été très occupé, aujourd'hui. J'ai le sentiment qu'on aura plus de chance ce soir.

— Et si le type à moto l'a trouvé ?

— Le type à la moto n'a plus de moto. D'après ce que j'ai entendu dans la rue, ton frère était en train de mettre les bouts à vélo et le méchant s'est lancé dans la descente des marches de Bunker Hill. Il aurait dû mourir.

— Mais il s'est enfui ?

— Ton frère était déjà loin à ce moment-là.

Parker paya l'addition et se leva.

— Allez viens, petit, on s'arrache. Tu viens avec moi.

Les yeux de Tyler Damon s'écarquillèrent.

— C'est vrai ?

— J'ai besoin de toi comme coéquipier. Ça ne marchera pas sans toi.

— Il faut d'abord que je téléphone à Mme Chen.

— On l'appellera de la voiture. Elle ne va pas te consigner, au moins ?

Le garçon secoua la tête.

— Je ne veux pas qu'elle s'inquiète, c'est tout.

— On va la rassurer.

Ils sortirent par le hall principal, où l'attendait Andi Kelly. Parker lui indiqua d'un geste qu'il l'appellerait plus tard. Il avait besoin de la confiance de Tyler Damon et ce n'était pas en accordant son attention à d'autres personnes qu'il allait l'obtenir.

La voiture de Parker était garée dans une zone de stationnement interdit. Ils montèrent. Le garçon fit de son mieux pour ne pas paraître impressionné par le cabriolet. Parker remonta la capote pour être tranquille, et parce qu'il faisait froid. Il prit note mentalement d'emmener le gamin dans sa Jag, une fois cette sale histoire terminée.

— Alors, dit-il. Jack a une petite copine ?

— Non.

— Un petit copain ?

— Non.

— Il a des amis chez qui il pourrait essayer de passer la nuit ?

— Je ne crois pas, dit Tyler. Il est trop occupé pour voir des gens.

Le garçon expliqua où il avait cherché son frère et pourquoi. Parker y réfléchit une minute.

— Tu ne sais pas s'il avait beaucoup d'argent sur lui ?

— On n'a pas beaucoup d'argent, dit le garçon.

— Des cartes de crédit ?

Tyler secoua la tête.

Il était de toute façon peu probable que Damon soit allé à l'hôtel, estimait Parker. Trop confiné, trop de monde, trop d'ennuis potentiels.

Il passa un coup de fil à la Mission de minuit et se renseigna auprès d'un ami à lui pour savoir si quelqu'un correspondant à la description de Jack Damon s'était inscrit, il lui demanda de le rappeler si c'était le cas.

Il téléphona ensuite à Mme Chen. Elle demanda à parler au petit, ils conversèrent en mandarin. Tyler jetait de temps à autre un coup d'œil en direction de Parker, et celui-ci faisait mine de ne pas écouter. Puis le garçon lui rendit l'appareil.

— J'ai besoin de l'aide de Tyler ce soir, Mme Chen. Il faut que je retrouve Jack avant que quelqu'un d'autre ne le trouve, et je n'y arriverai pas sans Tyler.

Parker sentait bien, dans la qualité du silence qui s'ensuivit, que cette idée ne lui plaisait pas.

— Il ne lui arrivera rien, promit-il.

— Vous le ramènerez ce soir ?

C'était une question plus qu'un ordre. Elle était inquiète. Une sacrée bonne femme, songea Parker, qui avait littéralement sauvé ces gosses de la rue. Il ne connaissait pas une seule personne qui en aurait fait autant, lui compris.

— Je le ramène dès que possible.

Un autre silence. Lorsqu'elle reprit la parole, sa voix était tendue.

— Il a école demain.

Parker ne souligna pas l'incongruité de ce qu'elle venait de dire. Elle voulait seulement que leur vie reprenne un cours normal.

— Je le ramène dès que possible, répéta-t-il.

Il avait envie de lui dire qu'il allait arranger tout ça pour en faire un scénario avec un happy end, mais c'était impossible.

— Prenez soin de lui, dit-elle. Et de son frère.

— Promis, dit Parker, puis il raccrocha.

Tyler scrutait son visage, il essayait de lire en lui comme il pourrait lire la vie de Pythagore ou tenter de déchiffrer un problème de maths. Ce devait être frustrant pour lui, pensa Parker : avoir ce gros QI de 168, tout en n'étant qu'un petit gamin, avec ses peurs de petit gamin et sans réel pouvoir sur sa vie.

— Tu as un surnom ? demanda Parker.

Le garçon hésita un instant. Comme s'il en avait un qu'il avait du mal à accepter.

— Pour les talkies-walkies, je m'appelle Scout, dit-il, l'air soulagé. Jack, c'est Ranger.

Parker hocha la tête.

— Scout. Ça me plaît. Allez, mets ta ceinture, Scout. On y va.

46

Il fallait qu'il se débarrasse des négatifs. Qu'il s'en débarrasse, voilà tout, qu'il les donne à quelqu'un qui ne voulait pas sa mort. Il avait été idiot d'essayer d'obtenir quelque chose en échange, mais il voulait que quelqu'un paye pour Eta. Pour apaiser sa conscience, supposait Jack.

Ce n'était pas lui le problème. Il avait répondu à un appel. Il n'avait pas choisi de se retrouver dans cette situation, Eta non plus. D'autres personnes avaient fait des choix, avec des intentions criminelles. Eta et lui s'étaient juste trouvés sur leur route. Maintenant il fallait qu'il se tire de là.

La fraîcheur du soir était plus humide. Elle avait un parfum d'océan. Lorsqu'il ne se trouvait pas sous un pont de béton ni dans une couverture de survie, Jack adorait les soirs comme ceux-là. Il aimait enfiler une veste bien chaude et monter sur le toit des Chen pour contempler les lumières de la ville. Il aimait leur éclat doux et diffus, quand l'air était imprégné de cette brume océanique.

Il se leva, en essayant de ne pas gémir lorsque ses jointures raides et ses tendons se déplièrent avec difficulté. Il ne fallait pas qu'il arrête de remuer, sinon il ne pourrait plus bouger du tout et un junkie finirait par débouler et l'assommer pour lui piquer sa couverture.

Il pouvait peut-être faire passer les négatifs à un journaliste, à une chaîne de télé, pensa-t-il. Tout L.A. pourrait découvrir les images au même moment puis décider qui payait qui et pourquoi. Peut-être que tout ce cauchemar pouvait se transformer en émission de télé-réalité.

— Scout à Ranger, Scout à Ranger. Ranger, tu m'entends ?

La voix étouffée sortait de la poche de veste de Jack. Il lutta contre son envie de répondre.

— Décroche, Ranger ! supplia la voix de Tyler. Jack ! Décroche ! J'ai des ennuis !

Parker attrapa le garçon par les épaules et prétendit le bousculer. Tyler mit ses mains autour de son propre cou et fit comme si on l'étranglait.

— Tyler !

— Jack...

Il plaça sa main sur sa bouche pour ne pas parler.

Parker lui arracha le talkie-walkie.

— Je veux les négatifs, sinon le gosse est mort.

— Laisse-le tranquille, salaud !

— Je veux les négatifs ! cria Parker.

— Tu les auras quand j'aurai mon frère.

Parker lui donna les instructions. Il devait les retrouver au niveau inférieur du parking souterrain sous l'hôtel Bonaventure, une demi-heure plus tard.

— Si tu lui fais du mal, prévint Damon, je te tue.

— Si tu foires ça comme tu as foiré au parc, dit Parker, je vous tue tous les deux.

Il éteignit la radio et regarda son jeune acolyte.

— C'était méchant, dit Tyler.

Parker acquiesça.

— C'est vrai, mais si tu l'avais simplement contacté pour lui dire de te retrouver parce qu'un flic assis à côté de toi te disait de le faire, tu penses qu'il serait venu ?

— Non.

— Tu crois qu'il va être en colère ?

— Oui.

— Tu préfères qu'il soit en colère ou mort ?

Ils restèrent assis en silence, en attendant que Jack émerge des ténèbres.

— Kev ? demanda le garçon d'une petite voix timide.

— Oui, Scout ?

— Quand je t'ai demandé tout à l'heure ce qui allait nous arriver à Jack et moi... Je voulais dire, quand tout serait terminé. Jack et moi, on pourra rester ensemble ?

— Comment ça ?

— Jack dit toujours que si quelqu'un apprend pour nous deux, les services de la Protection de l'enfance viendront et que tout changera.

— Tu es mon coéquipier, dit Parker. Je n'irai pas cafter.

— Mais l'autre lieutenant, il sait que je vis avec les Chen, et que Jack est mon frère. Et il est super en colère contre toi.

— T'en fais pas pour lui, Tyler. Bradley Kyle va avoir tout un tas d'autres soucis. Fais-moi confiance.

Tyler se redressa, les sens en éveil, tout à coup.

— Voilà Jack !

— OK, baisse-toi, dit Parker en passant sa vitesse. Il ne faut pas qu'il te voie avant qu'on soit en bas.

Ils pénétrèrent dans le parking bien après Jack ; ils le suivirent de loin, le laissant descendre les niveaux les uns après les autres.

— Ton frère possède-t-il une arme ? demanda Parker.

— Non, monsieur.

— Des étoiles à lancer chinoises ?

— Non, monsieur.

— Est-il entraîné aux techniques permettant de tuer un homme par la puissance de l'esprit ?

— Ça existe ? demanda Tyler.

— J'ai vu ça dans un film de ninja.

Le garçon pouffa.

— Ça n'existe pas.

— La réalité est telle qu'on la perçoit, dit Parker.

Seules quelques places étaient occupées à l'étage inférieur. Des gens qui voulaient se garer au plus près des ascenseurs.

Jack maintenait son vélo en mouvement, comme un requin contraint de bouger sans cesse pour survivre. Parker coupa le moteur, appuya sur l'ouverture automatique des portières.

— Allez, Scout, c'est à toi.

Jack était sur la Bête, qui bougeait à peine, juste assez pour ne pas avoir à démarrer complètement à l'arrêt s'il avait besoin d'agir vite. Tout à coup, il vit Tyler qui courait vers lui.

— Tyler ! Fonce ! cria Jack. Monte dans l'ascenseur ! Va te mettre en sécurité !

Tyler se précipita au contraire dans sa direction. Jack laissa tomber son vélo et attrapa son frère, pour le pousser vers les portes de l'ascenseur. Si le tueur les avait dans sa ligne de mire, il n'avait aucune raison de ne pas les tuer tous les deux.

— Tyler ! Va-t'en !

Tyler se mit à courir autour de lui.

— Arrête de hurler ! C'est toi qui vas m'écouter pour changer !

Merde, quel cauchemar, pensa Jack. Il mit la main dans sa poche, en tira l'enveloppe contenant les négatifs et les lança aussi loin qu'il put, loin d'eux et loin du type au cabriolet.

Ce n'était pas le tueur.

— Il faut que tu écoutes ! répéta Tyler.

Le conducteur de la voiture avait les bras écartés. Dans une main, il tenait un insigne.

Jack plaça Tyler derrière lui et recula de quelques pas.

— Qu'est-ce que c'est que ce cirque ?

— Jack, je suis Kev Parker. Je suis là pour t'aider à te tirer de ce pétrin.

47

Eddie Davis s'était souvent entendu répéter qu'il ne ferait jamais rien de bon. Les raisons variaient. Certaines personnes l'accusaient lui, elles disaient qu'il était idiot, paresseux et qu'il ne s'appliquait pas. Sa mère, elle, avait toujours accusé le destin. La vie en avait après Eddie. Eddie choisissait de croire à la seconde explication.

Il avait pourtant tout un tas d'idées géniales. Bien sûr, aucune d'entre elles n'impliquait d'être éduqué ni de travailler dur – c'était justement pour ça qu'elles étaient géniales. Il n'y avait que les imbéciles pour avoir envie de travailler. Les gens étaient jaloux de lui parce qu'il avait compris ce mystère, et, à tous les coups, ils se retournaient contre lui. C'était toujours ce qui arrivait.

Ce bordel dans lequel il se trouvait en ce moment en était un parfait exemple. Il avait concocté un plan génial. Et la seule personne à qui il aurait dû pouvoir faire confiance l'avait donné. Son propre avocat.

On était censé pouvoir se fier à son avocat. Il y avait bien cette histoire de confidentialité, non? C'était ça le coup de génie, dans ce plan. Quoi qu'il dise à Lenny, c'était confidentiel, donc il ne pouvait pas jouer la balance. Eddie avait besoin que quelqu'un le prenne en photo avec le client, pendant le paiement. Il partagerait l'argent 70-30. Bien sûr, il méritait la plus grosse part puisque c'était son idée, et c'était lui qui avait tué, quand même. L'affaire était trop belle pour que Lenny refuse.

Ils avaient racketté le client deux ou trois fois, puis ils étaient tombés d'accord pour un gros règlement final en échange des négatifs. C'est alors qu'Eddie avait entendu dire que des flics fouinaient partout en posant des questions sur lui. Les flics qui avaient mené l'enquête sur le meurtre. Cela ne pouvait signifier qu'une chose, pour Eddie : Lenny l'avait cafardé, il avait l'intention de se garder tout le fric pour lui, ainsi que le seul négatif qu'ils avaient mis de côté au cas où ils voudraient s'en servir plus tard. Lenny allait l'écarter et se barrer à Tahiti ou ailleurs, là où personne n'irait le chercher.

Un avocat était censé emporter ses secrets dans sa tombe, non ?

Lenny Lowell avait emporté ceux d'Eddie plus tôt que prévu.

Eddie avait organisé l'échange final, raconté à Lenny que le client serait présent, alors que celui-ci n'était pas prévenu. Son plan était d'intercepter les négatifs et de tuer le coursier, en guise d'avertissement pour Lenny. Ensuite, l'avocat lui aurait mangé dans la main, il aurait été prêt à le défendre, à mentir pour lui, à lui fournir des alibis, à faire tout ce dont Eddie pourrait avoir besoin à l'avenir.

Mais rien ne s'était passé comme prévu à cause de ce foutu coursier. De toute façon, tout ça, c'était la faute de Lenny, alors s'il ne pouvait pas éliminer le coursier, il n'avait qu'à tuer Lenny à la place. Forcer l'avocat à lui donner le dernier négatif, puis lui défoncer le crâne.

— Aïe ! brama Eddie en se tournant pour jeter un regard mauvais à la fille qui était en train de le recoudre. Sale pute ! Ça fait mal !

La femme détourna le regard et s'excusa en mexicain. En tout cas, ça ressemblait à des excuses.

Il se retourna, téta sa bouteille de tequila, tira sur sa cigarette. L'un des flics ne l'avait pas raté. La balle avait laissé une estafilade d'une petite dizaine de centimètres sur son flanc ; elle avait sûrement fêlé une côte. Si la balle était entrée un peu plus à gauche, elle serait arrivée en plein rein, et il serait mort. Il aurait dû se dire qu'il avait eu de la chance, mais ce n'était pas le cas.

S'il avait eu de la chance, sa moto à douze plaques ne serait pas une épave en bas de ces foutues marches de Bunker Hill. Le seul coup de pot dans tout ça, c'était qu'il ne s'était pas cassé le cou et qu'il avait pu braquer une bagnole pour se tirer de là.

Maintenant, il était dans cette saloperie de « clinique » clandestine pour latinos à l'est de L.A., à se faire recoudre par une salope.

Hector Munoz, le type qui dirigeait cet endroit, n'était pas plus médecin que lui, mais il la bouclait pour deux cents dollars et il avait toujours de grosses réserves d'oxycodone – le médoc préféré d'Eddie.

Le portable qu'Eddie avait posé sur la table métallique à côté de lui se mit à sonner. Il savait qui c'était. Il attendait cet appel. Il travaillait sur son mensonge depuis deux heures. Son client attendait les négatifs. Maintenant Eddie allait devoir lui annoncer que ça n'allait pas être possible.

Il attrapa l'appareil.

— Ouais ?

— Je vous laisse les négatifs.

Il n'avait jamais entendu cette voix, une voix d'homme, jeune. Le coursier.

— Mais je ne veux pas mourir, c'est tout. Ça n'en vaut pas la peine. J'ai cru qu'Abby Lowell allait payer pour les récupérer. Je n'aurais jamais pensé qu'elle appellerait les flics. Elle m'a dit qu'elle était avec vous sur ce coup…

— Putain, comment t'as eu ce numéro ?

— Par elle.

Il avait l'air d'avoir la trouille. Il y avait de quoi. Ce gosse n'avait causé que des ennuis à Eddie. Il lui avait foutu en l'air un pare-brise, sa moto, il lui avait coûté du temps et de l'argent. Merde, il avait quand même dû tuer deux personnes de plus à cause de ce petit connard. Et maintenant, il croyait pouvoir lui soutirer du fric.

— Qu'est-ce que tu veux ? aboya Eddie.

L'infirmière lui planta encore une aiguille dans le bras. Il se tourna et lui colla une gifle qui l'envoya valser contre la table métallique dans un raffut énorme. La femme posa sa main sur son visage et se mit à pleurer.

— Fais ce putain de nœud et casse-toi !

Elle commença à bafouiller. Hector Munoz poussa la porte qui donnait sur l'autre facette de son business – un club de strip-tease où figurait un groupe de Mariachis composé exclusivement de filles nues. Il eut un sourire nerveux, sa fine moustache ondula comme un ver au-dessus de sa lèvre supérieure.

— Eddie ? *Muchacho ?*

— Ferme cette putain de porte !

Eddie colla à nouveau son téléphone contre son oreille.

— Qu'est-ce que tu veux ? dit-il.

— Je veux que ça s'arrête, dit le gamin. Je n'en peux plus. Je ne sais même pas qui est sur ces putains de photos. Je me suis seulement dit que si les négatifs valaient qu'on tue pour eux, ils devaient valoir de l'argent. File-moi deux mille. Juste assez pour que je quitte la ville…

— Ta gueule, braïla Eddie. Retrouve-moi au parc de l'Elysean dans vingt minutes.

— Pour que tu puisses me tuer ? Va te faire foutre. J'ai ce que tu veux. Tu n'as qu'à venir les chercher.

— Tu es où ?

— Sous le pont au croisement de la Quatrième et de Flower.

— Comment je sais que tu ne vas pas me piéger ?

— Avec les flics ? Ils croient que j'ai tué l'avocat, pourquoi je les appellerais ? Si j'avais voulu les flics, je serais resté à Pershing Square.

— Quand même, ça me plaît pas, dit Eddie.

— Eh bien ne viens pas. Tu sais quoi ? Laisse tomber. Je devrais pouvoir les vendre à un tabloïd ou quelque chose comme ça.

— D'accord. Pas la peine de t'énerver. Il doit rester des flics partout là-bas. C'est trop risqué. Je conduis une putain de voiture volée, moi.

— C'est ton problème.

Eddie avait envie de passer par le téléphone pour étrangler cette petite merde.

— Écoute, je peux t'avoir cinq mille, mais il faut que tu me laisses deux heures pour réunir le fric, et le point de rendez-vous doit être un endroit où les flics ne passent pas toutes les trois minutes.

Eddie réfléchit. Il voulait un lieu où ils ne croiseraient pas beaucoup de monde. Il fallait avoir la possibilité de s'échapper, ainsi qu'un bon accès à l'autoroute.

— Olvera Street Plaza. Dans deux heures. Et, gamin ? Tu me baises, je t'épluche la queue et je te la fais bouffer pendant que tu te vides de ton sang. Compris ?

— Ouais. Si tu veux. Apporte le fric, c'est tout.

Eddie raccrocha et descendit de la table d'examen. La porte s'ouvrit à nouveau et Hector se faufila dans la pièce. Il était maigrichon et mielleux, il tremblait de tout son corps comme un chihuahua. La petite Mexicaine se dépêcha d'aller le voir et se mit à déblatérer son charabia en montrant Eddie du doigt. Celui-ci tira une dernière fois sur sa cigarette et enfila sa chemise.

— Hector, faut que j'emprunte ta bagnole.

Hector lui servit encore une fois son sourire nerveux.

— Bien sûr, vieux, pas de problème.

Il sortit de sa poche de pantalon un trousseau de clés qu'il lança à Eddie.

— C'est la Toyota bleue avec des flammes peintes sur le côté.

— Génial.

— Qu'est-ce que tu vas faire ?

Eddie posa sur lui ses yeux sans vie et déclara :

— Faut que j'aille tuer quelqu'un. À plus.

48

Le week-end, tout autour de la place d'Olvera Street, familles mexicaines et touristes se réunissaient pour assister à des spectacles de danses aztèques ou à des concerts de Mariachis. Un soir de semaine, au cœur de l'hiver, il n'y avait pas de touristes, seulement des SDF à la recherche d'un banc où passer la nuit.

Jack décrivit un lent demi-cercle à l'extérieur de la place. Il avait l'impression d'être une chèvre destinée à servir d'appât pour un lion, à attendre ainsi ce type qui avait plusieurs fois tenté de le tuer. Ce type qui avait fait de sa vie un cauchemar et assassiné une innocente. Jack laissa son indignation consumer sa peur. Il allait participer à la chute du tueur d'Eta. Il avait dû insister auprès de Parker pour en être. C'était son devoir envers Eta.

Le vent faisait bruire les feuilles des grands figuiers, ce qui le mettait à cran alors qu'il était à l'écoute de bruits de pas sur la chaussée, du chien d'un pistolet qu'on arme.

Jack avait emmené Tyler sur cette place un million de fois. Il était facile d'y venir à pied depuis Chinatown, c'était une excursion à peu de frais. Spectacles gratuits, marché en plein air composé de stands de babioles et tee-shirts bon marché.

Si quoi que ce soit arrivait à son frère, Jack arracherait les membres de Kev Parker un à un à mains nues. Ils n'avaient pas eu le temps de le ramener à la maison. Il avait fallu s'organiser, se mettre en position et ce, avant l'arrivée de Davis. Celui-ci avait demandé deux heures pour s'organiser. Il n'y avait pas moyen de savoir ce qu'il ferait de ce temps. Ses intentions pouvaient bien être les mêmes que les leurs : arriver plus tôt, avec une idée en tête.

Parker avait assigné à Tyler la mission de faire le guet dans sa voiture, avec le talkie-walkie.

Un gros type noir en haillons était allongé sur un banc. Il dormait, ronflait, puait le whisky. On aurait dit une otarie échouée sur la plage en pleine nuit. Encore une innocente victime menacée de mort, pensa Jack. Il donna un coup sur les chaussures du clochard.

— Hé, vieux, réveille-toi. Debout.

L'homme ne bougea pas. Jack l'attrapa par la cheville et tira.

— Hé, monsieur, il faut partir d'ici.

Le vieux poivrot continua de ronfler. Jack renonça.

Un signal lumineux apparut de l'autre côté de la place. C'était Parker. Davis approchait.

L'excitation montait dans les tripes d'Eddie. Quand la tension s'emparait de lui, toutes ses terminaisons nerveuses se mettaient à bourdonner. Il adorait son boulot.

Il avait combiné le plan parfait pour se débarrasser de tous les rebuts qui traînaient dans cette affaire et se tirer dans le soleil couchant. Il se voyait déjà, allongé sur une plage de Baja, avec un cigare, une bouteille de tequila, entouré de petites Mexicaines aux seins nus.

Il voyait le gamin tourner autour de la place, sûrement à deux doigts de se faire dessus. Cette fois, il était probablement armé. Mais ce qu'il n'avait pas amené avec lui, c'étaient les flics. Eddie était venu en reconnaissance. Pas une bagnole banalisée dans le coin. On reconnaissait toujours les flics aux sales tires que leur refilait la Ville. L'endroit était désert, excepté quelques SDF.

Eddie, quant à lui, voyageait léger. La seule chose qu'il avait sur lui était son couteau.

Parker avait donné à Jack une arme, un calibre 22, qu'il avait sorti d'une valise dans le coffre de sa voiture. Ça paraissait plutôt dingue de la part d'un flic, mais Jack avait vite compris que Kev Parker n'était pas comme les autres. Il se baladait dans un cabriolet qui n'était pas équipé d'une radio de police mais seulement d'un scanner. Il n'avait pas de coéquipier – en tout cas, pas avec lui. Ils s'étaient arrêtés en chemin passer prendre une folle, journaliste de presse écrite.

Si Jack n'avait pas vu la plaque de Parker, il n'aurait jamais cru avoir affaire à un flic. D'abord, il était trop bien habillé. Même ses chaussures avaient l'air chères, et s'il y avait bien un point sur lequel on ne pouvait pas se tromper avec les flics, c'étaient leurs godasses pourries.

Jack n'avait pas apprécié de devoir s'en remettre à Parker. Tout se passait trop vite. Mais il n'avait pas vraiment le choix. La seule façon de se tirer de ce pétrin en vie était que quelqu'un s'occupe d'Eddie Davis.

Il vit Davis arriver, avec sa carrure de petit distributeur automatique en long manteau foncé. Ses paumes devinrent moites.

Tout serait terminé dans quelques minutes. Jack n'avait qu'un seul espoir, survivre.

Parker observa Eddie Davis qui traversait la place à travers ses jumelles à vision nocturne. Le LAPD n'avait peut-être pas les moyens de se payer des stylos qui ne fuyaient pas, mais le budget de Parker ne connaissait pas de telles limites. Il avait, dans le coffre de sa voiture, une petite malle remplie de gadgets.

Fixé à l'arcade des jumelles, un petit micro parabolique sans fil lui transmettait le son par un discret écouteur. Dans son autre oreille, un second écouteur le reliait au talkie-walkie de Tyler.

Il avait laissé le garçon en compagnie d'Andy Kelly, sans trop savoir lequel des deux était le plus fiable pour empêcher l'autre de faire des bêtises. Ils étaient passés prendre Kelly en chemin. Si l'intuition de Parker était bonne, elle allait tenir une sacrée histoire.

— Où est l'argent? demanda Jack.

Davis était encore à trois mètres de lui.

— Il arrive.

— Quoi? Tu n'as jamais dit qu'il y aurait quelqu'un d'autre, dit Jack.

Il tremblait. Le type en face de lui était un assassin.

— T'as pas posé la question, fit Davis. Je ne me trimbale pas avec des sommes pareilles. Tu croyais quoi? Que j'allais faire un casse sur un distributeur de billets?

Il avait l'air d'un mort-vivant, sous la lumière du réverbère. Une bande de sparadrap en travers du nez, un œil presque fermé tellement il était enflé et la joue gauche gonflée comme si elle avait reçu un coup de brique.

Ils avaient les bras croisés, comme deux inconnus en train de discuter à l'arrêt de bus.

— Alors, où sont les négatifs ?

— En sécurité, dit Jack.

Il passa la main sur le pistolet dans sa poche. Il ne savait pas se servir d'une arme. Parker avait dit : « Il n'y a rien à savoir, tu vises et tu tires. »

— Il doit y avoir quelqu'un d'important sur ces photos pour que ça vaille autant que ça, pour que des gens s'entretuent, lança Jack.

Davis eut un sourire de crocodile.

— Les meurtres, c'est le plus marrant.

Il fit un pas en avant.

Jack tira le calibre 22 de sa poche.

— T'es bien où tu es. Je ne veux pas que tu viennes plus près.

Davis lâcha un petit soupir.

— T'es vraiment un emmerdeur, gamin. Comment je pourrais être sûr que t'as les négatifs ? T'es peut-être venu ici pour me dépouiller.

— Peut-être que je suis venu ici pour t'éliminer, dit Jack. Cette femme que tu as tuée, chez Speed Coursiers ? C'était quelqu'un de bien.

— Et alors ? fit Davis en haussant les épaules. Je fais mon boulot, c'est tout. Il n'y a rien de personnel.

Jack avait envie de le descendre. Une balle en plein dans la face. C'était ce qu'il méritait. Pas la peine de gaspiller l'argent des contribuables pour lui.

Ça, c'est pour Eta...

— J'espère que mon frère ne va pas se faire tuer.

Tyler essayait de prendre un air détaché. Mais la peur lui vrillait l'estomac.

— Kev fera tout pour empêcher ça.

Ils étaient tapis sur le siège avant de la voiture de Parker. Andi était plus tassée que le petit.

— Tu sors avec lui ? demanda-t-il.

— Nan... Kev est un solitaire. Avant cette semaine, je ne l'avais pas vu depuis longtemps, dit-elle. C'est un type bien. Mais c'était un vrai con il y a quelques années.

— Et puis qu'est-ce qui s'est passé?

— Il s'est observé très attentivement et il n'a pas aimé ce qu'il voyait. Je suis presque sûre que c'est le premier homme de l'Histoire à avoir pris la décision de changer et à l'avoir vraiment fait.

— Il a l'air plutôt cool... pour un flic.

— Tu n'aimes pas les flics?

Tyler secoua la tête.

— Et pourquoi ça?

— Parce que c'est comme ça.

Il détourna les yeux pour éviter qu'elle puisse lire en lui. Des phares apparurent, une voiture arrivait dans leur direction.

Tyler bondit sur son siège, tâtonna pour trouver son talkie-walkie et appuya sur le bouton d'appel.

— Scout à Leader, Scout à Leader! Méchant à l'horizon!

S'il y avait une chose que Parker détestait, c'étaient les imprévus, à moins d'en être l'instigateur. Davis avait fait venir un extra. Il n'avait pas besoin d'aide pour récupérer un paquet de négatifs à un gamin et il n'allait sûrement pas payer pour l'avoir.

Il appuya sur le bouton de son micro.

— Compris. Entrée en scène du méchant.

Compte à rebours avant le feu d'artifice.

— T'es vraiment qu'une merde, dit Jack.

Davis ne réagit pas.

— Ouais, c'est ce qu'on me dit souvent.

Il voulut mettre la main dans son manteau.

— Je veux une clope.

— Laisse tes mains où je peux les voir, ordonna Jack.

Davis soupira.

— Ah, les amateurs.

— Ouais, dit Jack, les amateurs font des erreurs. Ils paniquent. Ils appuient sur la détente alors qu'ils n'en avaient pas l'intention.

Le sourire réapparut doucement sur le visage de Davis.

— T'as tellement envie de me tuer que t'en as le goût dans la bouche. T'as peut-être de l'avenir dans mon métier.

Jack ne dit rien. Ce taré essayait de le distraire. Ses bras fatiguaient à force de tenir le pistolet. Que foutait le type avec le fric?

Des phares apparurent. Il faillit faire l'erreur de se retourner pour regarder.

L'air autour d'eux semblait aussi épais que l'océan. Difficile à inspirer. Le seul bruit qu'il entendait était les ronflements du clochard sur le banc.

— Voilà les sous, mon chou, dit Davis.

Parker attendait que le nouveau membre de la troupe fasse son entrée. À l'alerte de Tyler, sa sensibilité s'était exacerbée. Tous les bruits lui paraissaient plus forts. La caresse de l'air nocturne sur sa peau était trop lourde. Il était trop conscient de sa respiration, de son cœur qui s'accélérait.

Il pariait sur Phillip Crowne.

La fille, Caroline, avait peut-être un mobile, mais il ne croyait pas quelqu'un de cet âge capable d'organiser le meurtre de sa mère et de s'arranger pour faire porter le chapeau à son amant.

Sans compter que Rob Cole n'aurait jamais accepté de tomber pour elle. Si Cole avait cru que Caroline avait assassiné Tricia, il l'aurait proclamé à grands cris.

L'idée du frère plaisait bien à Parker. Andi Kelly lui avait raconté que Phillip Crowne avait été vu en train de dîner avec sa sœur le soir où elle avait été tuée. La conversation avait été sérieuse. Phillip prétendait que Tricia avait évoqué un prochain divorce, mais Tricia menaçait peut-être de dénoncer son frère pour détournement de fonds destinés à l'association caritative.

Personne n'avait pu prouver que Phillip s'était servi dans la caisse. On s'était plutôt éreinté à faire tomber Robe Cole. Un scandale impliquant une célébrité était bien plus intéressant qu'un bon vieux détournement de fonds classique. Il n'y avait rien de sexy ni de palpitant à s'attaquer à Phillip Crowne, alors qu'avec Rob Cole tous les ingrédients étaient réunis ; faire tomber l'idole de son piédestal, le passe-temps favori de l'Amérique.

De plus, Rob Cole avait un mobile, des moyens et l'opportunité. Il se trouvait sur les lieux du crime lorsqu'il s'était produit. Il n'avait aucun alibi pour l'heure du meurtre. Parker aurait parié que la brigade des Vols et Homicides n'avait accordé qu'une attention superficielle à Phillip Crowne. Le fils de l'un des hommes les plus influents de la ville. Norman Crowne soutenait le procureur général. Phillip Crowne et Tony Giradello se connaissaient depuis la fac de droit.

Si Eddie Davis et Lenny Lowell faisaient chanter Phillip, fallait-il vraiment un gros effort pour imaginer le fils Crowne demander une faveur à son vieux copain Giradello ? Parker n'avait aucun mal à se figurer Giradello en train de vendre la justice à Crowne. Il n'y avait pas homme plus affamé, plus ambitieux, que Giradello sur la planète.

Les pièces du puzzle s'assemblaient. Giradello ne pouvait laisser une paire d'abrutis du genre de Davis et Lowell faire tomber son ami plein aux as ou gâcher le procès qui le rendrait célèbre dans tout le pays. S'il envoyait Bradley Kyle et Moose Roddick, qui avaient aussi un intérêt à voir Cole condamné, il pouvait contrôler la situation.

Le sang de Parker se glaça à l'idée que Kyle n'avait peut-être pas eu l'intention de rater ses cibles lors de la fusillade de Pershing Square. Davis avait un lien direct avec l'affaire. Damon détenait les négatifs. Abby Lowell était un imprévu.

Il avait souhaité une enquête qui lui permettrait de faire son grand retour. Celle-ci était un fardeau. Il pensa à Eta Fitzgerald et à ses quatre enfants orphelins. Il regrettait de ne pouvoir échanger cette affaire contre la vie du dispatcheur. Le mieux qu'il pouvait faire était de coincer son tueur et les personnes qui tiraient les ficelles.

Une silhouette approchait de la place, en direction de Davis et Damon. L'heure de vérité était proche.

Parker saisit sa paire de jumelles, fit le point... Et le monde s'effondra sous ses pieds.

49

Jack ne reconnaissait pas la personne qui approchait, dans le dos d'Eddie. L'éclairage était insuffisant et Jack ne se permettait que de brefs coups d'œil par-dessus l'épaule de Davis.

— Il a intérêt d'avoir le fric, dit-il.

Davis regarda derrière lui. Jack garda le pistolet braqué sur lui, au niveau de la taille.

Davis pivota légèrement, il s'éloigna d'un demi-pas pour garder un œil à la fois sur son mécène et sur Jack.

Le nouveau venu prit la parole.

— Où sont les négatifs?

— Où est l'argent? demanda Jack, surpris d'avoir affaire à une femme.

Celle-ci se tourna vers Davis.

— Qui est-ce?

— Un intermédiaire, répondit Davis.

— Vous n'êtes donc pas capable de faire quoi que ce soit correctement?

— Je me suis bien débrouillé en tuant Tricia Cole pour vous.

— Je vous ai payé pour ça. Et depuis, je ne fais rien d'autre, dit-elle.

Sa voix était tendue, tremblante, pleine de colère.

— J'ai payé, payé, payé.

— Hé, dit Davis. Tu veux fricoter avec les loups, c'est comme ça que ça marche, chérie. Ce n'est pas comme appeler un larbin pour qu'il te débarrasse d'un serpent dans ton jardin. T'as éliminé quelqu'un. Il y a des conséquences.

— Je ne peux plus, dit-elle en ravalant ses larmes. Il faut que ça cesse. Je veux que ça cesse. Je n'ai jamais voulu que tout ça arrive. Je voulais juste qu'il paie. Mais moi, quand est-ce que j'arrête de payer?

— Maintenant, dit Davis. C'est fini. Bon sang, épargne-nous les grandes eaux. Le gamin a les négatifs. Tu lui payes cinq mille, tu me donnes mes honoraires pour les avoir trouvés et on n'en parle plus. Le procès de Cole aura lieu la semaine prochaine. Tu as fait ta part en t'assurant qu'il n'avait pas d'alibi. Giradello est impatient de le pendre.

— Où est l'argent? demanda Jack, avec nervosité.

La femme tenait un sac de sport en Nylon noir à la main gauche. Elle lâcha la poignée. Le sac heurta le sol dans un bruit sourd.

Jack posa les yeux dessus. Il fit un signe de la tête à Davis en remuant son arme.

— Regarde ce qu'il y a dedans.

Davis s'accroupit, ouvrit la fermeture Éclair.

— Tout y est, gamin. T'as qu'à venir voir.

Jack fit un pas pour regarder à l'intérieur sans se pencher.

Tout se passa si vite qu'il eut à peine le temps de repérer l'éclat de lumière sur la lame. Davis se jeta sur lui et lui enfonça son couteau dans le ventre.

Parker hurla dans son micro:

— Allez, on y va!

Il quitta sa planque en courant.

À l'instant où il cria « Police! », Diane Nicholson sortit une arme et tira une balle dans la tête d'Eddie Davis.

Dan Metheny roula au bas du banc, et dégaina en s'écriant:

— On ne bouge plus, enfoiré!

Mais Diane était déjà en pleine course, et elle ne s'arrêta pas malgré les cinq coups de feu rapprochés tirés par Metheny.

Parker lui lança:

— Ne tire pas! Ne tire pas!

Il désigna le sol en passant devant lui et cria à Metheny:

— Maintiens-le en vie!

Il s'élança derrière Diane aussi vite que ses jambes le lui permettaient, sans cesser de crier son nom.

Elle avait vingt mètres d'avance sur lui, elle était sportive, rapide. Elle allait réussir à atteindre sa voiture.

Elle dérapa autour de sa Lexus, tira sur la portière et monta.

Le moteur rugit au moment où Parker approchait. La voiture fonçait droit sur lui.

Parker se retrouva sur le capot, il perdit son arme, tandis que Diane braquait. L'écart fut brusque, maladroit, et envoya Parker sur le côté.

Il heurta le sol, glissa, roula et se releva.

Mais la Lexus n'eut pas le temps de faire cent mètres. Dans un crissement de pneus, la voiture pie de Chewalski s'immobilisa pour lui bloquer le passage.

Parker, hors d'haleine, atteignit l'arrière de la voiture au moment où Diane en sortait précipitamment. Elle trébucha, tomba à genoux, se releva tant bien que mal et se tourna vers lui. Elle avait son arme à la main.

— Diane, dit Parker. Lâche ce flingue.

Chewalski et son coéquipier avaient tous deux dégainé, ils hurlaient.

Diane les regarda, puis regarda Parker. Son visage avait changé, déformé par l'angoisse.

— Mon Dieu, Diane, s'il te plaît, supplia-t-il. Lâche cette arme.

Diane avait la sensation d'être en train de rêver.

Elle avait une arme à la main. Des flics avaient la leur braquée sur elle.

Elle avait tiré une balle dans la tête d'un homme.

Elle avait payé un homme pour tuer la femme de son ex-amant.

Elle n'avait pas la moindre idée de qui était cette personne, cette personne en elle capable de toutes ces choses.

Son besoin d'amour l'avait métamorphosée en quelque chose qu'elle haïssait. Elle lui avait dit plus d'une fois qu'elle ferait n'importe quoi pour lui – qu'elle serait capable de mentir, de mourir pour lui, de ravaler sa fierté, d'abandonner tout ce qu'elle avait. Cette idée la rendait malade.

— Diane, je t'en prie, dit Parker en tendant la main vers elle.

L'émotion sur le visage de Parker brisa le cœur de Diane.

— Pose cette arme.

Comment ai-je pu faire ça? se demanda-t-elle. *Comment en suis-je arrivée là?*

Il était trop tard pour répondre à ces questions. Il était trop tard pour y changer quoi que ce soit. Il était trop tard...

50

Tyler sentit tout son sang refluer vers ses pieds lorsque la fusillade débuta.

— Jack ! cria-t-il.

Il attrapa sa radio et appuya sur le bouton.

— Scout à Leader ! Scout à Leader !

Il se tourna vers Andi Kelly. Elle avait les yeux aussi écarquillés que les siens.

La fille à la Lexus sortit du parc en courant, en direction de sa voiture, garée tout au bout de la rue. Lancé à sa poursuite, Parker gagnait du terrain.

— Jack ! Jack !

Tyler criait le nom de son frère, encore et encore. Il ouvrit d'un coup la portière et se précipita vers la place aussi vite que ses jambes le lui permettaient.

— Tyler ! l'appela Andi Kelly.

Elle le rattrapa par le bras. Tyler se débattit, donna des coups de pied, rua, en criant : « Lâchez-moi ! Lâchez-moi ! »

Mais la femme ne le lâcha pas. Au lieu de ça, elle le tira contre elle et le tint très fort. Les cris de Tyler se transformèrent en sanglots, et il s'abandonna dans ses bras.

On appelait ça le « suicide par les flics ». Une personne souhaite la mort, mais n'a pas le cran de se coller l'arme dans la bouche et d'appuyer sur la détente, alors elle pousse la police à le faire pour elle. Si la personne le veut vraiment, il n'y a pas moyen de l'arrêter. Tout ce qu'elle a à faire, c'est braquer son arme sur les flics et se mettre à tirer.

Parker tendit la main vers Diane.

— Diane. Chérie. S'il te plaît, pose cette arme.

Le désespoir sur son visage était une vision effroyable. Elle abandonnait la partie sous ses yeux. Il fit un pas dans sa direction.

Derrière lui, Jimmy Chew dit :

— Kev, n'approche pas.

Chew craignait que Diane ne retourne l'arme contre Parker.

Celui-ci fit un pas de plus.

L'éclairage des réverbères donnait un éclat argenté aux larmes sur ses joues. Elle le regarda, et dit :

— Je suis tellement désolée, tellement désolée...

Il fit un autre pas.

Tremblante, affaiblie, elle essaya d'écarter son revolver. Il vacilla dans sa main, comme un oiseau agonisant.

— Ça va aller, murmura Parker.

Quelle idiotie de dire une chose pareille. Qu'est-ce qui pouvait aller dans tout ça ? Qu'est-ce qui irait une fois que ce moment serait passé ? Rien. Mais il répéta quand même :

— Ça va aller, ma chérie. Ça va aller.

Sa main se relâcha, l'arme tomba et elle fondit dans ses bras, en larmes.

Parker la serra aussi fort qu'il put. Elle tremblait. Les larmes brûlaient les yeux de Parker. Sans la lâcher, il se mit à la bercer.

Derrière eux, il entendait les communications radio provenant de la voiture pie. Le coéquipier de Chew appelait des renforts, il demandait à ce qu'on envoie un superviseur et des lieutenants.

Parker espérait qu'ils n'enverraient pas Ruiz ou Kray.

Une sirène d'ambulance résonnait déjà. Dans très peu de temps, la place serait entièrement illuminée, pleine de monde. Si seulement il pouvait revenir en arrière, faire disparaître tout ça. Il ne voulait pas que les gens voient Diane. Elle qui était quelqu'un de fier, de secret.

C'était étrange comme réflexion, pensa-t-il. Elle avait tiré une balle dans la tête d'un homme. Elle avait pour ainsi dire avoué avoir payé Eddie Davis pour assassiner Tricia Crowne-Cole. Mais il ne connaissait pas la personne coupable de ces crimes. Il connaissait la femme qu'il serrait dans ses bras. Il regrettait de ne pas l'avoir mieux connue.

Jimmy Chew lui mit une main sur l'épaule.

— Kev, dit-il doucement. Ils arrivent.

Parker hocha la tête. Il guida Diane vers la voiture pie et l'installa sur le siège arrière. Chew lui tendit une couverture qu'il tira de son coffre, et Parker la mit autour d'elle, déposa un baiser sur sa joue et lui murmura des mots qu'il ne comprit pas lui-même.

Il se redressa, se tourna vers Chewalski et lui dit :

— Jimmy... euh... tu peux juste faire en sorte que personne ne vienne l'ennuyer ? Je... euh... dois repartir là-bas...

— Bien sûr, Kev.

Parker tenta de le remercier, mais aucun mot ne put sortir de sa bouche. Il fit quelques pas, se passa les mains sur le visage, respira profondément. Il avait du travail. C'était la seule chose qui allait l'empêcher de s'effondrer.

Il s'éloigna de la voiture pie sans se retourner et regagna la place, où Metheny était agenouillé au sol, la tête d'Eddie Davis entre ses grandes mains.

— Il est vivant ? demanda Parker.

— Pour l'instant.

Metheny pressait ses pouces sur les blessures de chaque côté du front de Davis. La balle de Diane était entrée d'un côté et ressortie de l'autre, traversant les lobes frontaux. Davis semblait surpris, mais Parker n'arrivait pas à savoir s'il était conscient ou non. En tout cas, il respirait toujours.

Metheny leva les yeux vers lui.

— J'ai l'impression d'être ce petit con de gamin hollandais qui bouche la digue, comme dans l'histoire. Si je retire mes pouces, la cervelle de ce type va couler.

— Eddie, tu m'entends ? demanda Parker en se penchant vers lui.

Davis ne réagit pas.

— Merde.

— Cette nana, elle est vraiment sortie de nulle part, remarqua Metheny. Tu l'avais vu venir, ce coup-là ?

— Non, dit Parker. Pas du tout.

— Je ne l'ai pas bien vue. Tu la connais ?

Parker ne répondit pas. Il ne savait pas quoi dire.

Il passa par-dessus Davis et approcha de Jack Damon. Celui-ci était allongé sur le dos, les yeux tournés vers le ciel.

— T'as eu le souffle coupé ? demanda Parker.

Le gamin hocha la tête.

Parker se mit à genoux et l'aida à se mettre à quatre pattes. Jack s'assit sur ses talons, souffla.

— Tu n'aurais pas dû venir aussi près, dit Parker. Je t'avais dit de ne pas approcher. Je t'ai donné ce flingue justement pour que tu restes loin de lui. Même s'il n'était pas chargé…

Damon tourna la tête, le regard noir, et articula :

— Quoi ?

— Jamais je ne donnerais une arme chargée à un civil. Je me ferais virer, marmonna Parker. C'est ce qui risque d'arriver, mais bon… Metheny te couvrait.

Le gamin reprit enfin son souffle.

— Mais qui c'est, ce Metheny ?

Parker désigna son ancien coéquipier de la tête.

— Je ne voulais pas que tu saches qu'il était là. Je ne voulais pas que tu jettes des coups d'œil dans sa direction, ça aurait mis la puce à l'oreille de Davis.

— Eh bien, merci de penser à moi, dit Jack.

Il lutta pour prendre une grande inspiration.

— Je crois que je me suis cassé une côte.

Il se redressa et écarta sa veste, laissant apparaître le gilet clair de Kevlar que Parker lui avait fait enfiler. *Dieu merci*, ne pouvait que se répéter Parker. La seule force du coup de Davis avait peut-être brisé une côte au petit, mais la lame du couteau n'avait pas pénétré le matériau du gilet, cinq fois plus résistant que l'acier.

— Reste assis et essaye de te détendre, lui dit Parker comme l'ambulance était en vue. On va demander à un secouriste de t'examiner une fois qu'ils se seront occupés de ton copain.

Il posa une main sur l'épaule de Jack.

— Tu as vraiment été très courageux, Jack.

— C'est pour Eta que je l'ai fait. En partie, du moins.

Parker hocha la tête.

— Je sais. Mais ce n'est pas ta faute si elle est morte. C'est celle de Davis.

— Mais si je m'étais présenté à la police…

— Et si Davis et Lowell n'avaient pas manigancé ce chantage ? Et si rien de tout ça n'était arrivé ? Et si on pouvait tous s'envoler

pour la planète Mars et recommencer à zéro ? Il y a beaucoup de
« si » avant qu'on en arrive à toi.

Le gamin fit oui de la tête, mais ses yeux restaient rivés au sol,
la culpabilité pesait toujours sur lui.

— Jack, dit Parker. Tu vas peut-être croire que je te baratine.
Mais je te le dis, tu as fait ce que tu croyais être le mieux dans
toute cette histoire. Et ce n'était ni le plus simple, ni le mieux pour
toi. Tu as fait ce que tu as fait, tu as assumé. Et je ne connais pas
dix hommes assez courageux pour faire ça.

— Jack !

Tyler se jeta sur son frère.

Parker se pencha pour ébouriffer les cheveux du garçon.

— Bon boulot, Scout.

Tyler tourna vers lui un visage ravi.

— Andi et moi on a dégonflé les pneus de la Lexus !

Parker se tourna vers Andi, qui fit une grimace, s'attendant à
se faire enguirlander. Au lieu de quoi Parker s'éloigna des garçons, les mains sur les hanches.

— Eh bien, c'est un sacré bordel, dit-il.

Kelly l'observa avec sérieux.

— Qui est-ce, Kev ? Phillip ?

— Diane Nicholson.

— Quoi ? Je ne comprends pas.

— Ouais, eh ben comme ça on est deux, dit Parker.

Il tourna la tête, l'ambulance arrivait, les secouristes descen-
daient en masse.

— Apparemment, elle avait engagé Davis pour tuer Tricia et
faire porter le chapeau à Rob Cole.

— Oh mon Dieu ! Diane Nicholson ? Du bureau du coroner ?

— Oui.

— Pourquoi ?

Il secoua la tête. Il regarda les secouristes s'affairer autour
d'Eddie Davis.

— Mais qu'est-ce qui s'est passé ? demanda l'un d'eux. Un pic
à glace ? Deux ?

— Une balle, dit Metheny. De part en part.

L'homme tourna la tête de Davis d'un côté, puis de l'autre.

— Le pauvre a eu une lobotomie.

— Pas grave, remarqua Metheny. Il ne se servait pas de cette partie de son cerveau, de toute façon.

C'était une réplique que Parker aurait pu dire aussi, mais l'humour noir dont se servaient tous les flics pour atténuer le stress n'était plus qu'un souvenir pour lui. L'hébétude avait commencé à s'installer.

Kelly posa sa main sur la sienne.

— Kev? Ça va?

— Non, murmura-t-il. Ça ne va pas.

Il lui tourna le dos et s'éloigna.

51

Ruiz prit l'appel pour la fusillade. Elle se pointa en tailleur blanc et sandales à brides. Parker, appuyé au capot d'une voiture pie, ne trouva pas l'énergie de faire un commentaire.

Elle arriva vers lui, en remuant la tête pour montrer son irritation.

— Non mais qu'est-ce qui t'a pris, putain ?

— La ferme.

— Pardon ?

— J'ai dit, la ferme, répondit calmement Parker. Je n'ai pas besoin de tes remarques à la con, Ruiz.

Le ton sec la fit reculer d'un pas.

— Tu as mis en danger la vie d'un civil, insista-t-elle.

— Il ne va pas poursuivre la Ville, si c'est ça qui t'inquiète, dit Parker. Il y avait un enjeu dans tout ça pour le gamin. Il voulait le faire pour Eta. Il reste quand même quelques personnes dans ce monde qui connaissent le sens des mots « honneur » et « devoir ».

— Ne me fais pas chier, Parker, râla-t-elle. Si ça se trouve, tu fais chanter le petit tueur BCBG. Ou tu as de l'argent de la drogue plein les poches, pour ce qu'on en sait.

— Et toi, « ce que tu sais », ça fait pas grand-chose, hein ? dit-il. Dis-moi, Kyle était juste à côté de toi quand tu m'as appelé pour me filer le tuyau de Pershing Square ?

Elle ne répondit pas.

— Qui a rencardé Kyle ?

Ruiz ouvrit son sac à main, sortit une cigarette et l'alluma.

— C'est moi, dit-elle en soufflant un filet de fumée bleutée. Damon a vraiment cherché à te joindre.

— Et tu as appelé Davis aussi, pour que les Vols et Homicides puissent boucler le tout, dit Parker. Dans un lieu public, en pleine heure de pointe. Une situation incontrôlable dans un environnement incontrôlé !

Il tendit le bras et lui arracha la cigarette de la bouche.

— On ne fume pas sur une scène de crime, Ruiz. Je ne t'ai donc rien appris ?

Il écrasa la cigarette avec le talon de sa chaussure et alla la jeter dans une poubelle.

— Parker ! Je n'en ai pas fini avec toi ! dit-elle en trottant sur ses talons pour le rejoindre. J'ai besoin de ta déposition. Je suis chargée du rapport préliminaire.

Parker la regarda comme si elle dégageait une odeur nauséabonde.

— Ils ne pouvaient pas envoyer un vrai lieutenant ?

— Je suis de garde jusqu'à ce que les papiers de l'inspection générale soient en règle.

— C'est ton problème. Je t'ai dit tout ce que j'avais à te dire.

Il voulut s'éloigner de nouveau, puis hésita.

— Ce n'est pas tout à fait vrai.

Ruiz se raidit, s'attendant à une tirade.

— Je relis des scénarios pour Matt Connors, déclara-t-il.

Il aurait aussi bien pu lui annoncer qu'il était hermaphrodite. Elle aurait eu la même expression.

— Quoi ?

— C'est mon grand secret, dit Parker. Je relis des scénarios et je fais office de consultant technique pour Matt Connors.

— Celui qui fait du cinéma ?

— Oui. Celui qui fait du cinéma.

— C'est pas vrai ! souffla-t-elle. Pourquoi tu ne nous l'as pas dit, tout simplement ?

Parker lui adressa un petit sourire amer et s'éloigna en secouant la tête. Dans cette ville, faire savoir qu'il avait un lien avec l'industrie cinématographique lui aurait sûrement valu une promotion. Il ne voulait pas de cette attention. Tout ce qu'il attendait de la part du LAPD, c'était une chance de sortir du purgatoire, et de le faire à la sueur de son front, et à l'aide de son cerveau.

Il aurait pu faire asseoir Renee Ruiz et le lui expliquer dix mille fois, elle n'aurait jamais compris.

L'amère ironie dans tout cela était qu'en bataillant pour sa propre résurrection, il avait fini par accélérer la chute d'une femme à laquelle il tenait. Le yin et le yang. Dans la vie, tout avait un prix.

— Je veux être remboursé, marmonna-t-il.

Il approchait de Bradley Kyle, qui se tenait au milieu d'une forêt d'étiquettes signalant les indices, et essayait de donner des ordres à quelqu'un du labo. Il se tourna vers Parker avec un petit sourire narquois.

— T'as vraiment décroché le gros lot cette fois, Parker. Enfin, je choisis peut-être mal mes mots ? Il paraît que Nicholson et toi...

Parker lui asséna un crochet du droit, Kyle fit un demi-tour avant de mordre la poussière. Tout le monde se figea, mais personne ne fit un mouvement pour l'aider.

Parker se tourna vers Moose Roddick et dit :

— Toute la paperasse sur l'homicide Lowell est dans mon coffre. Viens la chercher.

Les camionnettes des chaînes d'informations avaient débarqué. Les hélicos avaient envahi le ciel. Ils étaient à l'heure pour assurer le direct du journal de 23 heures. Mais ils n'auraient pas le fin mot de l'histoire. Ce serait pour le lendemain, et la presse allait se déchaîner.

Rob Cole allait encore avoir droit à ses quinze minutes de célébrité. L'homme bon injustement accusé serait libéré. Ou, si l'on prenait un point de vue plus cynique, un imbécile incapable d'empêcher un coup monté contre lui visant à l'accuser de meurtre allait être relâché sur le marché des célibataires.

Parker ne connaissait pas toute l'histoire non plus, mais il était prêt à parier que Rob Cole n'était pas le héros, et il savait qu'il n'y aurait pas de happy end.

Il ralluma son téléphone en se dirigeant vers sa voiture et consulta sa messagerie. Il avait un message. Ito lui annonçait que sa photo était prête.

52

Diane était assise dans un coin de la salle d'interrogatoire, les pieds remontés sur sa chaise, bras autour des jambes, la joue sur les genoux. Pas de maquillage, plus de contrôle apparent ni défense. Parker n'avait jamais vu personne paraître aussi vulnérable.

Parker referma la porte derrière lui et s'assit sur le bord de la table.

— Salut.

— Salut, dit-elle d'une voix fluette.

Elle avait tiré sur les manches de son pull noir au point de ne laisser dépasser que le bout de ses doigts. Elle se servait de son pull pour tamponner les larmes qui tombaient au hasard. Son regard allait d'un point à un autre de cette petite pièce blanche, sans se poser sur quoi que ce soit plus de quelques secondes. Sans une fois effleurer le visage de Parker.

— Tu as froid? demanda-t-il en ôtant déjà sa veste pour la lui proposer.

Peu importait qu'elle lui dise non. Il voulait une excuse pour la toucher. Il enveloppa ses épaules de sa veste et caressa sa joue du bout des doigts.

— Qui regarde? demanda-t-elle en tournant les yeux vers l'autre côté de la pièce et le miroir sans tain fixé au mur.

— Personne. Il n'y a que nous deux. Tu as un avocat?

Elle secoua la tête.

— Je m'en occupe.

— Kev, tu n'as pas à…

— C'est comme si c'était fait.

Elle soupira, détourna le regard.

— Merci.

— Alors… Tu as engagé Eddie Davis pour tuer Tricia Crowne-Cole et piéger Rob Cole pour qu'il plonge à ta place, résuma Parker.

Vide d'énergie lui aussi, il parlait à voix basse.

— Un peu dur, comme sentence, pour t'être fait draguer par un homme marié.

Elle ferma les yeux. Le seul bruit dans la pièce était l'agaçant bourdonnement intermittent de l'éclairage au néon. Il était tard. Parker l'avait fait emmener au Bureau central avant que les Vols et Homicides n'aient le temps d'intervenir. La lutte pour le territoire était repoussée au lendemain. Une nuit dans une cellule revenait à peu près à une nuit dans une autre. Et personne n'allait l'interroger sans qu'un avocat soit présent.

— Il n'y a que toi et moi, Diane, dit-il. Je ne suis pas là en tant que flic. D'ailleurs, je ne le serai sûrement plus demain à cette heure. Je suis là en tant qu'ami.

— Je me le repasse dans ma tête, murmura-t-elle. Ce n'est pas moi. Je n'arrive pas à croire que ce soit moi. Je suis trop intelligente, trop cynique. Je suis trop sévère dans mes jugements. J'ai écouté des copines pleurer sur tel et tel mec, et les promesses qu'ils faisaient, les excuses que les femmes leur trouvaient pour les couvrir quand rien ne se produisait. Et je me disais : « Qu'est-ce qui ne va pas chez elle ? Elle est idiote ou quoi ? Quelle femme qui se respecte supporterait ce genre de choses ? Ce qu'elle peut être pathétique… » Et puis, j'ai su. C'est une forme de folie. L'intensité, la passion, la joie effrénée. C'est comme une drogue.

— Qu'est-ce que tu as su ? demanda Parker.

— Ce qu'était l'amour. Celui à propos duquel on écrit, mais auquel personne ne croit vraiment. J'avais toujours voulu savoir ce que c'était d'éprouver ça, d'avoir quelqu'un qui ressentirait la même chose pour moi.

— Cole t'a dit qu'il était amoureux.

— « Jamais je ne me suis senti aussi bien avec quelqu'un. Jamais personne ne m'a jamais compris mieux que toi. Jamais je n'ai aimé personne comme toi. »

Sa bouche se tordit en un sourire amer.

— Je sais, je sais. « Qu'est-ce qui ne va pas chez elle ? Elle est idiote ou quoi ? » Quand j'y repense, aujourd'hui, je me dis la même chose : « Ce que je peux être pathétique… » Mais j'ai cru tout ce qu'il me disait parce que je ressentais la même chose. Je disais cela, moi aussi, et je le pensais. Je voulais croire qu'il le pensait aussi. J'aurais dû le voir venir à des kilomètres.

Elle posa à nouveau sa tête sur ses genoux, les yeux dans le vide.

— C'est un acteur, dit Parker. Il joue ce rôle depuis longtemps.

— Le pauvre *bad boy* incompris né du mauvais côté de la barrière. Victime de sa propre popularité. Prisonnier d'un mariage sans amour. Il avait enfin trouvé l'amour de sa vie. Si seulement nous avions pu être ensemble… Mais j'étais mariée… Et lui aussi… Et Tricia était « fragile ». Mais tout à coup, je n'étais plus mariée… Et là, tout a commencé à se compliquer… Tricia était pratiquement suicidaire, disait-il… C'était son devoir… Il devait se sacrifier… Et faire ce qui était juste…

Elle ferma les yeux, les néons se remirent à bourdonner. Parker crut qu'elle s'était endormie, mais il s'en fichait. Il leur restait si peu de temps avant que tout change, bientôt elle serait entourée de toutes parts, et il n'y aurait plus de conversation tardive, rien que tous les deux, seuls dans une pièce.

Tout doucement, elle se mit à fredonner quelques mesures d'une chanson qu'elle avait un jour entendue à la radio : « Je n'aurais jamais cru que cela pourrait m'arriver. Ce genre de choses qui n'arrive qu'aux idiotes. »

— Pourquoi tuer Tricia ? demanda Parker. Pourquoi pas Cole ? Il le méritait.

— Tu ne peux pas savoir quelle rage je ressentais, murmura-t-elle. Mon mariage se délitait déjà quand j'ai rencontré Rob. J'étais vulnérable, je me sentais seule. Il savait exactement comment s'attaquer à ce genre de sentiments. Et à la mort de Joseph… la culpabilité a été terrible. Non que j'aie causé sa mort, mais je n'avais pas été une très bonne compagne, je l'avais trompé et trompé. Rob savait exactement quoi faire de ces sentiments-là, aussi. Je lui ai fait confiance, je lui ai donné tout ce que j'étais. Comment a-t-il osé prendre ce cadeau et le briser ?

Elle tremblait. Elle ferma les paupières, les serra très fort, se blindant contre une douleur intérieure que Parker savait inimaginable. Il attendit que ce moment passe avec la patience triste d'un homme conscient que rien de bon ne peut arriver et qu'il ne pourra rien y faire.

— Et puis, un jour, je suis montée dans un ascenseur de la tour Crowne. J'étais là pour… une histoire pour la pension de Joseph. Tricia est montée à son tour. On était seules, toutes les deux, dans cet ascenseur qui nous emmenait aux étages les plus élevés de l'immeuble. Et elle s'est tenue là, à me dévisager avec une expression mauvaise, pleine de supériorité et de suffisance.

— Elle savait ?

— Oh, oui, dit Diane avec un rire sans joie. Elle savait. Elle savait tout. Elle savait des choses qu'elle n'aurait jamais pu savoir sans en avoir été témoin.

Le sang de Parker se glaça en comprenant l'implication derrière ses mots.

La bouche de Diane se tordit.

— Parce que, vois-tu, je n'étais pas seulement un jeu pour Rob Cole. J'étais un jeu pour eux deux.

— Oh mon Dieu, souffla Parker, gagné par la nausée.

Les larmes roulaient telles des perles sur les joues de Diane.

— Et elle m'a dit, de cette voix que je ne lui avais jamais entendue : « Il revient toujours vers moi. » Il n'y avait rien de fragile en elle.

Parker se représentait la scène. Diane avait fait mine de ne pas réagir, parce qu'elle était fière. Alors qu'à l'intérieur, elle avait dû se briser comme du verre.

— Quelques jours après, j'ai reçu un colis. Une cassette vidéo de Rob et moi au lit, lui me disant toutes ces choses que je voulais entendre, que je voulais croire. Puis tous les deux, Tricia et Rob, rejouaient cette même scène, mot pour mot, avant d'en rire ensemble.

L'estomac de Parker se retourna devant une telle cruauté.

Diane déplia ses jambes, quitta sa chaise et se mit à évoluer dans la pièce, les bras bandés autour d'elle, comme dans une camisole de force.

— À l'intérieur de moi, quelque chose s'est cassé. Comme si une plaie suppurante et cachée venait de s'ouvrir pour m'empoisonner, dit-elle. Je me suis mise à boire. Beaucoup. Un soir, je me trouvais dans un bar à pleurer auprès du barman. Un homme écoutait, deux tabourets plus loin. Il m'a proposé de m'aider, moyennant finance.

— Eddie Davis, supposa Parker.

— Quand j'y repense, maintenant, je n'arrive pas à croire que tout ça soit arrivé. Je n'arrive pas à croire que j'ai engagé un tueur, que j'ai élaboré un plan et que je m'y suis tenue. C'est un cauchemar étrange. J'ai demandé à Rob de venir dîner chez moi le soir où Tricia a été tuée. Pour parler de nous deux, lui ai-je dit, pour arrondir les angles entre nous. Sans rancune. Il pensait vraiment qu'on pouvait rester amis. Il l'a dit le jour où il m'a annoncé qu'il ne pouvait pas quitter cette pauvre et pathétique Tricia : ses sentiments pour moi avaient changé, le sexe était vraiment génial mais tout le reste était terminé. Pouvait-on tout de même rester amis ?

Elle rit en y repensant.

— Pourquoi les hommes croient-ils cela possible ? Ils pensent qu'ils peuvent faire marcher une femme, lui mentir, la traiter comme de la merde, et espèrent qu'elle se montre bonne joueuse à la fin. C'est du délire.

Parker ne dit rien. Il n'avait pas à s'excuser pour les agissements de Rob Cole.

— Ça a été tellement facile, dit-elle le regard vide, en laissant revenir ses souvenirs. Il avait trop bu, parce qu'il boit toujours trop. Ça fait partie du cinéma de Rob. Être lui est si difficile qu'il doit se soigner pour tenir bon. J'ai ajouté du GHB à son dernier verre. Pas beaucoup. Juste assez pour savoir qu'au moment où il serait de retour chez lui, il serait sur le point de perdre connaissance. La conduite en état d'ivresse était une habitude pour lui. Je suis sûre qu'il n'a même pas senti la drogue faire son effet. Il a dû croire qu'il avait bu un verre de trop. Plus tard, ce soir-là, j'ai été appelée pour une scène de meurtre.

— Tricia, compléta Parker.

— Davis l'avait tuée alors même que Rob était dans la maison. Il s'était arrangé pour que Rob paraisse coupable.

— Et Cole n'avait pas d'alibi parce qu'il était chez toi, et qu'il ne pouvait décemment pas avouer être en compagnie d'une maîtresse éconduite, juste avant le meurtre. Même lui n'aurait pas été assez idiot pour le faire. Il savait bien que tu

365

devrais être appelée à la barre pour corroborer ses dires et que tu le crucifierais.

Méthodique, tranquille, malin. C'étaient des mots qu'il aurait utilisés pour décrire Diane, mais jamais dans un tel contexte.

— Mais pourquoi tuer Tricia ? insista Parker. Pourquoi pas Rob ? Il était le mal le plus immédiat, celui qui t'avait humiliée directement.

— Parce qu'une mort rapide n'était pas une punition suffisante. En revanche, la prison… où il se réveillerait chaque matin pour affronter une vie en enfer, où être Rob Cole ne serait jamais, jamais un avantage ni un passe-droit pour agir à sa convenance sans être menacé de la moindre des conséquences…

Elle avait raison. La célébrité mineure de Rob Cole, son physique trop avantageux, son impudence ne lui auraient servi à rien dans un endroit comme San Quentin. Il aurait été pris pour cible et il n'aurait eu aucun pouvoir d'y faire quoi que ce soit.

— Et le chantage ?

— Ça a commencé peu de temps après. J'avais de l'argent. Joseph m'a laissée à l'abri. Davis estimait mériter un bonus pour s'en être si bien tiré. Je l'ai payé. Mais il en a voulu plus. Il m'a envoyé une photo de moi en train de lui donner l'argent. Le procès approchait. Tout le monde disait que Giradello allait gagner haut la main. Davis clamait qu'il était capable de tout arrêter.

— En s'incriminant ? dit Parker.

— Il s'en fichait. Il disait qu'il disparaîtrait, qu'il resterait planqué. Mais ça ne l'empêchait pas de faire sortir les photos et toute l'histoire. L'idée que les gens sachent qu'il avait tué Tricia et s'en était sorti lui plaisait bien. Il croyait pouvoir vendre l'idée au cinéma tout en menant la vie de la jet-set. Je lui ai donné la Lincoln de Joseph. Ça n'a pas suffi.

Elle approcha du miroir sombre, regarda son reflet.

Et puis il y avait eu son amant, pensa Parker, qui menait l'enquête, rassemblait toutes les pièces du puzzle, s'échinait à lier deux crimes apparemment distincts. Son grand retour. Il avait envie de vomir.

— Je lui ai proposé deux cent cinquante mille dollars pour qu'il me vende les négatifs une fois pour toutes, mais rien ne s'est passé comme prévu, et la situation n'a fait qu'empirer…

Elle ne quitta pas son reflet des yeux, comme pour essayer de reconnaître quelqu'un dont elle n'arrivait pas vraiment à se souvenir.

— Je voulais juste qu'il paie, dit-elle doucement, avec une tension dans la voix. Je voulais qu'ils paient tous les deux pour ce qu'ils m'avaient fait. Je voulais que Rob soit puni. Je voulais qu'il souffre comme moi j'avais souffert.

Les derniers fils de sa maîtrise d'elle-même s'effilochèrent, un torrent de larmes se mit à couler. Des sanglots s'échappèrent du plus profond de son âme. Le bruit d'un être à l'agonie.

Parker la serra dans ses bras aussi doucement qu'il l'aurait fait avec un enfant. Il n'arrivait pas à relier la femme qu'il connaissait à ce qu'elle avait fait. Comme elle l'avait dit elle-même, la personne qui avait commis ces actes ne pouvait être elle. Et pourtant la femme qu'il connaissait allait payer, et il n'y avait rien qu'il puisse faire contre cela… sauf la serrer dans ses bras et être là pour elle quand ses démons la lacéreraient de leurs griffes.

53

Parker quitta le poste et marcha dans l'air nocturne. L'aube n'allait plus tarder. Les rues désertes étaient d'un noir luisant, mouillées par la brise marine. Il se demandait ce qui se passerait s'il s'en allait pour ne jamais revenir.

Ce fut une pensée fugace. Il n'était pas du genre à fuir. Il pouvait s'estimer heureux de ne rien ressentir d'autre, pour le moment, qu'un engourdissement.

Andi Kelly était roulée en boule sur le siège passager de sa voiture, blottie dans une veste polaire qu'il gardait sur le siège arrière. Elle se réveilla d'un bond, tel un diable dans sa boîte, lorsque Parker déverrouilla les portières et s'installa.

— Pour une voleuse de voiture, tu es une bonne journaliste, dit-il.

— Je t'ai piqué ta petite clé de secours en plastique tout à l'heure. Ça m'a permis d'ouvrir la portière, mais pas moyen de faire démarrer le moteur.

Parker mit le contact, puis le chauffage. Les voyants lumineux verts du tableau de bord s'allumèrent.

— Comment tu vas, Kev ?

— Sans commentaire.

— *Off the record.*

— Je ne peux pas en parler, Andi. Pas maintenant. C'est trop à vif.

— Tu n'es pas obligé. Je voulais juste te proposer d'en parler. Je suis douée pour écouter.

— Comment c'est possible ? la taquina-t-il gentiment. Tu ne te tais jamais !

— Mes talents sont multiples. Je sais un peu jongler aussi.

— Eh bien, tu auras toujours de quoi te recycler.

— Diane Nicholson est une amie? demanda-t-elle avec précaution.

Parker hocha la tête. Il fixa son regard sur le compte-tours dans l'espoir que la vague d'émotion qui se soulevait en lui refluerait un peu. Il souffrait. Pour Diane, et à cause d'elle.

— Je suis vraiment désolée, Kev.

Il hocha à nouveau la tête. Il sentait une pression envahir son crâne.

Andi prit son sac sur le sol de la voiture, fouilla dedans et en sortit une flasque, qu'elle lui tendit.

— Prends-en une lichette, comme disait mon grand-père quand on était petits. Une sacrée baby-sitter, ce grand-père. Il nous a appris à jouer au poker pour pouvoir nous gruger notre argent de poche.

Parker parvint à s'esclaffer, prit la flasque et avala une gorgée de très bon whisky.

— Eddie Davis est conscient, il parle, dit Andi. Ton pote Metheny avait raison, il ne se servait effectivement pas de son lobe frontal, finalement. Le cerveau est une petite boule de gelée dégueulasse plutôt miraculeuse. Selon des sources anonymes à l'hôpital, il devrait sortir d'ici quelques jours.

— C'est con, fit Parker. Il ne vaut même pas la poudre qui a servi à le descendre et il s'en tire après une balle dans la tête. Rob Cole, lui, fout en l'air la vie des gens et va sortir de prison en homme libre.

— Il n'a tué personne, pour finir, remarqua Andi.

Ce n'était pas tout à fait vrai, pensa Parker, mais il se garda de le dire.

— Tu sais, il risque de vendre son histoire pour en faire un téléfilm et insister pour jouer son propre rôle, poursuivit Andi.

— Arrête, tu vas me faire regretter de ne pas m'être pris une balle dans la tête, fit Parker. Comment va Abby Lowell?

— Elle est stable. Tant que l'œdème ne descendra pas au niveau de la colonne vertébrale, ils ne sauront pas si elle aura des séquelles permanentes.

Ils se turent quelques instants. La voix rauque de Diana Krall s'échappait des enceintes, pensive et triste. La bande-son parfaite pour une telle nuit.

— J'ai l'impression que le monde entier a explosé et que nous dérivons tous, chacun sur notre petit bout de rocher, que nous nous dispersons comme de la poussière dans le vent, dit Parker.

— Ce n'est pas vrai. Tu n'es pas seul, Kev, dit Andi. Personne ne l'est.

— Je ne suis pas convaincu que ce soit une bonne chose.

— Tu es crevé. Rentre chez toi. Dors plusieurs jours. Appelle-moi si tu décides que tu veux de la compagnie, dit-elle en remuant les sourcils d'un air plein de sous-entendus.

Parker sourit à contrecœur.

— Je suis content qu'on se soit retrouvés, Andi.

— Moi aussi.

— Je te raccompagne à ta voiture.

— Je suis juste là, dit-elle en désignant le véhicule d'à côté, une Miata gris métallisé.

Elle se pencha pour déposer un baiser sur sa joue et passer ses bras autour de ses épaules.

— Prends bien soin de toi, Kevin.

Il acquiesça. Mais comme il traversait les rues désertes pour rallier son appartement de Chinatown, il se prit à regretter de devoir prendre soin de lui. Il avait gagné la bataille et perdu la guerre. Cette nuit, il aurait eu besoin de se poser dans un endroit plein de douceur, mais la personne avec laquelle il souhaitait le plus partager sa victoire était partie. Il l'avait perdue. Elle s'était perdue. À jamais. Et il n'y avait rien d'autre à faire que pleurer.

54

Encore une matinée radieuse dans le sud de la Californie. Soleil, bouchons et sensationnalisme.

Tous les bulletins d'information du matin de toutes les chaînes de télévision de la ville diffusaient des images de « Péril à Pershing Square », suivies de celles de « Fusillade à Olvera Street ». La majeure partie du fiasco de Pershing Square avait été enregistrée sur vidéo par un étudiant en cinéma à l'université de Californie du Sud, présent sur les lieux.

Toutes les chaînes avaient dépêché des reporters sur place, où il ne se passait absolument plus rien à 6 heures du matin, et bien que personne n'ait rien d'intéressant à raconter.

Parker regardait les images sans le son, il lisait le bandeau où était inscrit le nom de Diane, qui apparaissait sans cesse au bas de l'écran. Tous les flics, les techniciens du labo, les secouristes la connaissaient. Il n'avait pas manqué de volontaires pour se retrouver sous le feu des projecteurs et faire quelques commentaires, exprimer sa stupéfaction. Dans le coin en haut à droite de l'écran de toutes les chaînes s'affichait déjà la photo des fichiers de la police.

C'était douloureux de voir ce vide dans ses yeux, la pâleur de son visage. La femme forte, pleine de vie qu'il avait connue n'était plus là. C'était une autre Diane. C'était la Diane dont elle avait parlé, étrangère à ses propres yeux. Dans cette Diane-là vivaient la peur et la fureur, la douleur brute qui conduisait des gens bons à franchir des bornes qu'ils n'auraient jamais franchies. Cette Diane-là avait commis un meurtre par procuration. Cette Diane-là avait tiré une balle dans la tête d'un homme. Elle avait élaboré et exécuté un plan pour faire accuser un homme d'un crime capital punissable par la mort.

À l'intérieur de cette Diane-là existaient le besoin d'amour, le désir d'une relation, une vulnérabilité d'enfant. Cette Diane-là avait été usée et abusée par un sociopathe sexuel dans un jeu cruel et sans cœur.

Parker s'éloigna de son écran plasma et partit sur le toit, pour isoler son esprit et faire les mouvements qui l'avaient aidé à se calmer et à se recentrer chaque jour ces dernières années. Mais ce matin, la chorégraphie fut nerveuse. L'énergie – le chi – entravée par la force de ses émotions.

Lorsque la frustration eut suffisamment éprouvé sa patience, il abandonna et passa là un long moment à contempler Chinatown à ses pieds, en écoutant les bruits de la ville qui s'éveillait et commençait sa journée.

L'une des choses qu'il préférait à L.A. était cette sensation viscérale que chaque jour était neuf, débordant de possibilités. Aujourd'hui, tout ce qu'il ressentait était à l'antipode de l'espoir. Aujourd'hui, il allait selon toute probabilité perdre cette carrière, pour la renaissance de laquelle il avait tant lutté. Aujourd'hui, la femme qu'il aimait serait accusée de meurtre et un violeur émotionnel en faillite morale serait libéré avec l'autorisation tacite de poursuivre sa vie comme si rien ne s'était passé.

Parker lâcha un profond soupir et rentra se préparer pour affronter une mauvaise journée : attendre qu'elle passe, en finir, et espérer que le lendemain serait meilleur.

Le premier arrêt de la journée de Parker fut à l'hôpital. De bonne heure, il avait de meilleures chances d'éviter la brigade des Vols et Homicides. Ils procéderaient sûrement à l'interrogatoire d'Abby Lowell à la mi-journée. Et Eddie Davis n'allait pas s'échapper. Ensuite il avait encore sa plaque, et elle lui permettrait de voir Abby Lowell sans qu'on lui pose de questions.

Une silhouette fantomatique sous un drap blanc. Les machines qui contrôlaient les fonctions vitales d'Abby étaient la seule chose qui indiquait la vie dans la pièce. Elle regardait fixement l'écran de télévision, le visage inexpressif, les yeux vides. Elle était devant l'émission *Today*. Un journaliste de la chaîne NBC, qui se trouvait à Pershing Square, relatait l'incident ; les images de l'étudiant en cinéma étaient diffusées ; et une journaliste, l'air soucieux, demandait à son correspondant si l'on comptait des victimes parmi les passants.

— C'est le début de vos quinze minutes de célébrité, dit Parker en tapotant le cadran de sa montre.

Abby lui décocha un regard ; elle ne dit rien. Parker s'assit sur un tabouret près du lit.

— Il paraît que le pronostic est bon, dit-il. Vous avez des sensations dans toutes les extrémités.

— Je ne peux pas bouger mes jambes, dit-elle.

— Mais vous savez qu'elles sont là, c'est bon signe.

Son regard alla se poser brièvement sur l'écran, puis revint sur lui.

— Merci d'être resté avec moi dans le parc hier soir. C'était très gentil de votre part.

— De rien, fit-il avec un petit sourire en coin. Comme quoi, je ne suis pas si méchant, si ?

— Vous êtes plutôt méchant, répondit-elle. Vous m'avez traitée en criminelle.

— Je ne vais pas m'excuser maintenant. Mais c'est mon boulot de me montrer soupçonneux. Neuf fois sur dix, j'ai raison.

— Et la dixième ?

— J'envoie des fleurs.

— Vous avez eu le coursier ?

Parker hocha la tête.

— Il n'avait rien à voir avec la mort de votre père.

— Il a essayé de me vendre les négatifs. J'ai cru qu'il était avec Davis.

— Et pourquoi les vouliez-vous ?

— Dois-je appeler un avocat ? demanda-t-elle.

Parker secoua la tête.

— La loi n'interdit pas d'acheter des négatifs. Vous apparaissez dessus ?

— Non.

— Aviez-vous quelque chose à voir avec le chantage ?

Il n'était pas certain qu'elle n'y ait pas participé. Son comportement avait été loin d'être innocent.

— J'ai découvert ce que trafiquait Lenny, expliqua-t-elle. Je n'aurais jamais cru qu'il pourrait encore me surprendre ou me décevoir. Je me trompais.

— C'est dur d'apprendre ce genre de leçon de quelqu'un auquel on tient.

— Je refusais que ce soit vrai. Je l'ai confronté, je l'ai supplié d'y mettre un terme, comme si cela avait pu changer le fait qu'il était coupable de chantage. Il m'a dit qu'il le ferait. Il m'a dit qu'il s'était retrouvé pris au piège et qu'il avait peur d'Eddie.

— Comment a-t-il été impliqué là-dedans ?

— Davis était l'un de ses clients. Il est venu trouver Lenny pour lui avouer le meurtre et s'en vanter. Il pensait que Lenny ne pourrait rien y faire à cause de l'obligation de confidentialité. Ensuite, Davis lui a demandé de l'aider pour le chantage. Il avait besoin de quelqu'un qui ne le balancerait pas pour prendre les photos.

— Et Lenny a accepté.

L'appât du gain avait été trop fort. Et la proposition venait d'un assassin capable de tout.

Une infirmière entra dans la chambre, jeta un regard désapprobateur à Parker, vérifia les machines et se mit à examiner Abby.

— Lenny a balancé Davis au bureau du procureur général ? Il voulait le dernier paiement pour lui tout seul ?

Des larmes surgirent dans les yeux de la jeune femme. La machine mesurant son rythme cardiaque se mit à biper un peu plus vite.

— C'est moi qui l'ai fait, avoua-t-elle dans un souffle rauque. J'ai cru que si Giradello pouvait avoir Davis…

Alors Davis aurait été arrêté pour le meurtre de Tricia Crowne-Cole. Les négatifs ne montraient que Davis et Diane. Peut-être n'auraient-ils rien trouvé contre Lenny, excepté la parole d'un tueur à gages. Mais Davis avait un autre plan.

— Vous avez parlé à Giradello en personne ?

— Non. À son assistant.

— Vous avez laissé votre nom ?

— Je ne pouvais pas.

Et quel crédit pouvait accorder Anthony Giradello à un tuyau anonyme sur une affaire qui était une condamnation garantie, une clé pour lancer sa carrière politique ? Faible. Il avait tout intérêt à faire condamner Rob Cole. Il est même étonnant qu'il se soit donné la peine d'envoyer Kyle et Roddick fouiner sur le terrain.

Parker regarda Abby Lowell, effrayée, ravagée par les pertes qu'elle avait subies. Il l'imaginait, âgée de cinq ou six ans, avec cette même expression, assise dans un bouge de bookmakers, abandonnée là par son père comme si elle n'était qu'un bagage qu'il ramasserait en sortant.

Elle ferma les yeux. L'infirmière adressa à Parker une moue renfrognée. Il les salua dans un murmure et sortit.

55

— L'agence pour l'emploi, ce n'est pas dans ce bâtiment, il me semble, dit Andi Kelly en voyant Parker arriver vers elle à travers la foule qui patientait à l'extérieur du palais de justice. Rob Cole et sa *dream team* étaient sur le point de sortir pour annoncer au monde qu'il était un homme libre.

Parker avait ôté sa cravate et ouvert le col de sa chemise. Son costume était froissé après les deux heures passées dans la salle de conférence du Parker Center.

— Suspendu, dit-il. Trente jours sans salaire.

— Peu importe que tu aies résolu trois affaires d'un seul coup.

— C'est parce que je n'avais pas demandé la permission.

En réalité, les mots que s'étaient échangés dans la salle de conférence son supérieur, le patron des Vols et Homicides et Bradley Kyle ressemblaient à *insubordonné, dangereux, franc-tireur*.

Parker avait soulevé le problème de l'implication confuse des Vols et Homicides dans l'investigation du meurtre de Lowell, et il avait été écarté. Il avait aussi souligné que de nombreuses personnes auraient pu être tuées à Pershing Square. Personne n'avait voulu l'entendre. Il avait mentionné que Kyle avait tiré des balles dans le dos d'une femme. La police des polices enquêterait sur la fusillade. Kyle serait cantonné à son bureau en attendant la conclusion, et probablement suspendu par la suite.

Parker aurait au moins la satisfaction de savoir que la carrière de Bradley Kyle n'était pas près de décoller. Il serait sûrement renvoyé des Vols et Homicides, ou purement et simplement viré de la police si les grands chefs parvenaient à contourner le syndicat. Ensuite, les procès s'enchaîneraient, Abby Lowell porterait plainte contre lui, ainsi que n'importe quel civil présent à Pershing Square au moment où les coups de feu avaient éclaté.

Lorsque la sentence de Parker avait été prononcée, son supérieur lui avait demandé s'il avait quelque chose à ajouter. Parker s'était levé et avait demandé directement à Bradley Kyle pourquoi, si Giradello avait eu une raison de soupçonner Eddie Davis dans l'homicide Crowne, il n'avait pas été convoqué pour un interrogatoire avant qu'il ne tue quelqu'un d'autre.

Ils s'étaient tous regardés, comme s'ils essayaient de se refiler la patate chaude.

Ils n'avaient pas pris la menace Eddie Davis suffisamment au sérieux sur la foi d'un renseignement anonyme. Et Tony Giradello n'aurait pas voulu laisser filtrer qu'un autre suspect était interrogé la veille de son exposition des faits au jury, durant laquelle il allait leur affirmer que Rob Cole était, sans l'ombre d'un doute, un violent meurtrier.

Alors, Kyle et Roddick avaient fait traîner les choses, et nombreux étaient ceux qui en avaient payé le terrible prix.

— J'ai démissionné, annonça-t-il à Andi. J'ai pris mon arme de service, ma plaque, j'ai tout laissé sur la table et je suis sorti.

Kelly le regarda avec de grands yeux.

— Carrément.

— Ouais.

— Mais t'as bossé tellement dur pour revenir, Kev. Et quand ils auront fini d'être énervés, ils verront que…

— Je n'ai pas besoin qu'ils voient quoi que ce soit, Andi, dit-il. Ils ne comptent pas. Je croyais avoir quelque chose à prouver, et je l'ai fait, à moi-même. Je peux passer à autre chose.

— J'ai rarement entendu quelqu'un dire quelque chose d'aussi sain.

Du côté des portes du tribunal, un brouhaha se fit entendre, qui parcourut la foule comme une vague. Les portes s'ouvrirent et l'homme bon accusé à tort sortit, entouré de ses avocats. Parker avait envie de lui effacer son petit sourire suffisant à coups de claques.

Rob Cole méritait autant d'être puni que n'importe quel criminel dans le système, mais la presse, qui l'avait diffamé dès le jour de son arrestation, allait maintenant l'acclamer comme une sorte de héros accidentel. Cole n'était pas plus un héros que l'imbécile qui tombe dans un puits et doit être repêché par une énorme équipe de secouristes aux frais du contribuable.

La conférence de presse fut brève et écœurante. Parker se tenait derrière Andi, à une place de choix. Puis Cole se rendit de l'autre côté du podium pour saluer son public en adoration et signer des autographes.

Parker se tenait en léger retrait de cette folie, il regardait les femmes se jeter sur Cole, hurler son nom. Il eut un haut-le-cœur.

Il jeta un coup d'œil à sa droite. Une femme superbe, grande, aux cheveux blond roux coupés court se tenait à quelques mètres, elle attendait son tour, sans crier. Elle ne piaillait pas, ne souriait pas, elle dévisageait Rob Cole avec des yeux gris pâle aussi froids que la glace. Parker sentit un picotement de malaise gagner sa nuque.

À sa gauche, Andi fit un commentaire, il dut se pencher pour lui demander de répéter.

Durant cette fraction de seconde, la femme aux yeux gris sortit une arme de son sac à main, visa la poitrine de Rob Cole et se mit à tirer.

La surprise sur le visage de Cole fut ce qui marqua le plus Parker. L'heure de gloire de Robbie lui fut soudain arrachée.

Et ce fut le chaos. Des gens hurlaient, s'enfuyaient. Parker vit arriver deux shérifs adjoints qui avaient déjà dégainé. Toutes les personnes à proximité immédiate de la femme étaient à terre.

Elle se tenait là, arme à la main.

Parker s'élança sur elle une demi-seconde avant que l'un des shérifs adjoints ne tire. Il la plaqua au sol. Son revolver fut éjecté. Elle sanglotait et répétait, encore et encore :

— Regardez ce qu'il m'a fait !

Par la suite, une fouille de la maison de Rob Cole et Tricia Crowne-Cole mit au jour un trésor de vidéos classées X. La plupart montraient Cole en compagnie d'autres femmes – dont Diane et la femme aux yeux gris –, on le voyait coucher avec elles, dîner avec elles, leur dire à chacune qu'elle était son âme sœur, qu'il n'avait jamais éprouvé cela pour personne avant elle. Il faisait des promesses qu'il n'avait jamais eu l'intention de tenir à des femmes en manque d'affection.

Et puis il y avait les cassettes de Cole et Tricia, filmées dans leur chambre. Cole, nu, Tricia, grotesque, dans des sous-vêtements conçus pour des femmes plus jeunes, plus minces. Tricia qui se moquait de l'autre femme du moment, le suppliait de l'aimer, le suppliait de rester. Et tous deux qui riaient, comme une paire de chacals.

Un nouveau scandale était né.

La presse exigea de savoir pourquoi les vidéos n'étaient pas apparues durant l'enquête initiale sur le meurtre de Tricia. Contrairement à ce qu'enseignent les séries télévisées au public américain, les mandats de perquisition sont spécifiques à ce que l'on recherche. Pendant l'enquête sur la mort de Tricia Crowne-Cole, il n'y avait pas eu la moindre raison de chercher quoi que ce soit. Ils avaient la victime, le suspect numéro un dans la maison avec le cadavre. Rob Cole avait le mobile, le moyen, l'opportunité. Et l'arme du crime avait été abandonnée sur les restes du visage de la victime. Qu'auraient pu demander de plus les Vols et Homicides ?

En regardant les nouvelles, Parker se disait qu'il y avait peut-être une justice, finalement, bien que rien ne puisse jamais réparer les dégâts qui avaient été causés ni les vies détruites. Il engagea Harlan Braun, avocat des stars, pour représenter Diane. Une autre femme préparait une action en justice de la part de toutes les victimes, poursuivant les successeurs de Tricia Crowne-Cole pour souffrance et extrême détresse émotionnelle.

On la voyait dans tous les talk-shows.

Le dimanche, Parker rendait visite à Diane en prison.

Andi Kelly écrivait un livre.

Les lois de la nature veulent que rien ne soit perdu lorsqu'un animal est tué. Rob Cole nourrissait les charognards, tous avides de se servir de ses os comme cure-dents.

À la fin, il ne resterait rien de Cole, que son infamie. Il ne méritait rien de mieux.

56

Jack était assis dans un fauteuil sur le toit de l'immeuble des Chen, à regarder Tyler et grand-père Chen jouer avec une paire de voitures radioguidées. Le vieil homme et l'enfant riaient, souriaient, papotaient en mandarin tout en triturant leur télécommande, et les bolides fonçaient, lancés dans une course folle. Pour la première fois de sa vie, lui semblait-il, un sourire insouciant flottait sur son visage.

C'était un samedi matin parfait. Le soleil, déjà chaud, était agréable sur sa peau. Après plusieurs jours de repos, les douleurs avaient commencé à se calmer, la tension également. Il était difficile de se faire un sang d'encre sur les tracas de la vie quotidienne, quand on était conscient comme lui de la chance d'être en vie.

Parker l'avait emmené dans les bureaux des Vols et Homicides et au Parker Center, la veille, pour faire sa déposition. Jack ne voulait pas y aller, les vieilles suspicions et angoisses l'enserraient encore dans leurs griffes. Il avait retenu son souffle en attendant que quelqu'un lui pose des questions sur Tyler et les Chen, mais ça ne s'était pas produit.

Parker l'avait assuré que les flics ne s'intéresseraient pas à sa vie privée. Le LAPD avait assez à faire sans donner dans le social. Quant aux services sociaux, ils étaient bien trop emmêlés dans leurs propres tentacules pour venir renifler autour du LAPD. De plus, avait ajouté Parker, si Jack avait vraiment dix-neuf ou vingt et un ans, quel que soit l'âge qu'il décidait de donner aux gens, il était légalement adulte, ce qui l'autorisait à avoir la garde de son frère.

Le champ de l'interrogatoire s'était limité aux faits.

Parker était resté avec lui du début à la fin, il avait posé quelques questions lui-même, et placé quelques pointes d'humour qui avaient aidé Jack à garder son calme et à rester concentré. Parker était un type bien, peut-être même quelqu'un que Jack pourrait avoir envie de connaître et en qui il pourrait avoir confiance.

Ensuite, Parker l'avait emmené déjeuner et l'avait mis au courant des derniers développements de l'affaire. Eddie Davis était mis en examen pour quatre meurtres, à commencer par celui de Tricia Crowne-Cole. La folie meurtrière d'un homme, nourrie par la cupidité et la simple joie d'ôter la vie.

Le fait était que trois de ces vies, dont celle d'Eta, auraient pu être épargnées si l'assistant du procureur Anthony Giradello avait insisté pour qu'Eddie Davis soit arrêté immédiatement après l'appel d'Abby Lowell lui indiquant l'implication de Davis dans le meurtre de Crowne.

Une enquête était en cours.

Le plus important, pour Jack, était qu'il n'avait plus rien à voir avec tout ça, et que sa petite famille en patchwork était saine et sauve. La famille – il aimait bien ce mot. Il allait peut-être essayer de se faire à cette idée.

Ce qui allait lui arriver maintenant, il ne le savait pas trop. La côte cassée et ses autres blessures le forçaient à quelques jours de repos supplémentaires. Il ne voulait plus être coursier. Le stress serait trop grand pour Tyler, qui se demanderait toutes les cinq secondes si son frère s'était fait écraser ou poursuivre par un type du genre d'Eddie Davis.

Jack aurait dû s'inquiéter de ce que lui réservait l'avenir, mais pour l'heure, il se contentait de regarder son petit frère jouer comme l'enfant qu'il était. Il se contentait de savoir qu'ils avaient un foyer, une famille et que cette famille n'avait pas grand-chose à voir avec le sang, mais avec le cœur.

Parker fit entrer sa Jag de collection verte dans la ruelle et se gara derrière chez Chen, sur la place qui était celle de la Mini de Mme Chen la première fois qu'il était venu. Mme Chen sortit de son bureau, vêtue d'un pantalon blanc immaculé et d'un twin-set en soie noire, les cheveux parfaitement coiffés.

— Vous remplacez ma Mini, lieutenant Parker, dit-elle avec un petit sourire. Comme c'est aimable.

— Je vais vous ramener votre voiture, madame Chen, dit-il.

— Mais quand ce miracle va-t-il se produire ? Avant que j'atteigne l'âge de mon beau-père et que je sois trop aveugle pour conduire ?

— Aujourd'hui, promit-il. La police de Hollywood a terminé. Je les ai appelés personnellement pour qu'ils vous ramènent votre Mini aujourd'hui.

Elle fit mine de bouder.

— Mais maintenant, je préfère celle-ci. On échange ?

Parker rit.

— Vous avez bon goût, madame Chen.

— Bien sûr, dit-elle, avec une étincelle dans l'œil. Mais mes goûts sont aussi très simples, lieutenant : je n'aime que le meilleur.

— Alors vous direz oui si je vous demande d'être ma petite amie ?

Ses pommettes se teintèrent de rose.

— Je ne dirai rien de ce genre... Tant que vous ne m'aurez pas emmenée faire un tour dans ce petit bijou.

Parker glissa son bras autour d'elle et l'enlaça. Elle protesta et le gronda en chinois, mais lorsqu'il s'écarta, elle rougissait en essayant de ne pas glousser comme une écolière.

— Je vous emmènerai le long de la côte un jour, promit-il. Nous déjeunerons et j'essaierai de vous faire changer d'avis grâce au vin et à mon numéro de charme.

— Kev !

Le cri de Tyler leur parvint du haut du toit. Une seconde plus tard, le garçon sortait de l'immeuble en courant.

— Ouah ! Super, la bagnole !

— Tu trouves ? dit Parker. Je suis venu vous emmener en balade, ton frère et toi.

— Génial !

Dix minutes plus tard, ils étaient en route, la Jag grondait, le vent leur ébouriffait les cheveux ; Tyler et Jack s'étaient serrés sur le siège du passager et partageaient la ceinture de sécurité.

— Ce n'est pas illégal ? hurla Tyler.

Parker lui jeta un regard amusé.

— T'es de la police ?

— Hmm-mm. J'ai une plaque, maintenant.

Parker avait donné au gamin un insigne de lieutenant junior honoraire en remerciement de son service exemplaire le soir où ils avaient coincé Eddie Davis.

Il aimait bien jouer au tonton. Tyler Damon était un sacré petit bonhomme. Et Jack était quelqu'un, lui aussi. Courageux et bon. Tous deux étaient vraiment incroyables, eu égard à la vie difficile qu'ils avaient eue.

Parker soupçonnait Jack d'être né adulte. À dix-neuf ans, il était doté d'un plus grand sens du devoir et des responsabilités que quatre-vingt-dix pour cent des gens que Parker connaissait. Toute la vie de Jack tournait autour de l'éducation et de la protection de son petit frère, il faisait tout pour que Tyler ait une vie meilleure. Il avait deux boulots et prenait le train deux fois par semaine pour se rendre au Pasadena City College, en vue d'obtenir un diplôme.

Il semblait à Parker que personne plus que Jack Damon ne méritait une pause. Et il était sur le point de lui en donner une.

Il bifurqua devant l'entrée de la Paramount et gara la Jag devant la guérite du gardien.

— Bonjour, monsieur Parker, content de vous voir.

— Moi aussi, Bill. Mes jeunes amis et moi, nous sommes là pour voir M. Connors.

— Qui est M. Connors ? demanda Tyler.

— Un copain à moi, dit Parker. Matt Connors. Je bosse un peu pour lui de temps en temps.

Jack se tourna vers lui, soupçonneux.

— Matt Connors, le réalisateur ?

— Scénariste, réalisateur, producteur. Matt a différentes cas-quettes.

— Quel genre de boulot tu fais pour lui ?

— Je... consulte, fit Parker, bottant en touche. Je discutais avec lui hier soir, il a hâte de te rencontrer.

— Pourquoi ?

— Parce que tu tiens une sacrée histoire, petit, dit Parker. Alors autant la raconter à Matt Connors.

Il gara la Jag et tous en sortirent. Ayant été averti par Bill au portail, Connors vint les accueillir.

Matt Connors avait un physique avantageux à la Paul Newman, quarante-cinq ans, assez séduisant pour travailler devant les camé-ras, mais assez intelligent pour s'en abstenir. Sur la liste des gens qui avaient réussi à Hollywood, le nom de Connors n'était pas très loin de ceux de gens comme Spielberg.

— Kev Parker, mon ami et lecteur de scénarios perdu de vue depuis si longtemps ! se réjouit Connors en étreignant Parker.

Puis il s'écarta et dit :

— Où sont tes notes sur *Prior Bad Acts* ?

— J'ai été un peu occupé à sauver la ville de la violence et de la corruption, fit Parker.

Connors haussa les yeux au ciel.

— Ah, ça ? Et voici tes adjoints ? demanda-t-il en regardant Tyler et Jack.

— Plutôt des agents secrets infiltrés, dit Parker. Voici Jack Damon et son frère, Tyler. Tu sais, je t'ai parlé d'eux.

— Absolument, dit Connors en les jaugeant comme s'il était déjà en train de procéder au casting dans sa tête.

Tous trois se serrèrent la main. Jack paraissait soupçonneux. Tyler ouvrait de grands yeux.

— On peut voir quelqu'un qui fait des effets spéciaux sur un ordinateur ? demanda Tyler. J'ai tout lu sur les dernières technologies en animation informatique…

Le garçon continua sur sa lancée, telle une encyclopédie audio.

— Tyler a un QI de 168, précisa Parker.

Connors haussa les sourcils d'étonnement.

— Ouah. C'est plus que toi et moi réunis.

— Alors on va voir un peu comment ça se passe ? demanda Jack.

Il était déjà en train de regarder à droite à gauche tout en essayant de ne pas se montrer trop excité, remarqua Parker.

Connors ouvrit grand les bras.

— Matt Connors, votre guide personnel, à votre service, messieurs. Faisons le tour. Je vais vous montrer où se crée la magie.

Ils commencèrent leur balade dans le parc, Parker et Connors flanqués des deux garçons. Le soleil de la Californie se déversait sur eux comme de l'or en fusion, l'univers des rêves s'étirait sous leurs pas.

— Alors, Kev, dit Connors. Qu'est-ce que tu racontes de beau ?

Parker lui mit une main sur l'épaule et dit :

— Mon ami, nous avons une histoire pour toi. Et pour un prix généreux qui pourrait le mener à la fac jusqu'à l'obtention de son diplôme, il sera ravi de te la raconter.

Connors se tourna vers Jack et dit :

— Alors, petit ? Tu veux être dans le cinéma ?

Jack le dévisagea, son cerveau ne suivait plus.

— Un film ? Sur moi ? Sur tout ce qui vient de se passer ?

— Oui, fit Connors. J'ai déjà le titre parfait. On va appeler ça *Meurtre au porteur.*

CHEZ LE MÊME ÉDITEUR

MARY JANE CLARK
NULLE PART OÙ ALLER

Le chroniqueur littéraire de l'émission d'information matinale de la chaîne Key News a été assassiné. Il projetait de publier un brûlot dénonçant les pratiques de nombre de ses confrères.

Journaliste et mère de jumeaux, Annabelle Murphy a eu connaissance du manuscrit. Elle est la nouvelle cible du tueur.

À qui se fier ? Tous les collègues d'Annabelle sont suspects à ses yeux. Elle en est certaine : le meurtrier appartient bien à Key News, et il l'épie…

Rebondissements, morts violentes, empoisonnements… Mary Jane Clark s'inspire des lettres piégées à l'anthrax, qui avaient semé la panique aux États-Unis après les attentats du 11 septembre 2001, pour signer ce sixième thriller, son meilleur à ce jour selon *Kirkus Review*.

Mary Jane Clark décrit un univers qu'elle connaît bien : elle est productrice au bureau new-yorkais de la chaîne CBS. Ses cinq précédents romans parus aux éditions de l'Archipel, dont Si près de vous *(2003) et* Nul ne saura *(2005), ont tous été des succès, justifiant la comparaison avec une reine du suspense qui porte le même nom : Mary Higgins Clark.*

« À la façon d'Agatha Christie, Mary Jane Clark multiplie les fausses pistes…
Jusqu'à la révélation finale, elle tient le lecteur en haleine. Un régal ! »
Booklist

Traduit de l'américain par Mathieu Périers
ISBN 2-84187-797-3 / H 50-4083-7-0603 / 286 p. / 19,95 €

MATT BONDURANT
LA STÈLE MAUDITE

« *Cet écrit doit être lu trois fois. Jamais on n'a vu ou entendu son pareil depuis le temps de la divinité. Il est déposé dans le temple de Mout pour l'éternité.* »

Depuis des décennies, les experts du British Museum tentent en vain de résoudre le mystère de la stèle de Paser, dont les hiéroglyphes du XIIe siècle av. J.-C. peuvent être lus de manière horizontale ou verticale. Quelle est donc cette troisième grille de lecture dont il est fait mention ? Et que révèle ce message inscrit sur la stèle, qui pourrait ébranler bien des certitudes ?

Pour Walter Rothschild, cryptologue américain chargé par le musée londonien de résoudre l'énigme, la tâche s'annonce périlleuse. D'autant qu'une malédiction semble frapper tous ceux qui s'approchent trop près de la vérité…

Brillant et érudit, ce premier roman fondé sur des faits réels entraîne Walter Rotschild dans les méandres du dernier grand mystère de l'égyptologie…

Matt Bondurant a terminé ce roman alors qu'il travaillait au British Museum de Londres – qui abrite dans ses collections la stèle de Paser. Il enseigne à présent la littérature et les techniques d'écriture à l'université George Mason d'Alexandrie (Virginie). Traduit dans quinze pays, ce roman s'est déjà vendu à plus de 500 000 exemplaires dans le monde.

Traduit de l'américain par Jean-Paul Mourlon
ISBN 978-2-84187-862-8 / H 50-4662-8-0610 / 352 p. / 22 €

JAMES PATTERSON
GARDE RAPPROCHÉE

La chance aurait-elle enfin tourné pour Ned Kelly ? Ness, la fille la plus sexy de Palm Beach, partage sa vie depuis peu quand on lui propose 1 million de dollars pour participer à un casse. Un jeu d'enfants. Jackpot assuré !

Mais rien ne se passe comme prévu. Quand les comparses de Ned pénètrent dans la villa du richissime collectionneur pour y dérober des toiles de maîtres, ils réalisent qu'ils se sont fait doubler ! Pire, le cambriolage vire au carnage...

Avant d'être accusé de meurtres, Ned doit fuir. Échapper au FBI et, surtout, démasquer le mystérieux « Dr Gachet », pseudonyme derrière lequel se cache l'homme qui l'a piégé.

Sur fond de trafic d'œuvres d'art, James Patterson, l'auteur de thrillers le plus lu au monde – a imaginé une intrigue serrée qui a propulsé Garde rapprochée *numéro 1 des ventes aux États-Unis et en Grande-Bretagne.*

« Brossé avec talent, le dernier thriller de Patterson
enchantera tous les amateurs du genre ! »
Booklist

Traduit de l'américain par Mélanie Carpe
ISBN 978-2-84187-896-3 / H 50-4731-1-0701 / 352 p. / 19,95 €

*Cet ouvrage a été composé
par Atlant' Communication
aux Sables-d'Olonne (Vendée)*

Impression réalisée sur CAMERON par

C P I
Brodard & Taupin

*La Flèche
en janvier 2007
pour le compte des Éditions de l'Archipel
département éditorial
de la S.A.R.L. Écriture-Communication*